셜록 홈즈 단편 베스트 12

셜록 홈즈 단편 베스트 12

초판 1쇄 발행 / 2002년 11월 30일
초판 12쇄 발행 / 2016년 08월 01일

지은이 / 아서 코난 도일
옮긴이 / 정태원
펴낸이 / 최석두
펴낸곳 / 시간과공간사
등 록 / 1988년 11월 16일(제1-835호)
주 소 / 경기도 고양시 덕양구 통일로 140 삼송테크노밸리 A동 351호
전 화 / 02) 325-8144
팩 스 / 02) 325-8143

E-mail / pyongdan@daum.net

ISBN 89-7142-143-6 03840

※ 잘못 만들어진 책은 구입하신 곳에서 바꾸어 드립니다.

코난 도일이 뽑은
셜록 홈즈 단편 베스트 12

아서 코난 도일 지음 / 정태원 옮김

시간과공간사

차례

1. 얼룩 끈 · 7
2. 빨강머리 연맹 · 53
3. 춤추는 인형 · 95
4. 마지막 사건 · 141
5. 보헤미아의 스캔들 · 175
6. 빈집의 모험 · 219
7. 다섯 개의 오렌지 씨 · 257
8. 제2의 얼룩 · 291
9. 악마의 발 · 341
10. 프라이어리 스쿨 · 385
11. 머스그레브 가의 의식 · 443
12. 라이게이트의 대지주 · 477

얼룩 끈

The Adventure of the Speckled Band: 1883년 4월 6일(금)

❖

 지난 8년 동안 내가 셜록 홈즈의 탐정 방법을 관찰해서 기록해 온 70건이 넘는 사건 노트를 들여다보면, 비극도 많지만 희극도 몇 건 있고, 기이하다고밖에 할 수 없는 사건도 적지 않다. 평범한 것은 하나도 없었다. 그 원인은 홈즈가 많은 보수를 바라고 활동한 것이 아니라 자신의 재능 자체에 정열을 품고 활동했기 때문이고, 희귀한 사건이나 기괴한 사건만 손을 댔기 때문이다. 그러나 이들 많은 사건 중에서도 서리 주 스톡 모란의 유명한 로일롯 가 사건만큼 기괴한 양상을 띤 사건은 다시 없을 것이다. 이 사건은 내가 홈즈와 알게 되어 베이커가에서 함께 방을 빌려 독신 생활을 하던 시절에 일어났다. 따라서 이 사건을 다른 것보다 먼저 발표할 수도 있었지만, 이 사건을 비밀에 붙여 두겠다고 한 약속 때문에 그럴 수 없었다. 그런데 그 약속을 했던 부인이 지난달 갑자기 세상을 떠났기 때문에 이제야 비로소 그 약속에서 해방되게 되었다. 그러니 늦게나마 사건의 진상을 공개하는 것도 결코 헛된 일은 아니라고 생각한다. 왜냐하면 그림스비 로일롯 의사의 죽음에 관한 이야기가 진상 이상으로 무섭고 선정적인 사건으로 세상에 널리 퍼져 있기 때문이다.

1883년 4월 초의 어느 날 아침, 잠에서 깨어나 보니까 셜록 홈즈가 정장을 하고 내 침대 옆에 서 있었다. 그는 평소에 늦잠을 자는 습관이 있었고, 또 벽난로 선반 위의 시계는 이제 겨우 7시 15분밖에 되지 않아 나는 이상한 생각이 들어 눈을 깜박이면서 그를 올려다보았다. 게다가 나는 규칙적인 생활을 좋아하기 때문에, 약간은 시무룩한 얼굴이 되어 있었는지도 모른다.

"왓슨, 이렇게 일찍 깨워서 미안하지만 오늘 아침은 모두 이런 운명이야. 허드슨 부인이 먼저 본의 아니게 일어나야 했고, 부인은 그 분풀이로 나를 깨웠고, 나는 자네를 깨우게 된 것이야."

"무슨 일이야? 불이라도 났나?"

"아니, 의뢰인이야. 젊은 여자가 아주 흥분한 모습으로 와서 나를 꼭 만나고 싶다는 거야. 거실에서 기다리라고 했어. 젊은 여자가 이런 이른 아침에 런던 거리를 헤매고 아직 잠들어 있는 사람을 두드려 깨우는 것은, 아주 절박한 사정이 있어서 상담을 하고 싶기 때문일 거네. 만약 이것이 재미있는 사건이라면 자네는 틀림없이 처음부터 듣고 싶어 할 것 같아서, 자네를 깨워서 일단 이야기나 해주려고 한 것뿐이야."

"그런 일이라면 자고 있을 수 없지."

홈즈의 전문적인 조사를 자세히 관찰하고, 그 직관적이며 신속하고 그것도 언제나 확실한 이론에 근거한 추리로 의뢰 받은 어려운 사건을 멋지게 해결하는 것을 보는 것만큼 나를 기쁘게 하는 일은 없다. 나는

서둘러 옷을 입고, 몇 분 후에는 몸단장을 하고 홈즈와 같이 거실로 내려갔다. 우리를 보고, 검은 옷을 입고 두꺼운 베일을 쓴 여자가 창가 의자에서 일어섰다.

"안녕하십니까?" 홈즈가 밝은 소리로 말했다.

"제가 셜록 홈즈입니다. 이분은 친구이며 협력자 왓슨 의사입니다. 왓슨 앞에서는 나와 마찬가지로 어떤 것도 망설이지 말고 얘기하십시오. 허드슨 부인이 벌써 다 알고 불까지 피워 놓았군요. 여기 불 앞으로 오십시오. 추워서 떨고 계시는 것 같은데, 곧 뜨거운 커피를 가져오도록 하겠습니다."

"추워서 떠는 것은 아니에요."

여자는 말한 곳으로 자리를 옮기면서 가는 소리로 말했다.

얼룩 끈 **11**

"무엇 때문이죠?"

"무서워요, 홈즈 씨. 무서워요."

여자는 말하면서 베일을 올렸는데, 확실히 불쌍할 정도로 흐트러진 모습이었다. 얼굴은 창백하게 일그러져 있었고, 눈은 쫓기는 짐승처럼 불안에 떨고 있었다. 얼굴이나 모습을 보면 서른 정도로 생각되는데, 머리에는 이미 흰머리가 섞여 있고, 지쳐서 힘들어하는 태도가 역력했다. 셜록 홈즈는 모든 것을 꿰뚫어 보는 날카로운 눈초리로 여자를 재빠르게 관찰했다.

"걱정할 것 없습니다."

홈즈는 허리를 굽혀 여자의 팔을 가볍게 토닥거려 주면서 위로했다.

"곧 모두 해결될 겁니다. 오늘 아침 기차로 오셨군요."

"어머, 저를 아시나요?"

"아닙니다. 부인의 왼쪽 장갑 손바닥에 왕복표 중에서 돌아가는 표가 들어 있어서죠. 아침 일찍 집에서 나와 이륜마차에 흔들리면서 진흙길을 지나 역으로 가는 것도 힘들었겠군요."

여자는 아주 놀란 모습으로 눈을 크게 뜨고 홈즈를 보았다.

"그렇게 이상한 얼굴을 하지 마십시오." 홈즈는 싱긋 웃고 말했다.

"부인의 옷 왼쪽 팔에 흙이 튄 자국이 일곱 군데나 있습니다. 그것도 아직 말라붙지 않은 채로 말이죠. 팔에 흙이 튀는 것은 부인이 이륜마차를 탔기 때문이고, 또한 마부 왼쪽에 앉았기 때문입니다."

"어떻게 그렇게 아시는지 몰라도 모두 말씀 대로예요. 나는 오늘 아침, 여섯 시 전에 집을 나와 여섯 시 이십 분에 레더헤드에 도착해서 첫

차로 워털루 역에 왔어요. 홈즈 씨, 저는 더 이상 이 불안을 견딜 수 없습니다. 이대로 가면 미치고 말 거예요. 의지할 사람도 없고… 아니, 저한테 마음을 써 주는 사람이 한 사람 있지만, 안타깝게도 도움은 되지 못한답니다. 그런데 홈즈 씨, 당신의 소문을 들었어요. 네, 패린토시 부인이 곤경에 빠졌을 때 당신이 도와주셨다고 말씀을 하시기에, 그분한테서 이곳 주소를 알아 가지고 찾아왔습니다. 부탁입니다. 저를 이 불안에서 구해 주세요. 저를 에워싸고 있는 이 암흑 속에 한 줄기라도 좋으니 빛이 들어오게 해주세요. 지금 당장 보답할 수는 없지만, 앞으로 두어 달 후 결혼을 하게 되면, 자유롭게 쓸 수 있는 돈이 들어옵니다. 그렇게 되면 꼭 은혜를 갚겠어요."

홈즈는 책상 쪽으로 몸을 돌려 열쇠로 서랍을 열고, 작은 비망록을 꺼냈다.

"패린토시 부인… 아, 생각났어. 오팔 머리 장식에 관한 사건이었어. 왓슨, 이건 자네와 알기 전에 있었던 사건이네. 그럼 패린토시 부인 때와 마찬가지로, 부인에게도 기꺼이 도움이 돼 드리겠습니다. 보수 걱정은 하지 마십시오. 나에게는 일 자체가 보수입니다. 형편이 좋을 때 실비를 지불하시면 됩니다. 그럼 조사하는 데 참고가 되는 일을 자세히 설명해 주십시오."

"제가 가장 무서워하는 것은 제 불안이 아주 막연해서, 의혹이라고 말해도 사람들의 눈에는 틀림없이 사소한 것으로밖에 비치지 않는, 정말 하찮은 것이 원인입니다. 그런 상태여서 당연히 저를 도와주어야 할 약혼자까지도 저의 이야기를 모두 신경질적인 여자의 망상이라고만 생각해요. 물론 그가 이렇게 말하지는 않았지만, 저를 위로할 때의 말이나 눈빛을 보면 알 수 있습니다. 하지만 홈즈 씨, 당신은 사람의 마음속에 들어 있는 복잡한 사악을 꿰뚫어 보는 힘을 가진 분이라고 들었습니다. 제발 저에게 닥치고 있는 이 위험을 물리칠 수 있는 방법을 가르쳐 주십시오."

"어쨌든 들어 봅시다."

"저는 헬렌 스토너입니다. 지금은 의붓아버지와 함께 살고 있는데, 의부는 잉글랜드에서 가장 유서 깊은 색슨 계 가문의 하나인 스톡 모란의 로일롯 일족의 마지막 혈통으로, 서리 주의 서쪽 경계 지역에 살고 있습니다."

"이름은 잘 알고 있습니다." 홈즈가 크게 끄덕였다.

"그 집안은 한때 잉글랜드에서 손꼽히던 부호로, 영지는 서리 주의 경계를 넘어 북쪽은 버크셔, 서쪽은 햄프셔까지 이어져 있습니다. 그러던 것이 지난 세기에 연달아 4대에 걸쳐 가장들이 낭비와 방탕에 빠진 데다가, 섭정시대에는 도박에 미친 사람까지 나와서 집안은 완전히 파멸하고 말았습니다. 겨우 남은 것이라고는 몇 에이커의 땅과 200년 전에 지은 낡은 저택뿐인데, 그것도 온전치 못해 저당에서 풀릴 때가 없습니다. 전대의 주인은 그 집에서 가난한 귀족의 비참한 생활을 하면서 일생을 마쳤는데, 그 외아들, 즉 저의 의부는 이 불행한 환경을 타개해야 한다고 결심을 하고, 친척에게서 미리 빚을 내어 의학 학위를 따고 인도의 캘커타로 건너갔습니다. 거기서 의사로서의 실력과 그 자신의 능력으로 꽤 번창했습니다. 그런데 집 안에서 가끔 물건이 없어지는 것에 신경을 곤두세우다가 그만 홧김에 인도인 집사를 때려 죽였습니다. 그래서 사형에 처해질 위기까지 몰리다가 다행히 극형만은 면했는데, 그래도 오랜 기간 감옥살이를 하다 보니 우울증에 걸려 아무런 희망도 없는 사람이 되어 영국으로 돌아왔습니다.

저의 어머니는 로일롯 의사가 인도에 있을 때 그와 결혼했는데, 그 전에는 벵갈 포병대 스토너 소장의 젊은 미망인이었습니다. 저와 언니 줄리아는 쌍둥이로, 어머니가 재혼할 때는 두 살이었습니다. 어머니의 재산은 1년에 1,000파운드가 넘었는데, 돌아가실 때 유언으로 그것을 모두 아버지에게 양도했습니다. 그러나 이것은 저희들 자매가 아버지와 함께 살고 있는 동안만이고, 만일 결혼을 하는 경우에는 매년 일정한 액수가 저희들한테도 돌아오도록 되어 있습니다. 어머니는 영국으로 돌아와 얼마 안 되어 세상을 떠났습니다. 8년 전 크류에서 일어난 철도 사고로 갑자기 돌아가신 것입니다. 로일롯 의사는 런던에서 개업하려는 계획을 취소하고, 저희를 데리고 스톡 모란의 조상 대대로 전해 오는 저택으로 옮겨 갔습니다. 어머니의 유산 덕분에 저희들은 넉넉한 생활을 할 수 있었습니다. 그리고 그 무엇으로도 행복을 방해받는 일은 없을 것처럼 보였습니다.

그런데 얼마 전부터 아버지가 갑자기 무서운 사람으로 변했습니다. 이웃 사람들은 스톡 모란의 로일롯 가의 가장이 옛 저택에 돌아왔다고 해서 처음에는 크게 기뻐해 주었습니다. 하지만 아버지는 친구를 사귀지도, 가족끼리 얘기를 하지도 않고 언제나 집 안에 틀어박혀 있을 뿐이고, 이따금 외출을 하면 길에서 만나는 사람마다 붙들고 큰 싸움을 했습

니다. 로일롯 집안의 남자들한테는 본래부터 광적일 정도로 격렬한 피가 흐르고 있는데, 아버지의 경우는 오랫동안 열대 지방에 있었기 때문에 더욱 거칠어졌을 겁니다. 부끄러운 싸움을 해서 두 번이나 경찰에 끌려가기도 하였고, 결국에는 마을에서 공포의 대상이 되어, 사람들은 아버지를 보기만 해도 도망갔습니다. 그도 그럴 것이, 아버지는 무섭게 힘이 세고 한 번 화를 내면 절대로 자제하지 못했기 때문입니다.

지난주에도 아버지는 마을의 대장간 주인을 다리의 난간 너머 개울로 던져 버리는 행패를 부렸습니다. 또다시 동네가 시끄러워지게 될 것을, 제가 가지고 있는 돈을 모두 털어 가까스로 막았습니다. 아버지는 친구라고는 떠돌아다니는 집시밖에 없습니다. 그 떠돌이들에게 아버지는 얼마 되지 않는 몇 에이커의 땅 중에서 가시덤불이 무성한 곳에 천막을 치도록 허락을 해주었습니다. 그래서 그에 대한 보답이라도 하는 듯, 그들은 아버지를 천막으로 초대하여 음식 대접을 하곤 했는데, 어떤 때 아버지는 그들과 한패가 되어 몇 주일씩 떠돌아다니기도 했습니다. 아버지는 또한 인도의 동물을 아주 좋아해서, 그곳의 대리인에게 의뢰하여 동물들을 들여오고 있습니다. 지금 있는 것은 치타와 비비입니다만, 이 동물들이 저택 안을 자유롭게 돌아다니고 있어 마을 사람들은 주인과 함께 짐승까지도 두려워하고 있습니다.

이런 상황이기 때문에 언니 줄리아와 저의 생활은 결코 즐겁지만은 않았습니다. 하녀도 붙어 있지 못해서, 오래전부터 집안일은 저희들이 직접 했습니다. 언니는 서른 살이 되어 죽었는데, 지금의 나처럼 이미 흰머리가 나기 시작했었습니다."

"그럼 언니는 돌아가셨군요?"

"벌써 2년 전입니다. 저는 언니의 죽음에 대해 말씀드리고 싶습니다. 짐작하셨겠지만, 저희의 생활이 이런 형편이라 같은 나이 또래의 사람이나 비슷한 신분을 가진 사람과 접촉할 기회가 거의 없었습니다. 하지만 어머니의 여동생, 오노리아 웨스트페일이란 미혼의 이모가 하로 근처에 살고 있어서, 저희들은 이따금 그 이모 댁에 가 잠깐 머물다 오곤 했습니다. 2년 전 크리스마스 때 줄리아 언니는 이모 댁에 갔다가, 명령 대기 중인 한 해병대 소령을 만나 약혼을 했습니다. 언니는 돌아와서 아버지에게 이 사실을 알렸는데, 아버지는 반대하지 않았습니다. 그런데 결혼식을 2주일 남겨 놓고 무서운 사건이 일어나, 저의 하나밖에 없는 말벗인 언니는 세상을 떠나고 말았습니다."

셜록 홈즈는 눈을 감고 쿠션에 머리를 기댄 자세로 의자에 몸을 깊이 묻고 있었는데, 이때 눈을 가늘게 뜨고 손님을 흘낏 보았다.

"그때의 상황을 자세하고 정확하게 말씀해 주십시오."

"네. 그 무서운 사건은 하나도 빠짐없이 마음에 새겨져 있기 때문에 조금도 틀리지 않고 이야기할 수 있습니다. 아까도 말씀드렸듯이, 저택이 몹시 낡아서 지금은 건물 하나만 쓰고 있습니다. 이 건물 1층이 모두 침실인데, 거실은 건물 중앙에 있습니다. 침실은 건물 중앙에 가까운 쪽부터 아버지, 언니, 그 다음을 제가 쓰고 있었습니다. 세 개의 방은 벽으로 가려 있어 왕래할 수 없지만, 문은 모두 같은 복도에 있습니다. 이것으로 설명이 되었을까요?"

"잘 알겠습니다."

"세 방 모두 창 밖은 잔디입니다. 그 무서운 사건이 일어난 날 밤, 로일롯 의사는 일찍 침실에 들어갔지만 잠을 자는 것 같지는 않았습니다. 왜냐하면 아버지가 애용하는 강한 인도 산 담배 냄새에 언니가 질색을 했으니까요. 그래서 언니는 저의 방으로 와 보름 남짓 앞으로 닥쳐온 자신의 결혼 이야기며 그밖에 이런저런 이야기를 했습니다. 열한 시가 되자, 언니는 돌아가려고 문 앞까지 걸어가다가 나를 돌아보며 물었습니다.

'헬렌, 밤에 누군가 휘파람 부는 소리를 들었니?'

'아니.'

'설마 네가 자면서 휘파람을 불 리는 없고.'

'그걸 말이라고 해, 언니. 그런데 갑자기 휘파람 소리라니?'

'며칠 전부터 매일 밤 세 시쯤 되면 어김없이 낮은 휘파람 소리가 들려. 나는 잠귀가 밝아서 그 소리에 잠이 깨고는 해. 어디서 들려오는지 알 수 없지만… 옆방 같기도 하고 잔디밭 같기도 해. 그래서 너도 들었는가 해서 물어본 거야.'

'난 못 들었어. 하지만 틀림없이 그 기분 나쁜 집시가 정원 어딘가에서 부는 걸 거야.'

'그런지도 몰라. 하지만 정원 쪽에서 부는 거라면, 네가 듣지 못했다는 것이 이상하구나.'

'난 언니보다 깊이 잠들잖아.'

'어쨌든 중요한 일은 아니야.' 언니는 미소를 보이고는 내 방을 나갔습니다. 그리고 곧 언니 방에 열쇠를 채우는 소리가 들렸습니다."

"저런." 홈즈가 입을 열었다.

"두 분 다 밤마다 방문을 잠그고 주무셨군요?"

"네, 언제나 그렇게 했습니다."

"왜 그랬습니까?"

"아까도 말했지만, 아버지가 사육하는 치타와 비비가 있습니다. 방문을 잠그지 않으면 마음이 놓이지 않았어요."

"그렇겠군요. 계속하십시오."

"저는 그날 밤, 잠을 이루지 못했습니다. 뭔가 나쁜 일이 일어날 것만 같은 막연한 불안을 느꼈습니다. 아까도 말씀드렸듯이 언니와 나는 쌍둥이입니다. 이렇게 밀접한 관계가 있는 두 영혼이 얼마나 미묘하게 반응하는지 알고 계시리라 생각합니다. 그날 밤은 폭풍이 심해서, 바람이 불고 비가 거세게 창문을 두드렸습니다. 갑자기 폭풍우가 몰아치는 소리 틈새로 여자의 무시무시한 비명이 들렸습니다. 틀림없이 언니였습니다. 저는 침대에서 일어나 숄을 두르고 복도로 뛰어나갔습니다. 문을 연 순간 언니가 말하던 낮은 휘파람 소리가 들리고, 이어 무거운 금속이 떨어지는 듯한 소리가 들린 것 같았습니다. 복도를 달려가니까 언니 방문의 열쇠를 돌리는 소리가 나고 천천히 문이 열렸습니다. 무엇이 나올지 무서워 벌벌 떨며 방문을 지켜보니, 복도에 켜져 있는 램프의 불빛을 받으며 언니가 나왔습니다. 얼굴은 공포로 인하여 창백했고, 두 손은 구조를 청하는 듯 앞으로 내밀고 있었는데, 몸은 술에 취한 것처럼 비틀거렸습니다. 저는 달려가서 언니를 두 팔로 안았는데, 언니는 그 순간 다리에 힘이 빠졌는지 힘없이 주저앉고 말았습니다. 심한 고통을 견디고 있는 듯 몸부림을 쳤고, 손발도 격렬하게 경련을 일으키고 있었습니다. 처음에는 저를 알아보지 못하는 것 같았어요. 제가 그 위에 몸을 굽히니까 그때서야, '오! 헬렌! 끈이! 얼룩 끈이!'하고 무서운 소리를 질렀습니다. 그 소리는 일생 잊을 수 없을 겁니다. 언니는 그 밖에도 무언가 하고 싶은 말이 있는 듯, 손가락으로 찌르는 것처럼 하면서 계속 아버지의 방을 가리켰으나 그때 다시 경련이 일어나 말이 나오지 않았습니다. 전 큰 소리로 아버지를 부르면서 달려갔는데, 마침 아버지가 가운을 입고 방에서 나왔습니다. 언니는 이미 의식을 잃었습니다. 아버지는 언니의 입에 브랜디를 흘려 넣기도 하고, 의사를 불러오라고 마을로 사람을 보내기도 했습니다. 하지만 보람도 없이 언니는 그대로 의식을 되찾지 못한 채

차츰 기력을 잃더니 마침내 숨을 거두었습니다. 이것이 언니의 무서운 최후였습니다."

"잠깐, 휘파람 소리와 금속 떨어지는 소리를 들었다고 했는데, 그건 틀림없습니까?" 홈즈가 물었다.

"네, 그것은 검시 때 주의 검시관도 그 점을 물었습니다. 저는 분명히 들었다고 생각합니다만, 폭풍우가 심하게 몰아치는 밤이었고 집이 낡아서 삐걱거렸기 때문에 착각일지도 모릅니다."

"언니는 옷을 입고 있었던가요?"

"아뇨, 잠옷 바람이었습니다. 오른손에는 불을 켰던 성냥을, 왼손엔 성냥갑을 쥐고 있었습니다."

"그렇다면 언니는 무언가 이상을 느끼고, 성냥을 켜서 주위를 살펴보았군요. 이건 중요한 점이야. 검시관은 어떤 결론을 내렸습니까?"

"로일롯 의사의 행동은 전부터 인근에 평판이 나 있었기 때문에 검시관은 특히 주의 깊게 조사를 했지만, 사인은 끝내 정확하게 밝혀내지 못했습니다. 언니 방문이 안에서 걸려 있었다는 것은 제가 알고 있었고, 창문에는 굵은 쇠막대가 달린 구식 덧문이 있어서 밤마다 그것으로 문단속을 했습니다. 벽도 구석구석 자세히 살펴보았지만 이상한 곳이 없었고, 바닥도 철저히 조사했지만 마찬가지였습니다. 굴뚝은 상당히 크지만 굵은 못이 네 개나 박혀 있습니다. 그러므로 그때 언니가 방에 혼자 있었다는 것은 틀림없습니다. 게다가 언니의 몸에는 상처가 없었습니다."

"독살되었을지도 모르겠군요?"

"몇몇 의사가 조사했지만, 확실한 것은 알아내지 못했습니다."

"그렇다면 당신은 언니가 무엇 때문에 죽었다고 생각하십니까?"

"너무나 무서운 공포 때문에 신경에 강한 쇼크를 받아 죽었다고 생각합니다. 무엇을 그렇게 무서워했는지 알 수 없지만."

"그 당시 정원에 집시는 있었습니까?"

"네, 몇 사람은 언제나 거기 있으니까요."

"알겠습니다. 그리고 언니가 말했다는 끈(밴드)… 얼룩 끈에 대해서 생각나는 것은 없습니까?"

"착란을 일으켜서 헛소리를 한 것 같기도 하고, 또 사람들의 무리를 뜻하는 밴드, 숲 속의 집시들을 가리킨 말 같기도 합니다. 언니는 '얼룩'이란 이상한 형용사를 사용했는데, 집시가 곧잘 머리에 감고 있는 물방울무늬의 네커치프와 관계가 있는 게 아닐까요? 저는 잘 모르겠어요."

홈즈는 이해할 수 없다는 듯이 머리를 저었다.

"이것은 아주 깊은 뜻이 있을 것 같군요. 계속하십시오."

"그리고 2년이 지났는데, 바로 얼마 전까지만 해도 저의 생활은 참으로 쓸쓸했습니다. 그러다가 한 달쯤 전에, 오랫동안 사귀어 온 친한 분으로부터 청혼을 받았습니다. 아미티지… 퍼시 아미티지라는 분인데, 레딩 거리에서 가까운 크레인 워터에 사는 아미티지 씨의 둘째아들입니다. 아버지도 이 결혼에 반대하지 않아서, 돌아오는 봄에 식을 올리기로 했습니다. 그런데 이틀 전부터 서쪽 건물을 수리하기 시작하여 저의 침실 벽에 구멍이 났습니다. 그래서 저는 할 수 없이 언니가 죽은 방으로 옮겨 언니가 잠을 자던 침대에서 자게 되었습니다. 그런데 어젯밤의 일입니다. 잠이 오지 않아, 언니가 세상을 떠날 때의 일을 이것저것 생각하고 있는데, 갑자기 밤의 정적 속에서 언니의 죽음을 예고라도 한 듯한 그 낮은 휘파람 소리가 들려오는 게 아니겠습니까. 그때의 공포가 어떠했는가를 아시겠지요? 나는 벌떡 일어나 램프에 불을 켜고 살펴보았는데, 방에는 아무런 이상이 없었습니다. 하지만 겁에 질려서 잠을 잘 마음이 나지 않았습니다. 그래서 옷을 입고 기다리다가 날이 밝자마자 몰래 빠져나와 맞은편에 있는 크라운 호텔에서 이륜마차를 불러 타고 레더헤드로 달려 기차를 탔습니다. 오직 빨리 도움을 받고자 하는 마음으로 이렇게 이른 아침에 방문하게 된 겁니다."

"정말 잘 판단하셨습니다. 더 하실 말씀이 있습니까?" 홈즈가 말했다.

"아니에요, 모두 말했어요."

"그렇지 않습니다, 미스 스토너. 더 있을 겁니다. 당신은 아버지를 감싸고 계시는군요."

"어머, 어떻게 그런 말씀을?"

홈즈는 대답 대신, 스토너가 무릎에 얹고 있는 손목 위의 검은 레이스 소매 장식을 걷어 올렸다. 작은 회색 반점 다섯 개-엄지손가락과 네 개의 손가락 자국-가 하얀 손목에 선명하게 남아 있었다.

"심하게 손찌검을 당하셨군요." 홈즈가 말했다.

스토너는 얼굴을 붉히며, 자국이 나 있는 손목을 얼른 감추었다.

"아버지는 무서운 분입니다. 아버지는 자기 힘이 얼마나 센지 모르고 있는 것 같아요."

오랜 침묵이 흘렀다. 그동안 홈즈는 두 손으로 턱을 괴고, 소리를 내면서 타고 있는 불을 지그시 보고 있었다.

"이것은 아주 어려운 사건입니다." 홈즈가 말했다.

"행동을 하기 전에 여러 가지 알고 싶은 것이 있습니다. 그러나 조금도 지체할 수 없습니다. 오늘 당장 스톡 모란에 간다면 아버지 모르게 방을 조사해 볼 수 있을까요?"

"다행히 아버지는 오늘 중요한 일이 있어 런던에 간다고 했습니다. 아마 저녁때 돌아오기 때문에 자유롭게 조사할 수 있을 겁니다. 가정부 한 사람이 있지만, 나이도 많고 조금 흐리멍덩하여, 방해는 되지 않을 겁니다."

"잘됐군요. 왓슨, 자네도 같이 가겠지?"

"물론."

"그럼 두 사람이 가겠습니다. 당신은 이제부터 어떻게 하시겠습니까?"

"모처럼 런던에 왔으니 일을 보고 가겠어요. 하지만 두 분이 오시는 시간에 맞춰 두 시 기차로 돌아가겠어요."

"그럼 오후에 뵙겠습니다. 나는 그때까지 두세 가지 간단한 일을 마쳐야 합니다. 잠깐 기다렸다가 아침 식사나 하십시다."

"아니에요. 가야 해요. 걱정거리를 털어놓았더니 마음이 가벼워지는군요. 즐거운 마음으로 다시 만날 때를 기다리겠어요."

여자는 두꺼운 검은 베일로 얼굴을 가리고 조용히 방에서 나갔다.

"왓슨, 이 사건을 어떻게 생각하나?"

셜록 홈즈가 의자에 기대며 물었다.

"아주 어둡고 으스스한 사건 같군."

"정말 어둡고 으스스한 사건이지."

"더구나 미스 스토너가 말했듯이, 바닥이나 벽에 아무런 이상이 없고, 문이나 굴뚝으로도 출입할 수 없다면, 혼자 있던 언니가 죽은 것은 정말 불가사의한 일이라고 생각할 수밖에 없겠군."

"그 말이 사실이라면, 밤마다 들려왔다는 휘파람 소리와, 언니가 죽을 때 했다는 이상한 말은 무엇을 뜻하는 것일까?"

"모르겠어."

"밤에 휘파람 소리가 들렸고, 의사와 친한 집시 무리가 정원에 와 있었다는 것, 의사는 딸의 결혼을 방해할 충분한 이유가 있다는 것, 언니가 죽을 때 밴드라는 말을 했다는 것, 마지막으로 헬렌 스토너가 무거운 금속이 떨어지는 것 같은 소리를 들었다고 했는데, 이것은 덧문의 쇠막대기가 원위치에 떨어지는 소리인지도 몰라. 이런 사실들을 연결해 보면 이 방향에서 수수께끼 해명의 단서를 잡을 수 있을 것 같군."

"그렇다면 집시는 도대체 무엇을 했을까?"

"그건 모르겠어."

"지금 한 설명으로는 아직도 납득할 수 없는 점이 많아."

"나도 마찬가지야. 그렇기 때문에 오늘 둘이서 스톡 모란에 가겠다는 게 아닌가. 납득할 수 없는 점이 정말 불가사의해서 아리송하기만 한 것인지, 아니면 설명이 가능한 것인지 확인하고 싶네. 어, 이건 뭐야!"

홈즈가 갑자기 소리친 것은 그때 갑자기 문이 거칠게 열리며 굉장히 큰 남자 하나가 나타났기 때문이다. 남자는 검은 중산모에 검은 프록코트를 입었고 무릎까지 각반을 감고 있었다. 또 손에는 사냥용 채찍을 들고 있어, 의사 같아 보이기도 하고 농부 같아 보이기도 한 기묘한 모습이었다. 어쨌든 키가 아주 커서, 쓰고 있는 모자가 문틀 위에 가로 댄 나무에 닿을 정도였다. 체구도 커서 몸이 문에 꽉 끼일 정도였다. 누렇게 볕에 그을렸고 주름살이 많으며 온갖 사악한 상이 새겨진 듯한 커다란 얼굴이 우리를 번갈아 바라보고 있는데, 노기 띤 움푹 팬 눈과 높고 가는 코는 비록 늙기는 했지만 어딘지 사나운 맹금을 연상케 했다.

"누가 홈즈야?" 갑자기 나타난 사람이 물었다.

"내가 홈즈입니다. 그런데 누구십니까?" 홈즈가 말했다.

"나는 스톡 모란의 그림즈비 로일롯 의사다."

"오, 의사시군요. 어서 앉으십시오." 홈즈가 말했다.

"그럴 필요 없어. 내 딸이 여기 왔었지? 난 걔를 미행했다. 딸이 무슨 말을 했지?"

"계절에 어울리지 않게 약간 추운 것 같군요."

"딸이 무슨 말을 했느냐고 묻고 있잖아!" 노인은 사납게 소리쳤다.

"그러나 이렇게 추워도 크로커스 꽃이 잘 핀다지요?"

홈즈는 여전히 침착하게 말했다.

"흥, 우물쭈물 넘어갈 속셈이군."

손님은 한 걸음 앞으로 나와 채찍을 휘두르며 소리쳤다.

"이 나쁜 놈! 네놈의 소문은 전부터 들어 왔어. 홈즈!"

홈즈는 미소지었다.

"이 참견 잘하는 놈아!"

홈즈는 크게 미소지었다.

"경찰의 심부름꾼, 홈즈!"

홈즈는 유쾌한 듯이 키들키들 웃었다.

"정말 재미있는 말을 하는군요. 나갈 때는 문을 꼭 닫아 주십시오. 문틈으로 바람이 들어오니까요."

"하고 싶은 말만 하고 가겠다. 잘 들어. 우리 집 문제에 쓸데없는 참건은 하지 마라. 내 딸 스토너가 여기 왔었다는 건 이미 다 알고 있어. 난 계속 그 애를 미행했으니까. 내가 얼마나 위험한 상대인가를 가르쳐 주지. 자, 봐라."

그는 재빨리 앞으로 나와 쇠 부젓가락을 움켜쥐는가 싶더니, 볕에 그을린 커다란 손으로 구부려 놓았다.

"봐, 가까이 다가와 나한테 붙잡히지 않는 게 좋아."

로일롯 의사는 소리치고는, 구부린 부젓가락을 난로에 던지고 성큼성큼 방을 나갔다.

"꽤 유쾌한 노인이로군." 홈즈는 웃으며 말했다.

"나는 노인만큼 크지는 않지만 조금만 더 있었다면, 팔 힘은 별로 뒤지지 않는다는 것을 보여 줬을 텐데."

홈즈는 말하면서 부젓가락을 들고, 힘을 주어 원래 모양으로 펴 놓았다.

"나를 경찰청의 형사 나부랭이로 잘못 본 것은 실례가 아닌가? 하지만 덕분에 조사에 흥미가 솟는군. 그 아가씨가 미행당한 것은 조금 경솔했지만 걱정할 것은 없어. 왓슨, 아침식사를 준비하라고 하게. 그런 다음, 닥터즈 커먼(Doctors' Commons)에 들러 이 사건에 필요한 자료를 몇 개 찾아 오겠네."

셜록 홈즈는 한 시간 가까이 외출했다가 돌아왔다. 그는 손에 메모와 숫자를 가득 쓴 파란 종이를 들고 있었다.

"죽은 부인의 유언장을 보고 왔어." 홈즈가 말했다.

"투자 물건 등을 포함한 유산의 내용을 정확히 알기 위해서는 현재의

평가액을 산정해야 하지. 부인의 사망 당시 수입은 연간 1,100파운드에 가까웠으나, 지금은 농산물 가격이 하락했기 때문에 750파운드 정도야. 딸들은 결혼을 하면 각자 해마다 250파운드씩 받을 권리가 있어. 그러므로 한 사람이 결혼하는 것만으로도 그 남자는 적지 않은 손실을 받는 셈인데, 둘 다 결혼하면 그야말로 자기 몫밖에는 들어오지 않게 돼. 내가 오전에 한 일도 헛수고가 아니었어. 그에게는 딸의 결혼을 방해할 강한 동기가 있다는 것을 확실히 알았으니까. 왓슨, 이렇게 되면 사태는 아주 심각해. 우리들이 이 사건에 관여하기 시작했다는 것을 그 노인이 알았으니까. 준비가 되면 마차를 불러서 워털루 역으로 가세. 피스톨을 주머니에 넣고 가면 고맙겠네. 상대는 부젓가락을 구부릴 정도로 힘이 센 남자니까. 일리 2번 권총이 알맞을 것이네. 그것과 칫솔만 갖고 가면 충분해."

다행히 우리는, 워털루 역에서 출발하는 레더헤드 행 기차 시간에 늦지 않게 도착했다. 레더헤드에서는 역 앞 여관에서 부른 소형 마차로 서리 주의 아름다운 길을 4, 5마일 정도 달렸다. 청명한 날, 하늘에는 태양이 빛나고 양털을 뜯어 놓은 듯한 구름이 군데군데 떠 있었다. 나무들과 길가의 생나무 울타리는 막 신록의 눈이 트고 있으며, 공기 속에는 촉촉하게 젖은 달콤한 냄새가 가득 들어 있었다. 우리가 조사하려는 기괴한 사건이 이 즐거운 봄의 조짐과는 참으로 기묘한 대조를 이루고 있었다.

홈즈는 마차의 앞좌석을 차지하고 있었는데, 팔짱을 끼고 모자를 깊숙이 눌러 쓰고 턱을 가슴에 묻고는 깊은 생각에 잠겨 있었다. 그러더니 갑자기 몸을 일으켜 나의 어깨를 두드리면서 목장 저쪽을 가리켰다.

"저기를 보게."

나무가 서 있는 큰 정원이 완만한 경사를 이루며 펼쳐지다가 차츰 밀도를 더하면서 정상에서 숲을 이루고 있었다. 우거진 가지 사이에서 퍽 오래 된 저택의 회색 박공과 높은 마룻대가 솟아 나와 있었다.

"스톡 모란이지?"

"네, 그림스비 로일롯 의사의 저택입니다." 마부가 대답했다.

"지금 수리 중일 텐데. 그 현장에 가고 싶군."

"마을은 저쪽입니다. 그러나 저택으로 가려면 이 계단을 올라가 밭두렁 길로 가는 편이 빠릅니다. 아, 저기 아가씨가 가는군요."

마부는 왼편으로 약간 떨어진 곳에 지붕이 옹기종기 모여 있는 곳을 가리키면서 말했다.

"오, 저 아가씨는 미스 스토너 같군. 맞아, 자네 말대로 하는 게 빠르겠어."

마차에서 내려 요금을 치르자 마부는 레더헤드 쪽으로 말머리를 돌렸다.

"내 생각으로는 저 친구에게는 우리가 건축 기사나 그 밖의 분명한 용건이 있어서 찾아온 사람들이라는 인상을 주는 것이 좋겠어. 소문이 안 나도록 말야. 안녕하십니까, 미스 스토너. 약속을 잘 지켰지요?"

오늘 아침의 의뢰인은 아주 반가운 얼굴로 달려왔다.

"애타게 기다리고 있었어요."

우리와 악수를 나누면서 스토너는 말했다.

"모든 일이 생각대로 되고 있어요. 로일롯 의사는 런던에 갔으니까, 돌아온다 해도 오후 늦게일 거예요."

"의사와는 영광스럽게도 이미 대면을 했습니다."

홈즈는 아까 있었던 일을 자세히 들려주었다. 그 이야기를 듣자 스토너는 입술까지 새파래졌다.

"어머! 제 뒤를 미행했군요."

"그런 것 같습니다."

"아버지는 아주 위험한 사람이라 저는 잠시도 마음을 놓을 수 없습니다. 돌아오면 뭐라고 할까요?"

"의사가 오히려 조심을 해야 할 겁니다. 지혜를 비교하자면 한 수 높은 남자가 노리고 있으니까요. 오늘 밤 당신은 방문을 잠그고 의사가 가까이 오지 못하도록 하세요. 그가 난폭하게 굴 것 같으면 이모 댁에 데려다 드릴 테니까요. 자, 시간을 아끼는 의미에서 지금 문제의 방으로 안내해 주시오."

저택은 군데군데 이끼가 돋은 회색 석조 건물로, 한층 높은 중앙 건물에서 두 채의 건물이 게의 집게처럼 좌우로 나와 있었다. 그 한쪽 건물은, 창문을 널빤지로 막았고 지붕도 내려앉은 데가 있어서 폐가와 다를 바 없었다. 중앙부도 손질이 잘 안 된 점에 있어서는 비슷했지만 오른쪽 건물만은 그런 대로 요즘 집들의 모양을 갖추고 있어서, 창문에는 덧문도 있고 굴뚝 두세 군데에서는 푸른 연기가 솟아올라 가족이 살고 있는 곳임을 말해 주고 있었다. 끝 쪽의 벽에 나무로 발판이 짜여져 있고 돌 벽에 구멍을 뚫어 놓았는데, 우리가 거기 도착했을 때는 인부들의 모습은 보이지 않았다. 홈즈는 손질이 안 된 잔디 위를 천천히 걸어다니며 창문 바깥쪽에서 세밀히 살폈다.

"이것이 당신의 침실 창문이고, 가운데가 언니의 방 창문이고, 안쪽에 가까운 것이 로일롯 의사의 방이군요."

"네, 하지만 저는 지금 가운데 방을 쓰고 있습니다."

"그것은 수리를 하는 동안만이겠지요. 그런데 저 끝의 벽은 특별히 수리할 필요가 없을 것 같은데요."

"없어요. 단지 저를 제 방에서 쫓아내기 위한 구실이 아닌가 생각해요."

"아, 그것은 상당히 암시적인 의견이군요. 그런데 이 건물 저쪽에 복도가 있고, 그 복도에서 세 방으로 출입할 수 있군요? 물론 복도 쪽에도 창문이 있겠지요?"

"네, 있어요. 그러나 아주 작아요. 아무도 드나들 수 없어요."

"밤에는 두 분 모두 문을 잠갔으니까, 복도에서는 침입하지 않았을 겁니다. 그럼 미안하지만, 방에 들어가서 덧문을 닫아 주시겠습니까?"

미스 스토너가 덧문을 닫자, 홈즈는 열려 있는 창문을 면밀히 살피고 나서, 닫힌 덧문을 억지로 열려고 여러 가지 방법을 써 보았으나 헛수고였다. 나이프로 가운데의 쇠막대를 벗기려고 해도 나이프를 끼어 넣을 틈이 없었다. 이번에는 확대렌즈로 경첩을 조사했는데, 이것은 튼튼한 철제로서 견고한 돌 벽에 단단히 끼워져 있었다.

"흠!" 홈즈는 약간 당혹한 표정으로 턱을 쓰다듬으면서 말했다.

"나의 추리에는 약간의 난점이 있는 것 같아. 이 덧문을 쇠막대로 끼워 놓으면 여기로는 절대로 들어가지 못해. 좋아, 이번에는 방을 조사하지. 단서가 있을지도 몰라."

옆에 있는 작은 출입구로 들어가니까, 회반죽을 바른 복도를 향해 방이 세 개 나란히 있었다. 홈즈가 세 번째 방은 조사하지 않는다고 하여 우리들은 지금 미스 스토너가 사용하는 두 번째 방, 즉 언니가 죽은 방으로 들어갔다. 오래된 시골집에 흔히 있을 듯한, 천장이 낮고 벽에는 커다란 난로가 있는 검소하고 작은 방이었다. 한쪽 구석에는 갈색 옷장, 다른 한쪽에는 하얀 커버를 씌운 침대가 있고 창문 왼쪽에는 화장대가 있었다. 가구는 이 밖에도 작은 등의자 두 개와 중앙에 깐 정사각형 윌튼 카펫뿐이었다. 카펫 둘레에 보이는 바닥 판자와 벽의 널빤지는 벌레 먹은 갈색 참나무로, 그 색이 바랜 정도로 미루어 보아 옛날 이 집이 처음 세워졌을 때부터 있었던 것으로 여겨진다. 홈즈는 한쪽 구석으로 의자를 끌어가 조용히 앉아서, 방의 어떤 사소한 점도 놓치지 않으려는 듯 위아래, 전후좌우를 세심히 살폈다.

"저 벨 끈은 어디로 연결돼 있습니까?"

홈즈는 말하며 침대 옆에 늘어져 있는 끝의 술이 베개 위에 얹혀 있는 굵은 벨 끈을 가리켰다.

"가정부 방으로 연결되어 있어요."

"다른 것과 비교하면 새 것 같은데요."

"네, 2년 전에 달았으니까요."

"언니가 원했나요?"

"아니에요. 언니가 사용하는 걸 들은 일이 없어요. 우리는 언제나 자기 일은 자신이 하는 습관이었으니까요."

"알겠습니다. 이렇게 훌륭한 끈이 필요치 않았군요. 잠깐 실례하고, 바닥을 조사하겠습니다."

그는 배를 깔고 바닥에 엎드리더니, 확대렌즈를 들고 앞뒤로 재빨리 움직이면서 바닥 판자의 틈을 면밀히 조사했다. 끝으로 침대에 다가가 한참 동안 그것을 관찰하기도 하고, 벽을 따라 시선을 아래위로 움직이기도 했다. 그런 다음에 벨 끈을 쥐더니 힘껏 잡아당겼다.

"어, 소리가 나지 않는군."

"울리지 않아요?"

"당연하지요. 철사에 연결되지도 않았으니까요. 이거 정말 재미있군. 이것 보세요, 환기통 바로 위의 못에다 매어져 있습니다."

"어머, 정말! 이상하군요. 저는 전혀 깨닫지 못했어요."

"정말 이상해." 홈즈는 줄을 당기며 말했다.

"이 방에는 기묘한 점이 몇 가지 있어. 예를 들면, 환기 구멍이 옆방으로 뚫려 있거든. 같은 품을 들여서 바깥 공기와 통하게 할 수도 있는데, 이런 바보짓을 하는 목수가 또 있을까?"

"이 환기 구멍도 뚫은 지 얼마 안 됐어요."

"벨과 같은 시기에 만들었군요."

"네, 그 무렵에 이것 말고도 간단한 공사를 몇 군데 더 했어요."

"이건 정말 재미있는 공사였던 것 같군요. 소리가 나지 않는 벨 끈, 환기가 되지 않는 환기 구멍. 그럼 미스 스토너, 이번엔 의사의 방을 조사하고 싶은데 안내해 주시겠습니까?"

그림스비 로일롯 의사의 방은 딸의 방보다 넓었지만 역시 검소하여 별 꾸밈이 없었다. 조립식 침대, 전문 의학 서적으로 꽉 찬 작은 나무 책장, 침대 옆의 안락의자, 창가에 놓인 소박한 나무 의자, 둥근 테이블, 커다란 철제 금고 따위가 우리들의 눈에 들어왔다. 홈즈는 천천히 걸어다니면서 이것들을 하나하나 아주 주의 깊게 살펴보았다.

"이 안에는 무엇이 들어 있습니까?" 홈즈가 금고를 두드리면서 물었다.

"아버지의 서류예요."

"그래요? 안을 보셨습니까?"

"몇 년 전에 한 번 봤는데 서류가 가득 들어 있었습니다."

"혹시 고양이 따위가 들어 있지는 않았습니까?"

"물론이에요. 이상한 말씀을 하시는군요."

"이걸 보십시오."

홈즈는 금고 위에 있는, 우유가 담겼던 작은 접시를 들었다.

"아닙니다. 고양이는 기르지 않아요. 치타와 비비는 있습니다만."

"아, 그렇군요. 어쨌든 치타도 큰 고양이라고 할 수 있지만, 이런 접시로 우유를 먹어서는 만족하지 못할 겁니다. 한 가지 확인하고 싶은 것이 있습니다."

홈즈는 나무 의자 앞에 무릎을 꿇고는 앉는 부분을 주의 깊게 조사했다.

"고맙습니다. 어지간히 윤곽이 드러났습니다."

그는 일어나 확대렌즈를 주머니에 넣었다.

"아! 여기에도 재미있는 것이 있군."

홈즈가 본 것은 침대 한쪽 구석에 걸려 있는 개를 훈련시키는 작은 채찍이었다. 그런데 이 채찍은 돌돌 말려 있고 가죽으로 된 부분이 고리가 되도록 매어져 있었다.

"왓슨, 이걸 어떻게 생각하나?"

"보통 채찍이 아닌가. 왜 끝을 고리로 만들어 놓았는지는 모르지만."

"아니, 이것은 보통 채찍이 아니야. 아, 무서운 세상이다! 머리가 좋은 사람이 나쁜 일에 머리를 쓰는 것보다 더 무서운 일은 없을 거야. 미스 스토너, 봐야 할 것은 다 본 것 같으니까 괜찮다면 정원으로 나갈까요?"

조사를 마친 홈즈가 심각하고 어두운 얼굴을 한 것을 나는 이제껏 본 적이 없었다. 세 사람이 정원을 몇 번이나 왔다갔다했지만, 나와 미스 스토너는 홈즈의 사색을 방해하지 않으려고 그가 생각에서 깨어날 때까지 입을 열지 않았다.

"미스 스토너." 홈즈가 드디어 입을 열었다.

"중요한 것은 어떤 일이 있어도 내 말대로 행동해야 한다는 점입니다."

"네, 약속하겠습니다."

"사태가 아주 긴박해서 약간의 망설임도 허용되지 않습니다. 당신의 목숨은 나의 충고에 따르느냐 아니냐에 달려 있습니다."

"말씀대로 하겠다고 맹세하겠어요."

"그럼 첫째, 오늘 밤은 나와 왓슨이 당신 방에서 밤을 새게 됩니다."

스토너와 나는 놀라서 멍하니 홈즈의 얼굴을 바라보았다.

"꼭 그렇게 해야 합니다. 어떻게 해야 하는지 지금 설명하지요. 저기 보이는 것이 마을의 호텔인가요?"

"네, 크라운 호텔입니다."

"잘 됐군. 저곳에서 당신 방의 창문이 보일까요?"

"네, 보입니다."

"아버지가 돌아오면, 머리가 아프다는 핑계를 대고 방에 들어가 나오지 마십시오. 그리고 아버지가 침실에 들어가는 소리가 들리면, 창의 덧문을 열고 빗장을 벗긴 다음 램프로 우리에게 신호를 하십시오. 그런 다음, 필요한 소지품을 가지고 당신이 전에 사용하던 침실로 옮기는 겁니다. 수리 중이긴 하지만 하룻밤 정도는 견딜 수 있겠죠?"

"네, 그렇게 하겠어요."

"그 다음 일은 우리에게 맡기십시오."

"어떻게 하실 건가요?"

"당신 방에서 하룻밤을 지내면서, 당신을 놀라게 한 그 소리의 정체가 무엇인지를 알아내는 겁니다."

"홈즈 씨, 당신은 이미 모든 것을 알고 계시는군요?"

미스 스토너는 홈즈의 소매를 잡고 말했다.

"그런지도 모르겠습니다."

"그렇다면 언니의 죽음에 대해서 말해 주실 수 없을까요?"

"증거가 더 확실해진 다음에 이야기하고 싶군요."

"하지만 저의 생각이 옳았는지 아닌지 정도는 말씀해 주실 수 있잖아요. 언니는 역시 갑작스런 공포에 휘말려서 죽은 것일까요?"

"그렇지는 않다고 생각합니다. 더 확실한 원인이 있는 것 같습니다. 자, 미스 스토너, 우리가 먼저 실례합니다. 로일롯 의사가 돌아와서 우리를 발견하면 여기까지 찾아온 우리들의 계획이 허사가 됩니다. 용기를 내세요. 그리고 내가 하라는 대로만 하면 당신을 에워싸고 있는 모든 위험이 사라질 겁니다."

셜록 홈즈와 나는 크라운 호텔에서 거실이 딸린 침실을 어렵지 않게 빌릴 수 있었다. 2층 방인데 창문으로는 스톡 모란 저택의 가로수에 이어진 문이며, 사람이 살고 있지 않은 건물이 보였다. 해가 질 무렵, 그림스비 로일롯 의사가 자그마한 소년 마부 옆에 그 우람한 체구를 드러내며 마차로 돌아오는 것이 보였다. 소년이 육중한 철문을 여느라고 잠깐 꾸물거리자 고함을 지르는 의사의 걸걸한 목소리가 들렸고, 무시무시한 기세로 주먹을 휘두르는 모습이 보였다. 마차는 다시 달렸고 잠시 후 거실에 램프 불이 켜진 듯 나무 사이로 불빛이 새어 나왔다.

"왓슨. 솔직히 말해서 오늘 밤에 자네를 데리고 갈 것인가 말 것인가 망설이고 있네. 위험하다는 것을 알고 있으니까." 점차 깊어지는 어둠 속에서 홈즈가 말했다.

"내가 있어도 도움이 되지 않나?"

"아니, 자네가 있으면 큰 도움이 되지."

"그렇다면 꼭 가겠네."

"고마워."

"위험하다고 했는데, 자네는 그 방에서 내가 보지 못한 것까지 보고 왔군."

"그렇지 않아. 추리는 조금 앞질렀을지 몰라도 내가 본 건 자네도 다 봤어."

"내가 본 것 중에서 색다른 것이 있다면 벨 끈뿐이야. 그것도 무슨 목적으로 장치했는지 솔직히 말해 상상도 못하겠어."

"환기 구멍도 보았지?"

"응. 그러나 방과 방 사이에 작은 구멍이 있다는 것이 이상하다고 생각되지는 않아. 그렇게 작아서야 쥐도 드나들기 어렵지."

"나는 스톡 모란에 오기 전부터 반드시 환기 구멍이 있을 거라고 생각했어."

"뭐라고!"

"정말 그렇게 생각했지. 미스 스토너의 말에 언니가 로일롯 의사의 시가 냄새에 시달렸다고 했는데, 두 방 사이에 구멍이 없고서야 저쪽 방의 담배 연기가 어떻게 이쪽 방으로 올 수 있겠나. 이건 작은 구멍이라야 해. 그렇지 않다면 검시관이 조사를 했을 때 문제가 되었을 거야. 그래서 공기구멍이라고 추리한 거네."

"하지만 그토록 작은 구멍으로 어떤 장치를 할 수 있을까?"

"어쨌든 날짜가 이상할 정도로 맞아떨어지거든. 공기구멍이 뚫린 것과 벨 끈이 장치된 것과 침대에서 잠을 자던 언니가 죽은 것과. 이것이 이상하지 않은가?"

"아직은 그 상관 관계를 이해하지 못하고 있네."

"그 침대에 아주 색다른 점이 있다는 것을 깨닫지 못했나?"

"못했어."

"바닥에 고정되어 있었어. 그런 식으로 고정시킨 침대를 본 일이 있나?"

"없어."

"언니는 침대의 위치를 바꿀 수 없었던 거야. 그래서 침대는 공기구멍과 벨 끈에 대해 언제나 같은 위치에 있지. 그 끈은 밧줄이라 해도 좋을 거네. 벨 용이 아닌 것만은 분명하니까."

"홈즈! 자네가 말하는 의미를 어렴풋하게나마 알 것 같네. 교묘하고 무서운 범죄를 막는 데 우리들이 가까스로 때를 맞추었군."

"교묘한 점에서나 무서운 점에서나 그 무엇에도 비길 수 없지. 의사가 악한 일을 하려고 마음만 먹으면 최악의 범죄자가 되는 거라네. 대담성과 지식을 겸비하고 있으니까. 팔머와 프릿차드도 일류 의사였으나,

이번 범인은 한 단계 더 높은 놈이야. 그러나 왓슨, 우리는 그놈보다 한 단계 더 높은 데로 갈 수 있다고 생각하네. 어쨌든 날이 밝을 때까지는 무시무시한 상황을 겪어야 해. 그러니 지금부터 천천히 담배나 피우면서, 하다못해 두세 시간이라도 무언가 유쾌한 일을 생각해 보도록 하세."

9시쯤 되자, 나무 사이로 새어 나오던 불빛도 꺼져 저택 쪽은 칠흑같이 어두워졌다. 그리고 기나긴 두 시간이 지나 시계가 11시를 치는 순간, 우리 정면에서 한 줄기 밝은 광채가 번뜩였다.

"옳지, 신호 불빛이다." 홈즈는 기운차게 일어서면서 말했다.

"가운데 창문에서 비치는 불빛이야."

나갈 때 그는 호텔 주인에게, 지금 친구를 방문할 일이 있어 나가는데, 어쩌면 자고 오게 될지도 모르겠다고 말했다. 우리는 어두운 밤길을 걷기 시작했다. 차가운 바람이 얼굴에 몰아쳐 왔다. 이 어둡고 을씨년스러운 밤에 답답한 일을 하러 가는 우리에게, 정면에서 반짝이고 있는 황색 불빛이 등대 노릇을 해주고 있었다.

해묵은 담에는 허물어진 곳이 수리도 안 된 채 군데군데 구멍이 나 있어, 우리는 어렵지 않게 저택 안으로 들어갈 수 있었다. 나무와 나무 사이를 빠져 정원으로 나가 곧장 가로질러 창문으로 들어가려는 그때, 월계수 숲 속에서 이상한 형체, 어린애 같은 물체가 뛰어나와 손발을 버둥거리면서 풀 위에 몸을 던지는가 싶더니, 재빨리 정원을 달려 어둠 속으로 사라져 버렸다.

"앗! 깜짝이야! 보았나?" 내가 말했다.

홈즈도 나만큼 놀란 모양이었다. 바이스처럼 나의 손목을 강하게 움켜쥔 그 손에 마음의 동요가 나타나고 있었다. 그러더니 그는 조용히 웃으면서 내 귀에 입을 갖다 댔다.

"허, 굉장한 집이군. 지금 그것은 비비야."

나는 의사가 귀여워하는 별난 애완동물에 대한 이야기를 깜박 잊고 있었다. 치타도 있을 것이다. 언제 등 뒤에서 습격해 올지 모른다. 홈즈가 하는 대로 신을 벗고 침실에 들어갔을 때 솔직히 말해서, '이제 살았군.' 하는 생각이 들었다. 친구는 소리도 없이 덧문을 닫고 램프를 테이블 위에 옮겨 놓고는, 방 전체를 날카롭게 둘러보았다. 모든 것이 낮에 본 그대로였다. 홈즈는 내 옆으로 오더니, 손을 모아 내 귀에 대고 말이 간신히 들릴 정도로 작게 속삭였다.

"조금이라도 소리를 내면 우리 계획은 끝장이야."

나는 알았다는 표시로 고개를 끄덕였다.

"어둠 속에 앉아 있어야 해. 구멍으로 빛이 새어 나가니까."

나는 끄덕였다.

"잠들면 안 돼네. 목숨이 달아날지도 몰라. 만일의 사태에 대비하여 권총을 준비하게. 나는 침대에 앉을 테니, 자네는 저 의자에 앉게나."

나는 권총을 꺼내 테이블 구석에 놓았다.

홈즈는 가느다란 지팡이를 갖고 왔는데, 그것을 자기 옆의 침대 위에 놓았다. 그리고 그 옆에 성냥과 양초를 나란히 놓았다. 그런 다음 나사를 돌려 램프를 껐고, 방안은 갑자기 캄캄해졌다.

그 무서웠던 밤을 잊을 수 있을까. 소리 하나, 아니, 숨소리조차도 들리지 않았다. 두세 걸음 저쪽에는 친구가 나와 마찬가지로 신경을 칼날같이 곤두세운 채 눈을 크게 뜨고 앉아 있다는 것을 알고는 있지만, 덧문으로 차단되어 실낱같은 불빛 한 줄기 새어 들어오지 않는 암흑 속에서 우리들은 계속 기다렸다. 밖에서는 이따금 밤새 우는 소리가 들려왔는데, 한 번은 이 방의 바로 창 밖에서 길게 꼬리를 끄는 고양이의 울음소리가 들려왔다. 그것은 앞에서 말한 바와 같이, 이 집에서 놓아기르는 치타의 소리였다. 멀리서 15분마다 시간을 알리는 성당의 시계 소리가 무겁게 들렸다. 그 15분이 얼마나 길게 느껴졌는지 모른다. 12시를 치는 소리가 들리고, 다시 1시, 2시, 3시를 치는 소리가 들렸다. 그동안 우리는 어떤 것인지는 알 수 없지만 어쨌든 일어나고야 말 그 사태를 말없이 기다리고 있지 않으면 안 되었다.

갑자기 공기구멍 쪽에서 타는 냄새가 강하게 코를 찔러 왔다. 누군가 옆방에서 덮개가 있는 랜턴에 불을 붙인 것이다. 사람이 움직이는 기척이 낮게 들리고 다시 조용해졌는데, 그 냄새는 더욱 강하게 풍겨 왔다. 나는 귀를 세웠다. 그렇게 30분 정도 흘러갔다. 그러자 갑자기 다른 소리가 들렸다. 주전자에서 계속 뿜어 나오는 가느다란 수증기 소리 비슷한 조용하고 부드러운 소리였다. 그 소리가 들려오자 홈즈는 침대에서 벌떡 일어나 성냥을 켜고 지팡이로 벨 끈을 힘껏 쳤다.

"왓슨. 보았나! 그것을 보았나?" 홈즈가 소리쳤다.

그러나 나는 아무것도 보지 못했다. 홈즈가 성냥을 켰을 때 낮고 날카로운 휘파람 소리를 들었으나, 환한 광채가 갑자기 피로한 눈을 쏘았

기 때문에 친구가 그토록 세게 때린 것이 무엇인지 미처 보지 못했다. 그러나 그의 얼굴이 죽은 사람같이 창백하고, 공포와 혐오의 감정으로 가득 차 있는 것만은 볼 수 있었다.

홈즈가 치는 동작을 멈추고 공기구멍을 지그시 노려보고 있는데, 갑자기 밤의 정적을 깨고 소름 끼치는 비명이 들려왔다. 고통과 공포와 분노가 섞인 비명은 점점 더 커졌고 온 몸의 털이 솟는 절규로 변했다. 나중에 들은 바로는 훨씬 아래에 있는 마을까지, 마을에서 떨어진 목사관까지도 이 절규가 들려 잠을 자던 사람들이 모두 일어났다고 한다. 뼛속까지 얼어붙는 듯한 심정으로 홈즈와 얼굴을 마주 보고 있는 동안, 어느 덧 절규의 메아리는 사라져 주위는 다시 정적으로 돌아갔다.

"어떻게 된 일인가?" 내가 말했다.

"모든 것이 끝났어. 결국 이렇게 된 것이 잘된 일인지도 몰라. 권총을 갖고 오게. 로일롯 의사의 방에 가 보세."

홈즈는 심각한 얼굴로 램프에 불을 붙이고 앞장서서 복도를 걸어갔다. 문을 두 번 노크했으나 안에서는 아무런 응답이 없었다. 홈즈는 손잡이를 돌리고 안으로 들어갔는데, 나는 권총의 공이쇠를 세워 언제든지 발사할 수 있는 자세로 그의 뒤를 따랐다.

기이한 광경이 눈에 들어왔다. 테이블 위에는 덮개를 반쯤 올린 랜턴이, 문이 반쯤 열린 금고를 환하게 비추고 있다. 그 테이블 옆의 나무 의자에 긴 회색 잠옷을 입은 그림스비 로일롯 의사가 맨발에 슬리퍼를 신고 복사뼈를 드러낸 채 앉아 있었다. 그의 무릎에는 낮에 보았던 짧은 손잡이에 기다란 가죽이 달린 채찍이 놓여 있다. 의사는 턱을 치켜들고 천장의 한 모퉁이를 경직된 눈초리로 노려보고 있었다. 아마 둘레에는 갈색 얼룩점이 있는 기묘한 끈이 달라붙어 있는데, 이것이 그의 머리를 바싹 감고 있는 것 같았다. 우리가 들어가도 그는 소리 하나 내지 않았고 손끝 하나도 움직이지 않았다.

"끈이다! 얼룩 끈이다!" 홈즈가 속삭였다.

나는 한 걸음 앞으로 나아갔다. 그러자 그때, 기묘한 머리 장식이 움직이기 시작하더니 의사의 머리카락 속에서 기분 나쁜 뱀의 다이아몬드형 머리와 부풀어 오른 목이 함께 불쑥 나타났다.

"연못 독사다. 인도에서도 가장 위험한 독사야. 의사는 물린 지 10초도 안 돼서 죽었어. 폭력은 행사한 사람에게 되돌아온다는 말이 있는데, 정말이야. 남을 함정에 빠뜨리기 위해 구덩이를 파는 사람은, 자신도 그 구덩이에 빠지는 법이야. 자, 이 뱀을 우리 안으로 몰아넣고, 미스 스토너는 안전한 장소로 옮기도록 하지. 그

런 다음, 이 사건을 주 경찰에 신고하기로 하세."

홈즈는 죽은 사람의 무릎에서 재빨리 개 채찍을 주워 들고, 그 고리를 뱀의 목에 걸어 되도록 멀리 들어서 옮긴 뒤 금고에 넣고 문을 닫았다.

이것이 스톡 모란의 그림스비 로일롯 의사가 죽게 된 사건의 진상이다. 얘기가 이미 길어졌으므로, 겁을 먹고 있는 미스 스토너에게 이 슬픈 사건을 대충 설명해 주고 아침 기차로 하로 이모 댁에 바래다 준 경

위며, 또 부주의하게도 위험한 애완동물과 놀다가 사고를 일으켰다는 의사의 결론에 이르기까지 당국이 이 사건을 얼마나 가볍게 여기고 처리했는가의 이야기를 더 장황하게 늘어놓을 필요는 없을 것이다. 내가 아직 모르고 있던 몇 가지 점은 이튿날 돌아가는 기차 안에서 셜록 홈즈가 설명했다.

"왓슨, 나는 처음에 완전히 그릇된 판단을 했는데, 이것은 불충분한 자료로 추리한다는 것은 항상 위험을 수반한다는 좋은 증거야. 집시가 있었다는 것, 언니가 성냥 불빛으로 언뜻 본 물체의 외관을 전달하려 했던 '밴드'라는 말, 이 두 가지 말을 듣고 나는 완전히 그릇된 방향으로 추리했었네. 다만 그 방에 있는 사람에게 닥칠 위험이 무엇이었든 간에, 그것은 창문이나 문으로 들어오지는 않았다는 것을 알고 생각을 즉시 바꾼 점만은 자랑할 수 있어. 이미 이야기한 바와 같이, 그 공기구멍과 침대에 늘어져 있는 벨 끈에 나는 주목했지. 벨 끈이 속임수였다는 것, 또 침대가 방바닥에 고정되어 있다는 것을 발견했을 때, 즉시 이 끈은 무엇인가 공기구멍에서 나와 침대로 갈 때 건너가는 다리가 아닐까 하는 의심을 했지. 그래서 곧 뱀이 떠올랐고 의사가 인도에서 짐승들을 사들였다는 사실과 결부시켜 생각해 보고, 더욱 내 생각이 옳다는 자신감을 가졌어. 어떠한 화학 실험으로도 발각되지 않는 독을 사용한다는 착상은, 동양에서 생활한 경험이 있고 머리가 좋은 잔인한 남자에게는 아주 걸맞네. 이러한 독은 작용이 빠르다는 것도 그의 입장으로서는 나무랄 데 없는 조건이었지. 작고 검은 두 개의 이빨 자국 상처를 발견한 검시관이 있다면 그는 매우 유능한 사람일 거네. 그리고 휘파람에 대해서도 생각해 보았네. 말할 필요도 없이 아침까지 뱀을 불러들이지 않으면 피해자에게 발각되고 말겠지. 그리고 우유를 사용하여 부르면 돌아오는 훈련을 시켰을 거네. 가장 알맞다 생각되는 시간을 택하여 그 뱀을 공기구멍으로 빠져나가게만 한다면, 틀림없이 끈을 타고 기어가 침대에 도달한다고 계산한 것이야. 뱀이 방안의 사람을 문다는 보장은 없으므로, 희생자는 일주일 정도는 화를 모면할 수 있을지는 모르지만, 어쨌든 물린다는 것은 확실하네.

여기까지 추리는 의사의 방에 들어가기 전에 했어. 의자를 조사해 보고 그가 이따금 그 위에 올라섰다는 것을 알았는데, 이것은 말할 것도 없이 공기구멍에 손을 뻗을 필요가 있어서였겠지. 금고, 우유 접시, 고리를 만든 채찍, 이 정도만 보면 더 의심할 여지가 없는 것 아닌가. 미스 스토너가 들었다는 금속성 음향은, 의사가 뱀을 금고에 넣고 급히 문을 닫았을 때 난 소리가 틀림없네. 이렇게 결론을 내린 다음, 증거를 굳히기 위해 내가 한 수단은 자네가 본 대로이네. 자네도 들었겠지만, 뱀의 쉭쉭 하는 소리가 들렸기 때문에 즉시 성냥을 그어 공격을 했지."

"뱀은 그래서 나왔던 공기구멍으로 다시 도망갔군."

"그렇지. 그래서 벽 저쪽의 주인을 공격한 거야. 내 지팡이에 몇 번

맞았기 때문에 뱀의 본성이 되살아나 가까운 곳에 있는 사람을 문 거지. 이렇게 생각할 때 그림스비 로일롯 의사의 죽음에 대해서는 나에게도 간접적이나마 책임이 있기는 하지만, 깊은 양심의 가책을 받을 것 같지는 않네."

빨강머리 연맹

The Red-Headed League: 1887년 10월 29일(토)~10월 30일(일)

❖

작년 가을의 어느 날, 나는 셜록 홈즈를 방문했다. 그때 홈즈는 혈색 좋은 얼굴에 타는 듯한 빨강머리를 가진 아주 건강해 보이는 나이든 신사와 열심히 이야기하는 중이었다. 모르고 들어와 실례했다고 사과를 하면서 돌아서려고 하자, 홈즈는 갑자기 나의 팔을 잡아 방안으로 끌고 들어가 문을 닫았다.

"왓슨, 아주 좋은 때에 왔네." 홈즈가 기분 좋게 말했다.

"나는 자네가 손님과 상담 중인 줄 알았어."

"상담 중이긴 하지. 아주 중요한 이야기를 하고 있었어."

"그럼 나는 옆방에서 기다릴게."

"그러지 않아도 되네. 윌슨 씨, 이 친구는 지금까지 내가 해결한 많은 사건 중에서 대개의 경우 나의 동료도 되고 협력자도 되어 준 사람입니다. 그러므로 이번 당신의 문제에도 크게 활약해 주리라 생각합니다."

그 건장한 신사는 의자에서 엉거주춤 일어나더니, 두꺼운 눈두덩 밑의 작은 눈을 의심스러운 듯이 반짝이면서 가볍게 고개를 끄덕였다.

"소파에 앉게."

홈즈는 나에게 말하고 자기도 의자에 편하게 앉고는, 양손가락을 깍지 꼈다. 이것은 그가 무언가를 생각할 때 흔히 하는 자세다.

"왓슨, 자네도 나와 마찬가지라고 생각하네만, 일상생활의 따분한 반복이나 평범한 이야기가 아닌 기이한 일에 대해서 관심을 갖고 있지? 그런 점에서 나의 많은 사건을 기록해 주었고, 또 그것들을 조금이나마 장식까지 해준 것을 보면 자네의 관심이 어느 정도인가를 알 수 있지."

"자네가 다루는 사건이 재미있었다는 것뿐이었네." 내가 말했다.

"언젠가 말했지. 자네도 기억하고 있을 거야. 메어리 서덜랜드양이 갖고 온 그다지 복잡하지 않은 사건에 손을 대기 전이라고 기억하는데, '색다른 감명이라든가 특별한 사건을 경험하고 싶다면, 우리들은 그것을 생활에서 찾아야 한다. 생활이야말로 항상 어떤 상상력의 산물보다 더 분방하고 더 기이하기 때문이다.'라고 내가 말한 적이 있었지?"

"난 그 의견에는 찬성할 수 없다고 했네."

"그랬지, 왓슨. 하지만 결국 자네는 고집을 꺾고 내 의견에 찬성하게 될 것이네. 왜냐하면 자네의 논거가 사실의 압력에 의해 깨지고, 나의 의견이 옳다고 인정할 때까지 나는 자네 눈앞에 실제의 예를 산더미같이 쌓아 놓을 테니까 말이야. 그런데 오늘 아침 제이베스 윌슨 씨가 이렇게 친절하게 찾아와 어떤 이야기를 했는데, 지금까지 들은 바로는 근래에 없는 기괴한 이야기가 될 것 같아. 자네도 들은 적이 있겠지만, 내 주장에 의하면 이상하고 특이한 사건은 중대한 범죄보다는 오히려 작은 범죄에 관련되어 있는 경우가 많고, 실제로 간혹 범죄가 있었는지조차

도 의심스럽게 여겨지는 곳에 숨어 있는 경우가 있지. 여기 찾아오신 윌슨 씨의 사건도 지금까지 들은 것으로는 범죄가 있는지 없는지 아직 단언하긴 어렵지만, 사건치고는 아주 특이해. 윌슨 씨, 실례지만 처음부터 다시 한 번 이야기해 주시겠습니까? 왓슨은 첫 부분을 듣지 못했고, 나 역시 이야기가 특이해서 사건의 사소한 점까지 자세히 듣고 싶군요. 나는 대개의 경우 사건의 경과는 그 일부만 들어도 나머지는 지금까지 경험해 온 사건들에 비추어 대충 짐작을 해 왔지만, 이번 사건만은 어느 대목도 유추할 수 있는 선례가 없습니다."

그 뚱뚱한 의뢰인은 약간 우쭐해서 가슴을 펴더니, 코트 안주머니에서 더럽고 구깃구깃한 신문을 한 장 꺼냈다. 그리고는 그것을 무릎에 올려놓고 구겨진 주름을 펴면서 광고란을 들여다보았다. 그동안 나는 이 신사를 자세히 관찰하면서 친구가 늘 하는 방법대로 복장과 태도 등에서 무언가를 알아내려고 노력해 보았다.

그러나 관찰로 파악한 것은 별로 없었다. 평범하고 비만해서 둔한 느낌이 드는 영국 상인이라는 인상뿐이었다. 입고 있는 옷은 약간 더부룩한 회색 바둑무늬 바지에다, 결코 깨끗하다고 할 수 없는 검은 프록코트를 입고 있었는데 앞단추를 풀어 놓고 있었다. 옅은 갈색 조끼에 굵은 놋쇠 빛 앨버트 시곗줄을 감았고, 그 끝에는 구멍이 나 있어 네모난 금속 장식으로 매달려 있다. 옆의 의자에는 닳아빠진 실크 모자와 옷깃에 붙인 벨벳이 주름투성이가 된 퇴색한 갈색 외투가 놓여 있었다. 아무리 보아도 눈에 들어오는 것은 타는 듯한 빨강머리와 여전히 뭔가 못마땅하다는 듯한 불만스러운 표정뿐이었다.

셜록 홈즈의 빠른 시선이 나에게 쏠렸다. 그리고 물어보는 듯한 나의 눈길과 마주치자 그는 미소를 짓고 머리를 흔들었다.

"이분은 옛날에 노동에 종사한 적이 있고, 코담배를 애용하며, 프리메이슨 회원이고, 중국에 다녀온 적이 있고, 요즘에는 글씨를 많이 썼다는 것은 알 수 있지만, 그 이상은 아무것도 아는 게 없네."

제이베스 윌슨은 이 말을 듣고 의자에서 벌떡 일어날 정도로 놀랐다. 그러고는 한쪽 손가락으로 신문을 누른 채 홈즈를 보았다.

"도대체 그걸 어떻게 아셨습니까, 홈즈 씨?" 윌슨이 물었다.

"예를 든다면, 내가 노동에 종사했다는 것 말입니다. 사실 그랬습니다. 나는 배 목수부터 시작한 사람이니까요."

"당신의 손 말입니다. 오른손이 왼손보다 훨씬 크군요. 당신은 오른손을 주로 쓰는 일을 해 왔습니다. 그래서 근육이 발달한 것입니다."

"아, 그럼 코담배는? 프리메이슨 회원은?"

"그것을 자세하게 설명하는 것은 현명한 당신에게 실례되는 일이라 생각합니다. 당신은 프리메이슨의 엄격한 서열 규칙을 위반하고 호(弧)와 컴퍼스로 된 가슴 장식핀을 달고 있으니까 말입니다."

"아, 그렇군요. 깜박 잊고 있었습니다. 그러나 글씨를 썼다는 것은?"

"오른쪽 소맷자락이 5인치쯤 아주 반질반질하고, 왼쪽 팔꿈치, 그러니까 책상에 닿는 부분이 다른 천으로 겹쳐 꿰매져 있는데 그것이 뭘 말하는 표시겠습니까?"

"알겠어요. 그럼 중국에 갔었다는 것은?"

"오른손 손목 바로 위에 물고기 문신이 있는데 그건 중국에서나 볼 수 있는 것입니다. 나는 문신 연구를 한 적이 있습니다. 그래서 많지는 않지만 그 방면의 문헌에 기여한 바도 있는데, 그와 같이 물고기 비늘을 아름다운 핑크색으로 물들이는 기술은 중국에만 있습니다. 그리고 시계줄에 매달려 있는 중국 동전을 보면 대답은 더욱 간단히 나옵니다."

제이베스 윌슨은 크게 웃었다.

"정말 놀랐습니다. 처음에는 굉장한 기술인 줄 알았는데 알고 보니 별것 아니군요."

"왓슨, 설명을 한 것이 오히려 잘못이군." 홈즈가 말했다.

"'모르는 것이 위대해 보인다.'는 말이 있는데, 이렇게 정직하게 털어 놓기만 하면 별 볼일 없는 얄팍한 나의 명성이 그나마 오래 가지도 못하고 사라질 것 아닌가. 윌슨 씨, 광고는 찾으셨습니까?"
"네, 여기 있습니다."
그는 굵고 붉은 손가락으로 광고란 중앙을 가리켰다.
"여깁니다. 이것이 사건의 원인이 되었습니다. 직접 읽어 보십시오."
나는 신문을 받아 들고 읽었다. 광고는 다음과 같았다.

빨강머리 연맹에 알림—아메리카 펜실베이니아 주 레바논의 고 이제키아 홉킨스 씨의 뜻에 따라, 명목이 있는 봉사에 대해 주 4파운드를 지급받을 권리를 갖는다. 연맹원에 결원이 하나 생겼음. 몸과 마음이 건강한 21세 이상의 빨강머리의 소유자는 응모 자격 있음. 월요일, 11시, 플리트가 포프스 코트 7번지, 연맹 사무소 내, 던컨 로스 앞으로 직접 신청 바람.

"도대체 이건 무엇이지?"
나는 이 기묘한 광고를 두 번이나 읽고 나서 소리쳤다. 홈즈는 킬킬거리며 기분이 좋을 때면 늘 하는 버릇대로 의자에 앉은 채 몸을 흔들었다.
"이건 흔한 이야기가 아냐. 윌슨 씨, 되도록 자세하게 당신의 사정과 가정 상황 그리고 이 광고가 당신의 신상에 끼친 영향에 대해 이야기해 주십시오. 왓슨, 자네는 그 신문 이름과 발행일을 메모하게."
"1890년 4월 27일. ≪모닝크로니클≫."
"좋아, 그럼 윌슨 씨."

"홈즈 씨. 아까도 말했지만," 제이베스 윌슨은 이마의 땀을 닦으며 말했다.

"나는 도시의 중심부인 코벅 스퀘어에서 작은 전당포를 하고 있습니다. 장사를 한다고는 했지만 전문적인 장삿속도 없고, 게다가 요즘은 경기도 없고 해서 그날 벌어 그날 먹는 형편입니다. 전에는 그래도 종업원을 둘씩이나 데리고 있었는데 지금은 한 사람뿐입니다. 그 한 사람에게 급료를 줄 만한 벌이도 못하고 있습니다만, 다행히 그 사람 하는 말이 급료는 다른 곳의 반만 받아도 좋으니 일만 배우도록 해 달라고 해서…"

"그 기특한 젊은이의 이름은 뭡니까?" 홈즈가 물었다.

"빈센트 스폴딩입니다만, 젊지는 않습니다. 나이는 짐작을 못하겠습니다. 어쨌든 홈즈 씨, 직원으로 그 젊은이만큼 훌륭한 사람은 흔치 않을 겁니다. 마음만 먹는다면 더 좋은 자리도 얻을 수 있고, 급료도 내가 주는 액수의 배는 더 받을 수 있을 것입니다. 그러나 본인이 만족해서 있는 것이라면 구태여 내가 그렇게 하라고 말할 것까지는 없습니다."

"옳은 말입니다. 표준 이하의 급료로 직원을 고용했으니 당신은 행운아입니다. 요즘은 사람을 고용하는 것도 쉬운 일이 아니니까요. 그 사람도 신문광고 못지않게 특이한 데가 있군요."

"사실 그에게도 나쁜 버릇은 있습니다. 그런 사진 미치광이가 세상에 또 있을까요. 조금은 진지하게 근무를 해야 할 때에도 카메라를 들고 나와 찍어 대는 겁니다. 그러고는 토끼가 굴속으로 들어가듯 지하실에 들어가 현상을 합니다. 그것이 그 친구의 결점이지요. 그러나 나쁜 사람은 아닙니다. 전반적으로 봐서는 일을 잘하는 편이니까요."

"지금도 당신 전당포에 있습니까?"

"있습니다. 그 친구 말고는 간단한 집안일을 하는 열네 살 되는 소녀, 이 세 사람뿐입니다. 왜냐하면 아내는 일찍 죽었고 가족도 없으니까요.

잘 살지는 못하지만, 이럭저럭 끼니 걱정은 하지 않고 빚을 갚을 정도는 됩니다. 그런 나를 골탕 먹인 것은 바로 이 광고입니다. 꼭 8주일 전이군요. 스폴딩이 이 신문을 들고 전당포에 와서 이상한 푸념을 늘어놓더군요.

'사장님, 나도 머리색이 빨갛다면 얼마나 좋을까요?'

그래서 제가 왜 그런 생각을 하는지 물었습니다.

'그건 말입니다, 빨강머리 연맹에 또 결원이 생겼거든요. 그곳에 가입하면 누구든지 한밑천 잡으니까요. 내가 들은 바로는, 이 연맹은 자격을

빨강머리 연맹 63

가진 사람이 얼마 없는 까닭에 결원이 많아 관리인은 돈을 처분하는 데 애를 먹고 있는 형편이랍니다. 나도 빨강머리였다면 꼭 응모했을 겁니다.'

'대체 그게 뭔데?' 내가 물었습니다.

그리고 홈즈 씨, 나는 온종일 집 안에만 있습니다. 하는 일이 밖으로 나도는 것이 아니고 집에서 손님을 받는 것이니까요. 나는 몇 주일씩 집을 나가지 않을 때도 있습니다. 그러니 세상 돌아가는 소식이 어두워서 별것 아닌 뉴스에도 귀를 기울이곤 합니다.

'사장님, 아직 빨강머리 연맹 이야기를 모르세요?' 스폴딩은 눈을 크게 뜨고 물었습니다.

'못 들었어.'

'이상하군요, 완전한 조건을 갖추신 분이 그걸 모르다니.'

'거기 들어가면 좋은 게 생기기라도 하나?'

'물론이죠. 1년에 200파운드밖에 안 되지만, 하는 일이 간단해 본업에 지장이 없어요.'

이 말을 듣고 나는 귀가 솔깃해져서 마음이 움직였습니다. 요즘은 장사도 시원치 않은데, 1년에 200파운드나 부수입이 생긴다고 하니 마음이 움직이지 않을 수 있겠습니까.

'그 얘기를 자세히 해주게.' 내가 말하자 직원은 광고를 보여 주었습니다.

'사장님이 직접 읽으시면 아실 테지만 연맹에 자리 하나가 비었는데, 자세한 내용을 문의할 곳이 여기 나와 있습니다. 내가 들은 바로는, 아메리카의 백만장자 이제키아 홉킨스라는 별난 사람이 이 연맹을 만들었다고 하더군요. 이 사람은 어찌나 머리가 빨갰는지, 그만 빨강머리에 대해 깊은 동정심을 갖게 되었답니다. 그래서 죽을 때 유산 관리인에게 큰 재산을 맡기고는 거기서 나오는 이자로 자기처럼 빨강머리를 가진 남자에게 간단한 일을 시키고 돈을 주라는 유언을 했답니다. 소문에 의하면 하는 일은 아주 간단한데 급료는 어김없이 나온다는 거예요.'

'하지만 연맹에 가입을 원하는 빨강머리가 몇 만 명은 될 게 아닌가?'

'사장님이 생각하는 것만큼 많지는 않아요. 왜냐하면 응모자는 런던에 사는 사람이어야 하고, 게다가 어른이어야 하니까요. 이 아메리카인은 젊었을 때 런던이 출세의 발판이 되었기 때문에, 이 그리운 도시에 은혜를 갚고 싶다는 겁니다. 그리고 빨강머리라고는 했지만 색이 좀 흐리거나 검은색이 들어간 빨강은 낙제고, 정말 불타는 것처럼 반짝이는 빨강머리라야 됩니다. 사장님, 만일 신청을 하신다면 그곳에 얼굴을 내미는 것만으로 충분합니다. 돈이 몇 푼 안 된다면 몰라도 1년에 200파운드 이상이나 되잖아요. 떨어져도 밑져야 본전이니까요.'

보시는 바와 같이 내 머리는 이렇게 새빨개서, 이 정도면 경쟁을 한다 해도 누구한테도 지지 않을 자신이 있었습니다. 빈센트 스폴딩은 연맹에 대해 아는 게 많은 것 같아 도움이 될지도 모른다는 생각을 하고, 그날은 일찍 전당포 문을 닫고 같이 가자고 했습니다. 그도 가게를 일찍 닫는다니까 아주 좋아했습니다. 우리는 문을 닫고 광고에 나와 있는 주소를 찾아갔습니다.

그런데 홈즈 씨, 그런 광경은 두 번 다시 볼 수 없을 겁니다. 북쪽에서 남쪽에서, 동쪽에서 서쪽에서, 머리카락에 빨강 빛이 있는 사람이면 모두 광고를 보고 중심부로 모여들었지 뭡니까. 플리트가 빨강머리 인파로 숨이 막힐 것 같고, 포프스 코트는 마치 오렌지 장수 수레와 같았습니다. 단 한 번 낸 광고에 이렇게 많은 사람들이 모여들었으니 기가 막힐 노릇이지요. 딸기색, 레몬색, 오렌지색, 벽돌색, 아이리시 세터색, 적갈색, 진흙색, 온갖 색의 빨강머리가 총집합했더군요. 하지만 스폴딩도 말했지만, 정말 타는 듯한 빨강머리는 그리 많지 않았어요. 이 많은 사람들이 차례를 기다리느라 서 있는 것을 보았을 때, 만일 나 혼자였다면 기가 죽어 그냥 돌아갔을 겁니다. 하지만 스폴딩이 나를 잡아끌었습니다. 그때 어떻게 했는지 확실히 기억은 나지 않지만, 줄지어 있는 사람들을 밀치고 당기고 떠밀고 하면서 인파 속을 헤치고 연맹 사무실이 있는 계단 앞까지 갔습니다. 거의 스폴딩에게 끌려간 것이지요. 계단에는 희망을 안고 올라가는 사람과 맥이 풀려서 내려오는 사람들로 두 줄이 이루어져 있었습니다. 우리들은 요령 있게 그 줄 속에 끼어들어 마침내 사무실 안으로 들어갔습니다."

"그건 재미있는 경험이었군요."

의뢰인이 말을 중단하고 코담배를 맡으며 기억을 되살리고 있을 때 홈즈가 말했다.

"정말 재미있습니다. 계속하십시오."

"사무실 안에는 나무 의자 두 개와 소나무로 만든 테이블 외에는 아무것도 없었는데, 나보다 더 새빨간 머리털을 가진 작은 남자가 테이블 맞은편에 앉아 있었습니다. 그는 응모자가 한 사람 한 사람 들어오면 판에 박은 듯이 두세 마디 말을 하는데, 응모한 사람을 낙제시킬 결점을 찾고 있었습니다. 이런 형편이라면 통과하기는 어려울 것 같았습니다. 그런데 내 차례가 되었을 때, 그 작은 남자는 지금까지 다른 응모자를 대할 때와는 전혀 다른 태도로 아주 상냥해져서, 우리가 안에 들어가니까 밀담을 할 수 있도록 입구의 문을 닫았습니다.

'제이베스 윌슨 씨입니다.' 스폴딩이 나를 소개했습니다.

'연맹에 가입하고 싶어서 오셨습니다.'

'훌륭한 적임자군요. 이분은 우리들이 요구하는 모든 조건을 갖추셨군요. 지금까지 이렇게 훌륭한 머리색을 본 적이 없습니다.'

그러더니 남자는 한 걸음 뒤로 물러서서 고개를 기울이고는, 내가 쑥스러워할 정도로 내 머리를 말끄러미 보았습니다. 그러고는 성큼성큼 다가와서 나의 손을 잡고 축하한다며 큰 소리로 말했습니다.

'이 머리라면 문제가 없습니다. 그러나 만일을 위해 한 가지 시험은 하겠습니다. 실례지만―' 그는 두 손으로 내 머리를 움켜잡고 힘껏 잡아당겼습니다. 나는 얼마나 아팠는지 비명을 질렀습니다.

'눈물이 나왔군요.' 그는 손을 놓았습니다.

'과연 나무랄 데 없습니다. 그러나 우리는 이렇게 할 수밖에 없습니다. 왜냐하면 지금까지 가발이 두 번, 염색이 한 번, 이렇게 속았거든요. 구둣방의 납을 사용하지를 않나, 그런 예를 말하라면 끝이 없습니다. 정말 생각하면 생각할수록 인간에 대한 환멸만 생깁니다.'

그 남자는 창가로 가서 합격자가 결정되었다고 크게 소리쳤습니다. 그러자 창문 밑에서는 한동안 낙담한 사람들의 웅성거림이 들리더니 이

옥고 모두 사라졌고, 빨강머리는 나와 그 관리인만 남았습니다.

'던컨 로스입니다.' 그 남자는 자기소개를 했습니다.

'나도 우리의 거룩한 은인이 남기고 가신 기금에서 연금을 받고 있습니다. 그런데 윌슨 씨, 결혼은 하셨나요? 가족은 있습니까?' 나는 가족이 없다고 말했습니다. 그러자 갑자기 그의 안색이 변하더군요.

'난처하군!' 그가 심각하게 말했습니다.

'사실 우리 연맹의 기금은 빨강머리의 사람을 보호하는 것뿐 아니라, 자손의 번영을 도모하기 위해 있습니다. 당신이 독신이라니, 참으로 유감입니다.'

홈즈 씨, 이 말을 듣고 나는 결국은 떨어졌다고 생각해서 실망했답니다. 그런데 상대는 2, 3분 동안 생각을 하더니, 괜찮겠다고 말했습니다.

'다른 사람이라면 이 결점이 어쩔 수 없는 결격 사유가 되지만, 당신처럼 훌륭한 머리를 갖고 계신 분에게는 우리도 양보하지 않을 수 없군요. 그럼 언제부터 우리 일을 해 주시겠습니까?'

'그것이 좀 곤란하거든요. 나는 가게가 있어서요.' 내가 말했습니다.

'아, 그런 것은 상관없어요, 사장님.' 빈센트 스폴딩이 옆에서 말했습니다.

'내가 대신 보면 되지 않겠습니까?'

'근무 시간은 어떻게 됩니까?' 내가 물었습니다.

'열 시부터 두 시까지입니다.'

홈즈 씨, 전당포는 대개 초저녁 장사이고 특히 급여일 전날인 목요일과 금요일이 바쁩니다. 그러니 열 시부터 두 시 사이라면 영업에 아무런 지장이 없는 시간입니다. 게다가 스폴딩은 착한 사람이라 가게를 맡겨도 안심이고요.

'그렇다면 좋습니다. 그런데 급료는 얼마입니까?' 내가 물었습니다.

'일주일에 4파운드입니다.'

빨강머리 연맹

'하는 일은?'

'말이 일이지, 별것 아닙니다.'

'너무 막연해서 감이 잡히지 않는군요.'

'그렇군요. 근무 시간에는 사무실에, 적어도 이 건물 안에 있어야 합니다. 만일 장소를 이탈하면 당신은 영원히 이 지위를 잃게 됩니다. 유언장에 그렇게 명기되어 있습니다. 근무 시간에 한 걸음이라도 밖에 나가면 규칙 위반이 됩니다.'

'하루에 네 시간이니까 외출할 일은 없겠지요.' 내가 말했습니다.

'어떤 이유도 용납되지 않습니다. 병이 나도, 급한 일이 있어도, 기타 어떤 급한 이유도 안 됩니다.' 던컨 로스 씨는 저에게 단단히 일러두었습니다.

'사무실에 있느냐, 파면되느냐, 둘 중의 하나입니다.'

'할 일은?'

'대영백과사전을 옮겨 쓰는 겁니다. 저기 책장에 한 권 있습니다. 잉크와 펜과 압지는 본인이 갖고 와야 합니다만, 이 테이블과 의자는 사용해도 좋습니다. 내일 오시겠습니까?'

'물론이죠.' 내가 대답했습니다.

'그럼, 제이베스 윌슨 씨. 오늘은 이만 돌아가십시오. 이 얻기 어려운 지위를 획득하신 행운을 다시 한 번 축하드립니다.'

로스 씨는 고개를 숙여 인사를 하고 나를 배웅했습니다. 나는 스폴딩과 함께 집으로 돌아왔는데, 무슨 말을 해야 좋을지, 또 무엇을 해야 좋을지 모를 만큼 나는 나의 행운을 기뻐했습니다. 그러고는 온종일 그날 아침에 있었던 일만 생각했는데, 밤이 되자 다시 맥이 풀렸습니다. 어떤 목적으로 이런 짓을 하는지는 몰라도, 어쨌든 장난이 아니면 사기라는 생각이 들었기 때문입니다. 도대체 이런 유언을 할 사람이 있을까. 대영 백과사전을 베끼는 따위의 어린애 장난 같은 일에 누가 그 많은 돈을 내놓는단 말인가. 나는 도저히 믿을 수 없었습니다. 빈센트 스폴딩은 옆에서 나에게 용기를 주려고 애를 쓰고 있었는데, 나는 잠자리에 들었을 때는 완전히 체념한 상태였습니다. 그러나 다음 날 아침이 되자 어쨌든 가 보자는 마음이 들었습니다. 그래서 작은 잉크병과 거위 깃털 펜과 풀스캡 페이퍼 일곱 장을 구입해 포프스 코트에 갔습니다.

깜짝 놀랐지요, 아니 기뻤습니다. 모든 게 어제 이야기와 같았거든요. 책상이 놓여 있고, 던컨 로스 씨는 내가 일을 시작하는 것을 확인하러 와 있었던 것입니다. 그리고 나에게 A항목부터 베끼라고 하고는 나갔는데, 그 뒤에도 나의 근무 상태를 보기 위해 가끔 돌아오고는 했습니다. 두 시가 되자 그만 가도 좋다면서 내가 쓴 종이를 보고 친절하게 칭찬을 해주었고, 내가 나오자 문에 자물쇠를 채웠습니다.

그런 뒤부터 매일 같은 일을 되풀이했지요, 홈즈 씨. 그리고 토요일이 되자 관리인 로스 씨가 와서 일주일 급료로 소블린 금화 네 개를 주었습니다. 그 다음 주도, 또 그 다음 주도 그러했습니다. 나는 매일 아침 열 시에 출근을 해서 두 시에 돌아옵니다. 던컨 로스 씨는 나중엔 아침에 한 번밖에 얼굴을 내밀지 않더니, 얼마쯤 지나니까 아예 나타나지도 않았습니다. 하지만 언제 나타날지 모르니 나는 사무실에서 한 걸음도 나가지 않았지요. 생각해 보십시오. 일은 쉽고 급료는 많고 하니, 해고 당할 서툰 짓을 할 수 있겠어요?

이렇게 8주가 지나갔습니다. 나는 'Abbots, Archery, Armour, Architecture, Attica'의 순서로 열심히 써 가면서, 조금만 더 쓰면 'B'로 들어가게 된다고 신이 나 있었습니다. 풀스캡 페이퍼 값으로도 적지 않은 돈이 나갔습니다. 내가 쓴 종이로 선반 하나가 가득 찼습니다. 그때입니다. 갑자기 일이 끝나고 말았습니다."

"끝나다니요?"

"그렇습니다. 그것도 오늘 아침에 말입니다. 보통 때와 같이 열 시에 출근해 보니까 문은 닫혀 있고 자물쇠가 채워져 있었는데, 문 가운데 네모난 작은 종이가 핀으로 꽂혀 있었습니다. 이것이 그것입니다. 직접 읽어 보십시오."

윌슨은 편지지 크기의 하얀 판지를 내밀었다. 거기에는 다음과 같은 글이 써 있었다.

빨강머리 연맹을 해산함.
1890년 10월 9일

홈즈와 나는 이 쌀쌀맞은 성명서와 그 뒤에 도사리고 있는 분하다는 듯한 얼굴을 물끄러미 보고, 여러 가지를 생각해야 한다는 것도 잊고서 무엇보다도 이 사건의 우스꽝스러움 때문에 그만 폭소를 터뜨리고 말았다.

"뭐가 그렇게 우습죠?"

의뢰인의 얼굴은 불빛 같은 머리털이 난 언저리까지 시뻘게졌다.

"웃기만 할 뿐 아무것도 할 수 없다면 나는 다른 곳으로 가겠소."

"진정하세요." 홈즈는 반쯤 일어났다가 다시 앉으며 큰 소리로 말했다.

"이런 사건은 절대로 놓치지 않겠습니다. 정말 진기하고 재미있는 사건입니다. 그러나 실례지만 조금 우습기도 합니다. 이 종이가 문에 붙어 있는 것을 보고 당신은 어떻게 하셨습니까?"

"깜짝 놀랐지요. 어떻게 해야 좋을지를 몰라 그 건물 안에 있는 다른 사무실에 이리저리 물어 보고 다녔는데, 그것에 대해 알고 있는 사람은 한 명도 없었어요. 마지막으로 1층에 살고 있는 회계사인 집주인한테 가서 빨강머리 연맹은 어떻게 되었냐고 물었더니, 그런 연맹 이야기는 들어본 일조차 없다는 대답이었습니다. 그래서 던컨 로스 씨는 어떤 인물이냐고 물으니까, 그런 이름도 처음 듣는다는 것입니다.

'4호실 남자입니다.'

'4호실? 그렇다면 머리가 빨간 사람 말이군요.'

'네.'

'그 사람은 윌리엄 모리스 변호사입니다. 새 사무실을 마련하는 동안 임시로 그 방을 쓰고 있었습니다. 그런데 어제 이사했습니다만…'

'어디로 가면 만날 수 있습니까?'

'이사 간 사무실로 가 보시는 게 좋겠군요. 주소는 알고 있어요. 음, 센트 폴 사원 근처에 있는 킹 에드워드 17번지입니다.'

홈즈 씨, 나는 곧 킹 에드워드가에 가 보았습니다. 그런데 그곳에는 의족이나 의수를 만드는 공장이 있을 뿐이었고, 윌리엄 모리스나 던컨 로스라는 이름은 들어본 일조차 없다는 대답이었습니다."

"흠, 그래서요?"

"삭스 코벅 스퀘어의 집으로 돌아가 스폴딩과 의논했습니다. 그런데 고작 '사장님, 기다리고 있으면 분명히 편지가 올 겁니다.'라는 말뿐이었고 저에게는 도움이 되지 않았습니다. 하지만 그런 일이 허사가 되려는 판인데 그냥 우두커니 있을 수는 없는 일 아니겠습니까. 그래서 의논할 상대가 없는 딱한 사람을 친절하게 도와준다는 당신의 소문을 전부터 들어 왔기 때문에 곧장 이곳으로 달려온 것입니다."

"잘하셨습니다. 당신의 사건은 아주 보기 드문 케이스입니다. 나는 기꺼이 이 사건을 맡고 싶습니다. 말씀을 듣고 보니 이건 뜻밖에 중대한 결과가 될지도 모르겠습니다."

"그렇습니다. 중대합니다. 나는 일주일에 4파운드 벌이를 날렸소."

"아니, 당신이 개인적으로 이 기괴한 연맹에 항의할 이유는 없을 것 같군요. 뿐만 아니라 내가 보기에 당신은 대영백과사전의 A항목에 대해 상세한 지식을 얻었고, 지금까지 30파운드 정도의 돈을 벌었을 것입니다. 당신은 연맹과 관계한 이후 한 푼도 손해 보지 않았습니다."

"그건 그렇습니다. 하지만 나는 그들을 조사해서 정체를 밝히고, 그것이 장난이었다면 어떤 목적이 있었는지 알고 싶습니다. 게다가 장난치고는 돈을 너무 쓰지 않았습니까? 무려 32파운드나 된다구요."

"그런 점에 대해서는 우리가 노력해서 조사해 드리죠. 그 전에 윌슨 씨, 한두 가지 물어 보겠습니다. 처음에 당신에게 그 광고를 보여준 종업원은 언제부터 근무했습니까?"

"그런 일이 있기 한 달 전부터입니다."

"어떻게 왔습니까?"

"광고를 냈더니 찾아왔더군요."

"광고에 응모한 사람은 그 친구 한 명뿐이었습니까?"

"아뇨, 열두 명 정도는 됩니다."

"왜 그 사람을 채용했습니까?"

"싹싹하고, 급료를 적게 받겠다고 했으니까요."

"보통 급료의 반만 받겠다고 했죠?"

"그렇습니다."

"빈센트 스폴딩은 어떻게 생겼습니까?"

"작지만 단단한 체구에 절도가 있고, 나이는 서른이 좀 넘은 것 같은데 얼굴에 수염이 없습니다. 이마에는 산으로 화상을 입은 하얀 흉터가 있습니다."

홈즈는 어지간히 흥분한 듯 의자의 앉음새를 고쳤다.

"그럴 줄 알았습니다. 그 남자의 귀에 귀고리 구멍이 있는 걸 보셨습니까?"

"보았습니다. 어릴 때 집시가 뚫어 준 구멍이라고 하더군요."

"음." 홈즈는 신음하듯 숨을 내쉬고는 다시 깊은 생각에 잠겼다.

"그 남자는 지금도 전당포에 있습니까?"

"네, 내가 나올 때 있었으니까요."

"당신이 없을 때도 장사를 열심히 합니까?"

"장사랄 것도 없지요. 오전은 거의 할 일이 없으니까요."

"잘 알았습니다. 윌슨 씨. 지금 같아서는 며칠 안으로 해결이 될 것 같군요. 오늘은 토요일이니까 월요일까지는 일의 전말을 밝혀 드리겠습니다."

"왓슨, 자네는 이 사건에 대해서 어떻게 생각하나?"

사건의 의뢰인이 나간 뒤 홈즈는 내게 물었다.

"전혀 모르겠어. 정말 기괴한 사건이야."

"일반적으로, 사건이 수수께끼 같을수록 그 성질은 단순한 거네. 평범한 얼굴이 기억하기 더 어렵듯이, 평범하고 특징이 없는 사건일수록 까다로운 법이지. 그러나 이 사건은 빨리 처리하지 않으면 안 되네."

"어떻게 처리할 작정인가?"

"담배를 피겠네. 이건 담배 세 대를 피울 시간은 걸려야 할 것 같아. 50분 정도는 말을 걸지 말게."

홈즈는 의자 위에서 몸을 구부려 앙상한 무릎을 매부리코의 앞까지

들어올리더니, 검은 사기 파이프를 괴조의 부리처럼 입에다 물고는 눈을 감았다. 이윽고 나는 홈즈가 잠이 든 줄 알고 나도 꾸벅꾸벅 얕은 잠에 빠지기 시작했는데, 그때 갑자기 그는 문제 해결의 열쇠를 얻은 듯이 의자에서 일어나 파이프를 벽난로 선반 위에 놓았다.

"오후부터 세인트 제임스 홀에서 사라사테(1844~1908, 스페인의 바이올리니스트 겸 작곡가)의 연주가 있네. 어때 왓슨, 진찰이 바쁘지 않으면 두세 시간 정도 나와 함께 할 수 있겠나?"

"오늘은 한가해. 내 직업은 별로 시간에 쫓기지 않으니까."

"그럼 모자를 쓰고 오게. 처음엔 시내에 들러서 갈 테니까. 어디 가서 점심을 먹지. 프로그램을 보니 독일 음악이 많은 것 같더군. 나는 이탈리아나 프랑스 음악보다 독일 음악이 더 좋아. 독일 음악은 사색적이거든. 나는 지금 조용히 사색을 하고 싶네. 왓슨, 가세."

우리들은 올더스게이트까지는 지하철로 갔다. 거기서 내려 조금 더

걸으니까, 오늘 아침에 우리가 들은 기괴한 이야기의 현장인 코벅 스퀘어에 닿았다. 그곳은 좁고 너절하며 퍽 쓸쓸한 거리였다. 사방에서 퇴색한 이층 벽돌집들이 울타리에 에워싸인 작은 공터를 내려다보고 있었다. 그 울타리 안에는 잡초처럼 자란 잔디와, 퇴색한 월계수 몇 그루가 자기를 더럽히고 있는 독한 공기에 대항하여 싸움을 하는 듯 초라한 모습으로 서 있었다. 모퉁이 집에 전당포의 표지인 도금한 구슬 세 개와, 갈색 바탕에 흰 글씨로 '제이베스 윌슨'이라 쓴 간판이 붙어 있었다. 그래서 그곳이 빨강머리를 가진 의뢰인의 전당포임을 알 수 있었다. 홈즈는 그 앞에 서서 고개를 한쪽으로 숙이더니 눈을 가늘게 뜨고 주의 깊게 사방을 둘러보았다. 그러고는 큰길을 천천히 걷다가 다시 그 모퉁이로 돌아와 주위의 집들을 날카롭게 관찰했다. 마지막에 전당포 앞으로 돌아와 포장도로의 돌을 지팡이로 두세 번 힘껏 두드려 보고는 문으로 다가가 노크를 했다. 그러자 곧 문이 열리면서 말끔히 면도를 한, 퍽 재빨라 보이는 젊은이가 나타났다.

"어서 들어오십시오." 젊은이가 밝게 인사했다.

"고맙소. 스트랜드가로 가는 길을 알고 싶습니다."

"세 번째 모퉁이에서 오른쪽으로, 거기서 네 번째에서 왼쪽으로 돌아가시오." 종업원은 시원스럽게 대답하고 문을 닫았다.

"싹싹한 놈이야. 내 생각에 저 녀석은 이 런던에서 네 번째로 재빠른 놈일 거야. 그리고 대담무쌍한 점에서는 세 번째 아래로는 내려가지 않을 거야. 저 녀석에 대해서는 나도 전부터 조금 알고 있지."

"틀림없이 윌슨의 종업원은 빨강머리 연맹의 이상한 사건과 깊은 관계가 있어. 이제 알 겠네. 자네가 일부러 길을 물어본 것은, 놈의 얼굴을 확인하고 싶어서였던 거야." 내가 말했다.

"그 녀석의 얼굴을 보고 싶었던 게 아냐."

"그럼 뭔가?"

"그자의 바지 무릎이야."

"뭔가 보았나?"

"예상했던 대로."

"왜 도로를 두드렸나?"

"여보게, 왓슨. 지금은 얘기를 할 때가 아닐세. 살피고 관찰할 때지. 우리들은 적지에 잠입한 스파이네. 삭스 코벅 스퀘어에 대해서는 대강 알았어. 이번에는 뒷길을 조사하세."

뒷골목 거리인 삭스 코벅 스퀘어에서 모퉁이를 하나 돌아서 나온 길은, 그 스퀘어에 비하면 그림의 안팎만큼이나 차이가 있었다. 그곳은 시내의 교통을 북부와 서부로 유도하는 대동맥과 같은 곳이다. 나가고 들어오는 마차, 두 줄기로 흐르는 많은 승객과 화물 때문에 교통 체증이

빈발했고, 보도는 보도대로 오가는 사람의 물결로 검어지고 있었다. 아름다운 상점과 훌륭한 사무실이 처마를 잇대고 있는 광경을 보고 있으면, 여기가 방금 우리가 다녀온 그 우중충하고 너절한 거리와 등을 맞대고 있는 곳이라고는 도저히 믿어지지가 않았다.

"자, 이 거리의 건물 배치 순서를 잘 기억해 두세. 런던에 대해 정확한 지식을 갖고자 하는 것이 나의 취미야. 어디 보자. 모티머 상점, 담배 가게, 신문 판매소, 시티 앤 서버밴 은행 코벅 지점, 채식 레스토랑, 맥파렌 마차 제조 창고라…, 이것으로 이 구획은 끝나고 다음으로 이어지는군. 자, 왓슨. 우리 일은 끝났으니 이번에는 기분 풀이나 하러 가세. 샌드위치에다 커피 한 잔을 마시고 나서 바이올린의 나라로 가는 거야. 그곳에는 섬세한 감미로움과 조화가 있을 뿐, 빨강머리 손님에게 붙들려서 기이한 질문에 시달림 당할 걱정 같은 건 하지 않아도 되네."

홈즈는 열렬한 음악 애호가이다. 그 자신이 능숙한 연주 솜씨를 가지고 있을 뿐 아니라 뛰어난 작곡가이기도 하다. 그날 오후 내내 그는 맨 앞줄에 앉아 지극한 행복에 잠겨 음악의 멜로디에 맞추어서 길고 가느다란 손가락을 느긋하게 움직이고 있었는데, 그 조용한 미소나 꿈꾸는 듯이 나른해 보이는 눈은, 철저하게 훈련된 경찰견, 예리하기가 칼날 같은 탐정 홈즈에게는 어울리지 않는 것이었다. 홈즈라는 특별한 개성 속에는 두 종류의 성질이 번갈아 우열을 다투고 있는데, 내가 보는 바로는 그의 극단적인 엄격함이나 민첩함은 이따금 그의 정신 내부에 충만해 있는 시적, 명상적 성향에 대한 반동이 아닌가 생각된다. 그는 이와 같은 성향의 진동 때문에 극단적인 이완에서 싫증을 모르는 정력의 충만으로 변하여 간다. 그리고 나는 잘 알고 있지만, 며칠씩이나 안락의자에 맥없이 기대앉아 즉흥곡을 만들거나 오래된 서적을 읽거나 하고 있을 때야말로 그는 참으로 두려운 사나이가 되는 것이다. 그러면 갑자기 새로운 활동력이 솟아올라 그 멋진 추리력이 마치 직감이라 해도 좋을 정도로 작용하여, 익숙하지 못한 사람  에게는 그가 인간 이상의 지능을 갖고 있는 게 아닌가 하는 의심까지 드는 것이다. 그날 오후도 나는 세인트 제임스 홀에서 그가 음악의 포로가 되어 있는 것을 보고, 그가 눈독을 들이고 있는 놈들에게 바야흐로 크나큰 위기가 다가가고 있음을 느꼈다.

"왓슨, 집으로 갈 건가?"

"응, 그럴 걸세."

"나는 잠시 할 일이 있네. 코벅 스퀘어 사건은 심각해."

"왜 심각하다는 건가?"

"엄청난 범죄를 음모하는 놈이 있네. 그러나 그것을 막을 수 있는 시간 여유는 충분해. 그렇게 확신할 만한 근거가 있다네. 하지만 오늘이 토요일이기 때문에 문제가 약간 복잡해지지 않을까 모르겠군. 오늘 밤 자네의 도움이 필요할지도 몰라."

"언제가 좋을까?"

"열 시쯤이 좋겠네."

"그럼, 그때 베이커가에 가 있겠네."

"좋아. 왓슨, 위험할지도 모르니까 군용 권총을 주머니에 넣고 오게."

홈즈는 손을 흔들면서 몸을 빙글 돌리더니 금세 군중 속으로 자취를 감추었다. 나는 내가 남들보다 둔하다고는 결코 생각하지는 않지만, 셜록 홈즈를 상대하고 있으면 언제나 나의 어리석음 때문에 환멸을 느낀다. 이번 일만 하더라도 나는 그와 함께 이야기를 들었고 같은 것을 보았지만, 홈즈는 지금까지의 사건 경과뿐만 아니라 이제부터 일어날 일까지 분명하게 내다보는 것 같다. 이와는 반대로 나는 사건의 전모가 지금까지도 아리송하기만 하고 수수께끼인 채로 남아 있다.

마차로 켄싱튼의 집으로 돌아가는 도중, 나는 대영백과사전을 베껴 쓴 빨강머리가 들려준 이상한 이야기에서부터, 삭스 코벅 스퀘어를 조사하러 간 것, 헤어질 때 홈즈가 한 불길한 말에 이르기까지 모든 것을 다시 생각해 보았다. 오늘 밤의 모험은 무엇을 의미하며, 왜 권총을 준비해야 하는가. 어디로 가서 무엇을 하는가. 홈즈가 암시한 바로는 그 전당포의 멀쩡하게 생긴 종업원은 흉악한 사나이로 깊은 음모를 꾸미고 있는 것 같다. 나는 이 수수께끼를 풀어 보려 했지만 결국 포기하고서는 밤이 되어 만사가 분명해질 때까지 잊고 있기로 했다.

9시 15분에 집을 나선 나는, 파크를 지나 옥스퍼드가를 통과하여 베이커가로 나갔다. 홈즈의 집 현관 앞에는 두 대의 이륜마차가 두 대 기다리고 있었다. 내가 복도에 들어가니까 위층에서 말소리가 들려왔다. 방에 들어가자 홈즈는 두 남자와 뭔가 진지하게 이야기하고 있었는데, 그 한 사람은 전부터 알고 있는 경찰청의 피터 존스였다. 또 한 사람은 마른 몸에 키가 크며 침울한 얼굴을 한 남자로, 반짝거리는 실크 모자를 들고 역겨울 정도의 고급 프록코트를 입고 있었다.

"아, 이제 다 모였군. 왓슨, 경찰청의 존스를 알고 있겠지. 이분은 메리웨더 씨, 밤의 모험에 참가하시네." 홈즈는 재킷의 단추를 채우고 선반에서 수렵용 채찍을 내리면서 말했다.

"왓슨 씨, 서로 힘을 모아 잘해 봅시다." 존스는 좀 거만하게 말했다.

"홈즈 씨는 짐승을 몰아 가두는 솜씨가 뛰어나죠. 남은 일은 잘 훈련된 개가 꼼짝 못하는 짐승을 물어 오듯 조수 노릇만 하면 됩니다."

"잡아 보니까 기러기 한 마리였다는 결과나 되지 않았으면 좋겠군요." 메리웨더가 무뚝뚝하게 말했다.

"안심하고 홈즈 씨를 믿어도 좋습니다. 이분에게는 남이 생각하지 못하는 독특한 방법이 있습니다. 양해를 구하고 말씀드린다면, 홈즈 씨는 다소 이론적이어서 공상에 쏠리는 면이 좀 있기는 하지만, 훌륭한 재능을 가진 탐정인 것만은 틀림없습니다. 지금까지 한두 번, 예를 들면 숄토 살인 사건이나 애그라 보물 사건 같은 것에서는 전문가인 경찰보다도 더 정확히 진상을 파악했다 해도 과언이 아니지요."

"오, 존스 씨. 당신이 그렇게 말씀하신다면 틀림없겠죠."

오늘 처음 대면을 한 메리웨더는 존스의 말에 곧 동의했다.

"하지만 전 카드를 못하게 되어서 유감입니다. 토요일 밤에 카드를 하지 않는 것은 27년 만에 처음입니다."

"아무튼 두고 보십시오." 홈즈가 말했다.

"오늘 밤에 있을 당신의 승부는 지금까지의 승부와는 달라서 많은 돈이 걸려 있습니다. 게다가 아슬아슬한 도박이지요. 메리웨더 씨, 당신이 건 돈은 3만 파운드입니다. 존스, 자네는 오랫동안 추적해 온 범인을 체포하게 될 걸세."

"존 클레이는 살인, 절도, 화폐 위조, 위조 화폐 사용 등의 범인입니다. 메리웨더 씨, 놈은 아직 새파란 나이인데도 범죄라면 뭐든지 전문가입니다. 나는 런던의 악당 중에서 우선 이놈에게 수갑을 채우고 싶습니다. 존 클레이는 무시무시한 놈입니다. 할아버지는 왕실 혈통인 공작이고, 그 자신도 이튼과 옥스퍼드 대학까지 다녔습니다. 손재주가 있고 머리도 좋아, 놈의 범행 장소에는 언제나 흔적만 있을 뿐 놈의 소재를 파악할 만한 단서는 전혀 찾을 수 없었죠. 이번 주에는 스코틀랜드에서 절도를 했는가 하면, 다음 주에는 콘월에서 고아원 건설을 미끼로 돈을 모으고 다닙니다. 나도 오랫동안 뒤쫓아 다녔지만 아직 얼굴조차 본 일이 없어요."

"오늘 밤에야말로 자네에게 소개할 수 있으리라 믿네. 존 클레이 선생은 나도 한두 번 관련을 가진 적이 있다네. 자네 말처럼 놈은 확실히 이 분야에서는 첫째 손가락이야. 그런데 벌써 열 시가 넘었군. 출발을 서둘러야겠어. 두 분은 앞쪽 마차에 타세요. 나는 왓슨과 함께 뒤차에 타겠소."

마차에 오르자 셜록 홈즈는 말없이 의자에 깊숙이 기대앉아, 그날 오후의 음악회에서 들은 곡을 흥얼거리고 있었다. 우리는 가스등이 비치는 미궁과 같은 거리를 오래 달려 파링든가로 나갔다.

"거의 다 왔어. 앞차에 있는 메리웨더는 은행 중역인데, 이 사건에 직접 관계가 있지. 그리고 나는 존스도 이 일에 참여하는 것이 좋다고 생각했네. 경찰관으로서의 능력은 신통치 않지만 나쁜 친구는 아냐. 용감하기로는 불독 못지않아서, 한 번 붙잡았다 하면 바다가재처럼 놓치는 일이 없는 큰 장점이 하나 있네. 자, 다 왔네. 앞차의 두 사람이 기다리고 있겠지."

그곳은 오늘 아침에 우리가 왔던 번화가였다. 마차를 돌려보내고 우리는 메리웨더의 안내로 좁은 골목을 지나 그가 열어 준 문 안으로 들어갔다. 안에는 짧은 복도가 있고, 그 끝에 튼튼하게 만든 철문이 있었다. 그 문을 열고 나선형 돌계단을 내려가자, 그 막다른 곳에 또한 엄중한 울타리가 있었다. 메리웨더는 그곳에 멈추어 서서 랜턴을 켰다. 그리고 우리를 안내하여 흙냄새 나는 캄캄한 통로를 지나 세 번째 문을 열더니 지하실 같기도 하고 동굴 같기도 한 방에 들어갔는데, 그 방의 벽면에는 나무 상자와 커다란 상자가 길게 쌓여 있었다.

"위에서 습격을 받을 염려는 없군요." 홈즈는 랜턴을 높이 치켜들어 주위를 둘러보면서 말했다.

"밑에서 와도 끄떡없습니다." 메리웨더는 대답한 뒤에, 지팡이로 바닥에 깔려 있는 돌을 두드리면서 말을 계속했다.

"어, 왠지 소리가 허전한걸."

그는 놀라는 얼굴이 되었다.

"조용히 하십시오. 당신은 벌써 우리들의 원정이 성공하는 데 상당한 상처를 주고 있습니다. 미안하지만 방해가 되지 않게 저 상자에 앉아 있으시오."

메리웨더는 시무룩해서 상자 위에 걸터앉았다. 자존심이 상한 못마땅한 표정이었다.

홈즈는 바닥에 무릎을 꿇고는 돌과 돌 사이의 틈새를 랜턴을 비추면서 확대렌즈로 자세히 살피기 시작했다. 그런데 불과 2, 3초로 만족했는지 그는 일어서서 확대렌즈를 주머니에 넣었다.

"적어도 한 시간 여유는 있겠어요. 그 사람 좋은 전당포 주인이 잠들기까지는 악당들은 아무 일도 하지 못할 테니까. 그러나 잠이 들기만 하면 즉시 일을 시작할 겁니다. 작업을 빨리 하면 할수록 그만큼 도주 시간을 버는 거니까요. 왓슨, 여기는 자네도 이미 짐작하고 있겠지만 런던에서 손꼽히는 큰 은행의 시내 지점 지하실이야. 메리웨더 씨는 이사니까, 런던 제일의 대담무쌍한 악당이 지금 왜 이 지하실에 눈독을 들이고 있는지 설명해 주실 것이네."

"그것은 프랑스 금화 때문입니다. 그걸 노릴지도 모른다는 예감은 몇 번인가 들었습니다."

"프랑스 금화를 말입니까?"

"그렇습니다. 우리는 몇 달 전에 자본금을 늘리려고 프랑스 은행으로부터 나폴레옹 금화 3만 매를 차입했습니다. 그런데 그 금화가 봉함도 뜯지 않은 채 지금 이 지하실에 잠자고 있다고 소문이 떠돈 것입니다. 내가 앉아 있는 상자 속에는, 납 호일로 싼 나폴레옹 금화가 한 상자에 2,000매씩 들어 있습니다. 이만한 금화 보유량은 일개 지점으로서는 흔치 않은 일인데, 중역들도 이 문제로 골치를 앓고 있습니다."

"당연합니다. 자, 우리도 미리 작전을 짜 둡시다. 한 시간 안이면 사건이 클라이맥스에 이르리라 생각합니다. 메리웨더 씨, 그때까지는 이 랜턴에 덮개를 씌워 두어야 합니다."

"어둠 속에 앉아 있는 겁니까?"

"어쩔 수 없습니다. 마침 카드 한 벌을 주머니에 넣어 가지고 왔고, 두 사람씩 한 조가 되어 있으니, 당신이 좋아하는 카드를 오늘 밤에도 할 수 있겠군요. 그러나 적들의 음모가 꽤 많이 진행된 것 같아 불을 켜면 위험합니다. 먼저 우리 위치를 정해 둡시다. 보통 대담한 놈들이 아니니까 우리가 미리 잠복하고 있다고 해도 각별히 조심하지 않으면 다칠 수 있습니다. 나는 이 상자 뒤에 숨어 있을 테니 당신은 그쪽에 숨으십시오. 그리고 내가 놈들에게 랜턴을 비추면 재빨리 뛰어나가십시오. 왓슨, 만일 놈들이 총을 쏘면, 뒷일은 생각 말고 쏘아도 좋네."

나는 권총의 방아쇠를 세워, 몸을 숨기고 있는 나무 상자 위에 놓았다. 홈즈는 랜턴에 덮개를 씌워 주위를 캄캄하게 했는데, 나는 지금까지 그토록 깊은 암흑은 본 적이 없다. 금속이 달아오르는 냄새로 우리는 바로 코앞에 등불이 있어서 유사시에는 그것이 즉시 빛을 낸다는 것을 알고 있었다. 나는 강한 기대와 불안 때문에 신경이 날카로웠으므로, 갑자기 캄캄해진 동굴의 차고 눅눅한 공기 속에 무언가 답답하고 위압적인 것이 숨어 있는 듯한 느낌이 들었다.

"도망갈 길은 한 군데뿐입니다. 건물 안을 지나 삭스 코벅 스퀘어로 나가는 길뿐이지요. 존스, 부탁한 대로 수배해 두었습니까?"

"정문에 경사와 순경 둘을 잠복시켜 놓았소."

"그럼 구멍은 완전히 틀어막은 셈이군. 이제 조용히 기다리기만 하면 됩니다."

정말로 길었다. 나중에 홈즈와 이야기를 해보고 알았지만, 그때 흘러간 시간은 한 시간에 불과했다. 그러나 나에게는 이미 밤이 지나고 아침 해가 뜰 만큼 시간이 흐른 것처럼 느껴졌다. 나는 최대한 움직이는 걸

억제하고 있었으므로, 손발이 저려서 막대기처럼 무감각하게 되었다. 그러나 신경은 극도로 긴장하여 청각이 아주 날카로운 상태였고, 네 사람의 조용한 숨소리가 들릴 뿐 아니라, 덩치가 큰 존스가 깊고 무겁게 들이마시는 소리와 은행 중역의 한숨 소리 같은 숨소리까지도 분간해서 들을 수 있었다.

내가 숨어 있는 곳은 상자 너머로 지하실 바닥과 직선을 이루고 있었다. 갑자기 빛 한 줄기가 들어왔다. 처음에는 돌바닥 위에 도깨비불같이 반짝거리는 정도였다. 그러나 차츰 크게 뻗어 나와 노란 빛줄기가 되고, 다시 아무런 기척도 없이 바닥에 틈새가 생기는 듯하더니 거기서 여자의 손 같은 하얀 손이 나타나 빛이 미치는 좁은 범위의 한복판을 더듬거리고 있었다. 1분 아니면 그보다 몇 초 더 지났으리라. 그 손은 손가락을 꿈틀거리면서 방바닥 위로 더 많이 솟아올랐다. 그러더니 갑자기 손이 사라지면서 돌바닥의 틈새를 나타내는 푸르스름한 광채만 남기고 주위는 다시 암흑으로 돌아왔다.

그러나 손이 사라진 것은 잠깐뿐이고, 이윽고 물체가 부서지는 요란한 소리가 나면서 커다란 흰 돌 하나가 젖혀지더니 뻥 하니 뚫린 네모난 구멍에서 랜턴 불빛이 들어왔다. 그러더니 그 구멍에서 이목구비가 번듯한 젊은 얼굴이 떠올라 주위를 날카롭게 둘러보았다. 이어 구멍의 양쪽을 붙들고는 어깨까지 나타나고, 다시 허리, 그리고 한쪽 무릎을 가장자리에 걸쳤다. 다음 순간, 마침내 구멍 밖으로 완전히 올라와서는 뒤의 동료를 끌어올렸는데, 그도 먼저 남자처럼 몸매가 작고 날씬하며 얼굴이 창백했다. 새빨간 머리는 헝클어져 있었다.

"괜찮아. 끈과 가방은 갖고 왔겠지. 어, 안 되겠다. 아치, 뛰어내려. 빨리 하지 않으면 교수대에 매달린다."

그때 셜록 홈즈가 뛰어나가 수상한 남자의 덜미를 잡았다. 또 한 놈은 구멍으로 뛰어들었으나, 존스에게 상의 자락을 움켜잡혀 옷이 찢어지는 소리가 났다. 권총의 총신이 반짝 빛났으나 홈즈의 채찍이 세차게 손목을 때렸기 때문에 권총은 덜컥 하고 돌바닥에 떨어졌다.

"헛수고야, 존 클레이. 이젠 도망갈 구멍이 없어." 홈즈가 온화한 목소리로 말했다.

"그런 것 같군. 그러나 동료는 도망친 것 같은데. 코트 조각만 남기고 말이야." 상대는 아주 침착하게 말했다.

"세 사람이 문 밖에서 기다리고 있지."

"오, 꽤 치밀하게 손을 쓴 것 같군. 칭찬해 주겠어."

"우리야말로 자네에게 감탄하고 있다네." 홈즈가 말했다.

"자네의 빨강머리 연맹은 기발하고 효과적인 착상이었어."

"같은 패거리도 곧 만나게 될 거야." 존스가 말했다.

"구멍에 떨어지는 건 나보다 잘하는 것 같군. 손을 내놔, 수갑을 채워 주지."

"네놈의 불결한 손으로 만지지 마." 수갑을 채우자 범인이 말했다.

"네놈은 모르겠지만, 내 혈관에는 왕실의 피가 흐르고 있단 말이야. 그러니 나한테 말을 할 때는 '서(Sir)'라든가, '황공하옵니다.'하고 공대를 해야 한다."

"알았네." 존스는 눈을 크게 뜨고 킬킬 웃으면서 말했다.

"황공하옵니다만, 마차도 마련되었사오니 전하께서는 계단을 올라가시면 경찰까지 안내를 받으실 수 있습니다."

"좋아." 존 클레이는 침착한 태도로 말했다. 그리고 우리 세 사람에게 가볍게 고개를 끄덕이고는 형사의 호위를 받으며 조용히 걸어 나갔다.

"홈즈 씨, 저희 은행은 당신에게 어떻게 감사를 해야 할지, 또 무엇으로 보답을 해야 좋을지 모르겠습니다. 당신은 전대미문의 대담하기 짝이 없는 은행 강도 계획을 멋지게 탐지해서 그들을 일망타진했습니다." 메리웨더가 말했다.

"나는 존 클레이에게 한두 가지 갚아야 할 빚이 있었습니다. 이번 사건 때문에 약간의 돈을 썼는데, 그 돈은 은행에서 갚아 주실 것으로 생각합니다. 그러나 그 밖의 것은 여러 가지 점에서 정말 귀한 경험이었고, 빨강머리 연맹이라는 기발한 이야기도 들었으니 이미 보수는 충분히 받은 셈입니다."

"왓슨,"
홈즈는 새벽 무렵 베이커가 집에서 위스키를 마시며 설명했다.
"처음부터 분명했던 것은, 빨강머리 연맹의 기묘한 광고나 대영백과사전을 베끼게 한 목적이 그리 영리하지 못한 전당포 주인을 매일 몇 시간씩 점포에서 끌어내기 위한 목적 이외에는 다른 어떤 것도 아닐 거라는 생각이었네. 그 방법이 참으로 야단스럽기는 했지만, 실제로 그만한 방법은 생각해 내기 쉽지 않네. 물론 머리가 좋은 존 클레이가 공범의 머리카락 색깔을 보고 떠올린 아이디어였을 거야. 일주일에 4파운드가 전당포 주인을 유인해 내는 데 들어갔지만, 몇천 파운드라는 도박을 하는 판이니 그 정도는 아무것도 아니지. 그래서 광고를 냈고 악당 중 한 사람은 임시로 사무실을 빌리고 또 한 사람은 윌슨을 부추겨 응모하도록 해서, 매일 오전 전당포를 비우게 하는 데 성공한 것이네. 나는 종업원이 보통 급료의 반만 받기로 하고 왔다는 이야기를 들었을 때부터, 그 자리를 얻지 않으면 안 될 무언가 강한 동기가 있다는 것을 알았네."

"그러나 그 동기가 은행 강도라는 건 어떻게 알아냈나?"

"전당포에 여자가 있으면 시시한 불륜 정도로 추측을 했겠지. 그러나 그것은 불가능했네. 또한 그 영감의 장사 규모가 작은 만큼 전당포에는 이렇게 신중하게 책략을 꾸미거나 그토록 돈을 걸 만한 가치가 있는 것이 없어. 그렇다면 문제는 전당포 밖이라고 생각할 수밖에. 그럼 대체 그것이 무엇일까. 나는 문득 종업원이 사진을 좋아해서 툭하면 현상을 한다며 지하실에 내려간다는 말이 떠올랐지. 지하실이다! 그곳에야말로 이 얽히고설킨 문제를 푸는 실마리의 한쪽 끝이 있다. 그래서 나는 이 이상한 종업원에 대해 질문을 해보았는데, 나의 상대가 런던에서 으뜸가는 침착하고 대담한 악당임을 알았네. 존 클레이가 지하실에서 무언가 음모를 꾸미고 있다, 몇 개월을 계속해서 매일 몇 시간씩 그 일에 몰두하고 있다, 이것들은 무엇일까. 여기서 또 한 번 생각했네. 어딘가 다른 집으로 터널을 뚫고 있다고밖에는 해석할 길이 없었네. 자네와 함께 현장을 보러 갔을 때, 나는 여기까지는 이미 추리하고 있었던 거야. 그때 내가 지팡이로 보도를 두드려서 자네가 놀란 적이 있지? 터널이 점포 앞쪽으로 뚫리고 있는지, 아니면 뒤쪽으로 뚫리고 있는지 확인하고 싶었던 거야. 앞쪽은 아니었어. 그래서 나는 벨을 울렸던 것인데, 내가 바랐던 대로 종업원이 나오더군. 나는 그와 전에 두세 번 작은 싸움을 한 적이 있지만, 서로 얼굴을 마주 대한 적은 없었어. 그때도 얼굴은 거의 쳐다보지 않았지. 알고 싶은 것은 무릎이야. 자네도 그놈의 무릎이 많이 닳았고 더러워져 있다는 것을 깨달았을 거네. 며칠씩 굴을 팠다는 증거지. 이제 남은 것은 단 하나, 그들이 무슨 목적으로 굴을 파느냐 였네. 나는 거리 모퉁이를 돌아가 보고, 시티 앤 서버밴 은행이 전당포와 등을 맞대고 있다는 것을 발견하고 문제를 해결했다고 생각했지. 음악회 뒤 자네는 마차로 돌아갔지만 나는 경찰청에 들렀다가 은행의 중역을 방문했지. 그리고 결과는 자네가 본 대로네."

"그들이 오늘 밤에 일을 한다는 것은 어떻게 알았나?"

"그건 말이야, 그들이 빨강머리 연맹의 사무실을 닫았을 때, 그때가 제이베스 윌슨이 전당포에 있어도 방해가 안 된다는 신호였을 거네. 바꾸어 말하면 터널이 완성된 거야. 그러니 한시라도 빨리 일을 끝낼 필요가 있었겠지. 터널이 발견될 염려도 있고 금화를 다른 곳으로 옮길 수도 있기 때문이지. 그리고 또 토요일이 가장 유리하다는 점은 도망치는 데 이틀의 여유가 있다는 것이지. 이런 까닭으로 나는 오늘 밤에 틀림없이 결행할 것이라고 단정했지."

"멋진 추리야. 길고 긴 추리의 실이 처음부터 끝까지 정확하게 이어져 있어." 나는 진심으로 감탄했다.

"덕분에 심심풀이를 했네." 홈즈는 하품을 하고 나서 말했다.

"아아, 또 그것이 엄습해 온다! 내 일생은 평범한 단조로움에서 도망치려는 끊임없는 노력의 연속이야. 가끔 이런 조촐한 사건이 있기 때문에 다소 숨통이 트이지만."

"그리고 자네는 인류의 은인이네."

"결국 그런지도 모르지만, 귀스타프 플로베르가 조르주 상드에게 써 보낸 말이 있네. 인간은 허무하고 예술이야말로 전부다."

춤추는 인형

The Adventure of the Dancing Men: 1898년 7월 27일(수)~8월 10일(수)

❖

홈즈는 한동안 등을 구부린 채 시험관을 들고 냄새가 고약한 화학 물질을 혼합하는 일에 열중하고 있었다. 머리를 깊이 숙인 모습이 마치 회색 깃털과 검은색 볏을 가진 낯선 나라에서 온 가녀린 새처럼 보였다.

"그런데 왓슨. 광산에 투자하지 않기로 결정했나?" 홈즈가 갑자기 말을 꺼냈다.

나는 깜짝 놀라서 몸을 움찔했다. 홈즈의 특별한 재능에는 이미 익숙해져 있었지만 그가 이렇게 느닷없이 마음속에 있는 생각을 훤히 꿰뚫어 보고 말할 때면 어떻게 그런 일이 가능한지 이해하기 어려웠다.

"도대체 그걸 어떻게 알았나?"

그는 연기가 나는 시험관을 한 손에 들고 앉아서 의자를 한 바퀴 빙그르르 돌렸다. 홈즈의 움푹 들어간 눈에는 재미있다는 표정이 어려 있었다.

"왓슨, 자네 정말 놀랐군?"

"그렇다네."

"하지만 너무 놀랄 필요 없네."

"왜지?"

"아마 5분 후면 자네는 이 모든 것이 실은 우스울 정도로 단순하다는 걸 알게 될 테니까."

"글쎄, 그렇지 않을 걸세."

"이보게, 왓슨." 홈즈는 시험관을 내려놓고 학생들에게 강의하는 교수 같은 태도로 말했다.

"추리를 해 나가는 과정은 생각보다 어렵지 않다네. 하나의 추리는 다른 추리로 이어지게 마련이지. 그런 다음, 좀 유치한 방법이긴 하지만, 대강 중요한 추리만 끝내고 나서 추리를 시작한 지점과 결론을 발표하면 사람들은 놀랍다는 반응을 보인다네. 자, 내 추리는 정말 어렵지 않았다네. 자네 왼손 집게와 엄지를 보고서 자네가 광산에 돈을 투자하지 않을 거라고 확신했다네."

"무슨 말인지 잘 모르겠군."

"잘 생각해 보면 알 걸세. 하지만 결정적인 단서를 몇 가지 알려 주겠네. 내가 추리한 과정은 바로 이렇지. 우선, 어젯밤에 자네가 집에 돌아왔을 때 나는 자네 왼손 집게와 엄지에 분필 자국이 있는 걸 보았네. 그건 곧 자네가 그날 당구를 쳤다는 것과 큐를 잘 잡기 위해서 그 두 손가락에 분필 칠을 했다는 걸 의미하지. 그런데 자네가 당구를 치는 건 써스톤을 만날 때뿐일세. 한 달 전에 자네가 했던 말 기억하나? 써스톤이 남아프리카에 있는 토지를 매매할 수 있는 권리를 갖고 있는데 한 달 후에 그 권리가 소멸되기 때문에 자네에게 공동 투자를 제안했다고 말했지. 그리고 자네 수표책이 내 서랍 안에 있는데도 열쇠를 달라는 말을 하지 않더군. 결국 자네는 투자하지 않기로 결심을 한 거지."

"이렇게 간단할 수가!"

"그렇다네. 일단 설명을 듣고 나면 모든 문제가 아주 간단하게 느껴지지. 하지만 이건 좀 설명하기 어려울 걸세. 왓슨, 이게 뭔지 한번 생각해 보게나."

그는 종이 한 장을 테이블 위에 올려놓고, 다시 화학 약품을 분석하기 위해 돌아앉았다.

나는 종이 위에 그려진 기묘한 그림 문자를 자세히 들여다보았다.

"홈즈, 이건 애들이 그린 그림 같은데?"

"글쎄, 자네 눈에는 그렇게 보이나?"

"그럼 아니란 말인가?"

"노퍽에 사는 힐튼 큐빗 씨가 해석해 달라고 의뢰한 그림일세. 큐빗 씨는 다음 기차로 이곳에 온다고 했네. 꽤나 급했던 모양이야. 이 수수께끼 같은 그림을 우편으로 먼저 보냈거든. 왓슨, 벨 소리가 나는군. 아마 큐빗 씨 일거야."

계단을 올라오는 둔한 발자국 소리가 나더니 잠시 후에 키가 크고 수염을 말끔하게 깎은 혈색 좋은 신사가 문을 열고 들어왔다. 눈빛이 맑고 뺨에 혈색이 도는 모습이, 안개가 자욱한 런던 시내에서 멀리 떨어진 곳에서 살고 있는 사람처럼 보였다. 그가 들어서자 동해안의 신선하고 상쾌한 바람 냄새가 방안을 가득 메우는 것 같았다. 그는 우리와 악수를 나눈 다음 의자에 앉았다. 그리고 우리가 조금 전까지 살펴보다가 테이

블 위에 놓아 둔 이상한 그림을 보고는 홈즈에게 물었다.

"홈즈 씨, 이 그림은 대체 뭘까요? 당신이 기묘한 수수께끼들을 좋아한다고 들었습니다만, 저렇게 이상한 건 아마 처음 보셨을 겁니다. 그림을 해석하는 데 시간이 걸릴 것 같아서 제가 도착하기 전에 먼저 우편으로 보낸 겁니다."

"확실히 흥미로운 그림입니다. 언뜻 보면 아이들 장난 같기도 합니다만. 종이 위에 춤추는 사람의 모습이 일렬로 그려져 있군요. 그런데 왜 이 괴상한 그림에 중요한 의미가 있다고 생각하는 겁니까?"

"그렇게 생각하는 건 제가 아니라 제 아내입니다. 그녀는 이 그림 때문에 몹시 겁에 질려 있어요. 내색은 하지 않지만 아내는 항상 두려움에 떨고 있어요. 그래서 이 그림을 조사해 달라고 부탁한 겁니다."

홈즈가 종이를 들어 올려 햇빛에 비추자 내용이 선명하게 드러났다. 노트에서 찢어 낸 것 같은 종이 위에는 연필로 다음과 같은 그림이 그려져 있었다.

홈즈는 그림을 잠시 들여다보더니 조심스럽게 접어서 수첩 속에 끼워 넣었다.

"아주 흥미롭고 특이한 사건이 될 것 같군요. 큐빗 씨, 저는 편지를 읽어서 자초지종을 알고 있지만, 제 친구 왓슨 의사를 위해서 다시 한 번 설명해 주시겠습니까?"

"저는 얘기를 잘 하는 편이 아닙니다."

그는 초조함 때문인지 크고 단단해 보이는 손을 쥐었다 폈다 하면서 이야기를 시작했다.

"왜 이런 일이 일어났는지 잘 모르겠습니다. 어쨌든 작년에 제가 결혼한 시점부터 얘기를 시작해야 할 것 같군요. 하지만 그 전에 말씀드릴 게 있습니다. 저는 그다지 부유한 사람은 아닙니다만, 노퍽에서 500년 동안 살아온 명문가 출신입니다. 그 지방에서 저희만큼 잘 알려진 가문은 없지요. 작년에 여왕 즉위 기념제를 맞아 런던에 간 적이 있습니다. 저희 교구를 담당하고 있는 파커 목사님이 러셀 광장에 있는 하숙집에 묶고 있었기 때문에 저도 그곳을 숙소로 정했지요. 그 하숙집에는 엘시 패트릭이라는 젊은 아메리카 여자가 묶고 있었습니다. 처음엔 친구처럼 지내다가 그곳에 머무는 동안 그녀를 진심으로 사랑하게 되었습니다. 우리는 조촐하게 결혼식을 올리고 함께 노퍽으로 돌아왔습니다. 명문가 자제가 만난 지 얼마 안 된 여자와 그런 식으로 갑자기 결혼을 한다는 게 이상해 보일 수도 있을 겁니다. 하지만 당신이 제 아내를 만나고 그녀에 대해 알게 된다면 제 행동을 이해할 수 있을 겁니다.

엘시는 솔직한 여자였습니다. 그녀는 내가 원한다면 언제든지 떠날 수 있도록 기회를 주었으니까요.

'제게는 좋지 않은 기억이 있어요. 가능하다면 전부 잊고 싶은 기억이에요. 그 일을 떠올리는 게 너무 고통스럽기 때문에 차라리 말하지 않는 편이 나을 것 같습니다. 하지만 힐튼, 지금 저는 아무것도 부끄러울 게 없습니다. 그러니 당신이 나와 결혼한다 해도 당신의 명성에 해가 되지 않을 겁니다. 하지만 제 말을 믿고 결혼식을 올릴 때까지 과거에 대해 묻지 않았으면 합니다. 그럴 수 없다면 혼자 노퍽으로 돌아가도 괜찮아요. 저는 이곳에 남겠습니다.'

엘시가 그 말을 한 건 결혼식 전날이었습니다. 저는 그녀의 말을 믿고 결혼하겠다고 말했죠. 그리고 그녀와 한 약속을 지금까지 지키고 있습니다.

이제 결혼한 지 1년이 지났고, 우리는 정말 행복하게 지냈습니다. 하지만 한 달 전인 6월 말에 이상한 일이 일어났습니다. 어느 날 아내는 아메리카에서 온 편지를 받았습니다. 내용은 모르지만 봉투에 아메리카 소인이 찍혀 있는 걸 봤어요. 편지를 받은 순간 아내의 얼굴이 몹시 창백해졌습니다. 아내는 편지를 읽자마자 불 속에 던져 버렸습니다. 그 후에도 아내는 편지에 대해서 한 마디도 하지 않았습니다. 저 역시 아내와 약속했기에 아무것도 묻지 않았어요. 하지만 그날 이후로 아내는 늘 불안해 보였습니다. 두려운 표정으로 무언가를 기다리는 것 같았습니다. 아내가 저를 신뢰해 주었으면 좋겠다고 생각했습니다. 가장 소중한 친구는 바로 저라는 걸 아내가 기억해 주길 바라고 있었어요. 하지만 아내가 입을 열 때까지 아무 말도 할 수 없습니다. 아내는 정직한 사람입니다. 그리고 과거에 어떤 문제가 있었다 해도 그건 아내의 잘못이 아니었을 겁니다. 홈즈 씨, 저는 노퍽의 소지주일 뿐이지만 누구보다도 가문의 명예를 중요시하는 사람입니다. 아내도 결혼 전부터 이 사실을 잘 알고 있습니다. 그래서 전 아내가 가문을 더럽힐 만한 일은 절대로 하지 않을 거라고 확신합니다.

그럼 지금부터 저희 집에서 일어난 이상한 일에 대해 말씀드리지요. 일주일 전, 그러니까 지난 주 화요일이었습니다. 저는 창틀에 춤을 추고 있는 듯한 이상한 모양의 그림이 그려진 걸 발견했습니다. 이 종이에 그려진 그림하고 비슷한 형상이었어요. 분필로 낙서하듯 그려 놓았기에 마구간을 지키는 소년이 장난을 친 거라고 생각했습니다. 하지만 그 아이는 전혀 모르는 일이라고 하더군요. 어쨌든 그림은 밤사이에 그린 게 분명했습니다. 저는 일단 그림을 지우고, 나중에 아내에게 지나가는 말로 얘기해 주었습니다. 하지만 놀랍게도 아내는 굉장히 심각한 표정으로 이런 일이 또 생기면 자기에게 꼭 보여 달라고 부탁하더군요. 그리고 일주일 동안은 아무 일도 일어나지 않았습니다.

그런데 바로 어제 아침, 정원에 있는 해시계 위에서 이 종이를 발견한 겁니다. 엘시는 그림을 본 순간 정신을 잃고 말았습니다. 그때부터 아내는 반쯤 정신이 나간 사람처럼 멍해져 있고, 눈에는 두려운 기색이 역력했습니다. 그래서 당신에게 편지를 썼던 겁니다. 이런 일을 경찰에 알렸다간 웃음거리가 되겠죠. 당신이라면 어떻게 해야 좋을지 알려 줄 수 있을 거라고 생각했습니다. 홈즈 씨, 저는 큰 부자는 아니지만 만일 아내가 위험에 처한다면 재산을 다 털어서라도 그녀를 보호할 겁니다."

큐빗은 옛 잉글랜드인의 기질을 물려받은 성실하고 정직하며 온화한 사람이었다. 크고 진지해 보이는 푸른 눈과 잘생긴 이목구비가 그를 한층 돋보이게 했다. 우리는 그의 모습에서 아내에 대한 사랑과 신뢰를 읽을 수 있었다. 홈즈는 이야기를 열심히 듣고 나서 한동안 조용히 생각에 잠겨 있었다.

"큐빗 씨." 마침내 홈즈가 말을 꺼냈다.

"부인에게 비밀을 얘기해 달라고 부탁하는 게 제일 좋은 방법이 아닐까요?"

홈즈의 말에 힐튼 큐빗은 천천히 고개를 저었다.

"아내와의 약속을 저버릴 수는 없습니다. 엘시가 얘기하고 싶다면 먼저 말을 꺼내겠지요. 제가 비밀을 털어놓으라고 강요할 권리는 없으니까요. 아내의 의견을 존중해 주는 게 당연한 도리라고 생각합니다."

"알겠습니다. 저도 최선을 다해 도와 드리겠습니다. 우선, 집 주변에서 낯선 사람을 보았다는 얘기를 들은 적이 있습니까?"

"없습니다."

"거긴 아주 조용한 마을이 아닌가요? 낯선 사람이 들어오면 금방 눈에 띌 텐데요."

"가까운 이웃에 그런 사람이 나타난다면 바로 알 수 있겠지요. 하지만 근처에 가축에게 물 먹이는 장소가 여러 군데 있는데다가 농가들이 하숙을 치고 있어서 뭐라고 말씀드리기가 어렵습니다."

"이 그림 문자에는 분명 어떤 의미가 담겨 있습니다. 누군가 일시적으로 만든 거라면 해독은 거의 불가능할 겁니다. 하지만 이 암호에 어떤 규칙이 있다면 모양이 달라져도 전부 해석할 수 있습니다. 문제는 그림이 너무 짧아서 규칙을 찾기가 어렵고, 사건 내용도 막연해서 수사에 필요한 단서를 얻을 수 없다는 겁니다. 큐빗 씨, 우선 노퍽으로 돌아가시는 게 좋을 것 같습니다. 이 그림이 다시 나타나면 반드시 본을 떠 놓으셔야 합니다. 창틀 위에 분필로 그려진 그림은 이미 지워 버렸으니 어쩔 수 없지요. 그리고 이웃에 낯선 사람이 있는지 잘 알아보십시오. 새로운 증거가 나타나면 제게 알려 주세요. 지금 당신에게 해줄 수 있는 조언은 이것뿐입니다. 새로운 사실이 발견되면 제가 노퍽으로 곧장 달려가겠습니다."

큐빗이 돌아 간 다음부터 홈즈는 한동안 깊은 생각에 잠겨 있었다.

그 후 며칠 동안 홈즈는 수첩에 끼워 놓았던 종이를 여러 차례 꺼내어 그 이상한 그림들을 열심히 들여다보았다. 하지만 사건에 대해서는 아무 말도 하지 않았다. 그렇게 2주가 지난 어느 날 오후, 홈즈가 외출하려던 나를 갑자기 불러 세웠다.

"왓슨, 오늘은 집에 있는 게 어떻겠나?"

"왜?"

"오늘 아침에 큐빗 씨의 전보를 받았거든. 힐튼 큐빗 씨 알지? 그 춤추는 인형 그림 사건 말이야. 한 시 이십 분쯤 리버풀가에 도착한다고 했으니까 금방 올 걸세. 전보를 친 걸 보니 뭔가 중요한 일이 일어난 모양이야."

그리고 얼마 지나지 않아, 큐빗이 우리를 찾아왔다. 그는 역에서 내리자마자 마차를 타고 달려 왔다고 했다. 그의 얼굴은 근심스럽고 우울해 보였다. 눈에는 피로한 기색이 역력했고, 이마에는 주름이 깊게 패어 있었다.

"홈즈 씨, 이 사건 때문에 하루도 편할 날이 없습니다." 그는 지친 사람처럼 흔들의자에 몸을 기대며 말했다.

"눈에 보이지도 않고 누군지도 모르는 사람이 어떤 의도를 가지고 주변에서 서성거린다면 기분이 어떻겠습니까? 그 때문에 아내는 하루가 다르게 쇠약해지고 있습니다. 저러다가는 뼈밖에 남지 않을 겁니다. 바로 제 눈앞에서 아내가 죽어 가고 있습니다."

"부인은 아직 아무 말도 없습니까?"

"없습니다. 불쌍하게도 여러 번 말을 하려고 했던 것 같은데 차마 용기가 나지 않나 봅니다. 그녀를 도우려고 노력했지만 오히려 더 놀라게 만든 것 같습니다. 아내는 우리 집안과 명성, 명예로운 집안에 대한 나의 자부심에 관해 얘기하곤 합니다. 그때마다 아내가 무언가 털어놓을 거라고 생각하지만 결국은 다른 얘기로 끝나고 맙니다."

"뭐 알아낸 거라도 있습니까?"

"네. 그동안 춤추는 인형 그림이 여러 번 나타났습니다. 홈즈 씨를 위해 모두 본을 떠놓았습니다. 하지만 그 보다 중요한 건 제가 범인을 봤다는 겁니다."

"그림을 그린 사람 말입니까?"

"네. 그림 그리는 걸 직접 보았습니다. 그동안 있었던 일들을 차례로 말씀드리지요. 홈즈 씨를 만나고 돌아간 다음 날이었습니다. 아침에 일어나 보니 새로운 그림이 또 나타났더군요. 이번 그림은 창고에 있는 검은 나무 문 위에 분필로 그려져 있었습니다. 창고는 잔디밭 옆에 있는데 현관 창문 앞에 서면 전체가 다 보입니다. 저는 그림을 똑같이 베꼈습니다. 이게 본뜬 그림입니다."

그는 종이를 펴서 테이블 위에 올려놓았다. 그림은 다음과 같은 모양을 하고 있었다.

"좋습니다! 정말 훌륭해요! 그 다음은 어떻게 되었습니까?"

"본을 다 뜨고 나서 원래 있던 그림은 지웠습니다. 그런데 이틀 후에 또 다시 그림이 나타났어요. 이건 두 번째 그림을 본 뜬 겁니다."

홈즈는 손을 마주 비비며 기쁜 얼굴로 미소를 지었다.
"좋은 자료가 되겠군요."
"그리고 3일 후 해시계의 돌 아래에서 그림을 또 발견했습니다. 여기 복사본이 있습니다. 이건 보시다시피 마지막 그림과 모양이 똑같습니다. 이 그림이 나타난 후 저는 범인을 직접 기다려 보기로 결심했습니다. 그 날 밤 권총을 가지고 서재 창가에 앉아서 정원을 살펴보고 있었습니다. 달빛이 비치긴 했지만 밤이라 정원은 매우 어두웠습니다. 아마 새벽 두 시쯤 되었을 겁니다. 발소리가 들려서 뒤를 돌아보았더니 아내가 잠옷을 입은 채 서 있었습니다. 아내는 제게 방으로 돌아가자고 부탁하더군요. 그래서 저는 아내에게 이런 못된 장난을 치는 놈이 누군지 꼭 밝혀내고 싶다고 솔직하게 말했습니다. 그러자 아내는 아무 뜻 없는 장난일 뿐인데 제가 너무 과민하게 받아들이는 거라고 말하더군요.

'힐튼, 그 일 때문에 정 신경이 쓰인다면 여행이라도 다녀오는 게 어떨까요? 그러면 이 성가신 일 따윈 금방 잊을 수 있을 거예요.'

'그깟 장난 때문에 우리가 왜 떠나야 하지? 그랬다간 온 동네에 웃음거리가 될 거야.'

'어쨌든 이제 그만 방으로 돌아가요. 그리고 내일 아침에 다시 얘기해요.'

그렇게 말하고 나서 아내는 갑자기 얼굴이 하얗게 질려서 내 어깨를 꽉 붙들었습니다. 창고 옆에서 뭔가 움직이고 있었던 겁니다. 어두운 그림자는 창고 모퉁이를 돌아 살금살금 기어가더니 문 앞에 웅크리고 앉았습니다.

제가 권총을 들고 밖으로 뛰어나가려 하자 아내는 저를 뒤에서 안고는 온 힘을 다해 말렸습니다. 아내를 떼어 놓으려 했지만 필사적으로 매달리는 바람에 그러지 못했습니다. 간신히 아내를 제쳐 놓고 창고로 뛰어갔을 때 범인은 사라지고 없었습니다. 하지만 역시 흔적을 남겨 놓았더군요. 문 위에는 아까 보여 드렸던 마지막 두 그림과 똑같은 모양의 춤추는 사람들이 그려져 있었습니다. 그것도 이렇게 본을 떠 가지고 왔습니다. 정원을 모두 뒤졌지만 범인이 남긴 건 창고에 있는 그림뿐이었습니다. 그런데 놀랍게도 범인은 창고 근처에 그대로 숨어 있었던 모양입니다. 다음 날 아침에 창고 문을 다시 살펴보았을 때 전날 그림이 있던 곳 근처에 새로운 그림이 그려져 있었습니다.

"그 그림도 가지고 오셨습니까?" 홈즈가 물었다.

"그럼요. 아주 짧은 그림이지만 본을 떠 두었습니다. 바로 이겁니다."

"이 그림이 그 전 그림과 연결된 걸까요, 아니면 전혀 별개의 그림일까요?"

나는 홈즈의 눈빛을 보고 그가 매우 흥분한 상태라는 걸 알아차렸다.

"창고 문은 나무판자 여러 개를 이어 붙여 만든 겁니다. 그런데 이 그림은 첫 번째 그림이 있던 판자가 아닌 다른 판자 위에 그려져 있었어요."

"좋습니다. 이 그림은 우리에게 가장 중요한 그림이 될 겁니다. 희망이 보이기 시작하는군요. 큐빗 씨, 어서 이야기를 계속해 보십시오."

"홈즈 씨, 그 사건에 대해 드릴 수 있는 말씀은 그것뿐입니다. 다만 그날 밤 제가 도둑고양이 같은 그놈을 잡으려고 했을 때 필사적으로 말린 아내가 잠시나마 야속하게 느껴지더군요. 아내는 제가 다칠까 봐 겁이 나서 그랬다고 했지만, 아내가 정말 걱정했던 건 그놈이 아니었을까 하는 생각이 얼핏 스쳤거든요. 아내는 그 사람을 알고 있고 그 기묘한 그림의 의미도 알고 있을 거라는 생각 말입니다. 하지만 아내의 목소리와 눈빛 속에서 전혀 그런 기색을 읽을 수 없었습니다. 그래서 아내가 진심으로 저를 걱정하고 있다는 걸 알았지요. 사건 이야기는 이게 전부입니다. 홈즈 씨, 이제 제가 어떻게 하면 좋을까요? 제 생각엔 농장에 있는 일꾼들을 풀어서 관목 숲을 지키게 하면 좋을 것 같습니다. 놈이 나타났을 때 붙잡아서 혼을 내주면 다시는 찾아오지 않을 것 같은데요."

"그렇게 간단히 해결할 수 있는 사건은 아닌 것 같습니다. 큐빗 씨, 런던에는 얼마나 계실 수 있습니까?"

"실은 오늘 돌아가야 합니다. 아내를 밤새 혼자 둘 수는 없으니까요. 아내는 신경이 몹시 쇠약해져서 제게 빨리 돌아오라고 부탁했습니다."

"그렇겠군요. 이곳에서 좀더 머물 수 있다면 내일이나 모레쯤 당신과 함께 가려고 했습니다만, 사정이 그렇다니 어쩔 수 없군요. 그림은 이곳에 두고 가십시오. 며칠 내로 찾아뵙고 사건에 대해 말씀드리지요."

홈즈는 큐빗이 돌아갈 때까지 냉정한 태도를 잃지 않았지만, 홈즈를 잘 알고 있는 나는 그가 내심 흥분하고 있다는 걸 눈치 챌 수 있었다. 큐빗의 넓은 등이 문 밖으로 사라지자 홈즈는 테이블로 달려가서 춤추는 인형이 그려진 그림 조각들을 나란히 늘어놓고는 복잡하고 정교한 계산에 몰두하기 시작했다. 나는 2시간 동안 홈즈가 종이 몇 장에 그림과 글자들을 잔뜩 써내려 가는 것을 지켜보고 있었다. 홈즈는 일에 너무 몰두한 나머지 내가 있다는 사실조차 잊은 듯했다. 가끔은 뭔가 알아냈는지 휘파람을 불거나 노래를 불렀고, 계산이 잘 풀리지 않을 때는 한참 동안 눈썹을 찌푸린 채 골똘히 생각에 잠겨 앉아 있기도 했다. 마침내 그는 만족스러운 탄성을 지르며 자리에서 벌떡 일어나더니 양손을 비비며 방안을 왔다 갔다 했다. 그리고 전보용지에 길게 무언가를 쓰고는 내게 말했다.

"왓슨, 내가 기대하는 것과 같은 내용의 답장을 받게 된다면, 자네의 사건 기록에 아주 흥미로운 사건 하나가 추가될 걸세. 내일 나와 함께 노픽에 가서 큐빗 씨에게 이 까다로운 사건의 비밀이 무엇인지 확실하게 알려 주도록 하세."

나는 궁금해서 못 견딜 지경이었지만, 홈즈가 적당한 시기에 자신이 원하는 방법으로 사건에 대해 설명하기를 좋아한다는 것을 알고 있었기 때문에, 비밀을 알려 줄 때까지 기다리기로 했다.

하지만 예상외로 회답이 늦어졌기 때문에 홈즈는 벨소리가 날 때마다 귀를 기울였다. 전보를 보낸 지 이틀 째 되던 날 저녁에 드디어 큐빗의 편지가 도착했다. 편지에는 그날 아침 해시계 위에서 또 다시 그림이 발견되었다는 내용과 함께 복사본이 들어 있었다.

홈즈는 이 괴상한 그림을 한동안 들여다보더니 갑자기 놀라움과 절망이 뒤섞인 목소리로 탄식하면서 튀어 오르듯 자리에서 일어났다. 그의 얼굴이 근심으로 창백해졌다.

"너무 오래 기다렸어. 왓슨, 오늘 밤 노스 월섬으로 떠나는 기차가 있을까?"

나는 기차 시간표를 찾아보았지만 마지막 기차가 이미 떠난 뒤였다.

"그러면 내일 일찍 아침을 먹고 첫차를 타러 가세. 가능한 한 빨리 그곳에 가야 해."

그때 아래층에서 전보가 왔다는 소리가 들렸다.

"아, 드디어 기다리던 해저 전보가 왔군. 잠깐, 허드슨 부인. 제 전보일 겁니다."

홈즈는 허드슨 부인에게 전보를 받아 읽었다.

"역시 내 예상이 맞았어. 이 전보로 모든 게 확실해졌네. 큐빗 씨에게 빨리 이 사실을 알려야 해. 그 사람은 지금 자신이 얼마나 위험한 사건에 휘말려 있는지 모르고 있단 말일세."

홈즈의 말은 사실이었다. 이 장난처럼 보였던 별난 사건의 결말을 알았을 때 나는 놀라움과 공포에 사로잡혔다. 독자들에게 더 밝은 결말을 전해 줄 수 있다면 얼마나 좋을까. 그러나 이것은 어디까지나 사실 연대기다. 그 때문에 리들링 소프 저택의 이름이 잉글랜드 전체를 떠들썩하게 했던 기묘한 사건들을 그 암담한 대단원까지 기록해야 한다.

다음 날 노스 월섬에 도착해서 다음 행선지를 밝히자 역장이 급하게 달려오더니 물었다.

"런던에서 오신 탐정님들이시죠?"

그 순간 홈즈의 얼굴에 괴로운 기색이 스쳐 지나갔다.

"어떻게 아셨습니까?"

"노위치의 마틴 경감이 방금 이곳을 지나가면서 알려 주었습니다. 그런데 한 분은 의사 선생님이신 것 같군요. 그 여자는 죽지 않았다고 합니다. 지금 가시면 목숨은 구할 수 있을 겁니다. 하지만 살아난다 해도 교수형에 처해지겠지요."

역장의 말에 홈즈의 얼굴이 근심으로 어두워졌다.

"지금 리들링 소프 저택으로 가려고 합니다. 그런데 그곳에서 대체 무슨 일이 있었던 겁니까?"

"끔찍한 일이 있었습니다. 힐튼 큐빗 씨와 그의 부인이 서로에게 총을 쏘았지요. 하인들이 그러는데 부인이 큐빗 씨를 먼저 쏘고 나서 자신에게도 총을 쏘았답니다. 큐빗 씨는 그 자리에서 사망했고, 부인의 생명도 몹시 위독하답니다. 노퍽 제일의 명문가에서 어떻게 그런 일이 일어났는지 모르겠습니다."

홈즈는 아무 말 없이 서둘러 마차에 올랐고, 7마일의 긴 거리를 가는 동안 줄곧 침묵을 지키며 앉아 있었다. 그렇게 기운이 쑥 빠진 모습을 본 적은 거의 없었다. 노퍽에 도착할 때까지 홈즈는 불안한 심정을 감추지 못했고, 나는 그가 근심스러운 표정으로 아침 신문을 뒤적이는 것을 지켜보았다. 하지만 홈즈는 자신이 가장 걱정했던 일이 실제로 일어나자 몹시 우울해 하는 것 같았다. 그는 의자에 등을 기대고 슬픈 얼굴로 생각에 잠겨 있었다. 창 밖에는 잉글랜드 시골 지방에서 볼 수 있는 독특한 풍경들이 펼쳐졌다. 점점 흩어져 있는 작은 집들이 보였고, 푸른 들판 위로 솟은 교회의 웅장한 탑들이 옛 이스트 앵글리아 왕국의 영광과 번영을 말해 주고 있었다. 마침내 노퍽의 푸른 바닷가 너머로 독일해의 보랏빛 가장자리가 눈에 들어오자, 마부는 채찍을 들어 나무로 지붕을 얹은 두 채의 오래된 벽돌집을 가리키며 말했다. 집들은 작은 숲 앞에 자리 잡고 있었다.

"저기가 리들링 소프 저택입니다."

마차가 현관 앞에서 멈추었을 때 나는 이상한 일들이 일어났던 현관 앞, 테니스 장, 검은색 창고, 받침대 위에 놓인 해시계를 눈여겨보았다.

그때 콧수염에 기름을 발라 잘 정돈한, 작달막하고 민첩해 보이는 남자가 서둘러 마차에서 내리더니 우리에게로 다가왔다. 그는 자신을 노퍽 경찰서의 마틴 경감이라고 소개했다. 그는 홈즈의 이름을 듣자 매우 놀라워하며 말했다.

"정말 놀랍군요, 홈즈 씨. 사건은 오늘 새벽 세 시에 일어났는데, 도대체 런던에서 어떻게 알고 오신 겁니까? 저랑 비슷한 시각에 도착하시다니, 혹시 사건이 일어날 걸 미리 알고 계셨던 겁니까?"

"이런 일이 일어날까 봐 걱정하고 있었습니다. 사건을 막으려고 달려왔는데 너무 늦었군요."

"그렇다면 우리가 찾지 못한 중요한 증거를 가지고 계시겠군요. 두 사람은 아주 사이가 좋은 부부였다고 하던데요."

"제가 갖고 있는 증거라곤 춤추는 사람 그림들뿐입니다. 그림에 대해선 나중에 말씀드리지요. 어쨌든 비극을 막기에는 너무 늦었습니다만, 제가 확보한 증거들이 사건 해결에 도움이 될 거라고 생각합니다. 저희와 함께 수사하시겠습니까, 아니면 따로 하시겠습니까?"

"홈즈 씨, 함께 수사해 주신다면 제게는 큰 영광이 될 겁니다." 마틴 경감이 진지한 표정으로 말했다.

"그러면 지금 즉시 증인들의 얘기를 듣고 진술 내용을 검토해 보는 게 좋겠습니다."

마틴 경감은 홈즈가 자유롭게 수사할 수 있도록 배려하면서 수사 결과가 나올 때마다 홈즈의 말에 열심히 귀를 기울였다. 마침 머리가 하얗게 센 의사가 큐빗 부인의 방에서 나오고 있었다. 그는 부인의 상처는 매우 깊지만 생명에는 지장이 없으며, 총알이 뇌를 관통하지 않았기 때문에 얼마 후면 의식을 회복할 수 있을 거라고 말했다. 하지만 총을 쏜 사람이 부인 자신이었는지 아니면 다른 사람이었는지에 대해서는 확실한 대답을 꺼리는 눈치였다.

총알이 매우 가까운 곳에서 발사되었다는 것만은 분명했다. 방 안에서 발견된 권총은 한 자루뿐이었고, 약실은 탄환 두 개 분이 비어 있었다. 총알은 힐튼 큐빗의 심장을 관통했다. 권총이 쓰러진 두 사람 가운데 떨어져 있었기 때문에 큐빗이 먼저 부인을 쏘고 나서 자살했을 가능성과 큐빗 부인이 범인일 가능성은 비슷했다.

"큐빗 씨 시신을 옮겼나요?"

"부인을 옮긴 것만 빼고, 아무것도 손대지 않았어요. 부인의 상처가 깊었기 때문에 바닥에 그냥 둘 수 없었지요."

"선생님은 여기에 얼마 동안 계셨습니까?"

"네 시부터 있었습니다."

"다른 사람은 없었습니까?"

"경찰이 한 명 왔었지요."

"선생님은 아무것도 손대지 않으셨지요?"

"그렇소."

"아주 잘 하셨습니다. 누가 선생님을 부르러 갔지요?"

"가정부 손더스 부인이었습니다."

"그녀가 위급한 일이 있다고 알려 주었나요?"

"손더스와 요리사 킹 부인이 얘기해 줘서 알았습니다."

"두 분은 지금 어디에 있지요?"

"아마 주방에 있을 겁니다."

"그럼 지금 두 사람의 얘기를 들어보도록 하지요."

떡갈나무로 만든 벽에 창이 높게 달린 낡은 거실은 곧바로 수사실로 탈바꿈했다. 여윈 얼굴에 날카로운 눈빛을 한 홈즈는 커다란 구식 의자에 앉아 있었다. 나는 홈즈의 눈빛에서 범인을 끝까지 추적하여 그가 목숨을 구하지 못했던 큐빗의 원한을 풀어 주겠다는 강한 의지를 읽을 수 있었다. 민첩한 마틴 경감, 나이든 의사, 나, 별로 도움이 될 것 같지 않은 경찰 한 명이 홈즈의 수사팀에 합류했다.

두 여인은 목격한 일들을 숨김없이 얘기했다. 그들은 총소리에 놀라 잠에서 깼는데 1분쯤 후에 총소리가 다시 났다고 했다. 그들의 방은 나란히 붙어 있었는데, 총소리에 놀란 킹 부인이 손더스의 방으로 뛰어가서 둘이 함께 계단을 내려 왔다고 했다. 서재 문은 열려 있었고 테이블 위에 촛불이 켜져 있었다. 큐빗은 방 한가운데 엎드린 채 쓰러져 있었다. 그는 이미 숨이 끊어진 상태였다. 부인은 벽에 머리를 기대고 창문 근처에 웅크리고 앉아 있었다. 부인의 상처는 매우 심했고, 얼굴 한쪽이 피로 붉게 물들어 있었다. 그녀는 힘겹게 숨을 쉬고 있었지만, 말을 할 수 있는 상태는 아니었다. 연기와 화약 냄새가 서재와 복도를 가득 메우고 있었다. 창문은 분명 안에서 잠겨 있었다. 상황을 파악한 두 사람은 곧 의사와 경찰을 부르러 갔다. 그리고 나서 두 사람은 마부와 마구간지기 소년의 도움을 받아 부인을 방으로 옮겼다. 부인과 남편은 그날 한 침대에서 잤고, 부인은 평상복 차림이었으며 남편은 잠옷 위에 가운을 입고 있었다. 서재는 사건이 일어났을 때 모습 그대로 보존되어 있었다. 하인들은 두 사람이 한 번도 싸운 적이 없으며, 언제나 다정한 모습으로 사람들의 부러움을 샀다고 말했다.

여기까지가 하인들이 증언한 내용의 전부다. 마틴 경감의 질문에 하인들은 모든 문이 안에서 잠겨 있었기 때문에 누군가 밖으로 빠져 나간다는 건 불가능하다고 대답했다. 또한 홈즈의 질문에 그들은 맨 위층에 있는 자신들의 방에서 뛰어내려 온 순간 화약 냄새가 났다고 증언했다.

"이 증언을 기억해 두시는 게 좋을 것 같군요. 자, 이제 서재를 조사해 봅시다." 홈즈가 마틴 경감에게 말했다.

 서재로 쓰이는 작은 방에는 세 벽면에 책이 가득 꽂혀 있었고 정원이 내다보이는 창 앞에 테이블이 하나 있었다. 방안에 들어섰을 때 가장 먼저 우리의 시선을 끈 것은 바닥을 가로질러 누워 있는 큐빗의 시신이었다. 흐트러진 옷차림으로 보아 그가 잠자다가 급하게 뛰어나왔다는 것을 알 수 있었다. 총은 바로 앞에서 발사되었으며, 심장을 관통한 다음 몸속에 그대로 박혀 있었다. 고통 없이 즉사한 모습이었다. 그의 가운과 손에는 화약 자국이 전혀 없었다. 의사는 부인의 얼굴에는 화약 자국이 있었지만 손에는 없었다고 말했다.

 "손에 화약 자국이 있고 없고는 사실 중요하지 않지요. 물론 화약 자국이 있으면 분명한 증거가 되겠지만 말입니다. 탄창을 잘못 끼운 경우에는 화약이 뒤쪽으로 뿜어 나오기 때문에 여러 발을 쏘아도 손에 흔적이 남지 않습니다. 이제 큐빗의 시신을 치우셔도 좋습니다. 의사 선생님, 부인의 몸속에 아직 총알이 남아 있지요?"

 "네, 총알을 빼내려면 복잡한 수술이 필요하답니다. 그런데 지금 연발 권총 안에는 탄환이 네 개 남아 있습니다. 여섯 발 중 두 발이 큐빗 씨와 부인에게 발사되었으니까 총알 개수는 딱 맞아떨어지게 됩니다."

 "글쎄요. 그렇다면 저기 창가에 박혀 있는 총알은 어디서 나온 거지요?"

 홈즈는 갑자기 돌아서서 가늘고 긴 손가락으로 바닥에서 1인치 가량 떨어진 아래쪽 창틀에 총알이 뚫고 지나간 구멍을 가리켰다.

"아니! 어떻게 그것까지 보셨습니까?" 마틴 경감이 감탄하며 외쳤다.

"다른 총알 자국을 찾고 있었거든요."

"정말 훌륭하십니다. 홈즈 씨, 당신 말이 맞아요. 세 번째 총알이 발사되었다면, 분명 이 자리에 다른 사람이 있었다는 얘기가 되는군요. 그렇다면 누가 들어 왔다가 나간 걸까요?"

"그게 우리가 지금 해결하려는 문제입니다. 마틴 경감, 하인들이 방에서 나왔을 때 화약 냄새를 맡았다고 한 것과 제가 그 증언이 매우 중요하다고 말했던 것을 기억하고 있습니까?"

"물론입니다. 하지만 왜 그렇게 말씀하셨는지는 모르겠군요."

"그 증언은 총알이 발사되었을 때 창문과 방문이 모두 열려 있었다는 걸 암시합니다. 문이 닫혀 있었다면 연기가 그렇게 빠른 속도로 온 집안에 퍼지지 못했겠지요. 아마 서재 안에서만 화약 냄새가 났을 겁니다. 하지만 문은 잠깐 동안만 열려 있던 것 같습니다."

"그걸 어떻게 증명할 수 있습니까?"

"촛불이 계속 타고 있었으니까요."

"그렇군요! 정말 훌륭한 추리예요!" 마틴 경감이 소리쳤다.

"사건이 일어났을 때 창문은 분명 열려 있었습니다. 제 생각엔 이 사건에 다른 사람이 개입된 것 같습니다. 그 사람이 창 밖에 서서 열린 문 사이로 큐빗 씨와 그 부인에게 총을 쏘았을 겁니다. 그리고 창틀에 있는 총알 자국은 서재 안에서 범인을 향해 쏠 때 생긴 거겠지요. 창틀에 있는 구멍은 총알 자국이 분명합니다."

"그렇다면 누가 창문을 닫아걸었을까요?"

"부인이 그랬을 겁니다. 위급한 상황에서 남편과 자신을 지키기 위해 본능적으로 문을 닫은 거죠. 그런데 이건 뭡니까?"

홈즈가 테이블 위에 있는 여성용 지갑을 보면서 물었다. 은장식이 달린 악어가죽 지갑이었다. 그는 지갑을 열고 테이블 위에 내용물을 쏟아 놓았다. 지갑 안에 있던 것은 고무줄로 동여 맨 잉글랜드 은행의 50파운드짜리 지폐 20묶음이 전부였다.

홈즈는 지갑과 지폐 다발들을 마틴 경감에게 건네주며 말했다.

"잘 보관해 두십시오. 재판에 중요한 증거물이 될 테니까요. 이제 세 번째 총알을 조사해야겠군요. 나무 창틀이 쪼개진 모양으로 보아 이 총알은 서재에서 창 밖으로 발사된 것이 분명합니다. 킹 부인에게 몇 가지 더 물어볼 말이 있습니다. 킹 부인, 커다란 총 소리 때문에 잠에서 깼다고 하셨죠? 그러면 첫 번째 총소리가 두 번째 소리보다 컸습니까?"

"글쎄요, 잠을 자다 총소리를 듣고 일어났기 때문에 분명하게 말하기 어렵지만, 어쨌든 첫 번째 총소리가 매우 컸던 걸로 기억합니다."

"그렇다면 동시에 두 발이 발사된 거라고 생각하지 않습니까?"

"잘 모르겠어요."

"분명 그랬을 겁니다. 마틴 경감, 서재 조사는 이것으로 충분합니다. 이제 정원으로 나가서 새로운 증거를 찾아봅시다."

서재 창문 앞까지 화단이 길게 이어져 있었다. 화단에 가까이 갔을 때 우리는 모두 깜짝 놀라고 말았다. 꽃들은 모두 짓밟혀 있었고, 부드러운 흙 위에는 커다란 발자국이 여기저기 나 있었다. 발자국은 남자의 것으로, 발끝이 길고 좁은 것이 특징이었다. 홈즈는 사냥개처럼 잔디와 나무 사이를 샅샅이 뒤지고 있었다. 그리고 마침내 만족스러운 탄성을 지르며 작은 놋쇠 실린더를 하나 집어 들었다.

"범인은 탄피 제거 장치가 있는 권총을 사용한 것 같습니다. 여기 세 번째 탄피가 있습니다. 마틴 경감, 이제 사건을 마무리할 때가 된 것 같군요."

마틴 경감은 홈즈의 수사가 빠르고 정확하게 진행되는 것을 보고 놀라움을 감추지 못했다. 처음에는 자기 방식대로 수사를 진행하던 그는 홈즈의 추리력에 몹시 감탄한 나머지 지금은 홈즈가 가는 곳이라면 어디든지 묵묵히 따라다녔다.

"의심이 가는 사람이 있습니까?"

"나중에 말씀드리지요. 아직은 알려 드릴 수 없는 문제들이 몇 가지 있습니다. 확실한 결론을 얻으려면 좀더 수사를 해보는 게 좋으니까요. 그런 다음에 모든 것을 알려 드리겠습니다."

"그렇다면 범인을 잡고 나서 얘기를 듣도록 하지요."

"여러분에게 비밀로 할 생각은 전혀 없습니다. 다만 내용이 길고 복잡해서 한꺼번에 설명하기 어렵군요. 사건의 실마리는 제가 가지고 있습니다. 만일 부인이 의식을 회복하지 못한다 해도 지난밤에 일어난 사건을 추측해 볼 수 있습니다. 물론 범인을 잡는 것도 가능합니다. 그건 그렇고, 이 근방에 '엘리지'라는 여관이 있습니까?"

마틴 경감이 하인들을 불러 물어 보았지만 모두들 그런 여관은 들어 본적이 없다고 했다. 그때 마구간지기 소년이 이스트 러스톤 방향으로

몇 마일 떨어진 곳에 엘리지 농장이 있다는 것을 기억해 내어 홈즈에게 알려 주었다.

"외진 곳에 따로 떨어져 있는 농장인가?"

"네, 아주 외진 곳이에요."

"그렇다면 어젯밤에 이 집에서 일어난 사건에 대해서 아직 모르고 있겠지?"

"아마 그럴 거예요."

홈즈는 잠시 생각에 잠겨 있다가 뜻 모를 미소를 지으며 말했다.

"어서 말을 준비하게. 자네가 엘리지 농장에 편지를 전해 주었으면 하네."

홈즈는 주머니에서 춤추는 사람 그림들을 모두 꺼내더니 테이블 위에 늘어놓고 그 앞에 앉아서 무언가를 쓰기 시작했다. 잠시 후 그는 마구간지기 소년에게 편지 한 장을 건네주었다. 홈즈는 소년에게 자신이 말한 사람에게 편지를 직접 전해 주어야 하며, 그 사람이 어떤 질문을 하더라도 대답하지 말라고 당부했다. 편지 겉봉에는 '노픽, 이스트 러스톤, 엘리지 농장, 에이브 슬레이니'라고 적혀 있었다. 홈즈는 원래 필체가 정확한데, 이번에는 아무렇게나 휘갈겨 쓴 것 같았다.

"경감님, 전보를 쳐서 죄수를 호송할 준비를 해 주십시오. 제 추리가 옳다면, 경감은 이제 아주 위험한 범인을 체포하게 될 겁니다. 편지를 가지고 가는 소년에게 전보를 부쳐 달라고 하십시오. 왓슨, 오후에 런던으로 출발하는 기차가 있으면 그걸 타고 돌아가세. 집에 가서 화학 분석을 마쳐야 하고, 이 사건도 거의 다 마무리되어 가니 말일세."

소년이 편지를 가지고 떠나자 홈즈는 하인들에게 누가 와서 힐튼 큐빗 부인을 찾거든 그녀의 상태에 대해서 절대 얘기하지 말고, 즉시 거실로 안내하라고 지시했다. 홈즈의 표정은 매우 진지했다.

"우리가 할 수 있는 일은 여기까지야. 이제는 시간을 잘 활용하면서 우리에게 어떤 일이 일어날지 기다리면 된다네."

그렇게 말하고 나서 홈즈는 우리를 거실로 데려 갔다. 의사는 다른 환자들을 돌보기 위해 갔고, 남은 사람은 나와 마틴 경감뿐이었다.

"자, 재미있고 유익하게 시간을 보내는 법을 알려 드리지요."

홈즈가 테이블 앞으로 의자를 바짝 당겨 앉으며 말했다. 그는 테이블 위에 춤추는 사람이 그려진 기괴한 그림들을 죽 펼쳐 놓았다.

"왓슨, 오랫동안 궁금하게 해서 정말 미안하네. 그리고 마틴 경감, 이번 사건은 경찰인 당신에게는 더욱 의미 있는 사건이 될 겁니다. 일전에 힐튼 큐빗 씨가 저를 찾아와 조언을 구한 적이 있는데 우선 그것부터 말씀드려야겠군요."

홈즈는 경감에게 그때 나눴던 이야기를 짤막하게 간추려서 들려주었다.

"이 앞에 있는 그림들이 끔찍한 사건을 미리 예고하고 있다는 걸 모르는 사람들은 이 그림들을 보고 그저 웃어넘길 겁니다. 저는 비밀 문자에 익숙한 편입니다. 160개의 독립된 암호문을 분석한 논문을 쓴 적도 있지요. 하지만 솔직히 이렇게 생긴 그림 문자는 처음이었습니다. 이 그림을 만든 사람은 그림에 문자 의미가 있다는 걸 숨기고 아이들 낙서처럼 보이게 하고 싶었을 겁니다.

하지만, 일단 이 그림들이 글자를 나타낸다는 걸 알게 된다면 모든 암호를 해독하는 데 필요한 규칙들을 적용해 볼 수 있겠지요. 그러면 답은 의외로 간단해집니다. 첫 번째 그림은 너무 짧아서… 이것을 보십시오.

이 그림이 'E'를 의미한다는 것밖에는 알아내지 못했습니다. 여러분도 알다시피 'E'는 영어에서 가장 많이 사용되는 문자입니다. 그렇기 때문에 아무리 짧은 문장에도 'E'가 다른 것보다 더 많이 나타납니다. 첫 번째 그림에는 열다섯 개의 인형이 있는데 그 중 네 개가 같은 모양이었습니다. 그래서 저는 그 인형이 'E'일 가능성이 높다고 생각했습니다. 그 인형과 똑같은 모양의 인형이 깃발을 들고 있는 그림도 있었지만, 한 그림 안에 깃발을 든 인형이 사이사이에 나타나는 걸로 보아, 깃발이 단어와 단어 사이를 구분하는 칸막이 역할을 한다는 걸 알 수 있었습니다. 이런 가정 하에 이 그림(𝒳)의 모양이 'E'를 나타낸다고 적어 놓았습니다.

그러던 중 저는 실질적인 문제에 직면하게 되었습니다. 'E' 다음으로 많이 나오는 영어 문자는 확실하지 않고, 인쇄된 1페이지를 평균으로 해서 많이 나오는 빈도를 조사했지만 짧은 문장에는 그 빈도가 완전히 바뀌는 경우도 있습니다. 예를 들어, 인형이 그려진 순서대로 글자를 나열해 보면 'T, A, O, I, N, S, H, R, D, L'라는 문장이 나오는데, 'T, A, O, I'는 출현 빈도가 비슷하기 때문에 의미가 통할 때까지 하나하나 조합해보는 것은 큰일입니다. 그래서 할 수 없이 다른 그림이 나타나기를 기다렸지요.

힐튼 큐빗 씨가 두 번째로 저를 찾아왔을 때 짧은 그림 두 장과 깃발 없이 한 단어로 된 그림 한 장을 가져다주었습니다. 여기 그 그림이 있습니다. 다섯 개의 인형 중 두 번째와 네 번째는 'E'를 나타냅니다. 그렇다면 이 단어는 'sever(끊다)', 'lever(지렛대)', 'never(결코~하지 않다)' 중 하나가 될 겁니다. 간청에 대한 답변이라면 'never'라는 단어가 가장 적합하겠지요. 그렇게 본다면 큐빗 씨의 부인이 이 답변을 썼을 거라는 추측이 가능합니다. 그러한 생각이 옳다고 가정한 뒤, 이 그림을 보십시오.

이 그림은 각각 'N, V, R'을 뜻하게 됩니다. 그림 문자를 해독하는 일이 상당히 어렵긴 했지만, 여러 개의 문자를 해독해 놓고 보니 문득 떠오르는 게 있었습니다. 만일 내 추측대로 예전에 부인과 가깝게 지냈던 사람이 이 편지를 보낸 거라면 두 개의 'E' 사이에 세 개의 인형이 그려진 단어는 부인의 이름인 'Elsie(엘시)'를 의미할 거라고 생각한 거죠. 그림들을 다시 살펴보니 그 중 세 그림의 마지막 부분에 이 단어가 적혀 있었습니다. 편지는 'Elsie(엘시)'에게 호소하는 듯한 어조로 쓰인 게 분명했습니다.

이렇게 해서 'L, S, I'를 나타내는 인형도 찾아 낼 수 있었습니다. 하지만 편지를 쓴 사람은 엘시에게 무엇을 호소했던 걸까요? 'Elsie'라는 단어 앞에는 'E'로 끝나는 네 개의 인형이 그려져 있었습니다. 저는 그 단어가 'come(오다)'일 거라고 생각했습니다. 그리고 'E'로 끝나는 네 글자를 모두 찾아봤지만 이 경우에 맞는 단어는 없었습니다. 'C, O, M'을 나타내는 인형을 찾은 상태에서 저는 첫 번째 그림을 다시 살펴보았지요. 그리고 아직 알아내지 못한 인형은 점으로 표시해서 첫 번째 그림으로 문장을 만들었습니다. 그랬더니 다음과 같은 글이 나오더군요.

○M ○ERE ○ ○E   SL○NE○

첫 번째 자리에 들어갈 글자는 'A'일 거라고 생각했습니다. 'E'를 제외한다면 일반적으로 이렇게 짧은 문장에서 세 번이나 나올 수 있는 글자는 'A'밖에 없으니까요. 두 번째 글자는 'H'가 적당하겠지요. 그대로 글자를 짜 맞추면 이런 뜻이 됩니다.

AM HERE A○E SLANE○

그리고 이름으로 보이는 단어의 빈칸에 각각 글자를 집어넣으면 이런 문장이 나옵니다.

AM HERE ABE SLANEY(나 에이브 슬레이니가 여기 왔다)

이제 꽤 많은 글자들을 알아냈기 때문에 두 번째 편지도 어렵지 않게 풀 수 있었습니다. 그 내용은 다음과 같습니다.

A○ ELRI○ES

빈 칸에 'T'와 'G'를 넣었더니 'At Elriges(엘리지에서)'라는 말이 되더군요. 저는 '엘리지'라는 단어가 편지를 쓴 사람이 묵고 있는 여관이나 하숙집 이름을 나타낸다고 가정해 보았습니다."

마틴 경감과 나는 어려운 문제들을 쉽고 명확하게 풀어서 설명하는 홈즈의 능력에 감탄하면서 열심히 귀를 기울이고 있었다.

"그런 다음 어떻게 하셨습니까?" 마틴 경감이 물었다.

"저는 에이브 슬레이니는 아메리카인일 거라고 생각했습니다. 에이브는 에이브라함이라는 아메리카인 이름을 줄인 거니까요. 이 아메리카에서 보낸 편지가 사건의 발단이 된 겁니다. 저는 여러 가지 면에서 이 사건이 어떤 범죄와 연관되어 있다고 확신했습니다. 부인의 과거가 베일에 가려져 있고, 남편에게조차 비밀을 털어놓지 않는다는 것 역시 그런 생각을 뒷받침해 주었습니다.

그래서 뉴욕 경찰서에 있는 윌슨 하그리브라는 친구에게 전보를 쳤습니다. 윌슨 역시 제게 몇 번 도움을 청한 적이 있었지요. 어쨌든 그에게 에이브 슬레이니라는 이름을 들어 본 적이 있느냐고 물었더니 '시카고에서 가장 위험한 악당'이라고 쓴 답장을 보냈더군요. 그리고 그날 저녁 힐튼 큐빗 씨에게서 마지막 그림을 받았습니다. 알아낸 글자를 가지고 짜 맞춰 보니 다음과 같은 문장이 나오더군요.

ELSIE ○RE○ARE TO MEET THY GO○

빈 공간에 'P'와 'D'를 넣어 보니 'Elsie Prepare To Meet Thy God(엘시 하나님 곁으로 갈 준비를 해라)'라는 뜻이 되었습니다. 이 악한의 말투는 이제 호소에서 협박으로 변했습니다. 윌슨이 알려 준 말이 사실이라면 범인은 자신이 한 말을 즉시 행동으로 옮길 게 분명했지요. 그래서 왓슨과 함께 노퍽으로 달려 왔지만 안타깝게도 최악의 상황이 벌어진 다음이었습니다."

　"당신과 함께 사건을 수사하게 돼서 정말 기쁩니다. 그런데 사실 지금 이 얘긴 홈즈 씨의 개인적인 수사담이라서 제 상관에게 뭐라고 보고해야 할지 난감하군요. 에이브 슬레이니가 엘리지라는 농장에서 묵고 있다면, 그리고 그가 진짜 살인을 저질렀다면 여기에 가만히 앉아서 범인을 놓칠 수는 없지 않습니까? 그랬다간 제 입장이 몹시 난처해 질 겁니다."

　마틴 경감이 부드러운 말투로 조심스럽게 말했다.

　"경감님, 걱정하지 않으셔도 됩니다. 범인은 도망치지 않을 겁니다."

　"그걸 어떻게 아십니까?"

　"죄를 자백하러 지금 여기로 오고 있을 테니까요. 그때 체포해도 늦지 않을 겁니다. 저는 아까 이 응접실에 들어온 순간부터 지금까지 범인을 기다리고 있었습니다."

　"범인이 왜 여기에 오겠습니까?"

　"제가 와 달라고 편지를 보냈으니까요."

　"홈즈 씨, 말도 안 됩니다. 당신이 부탁한다고 해서 범인이 여기에 오려고 하겠습니까? 오히려 의심을 품고 달아나지 않겠습니까?"

"제가 편지를 조작했습니다. 경감, 제가 잘못 본 게 아니라면, 저기 걸어오고 있는 사람이 바로 그 범인일 겁니다."

한 남자가 현관문으로 성큼성큼 걸어오고 있었다. 키가 크고 가무잡잡한 피부를 가진 잘생긴 남자로 회색 면바지에 모자를 쓰고 있었다. 억세 보이는 검은 턱수염과 갈고리처럼 휘어진 콧날이 공격적인 인상을 주었다. 그는 손에 지팡이를 들고 있었는데 걸을 때마다 지팡이를 휘젓는 폼이 예사롭지 않았다.

"모두들 문 뒤에 숨으세요. 저런 놈을 상대할 때는 매우 조심해야 합니다. 경감님, 수갑을 준비하셔야 할 겁니다. 범인과 얘기하는 건 제가 맡을 테니까요." 홈즈가 목소리를 낮추며 말했다.

우리는 몇 분 동안 숨죽인 채 기다렸다. 결코 잊지 못할 긴장된 순간이었다. 마침내 현관문이 열리고 남자가 나타났다. 그가 안으로 들어선 순간 홈즈는 재빨리 권총을 그의 머리에 갖다 댔다. 그러자 마틴 경감이 손에 수갑을 채웠다. 두 사람의 동작이 매우 신속하고 정확하게 이루어졌기 때문에, 범인은 잠시 멍하니 서 있다가 속았다는 걸 알고는 분노가 가득한 검은 눈동자로 우리를 한 사람씩 쏘아보았다. 그리곤 씁쓸하게 웃음을 터뜨리며 말했다.

"이봐, 여기에 숨어서 갑자기 덮치다니. 이거 된통 얻어맞은 기분이군. 하지만 난 힐튼 큐빗 부인의 편지를 받고 온 것뿐이야. 설마 그녀가 이 일을 꾸민 건 아니겠지? 그녀가 나를 잡아 달라고 부탁한 건가?"

"큐빗 부인은 부상이 너무 심해서 생명이 위태로울 지경이야."

그 말에 남자는 펄펄 뛰면서 온 집안이 떠나갈 듯이 큰 목소리로 소리쳤다.

"당신 미쳤군 그래! 부상을 입은 건 그놈이었어. 엘시가 아니라구! 누가 엘시에게 그런 짓을 한 거지? 나는 그저 겁만 주려고 했을 뿐인데. 오, 하나님! 난 그녀의 머리카락 하나도 건드린 적이 없어. 당신 헛소리 한 거지? 어서 그녀가 무사하다고 말해!"

"부인은 심하게 상처를 입고 남편 옆에 누워 있었어."

그는 신음 소리를 내며 의자에 주저앉았다. 그리고는 괴로운 듯이 수갑을 찬 손으로 머리를 감싸 안은 채 5분 동안 아무 말 없이 앉아 있었다. 마침내 그가 얼굴을 들고는 모든 것을 체념한 듯이 침착하게 말을 꺼냈다.

"이제 아무것도 숨길 필요가 없게 됐군. 내가 그놈을 쏘고 그놈도 나를 쏘았어. 만일 내가 엘시에게 상처를 입혔다고 생각한다면 그건 당신들이 나와 엘시를 잘 알지 못하기 때문이지. 이 세상에 나보다 더 그녀

춤추는 인형 133

를 사랑하는 남자는 없어. 나에게는 그럴 권리가 있다구. 우리는 몇 년 전에 약혼한 사이니까. 그런데 그 잉글랜드 놈이 우리 사이에 끼어든 거야. 나에겐 그녀를 차지할 권리가 있고, 단지 그 권리를 찾으려고 했을 뿐인데 뭐가 잘못됐다는 거지?"

"부인은 당신이 어떤 사람이라는 걸 알고는 벗어나고 싶어 했어. 그래서 당신을 피하기 위해 아메리카에서 도망쳐 온 거야. 그리고 훌륭한 잉글랜드 신사와 결혼했지. 당신은 그녀를 따라다니면서 괴롭혔고 결국은 그녀의 인생마저 망쳐 놓고 말았어. 그녀는 남편을 진심으로 사랑했어. 하지만 당신은 그녀에게 두려움과 증오의 대상이었지. 그런데도 당신은 남편을 버리고 함께 도망가자고 그녀를 끈질기게 설득했어. 결국 당신 때문에 한 남자가 목숨을 잃고, 그의 아내는 자살을 시도했어. 에이브 슬레이니, 당신이 무슨 죄를 저질렀는지 이제 알겠나? 당신은 그에 마땅한 처벌을 받게 될 거야."

"엘시가 죽었다면 난 어떻게 되든 상관없어."

그는 손에 쥐고 있던 구겨진 편지 조각을 보았다. 그리고는 갑자기 의심스러운 눈초리로 소리쳤다.

"이봐! 이걸 보면 그따위 말로 날 겁주지는 못할 걸? 만일 엘시의 부상이 그렇게 심하다면 이 편지는 누가 쓴 거지?"

"내가 썼지. 당신을 이곳으로 불러들이려고."

"당신이 썼다고? 우리 단원들 말고 이 암호를 아는 사람은 아무도 없어. 그런데 어떻게 당신이 이 편지를 썼다는 거지?"

"만든 사람이 있으면 푸는 사람도 있는 법이지. 슬레이니, 노위치에

서 당신을 호송해 갈 마차가 오는 중이야. 하지만 당신이 저지른 죄를 보상할 기회를 주지. 지금 힐튼 큐빗 부인은 남편을 살해했다는 혐의를 받고 있어. 나는 여기에 와서 그녀가 범인이 아니라는 걸 알게 됐지. 자네에겐 그녀가 무죄라는 사실을 사람들에게 알려야 할 책임이 있어. 그리고 직접적으로든 간접적으로든 큐빗 씨의 죽음에도 책임을 져야 해."

홈즈의 말에 슬레이니는 전과는 다른 말투로 대답했다.

"죗값은 받겠습니다. 이제 모든 것을 사실대로 말씀드리지요."

"자네에게 불리한 증언이 될 수도 있네."

마틴 경감이 잉글랜드 법에 규정된 내용을 범인에게 알려 주었다. 그러나 슬레이니는 상관없다는 듯 어깨를 한 번 으쓱하고는 말을 꺼냈다.

"나와 엘시는 어릴 적부터 알고 지낸 사이였습니다. 저와 여섯 명의 친구들은 시카고 갱의 단원이었는데 엘시의 아버지가 두목이었지요. 그는 영리한 사람이었습니다. 이 암호도 그가 만들었어요. 당신이 암호에 대해 잘 알지 못했다면 아이들 낙서쯤으로 생각하고 그냥 지나쳤을 겁니다. 엘시도 우리가 하는 일을 배운 적이 있지만 쉽게 적응하지 못했어요. 결국 그녀는 혼자 돈을 모아서 몰래 런던으로 떠나고 말았습니다. 나는 우리가 약혼한 사이였기 때문에 그녀가 당연히 나와 결혼할 줄 알았습니다. 내가 다른 직업을 가지고 있었다면 이런 일은 일어나지 않았겠지요. 내가 그녀의 거처를 알아냈을 때는 잉글랜드인과 결혼한 직후였습니다. 그녀에게 편지를 보냈지만 답장이 없었습니다. 아무리 편지를 보내도 소용이 없었기 때문에 그녀가 볼 수 있는 곳에 편지를 남기려고 여기에 왔던 겁니다.

그러고 보니 여기에 온 지 한 달이 지났군요. 그동안 계속 엘리지 농장에 있었습니다. 아래층에서 묵었기 때문에 아무에게도 들키지 않고 밤마다 드나들 수 있었지요. 저는 엘시를 구슬리기 위해 무척 애를 썼습니다. 제가 편지를 놓았던 자리에 엘시가 답장을 놓았던 적이 한 번 있었기 때문에, 그녀가 제 편지들을 읽는다는 걸 알았어요. 엘시의 태도에 점점 화가 난 저는 그녀를 협박하기 시작했습니다. 그러자 엘시가 다시 편지를 보냈습니다. 나에게 떠나 달라고 부탁하면서 이 일이 남편에게 알려지면 자신은 견딜 수 없이 괴로울 거라고 하더군요. 그녀는 편지에 제가 더 이상 그녀를 괴롭히지 않고 떠나 준다면, 남편이 세 시쯤 잠드니까 그때 1층 창문 앞에서 만나겠다고 적었습니다. 그런데 그날 엘시는 돈을 가지고 나왔습니다. 돈을 주면 제가 떠날 거라고 생각했던 모양입니다. 그 순간 저는 너무 화가 나서, 엘시의 팔을 붙잡고 창 밖으로 끌어내려 했습니다.

그런데 그때 엘시의 남편이 권총을 들고 방안으로 뛰어 들어온 겁니다. 엘시가 바닥에 쓰러지자 그 남자와 저는 서로 마주보게 되었습니다. 저도 권총을 움켜잡았습니다. 권총으로 겁만 주고 그 틈을 타 도망치려고 했던 겁니다. 그런데 갑자기 그 남자가 제게 총을 쏘았습니다. 총알은 빗나갔고, 저도 곧바로 방아쇠를 당겼습니다. 그러자 남자가 바닥에 쓰러졌습니다. 그리고 나서 정원을 지나 도망가고 있을 때 뒤에서 창문이 닫히는 소리가 들렸습니다. 그날 있었던 일은 이것이 전부입니다. 그리고 오늘 어떤 소년이 전해 준 편지를 받고 여기에 올 때까지 그 사건에 대해 아무 소식도 듣지 못했습니다. 그러고 보니 얼간이처럼 제 발로 덫에 걸려든 셈이 됐군요."

그가 이야기하는 동안 마차가 도착했다. 마차 안에는 제복을 입은 경관 두 명이 타고 있었다. 마틴 경감이 일어서서 슬레이니의 어깨를 툭 치며 말했다.

"자, 이제 갈 시간이네."

"마지막으로 엘시를 볼 수 없을까요?"

"안 된다네. 아직 의식을 회복하지 못했어. 홈즈 씨, 이번처럼 중요한 사건이 있을 때 다시 한 번 당신과 일할 수 있다면 더 바랄 것이 없겠습니다."

홈즈와 나는 창가에 서서 마차가 멀어져 가는 것을 지켜보았다. 창가에서 돌아서자 슬레이니가 테이블에 던져 둔 종이 조각이 보였다. 그 종이는 홈즈가 슬레이니를 유인하기 위해 쓴 그림 편지였다.

"왓슨, 이 편지 읽을 수 있겠나?" 홈즈가 미소를 지으며 말했다.

편지에는 춤추는 사람들이 한 줄로 그려져 있었다.

𝍖𝍖𝍖𝍖 𝍖𝍖𝍖𝍖 𝍖𝍖 𝍖𝍖𝍖𝍖

"내가 설명해 준 문자를 적용해 보게나. 그러면 이 그림이 'Come here at once(지금 여기로 와 주세요)'라는 뜻이라는 걸 쉽게 알 수 있지. 이렇게 쓰면 그가 반드시 올 거라고 확신했네. 다른 사람이 이 편지를 썼다고는 상상도 못할 테니까 말일세. 이 그림 문자들은 지금까지 나쁜 일에 사용되었지만, 범인을 잡는데 한몫했으니 결국 좋은 일에 쓰인 셈이 됐군. 자, 이걸로 자네의 기록 수첩에 특별한 사건을 추가해 주겠다는 약속은 지킨 거지? 세 시 사십 분에 출발하는 열차가 있다니까 저녁은 집에 가서 먹을 수 있겠군."

마지막으로 몇 마디 덧붙이자면, 에이브 슬레이니는 노위치의 재판에서 사형을 선고받았지만, 힐튼 큐빗이 먼저 총을 쏜 사실이 인정된 후에 무기징역으로 형이 감면되었다. 들리는 소문에 의하면 힐튼 큐빗 부인은 완전히 건강을 회복했고, 그 후로 재혼도 마다한 채 가난한 사람들을 돌보고, 남편이 남긴 영지를 관리하면서 살아가고 있다고 한다.

역주: 코난 도일은 「춤추는 인형」을 높이 평가해서 셜록 홈즈 베스트 12중 3위에 선정했다. 원고는 적십자 자선 바자에 기부되어 1918년 4월 22일 10파운드 10실링에 낙찰되었다. 1923년 2월 13일 뉴욕 경매에서 500달러에 낙찰. 1925년 1월 28일 런던 경매에서 「외로운 사이클리스트」「프라이어리 스쿨」과 같이 66파운드에 낙찰되었다. 현재 소재지는 불명.

본 작품에 나오는 춤추는 인형의 암호는 코난 도일이 1903년 힐 하우스 호텔에서 사인북에 서명을 하다가, 호텔 경영자의 7세 된 아들 G.J. 큐빗이 자신의 이름과 주소를 '춤추는 인형'으로 쓴 것을 보고 나중에 작품에 인용한 것이다. 물론 큐빗이나 코난 도일이 이 암호를 만든 것은 아니다. 연구가들에 의하면 춤추는 인형의 암호가 처음 등장한 것은 ≪세인트 니콜라스 매거진≫ 1874년 6월호에 게재된 'Restless Imp'라고 한다.

마지막 사건

The Final Problem: 1891년 4월 2일(금)~5월 4일(월)

❖

 펜을 들어 마지막 글을 쓰는 나의 마음이 무겁다. 특별했던 나의 친구, 셜록 홈즈의 뛰어난 재능에 대해 글을 쓰는 일도 이번이 마지막이다. 비록 서투른 문장이긴 했지만 나는 홈즈와 함께 했던 특별한 경험들을 제대로 전달하기 위해 항상 최선을 다해 왔다. 홈즈를 처음 만난 '주홍색 연구' 사건부터 홈즈가 개입해서 심각한 국제 분쟁을 막을 수 있었던 최근의 '해군 조약' 사건에 이르기까지 말이다. 원래는 이쯤에서 그만두고, 흘러간 지난 2년의 세월로도 공허감을 전혀 채울 수 없었던 '마지막 사건'에 대해서는 아무 말도 하지 않으려 했다. 그러나 최근 동생인 모리아티 교수를 못 잊는 제임스 모리아티 대령이 보낸 편지 때문에 나는 홈즈 최후의 사건을 기록하려고 한다. 나는 대중 앞에 사건을 사실 그대로 옮길 것이다. 나만이 사건의 진상을 알고 있으며, 억지로 감추어 봐야 홈즈를 둘러싼 소문에 좋은 영향을 끼칠 수 없다는 점을 깨달았다. 내가 알기로 언론 매체가 그 사건을 다룬 것은 단 세 차례에 불과하다. 1891년 5월 6일자 ≪제네바 저널≫, 5월 7일자 영국 신문들에 실린 로이

마지막 사건

터 통신 기사, 그리고 마지막으로 앞서 언급한 최근 제임스 모리아티 대령이 보낸 편지들이다. 첫 번째와 두 번째 경우에는 사건의 전말이 너무나 많이 생략되어 있었다. 그리고 내가 보여 주려는 마지막 세 번째는 사실을 완전히 왜곡하고 있었다. 따라서 모리아티 교수와 셜록 홈즈 사이에 일어난 사태의 진상을 제대로 밝히는 것은 나의 당연한 의무가 될 것이다.

아마 내가 결혼을 하고 난 뒤였을 것이다. 병원을 개업하고부터는 홈즈와 나 사이의 매우 친밀했던 관계는 얼마간 변화를 겪었다. 그러나 여전히 홈즈는 때때로 사건 수사에 친한 벗이 필요하면 나를 찾아오곤 했다. 그러나 이런 만남도 차츰차츰 줄어들어 1890년도에 내가 적어 둔 홈즈의 사건은 겨우 세 건에 불과했다. 그해 겨울과 1891년 이른 봄 동안 나는 신문을 통해 홈즈가 프랑스 정부와 관련된 매우 중요한 사건을 맡고 있다는 것을 알고 있었다. 그리고 홈즈로부터 프랑스 나르본느와 니임의 소인이 찍힌 짤막한 편지를 받았다. 두 통의 편지로 나는 홈즈가 프랑스에 꽤 오래 머물 것이라고 생각했다. 그러니 4월 24일 저녁, 홈즈가 나의 진찰실로 걸어 들어오는 모습을 보고 깜짝 놀랄 수밖에 없었다. 더구나 홈즈의 안색은 평소에 비해 더욱 창백했고 몸도 수척해 보여 더욱 놀랐다.

"아, 요새 좀 과로를 해서 그래." 내가 말을 꺼내기도 전에 걱정스러운 내 표정을 본 홈즈가 설명했다.

"최근에 스트레스를 약간 받았거든. 덧문을 좀 내려도 괜찮겠나?"

책상 위에 있는 독서용 램프 불빛만이 방에 있는 유일한 빛이었다. 홈즈는 초조하게 벽을 따라 걷더니 덧문을 닫고 자물쇠가 잠겼는지 확인했다.

"뭐 걱정되는 거라도 있나?" 내가 물었다.

"글쎄, 그렇다네."

"뭐가 걱정되는데?"

"공기총."

"이보게, 홈즈, 무슨 소리를 하는 건가?"

"왓슨, 자네는 날 잘 알지. 내가 절대로 쉽게 흥분하는 사람이 아니란 걸 말일세. 그러나 위험이 자신에게 가까이 닥쳤다는 사실을 인정하지 않는 건 용기라기보다는 무모함에 가깝지. 성냥 좀 주겠나?"

홈즈는 담배에 불을 붙인 뒤, 담배 연기를 길게 들이마셨다.

"이렇게 늦게 찾아와서 미안하네. 그런데 조금 있다가 자네 집을 떠날 때 정원 담을 타고 넘어가는 괴상한 짓을 해도 이해해 주길 바라네."

"도대체 그게 다 무슨 얘긴가?"

홈즈가 손을 내밀었다. 독서용 램프 불빛 아래 그의 손가락 관절이 부러져서 피가 나고 있었다.

"보다시피 근거 없는 말이 아닐세." 홈즈가 웃으며 말을 이었다.

"손이 꺾여서 부러질 만큼 확실한 상황이지. 자네 부인은 여기 있나?"

"아니, 여행 중이네."

"아, 그랬군. 요새는 자네 혼자 지내나?"

"나 혼자일세."

"그럼 부탁하기가 좀 쉽겠군. 유럽으로 1주일간 나와 함께 가주겠나?"

"유럽 어디로?"

"아, 어디라도 좋네. 유럽은 어디든 나한테는 다 똑같아."

홈즈의 행동에는 뭔가 이상한 점이 있었다. 홈즈는 이유 없이 휴가를 떠날 사람이 아니었다. 창백하고 피로에 지친 안색으로 보아 홈즈가 극도로 긴장한 상태라는 것을 알 수 있었다. 홈즈는 내 눈빛에서 이런 의문을 읽었는지 두 손을 모으고 무릎 위에 올려놓은 채 상황을 설명해 주었다.

"모리아티 교수라는 이름을 들어본 적 있나?" 홈즈가 물었다.

"한 번도 없네."

"아, 그는 정말로 놀랄 만한 천재야!" 홈즈가 목소리를 높였다.

"런던에 때때로 나타나는데도 아무도 그에 관해 알지 못하니 말이야. 그래서 최고의 범죄자가 될 수 있었겠지. 왓슨, 내가 확실히 말하는데, 이 사람을 잡을 수만 있다면, 사회에서 그를 제거할 수만 있다면, 탐정으로서의 소임을 다 했다고 느낄 수 있을 걸세. 그리고 좀더 평범한 생활로 돌아갈 수 있겠지. 우리끼리 얘기지만, 최근 스칸디나비아 왕가와 프랑스 정부를 도와준 덕분에 난 꽤 안락하고 쾌적한 생활을 누릴 수 있게 되었네. 그리고 화학 연구에 집중할 수도 있고 말이야. 그러나 왓슨, 난 쉴 수가 없네. 그냥 조용히 의자에 앉아 있을 수만은 없단 말일세. 모리아티 교수 같은 놈이 런던 거리를 아무렇지도 않게 돌아다닌다고 생각하면 가만히 있을 수가 없어."

"그가 무슨 일을 저질렀는데?"

"모리아티의 경력은 화려하지. 훌륭한 가문 태생에 교육도 잘 받았고, 더군다나 타고난 수학적인 재능이 매우 뛰어나다네. 스물한 살의 나이에 이항정리에 대한 논문으로 유럽에서 큰 호평을 받았지. 그 덕분에 영국의 작은 대학에서 수학 교수 자리를 얻게 되었고 아무튼 장래가 촉망되는 젊은이였어. 그러나 그의 몸에는 사악한 범죄의 피가 흐르고 있었네. 그의 사악함은 시간이 지나면서 사라지는 대신 비범한 두뇌의 힘을 얻어 오히려 더욱 위험해지고 말았네. 대학가에 모리아티에 대해 안 좋은 소문들이 떠돌자 결국 그는 교수직을 사임하고 런던으로 내려와서

마지막 사건

군대 교관으로 일하고 있네. 여기까지가 세상에 알려진 내용이지만, 지금부터 자네에게 말하는 것은 내가 직접 발견한 사실일세.

왓슨, 자네도 잘 알고 있겠지만 런던에서 일어나는 모든 범죄에 대해서 나만큼 잘 알고 있는 사람은 없을 걸세. 지난 몇 년 동안, 나는 어떤 악한이 런던에서 일어나는 범죄 사건의 배후에 숨어 있다는 것을 항상 느껴왔네. 법을 어기는 조직적인 세력, 잘못된 길로 나가는 문을 열어 놓는 악의 세력이 어딘가 숨어 있다고 생각해 왔어. 갖가지 위조사건, 강도사건, 살인사건에서도 나는 어떤 세력이 존재하고 있음을 느낄 수 있었어. 막강한 세력이 사건 배후에 있다는 것을 알 수 있었지. 몇 년 동안 나는 이 세력을 감추고 있는 베일을 벗겨 내리려고 애써 왔네. 그리고 마침내 실마리를 잡아서 교묘히 엉켜 있는 실타래를 풀어 가다 보니 그것은 다름 아닌 수학의 천재, 모리아티 교수라는 결론에 이르게 되었다네.

모리아티는 범죄의 나폴레옹일세, 왓슨. 런던에서 일어난 미궁에 빠진 사건의 대부분은 모리아티 교수가 계획한 일이야. 그는 천재에, 철학자고 논리가일세. 매우 논리 정연한 사고의 소유자지. 마치 거미줄 한가운데 자리 잡은 거미처럼, 가만히 있지만 거미줄의 미세한 흔들림도 곧바로 알아채지. 자기 자신이 직접 행동하는 일은 거의 없네. 단지 계획만 짤 뿐이야. 대신 그 밑에 있는 모리아티의 대행인들이 거대한 조직을 이루고 있지. 예를 들어 어떤 집을 털거나, 누군가를 살해하려고 할 때 이들은 모리아티에게 이야기를 한다네. 그러면 모리아티가 범죄를 자세히 계획하고 그 일당이 실행하는 것이지. 일당 패거리는 잡히기도 하네.

그런 경우에는 항상 보석금을 내고 풀려나거나 변호사가 붙지. 그러나 그 일당을 이용하는 핵심 세력은 절대 잡히지 않네. 의심받는 일도 절대 없고. 이게 내가 추리해 낸 모리아티 교수의 조직일세, 왓슨. 난 전력을 다해서 그 조직을 파헤쳐 무너뜨리려고 한다네.

그러나 모리아티는 아주 교묘하게 구성된 보호막에 둘러싸여 보호를 받고 있어. 나라도 그렇게 하겠지만. 그 보호막이 어찌나 교묘한지 모리아티의 유죄를 입증할 만한 증거를 확보하기조차 불가능해 보였지. 하지만 왓슨, 자네는 내 의지력을 알지 않나. 난 지난 3개월 동안의 추적 끝에 마침내 숙적 모리아티 교수의 조직을 파악하게 되었네. 모리아티는 두뇌 싸움에서 나와 대적할 만한 유일한 범죄자야. 그가 계획한 끔찍한 범죄를 보면 그 기술에 경탄을 금할 수 없을 정도지. 그런데 마침내 모리아티가 그답지 않게 사소한 실수를 저질러서 내가 아주 가까이 다가갈 수 있었지. 기회를 잡았다네. 처음부터 준비해 온 일이 성과를 거두게 된 거야. 모리아티 주변에 그물을 짜서 펴놓고 지금은 잡을 준비가 다 되어 있네. 요사이, 그러니까 다음 주 월요일에 적당한 때가 되면 모리아티 교수는 주요 조직 부하들과 함께 경찰에 잡힐 거야. 금세기 최대의 범죄자가 재판정에 서게 되면 40건이 넘는 수수께끼 사건들도 해결될 거야. 모두 교수형에 처해지겠지. 하지만 만약 우리가 조금이라도 성급하게 움직이면 그들은 마지막 찰나에 우리 손아귀에서 빠져나가고 말 걸세.

모리아티 교수가 모르게 이 모든 일을 진행했다면 일이 꽤 수월했을 거야. 하지만 모리아티는 그렇게 만만한 상대가 아니지. 내가 자기 주변에 그물을 치고 있다는 걸 모두 알고 있었어. 그는 몇 번이나 내가 애써 진행한 작업을 헛수고로 만들려고 시도했지만 나 또한 매번 그의 방해를 막아냈지. 왓슨, 조용히 진행된 이 모든 작업의 상세한 부분을 모두 일일이 적어 놓는다면 범죄 수사 역사에 길이 남을 밀고 당기기가 될 거야. 내가 이번처럼 긴장한 적은 한 번도 없었고 적수와 이렇게 팽팽히 맞선 적도 없었어. 모리아티도 악한 중의 최고 악한이지만 나 역시 탐정 중의 최고 탐정이니까 말이야.

아무튼 나는 모리아티 교수의 조직을 무너뜨릴 만반의 준비를 마친 상태였지. 오늘 아침에 마지막으로 할 일을 마쳤고, 3일만 있으면 모든 일이 끝나게 되어 있었어. 그런데 방에 앉아서 생각에 잠겨 있는데 갑자기 방문이 열리면서 모리아티가 내 앞에 나타난 거야. 전에 없이 지금 내가 긴장한 이유가 그 때문이네, 왓슨. 항상 내 머리 속에서 등장했던 모리아티 교수가 바로 문지방에 서 있는 모습은 낯설지만은 않았지. 키가 아주 컸고 마른데다가 두 눈은 움푹 들어갔고 앞이마에는 흰머리가 덮여 있었지. 깔끔하게 면도를 했고, 창백한 얼굴이 까다롭고 꼼꼼한 성미를 지닌 교수다웠네. 지나치게 많이 공부한 탓인지 등이 구부정하게 굽어 있었고, 앞으로 툭 튀어나온 얼굴이 마치 교활한 파충류로 조금씩 진화하는 듯한 느낌을 주었다네. 호기심에 가득 찬 주름진 눈이 나를 뚫어지게 바라보더군.

'일의 진행이 내 기대에 못 미치는군요.' 마침내 모리아티가 입을 열었지. '가운 주머니 속의 장전된 권총에 손을 갖다대는 건 위험한 짓이오.'

사실 모리아티가 나타나자마자 나는 극도의 위협을 느꼈네. 그 위기를 모면하려면 일단 아무 말도 하지 않는 게 유일한 방법이었지. 나는 순식간에 서랍에 있던 권총을 살짝 꺼냈는데 주머니에 넣는 모습을 들키고 말았다네. 모리아티의 말에 나는 권총을 꺼내 테이블 위에 올려놓았네. 모리아티는 여전히 미소를 지으면서 눈을 깜박였는데, 참으로 냉혹한 모습에 나는 그나마 권총이 앞에 놓여 있어 다행이라고 생각했지.

'당신은 나를 전혀 모르겠지.' 모리아티가 말했어.

'아니, 당신 생각과는 반대로, 난 당신을 꽤 잘 알고 있다네. 그 의자에 좀 앉겠나? 할말이 있다면 5분 정도 시간을 내줄 수 있네.'

'내가 무슨 말을 할지 이미 잘 알고 있을 텐데.'

'그렇다면 내가 어떤 대답을 할지도 알고 있겠군.'

'그 생각에는 변함이 없나?' 그가 물어보더군.

'절대로.'

모리아티가 주머니에 손을 넣자 나는 테이블 위에 있던 권총을 집어 들었지. 하지만 그는 주머니에서 무슨 날짜를 적은 메모지를 꺼내더군.

'1월 4일 내 뒤를 밟았고, 23일에는 나를 방해했군. 2월 중순에는 당신 덕분에 상황이 꽤 불편했어. 3월 말에는 내 계획이 완전히 차질을 빚었지. 그리고 4월 말인 지금, 상황을 보니 당신의 끈질긴 추적 때문에 나는 자유를 잃을 위험에 처했네. 있을 수도 없는 불가능한 상황이 벌어지고 있어.'

'무슨 할 말이라도 있나?' 내가 물었지.

'그만두시지, 홈즈 선생.' 머리를 가로 저으며 모리아티가 대답하더군. '정말 그만두는 게 좋을 걸세. 잘 알고 있겠지.'

'월요일이 지나면 그만두지.' 내가 대답했네.

'쯧쯧, 이런 일에는 단 한 가지 결말밖에 나올 수 없다는 사실을 자네처럼 똑똑한 사람이 모를 리가 없지. 이쯤에서 중지해. 당신이 열심히 일한 탓에 우리 조직이 많이 줄었어. 내가 보니 홈즈 선생께서 꽤 영리한 방법을 썼더군. 하지만 아무 영향도 못 끼쳤어. 과격한 수단을 쓰게 될까 봐 매우 유감일세. 웃고 있구만, 홈즈 선생. 경고하지. 정 그렇게 나오면 나도 어쩔 수 없네.'

'내가 하는 일이야 항상 위험이 뒤따르지.' 내가 대꾸했어.

'이건 위험이 아니야. 피할 수 없는 파멸이지. 자네는 단순히 한 개인을 상대하는 게 아니라 거대한 조직을 상대하고 있는 걸세. 자네가 아무리 머리를 굴려도 깨닫지 못할 규모를 가진 조직이지. 홈즈 선생, 그만

두는 게 좋을 걸세, 아니면 무참히 짓밟히고 말테니까.'

'무서운 말이군.' 권총을 들면서 내가 대답했지 '다른 중요한 볼일을 잊게 만들 만큼 재미있는 대화였네.'

모리아티도 의자에서 일어나면서 나를 말없이 쳐다보더니 안타까운 듯이 머리를 가로젓더군.

'이런, 이런. 애석한 일이야. 하지만 내 할 일은 다 했으니. 당신이 뭘 하는지 다 알고 있네. 월요일까지 아무것도 못할 걸세. 그간 나와 당신과 둘의 결투였지, 홈즈 선생. 내게 올가미를 씌우고 싶겠지만 절대로 그렇게 되지는 않을 걸. 날 이기고 싶겠지만 역시 자넨 날 이기지 못할 거야. 자네가 날 파괴할 정도로 똑똑하다면 나 역시 마찬가지일세.'

'칭찬을 해줘서 고맙네, 모리아티 교수.' 내가 말했어. '그 보답으로 하나는 장담하겠지만 다른 하나는 못하겠는 걸. 시민들을 위해서 난 기꺼이 해야 할 일을 하겠네.'

'나 역시 한 가지는 약속하지만 다른 하나는 못하겠군.' 그가 비웃으면서 말하더니 순식간에 방에서 사라졌어.

모리아티 교수와 나눈 대화는 이러했네. 그 때문에 기분이 많이 언짢았다네. 모리아티 교수의 어조는 단순히 위협조의 말투가 아니라 차분하고 침착한 어조였네. 한번 결심한 것은 꼭 실행하는 사람이 확실해. 물론 왓슨, 자네는 왜 경찰에 신고하지 않느냐고 하겠지. 경찰에 알리지 않은 이유는 모리아티의 대리인들이 공격할 게 분명해서야. 그렇게 되리라는 확실한 증거를 갖고 있네."

"벌써 공격을 당한 건가?"

 "왓슨, 모리아티는 풀이 발목을 덮을 때까지 그냥 자라게 두는 사람이 아니야. 옥스포드가에 처리할 일이 있어서 낮에 나갔다네. 그리고 벤틱가에서 웰벡가로 가기 위해 골목을 돌아 나오는데 말 두 마리가 끄는 이륜마차가 쏜살같이 달려오더니 갑자기 나를 향해 덮치더군. 재빨리 골목길로 급히 빠져나갔기에 망정이지 하마터면 죽을 뻔했네. 그 마차는 메릴본 레인 쪽으로 달려가 곧 눈앞에서 사라졌어. 나는 가던 길을 계속 갔지. 왓슨 그런데 이번에는 베어가에 도착하자 어느 집의 지붕에서 벽돌 한 장이 내 코앞으로 떨어지면서 박살이 나더군. 나는 경찰을

불러서 현장을 조사해 달라고 부탁했네. 보수공사에 쓰려고 지붕에 슬레이트와 벽돌들을 쌓아 둔 상태였고, 경찰은 바람이 불어서 그런 거라고 나를 설득시키더군. 물론 사실은 그게 아니지. 하지만 증명할 길이 없었네. 즉시 마차를 타고 펠멜가에 살고 있는 마이크로프트 형에게 갔네. 그리고 지금 자네에게 온 걸세. 그런데 여기 오는 도중에 곤봉을 든 괴한을 만났다네. 난 격투 끝에 그놈을 때려눕히고 나서 경찰이 체포하게 했지. 하지만 난 분명히 말할 수 있네. 경찰은 그 앞니 튀어나온 모리아티 놈과 이 모든 일 사이에 어떤 연관성도 밝혀내지 못할 거라는 걸. 나는 여기서 관절이 부러지고 저 은퇴한 수학 교수는 10마일 떨어진 곳에서 칠판에 연습 문제를 풀면서 강의하고 있겠지. 왓슨, 그러니 이 방에 들어오자마자 창문을 닫은 나의 행동을 이상하게 생각하지 않겠지? 그리고 정문 현관으로 집 밖에 나가는 대신 눈에 덜 띄는 방법으로 여길 나가겠다고 자네에게 부탁하는 것도 이젠 이해가 가겠지."

나는 종종 친구 홈즈의 용기에 존경심을 표했지만 이번처럼 그의 용기를 보고 감탄한 적은 없었다. 공포에 질릴 만한 사건들이 연이어 일어났음에도 홈즈는 의자에 앉아 담담하게 이야기했다.

"여기서 자고 갈 거지?" 내가 물었다.

"아니야, 왓슨. 나처럼 위험한 손님을 집에 재울 수는 없지. 나는 계획이 따로 있네. 잘 될 거야. 지금까지 일은 내 도움 없이 갈 수 있을 만큼 진행된 상태야. 유죄판결이 내려지려면 내가 필히 있어야 하지만 말이야. 경찰이 자유롭게 행동하려면 내가 며칠간 떠나 있는 게 가장 좋을 테지. 왓슨, 자네가 나와 같이 유럽으로 가 준다면 매우 기쁘겠네."

"요새는 병원 일이 한가한 편이고 친절한 이웃도 있으니 같이 가면 좋겠군." 내가 말했다.

"내일 아침 당장 출발할 수 있을까?"

"필요하다면."

"아, 물론이지, 꼭 그래야 하네. 그럼, 왓슨. 여기 적혀 있는 대로 행동해 주게. 자네는 지금 나와 함께 가장 교활한 범죄자이자 유럽에서 가장 강력한 범죄 조직의 우두머리에 이중으로 맞서고 있는 걸세. 이제 잘 듣게. 가지고 갈 짐은 오늘 밤에 믿을 만한 사람에게 맡겨서 빅토리아 역에 미리 갖다 두게나. 내일 아침에는 이륜마차를 부르되, 첫 번째나 두 번째로 오는 마차는 타지 말게. 일단 마차에 타면 로더 아케이드 끝에 있는 스트랜드로 가게나. 마부에게 행선지를 적은 쪽지를 건네주되 버리지 말라고 부탁하게. 요금은 미리 지불해 두었다가 마차가 서면 곧장 시간에 늦지 않게 로더 아케이드로 아홉 시 십오 분까지 도착해 있게. 커브 가까이에 소형 이륜 브로엄 마차가 대기하고 있을 걸세. 빨간색 칼라가 달려 있는 두꺼운 검은 외투를 입은 마부가 타고 있을 거야. 그 마차를 타면 빅토리아 역에 유럽행 특급열차 출발 시간에 맞춰 도착할 걸세."

"자네는 어디서 만나지?"

"역에서. 앞 칸 1등석 두 번째 자리가 예약되어 있을 거야."

"그럼 기차 안에서 만나게 되는 건가?"

"그렇지."

홈즈에게 내 집에서 자고 가라고 권유했지만 헛수고였다. 홈즈는 자신이 이곳에 있게 되면 말썽이 생길 거라고 생각하는 게 분명했다. 홈즈가 굳이 떠나겠다고 고집한 이유는 그 때문이었다. 내일 계획에 대해 몇 마디 서둘러 말하고 나서 그는 자리에서 일어나 나와 함께 정원으로 나왔다. 홈즈는 정원 담을 타고 넘어가 모티머가 쪽으로 사라졌다. 그리고 곧 마차를 부르는 휘파람 소리가 들리더니 마차가 떠나는 소리가 들렸다.

다음 날 아침 나는 홈즈가 남긴 편지에 쓰인 대로했다. 홈즈가 말한 대로 마차를 불러, 먼저 도착한 마차는 타지 않고 아침을 먹은 다음 곧 로더 아케이드로 출발했다. 최대한 빨리 가자고 마부에게 말해 로더 아케이드에 도착하니 검은 망토를 입은 덩치 큰 마부가 탄 브로엄 마차가 기다리고 있었다. 내가 그 마차에 타자마자 마부는 채찍을 휘두르며 급하게 빅토리아 역을 향해 달려갔다. 도착해서 내가 마차에서 내리자마자 마부는 다시 방향을 돌렸고 마차는 내 시야에서 곧 멀어졌다.

지금까지는 모든 일이 순조롭게 진행되고 있었다. 짐 가방은 역에 도착해 있었고 홈즈가 말한 기차 칸을 찾는 것도 어렵지 않았다. 예약이라고 표시되어 있는 자리는 한 곳밖에 없었기 때문이다. 단 한 가지 불안한 것은 홈즈가 보이지 않는다는 사실뿐이었다. 역의 시계는 출발 시간이 7분밖에 남지 않았음을 가리키고 있었다. 여행객 무리를 이리저리 둘러보았지만 호리호리한 홈즈의 모습은 역 어디서도 찾을 수 없었다. 홈즈의 흔적은 어디에도 없었다. 그리고 서투른 영어로 짐꾼에게 자기 짐이 파리를 통과하기로 예약되어 있다고 애써서 설명하는 어떤 점잖은 이탈리아 신부를 도와주느라 몇 분이 흘러갔다. 다시 주위를 둘러보고

자리로 돌아온 나는 포터가 그 이탈리아 신부를 내 옆자리에 앉혀 놓고 간 것을 발견했다. 이탈리아인에게 그 자리가 아니라고 설명했지만 소용없었다. 나의 이탈리아어가 그 신부의 영어보다 훨씬 더 형편없었기 때문이었다. 체념한 나는 어깨를 으쓱하고는 홈즈를 찾느라 초조하게 주위를 둘러보기 시작했다. 두려움이 온몸을 스치고 지나갔다. 홈즈가 나타나지 않은 것이 마치 지난밤 어떤 사건이 발생했기 때문은 아닌가 하는 생각이 들었다. 이미 기차 문은 닫히고 출발을 알리는 기적 소리가 들렸다. 그때였다.

"이봐, 왓슨."

나를 부르는 목소리가 들렸다.

"좋은 아침이라고 인사할 만한 정신도 없나, 이 사람아."

어쩔 줄 모른 채 깜짝 놀란 내가 얼굴을 돌렸다. 나이 지긋한 신부가 나를 보고 있었다. 한순간, 얼굴의 쭈글쭈글한 주름은 펴졌고 코는 높아졌으며 튀어나와 있던 아랫입술이 들어갔고 웅얼대던 중얼거림도 멈췄다. 흐릿했던 눈은 생기를 찾았고 구부정하던 어깨도 꼿꼿해져 있었다. 그러나 다음 순간 이 모든 모습이 사라지고 내 친구 홈즈는 다시 원래의 늙은 이탈리아인으로 눈 깜짝할 새 변해 있었다.

"이런, 세상에! 깜짝 놀랐네!" 내가 소리 질렀다.

"아직도 모든 걸 조심해야 하네." 홈즈가 속삭였다.

"그들이 우리 뒤를 바짝 쫓고 있다네. 아, 저기에 모리아티 놈이 있군."

홈즈가 말하는 동안 기차는 이미 움직이기 시작했다. 뒤를 향해 기차 밖을 돌아보니, 키가 큰 남자가 사람들을 헤치고 바삐 오고 있는 모습이 보였다. 손을 휘젓는 모습이 기차를 향해 정지하라고 외치는 듯 했다. 그러나 이미 출발한 기차는 곧 빅토리아 역을 벗어났다.

"그렇게 조심을 했지만 꽤 아슬아슬 했군." 홈즈가 웃으면서 말했다.

자리에서 일어선 그는 위장하고 있던 검은색 모자와 신부복을 벗어 손가방에 넣었다.

"오늘 아침 신문을 봤나, 왓슨?"

"아니."

"그렇다면 베이커가도 못 봤겠군."

"베이커가?"

"그들이 내 방에 불을 질렀네, 큰 피해는 없었지만."

"맙소사, 홈즈, 정말 너무 심한 일이야."

"어제 괴한이 체포되는 바람에 나를 추적하던 게 완전히 실패했던 것이 분명해. 그렇지 않았다면 내가 집으로 돌아왔으리라는 생각은 하지 못했을 테니까. 그건 그렇고 모리아티가 빅토리아 역까지 쫓아온 걸 보면 자네를 감시하고 있었나 보군. 오는 동안 실수를 한 건 아니겠지?"

"정확히 자네가 말한 대로 했어."

"브로엄 마차도 찾았고?"

"그래, 기다리고 있더군."

"마부를 알아보겠던가?"

"아니."

"마이크로프트 형이었네. 이런 일에 믿을 수 있는 사람을 대가 없이 쓸 수 있다는 건 큰 이득이지. 하지만 이제 모리아티를 어떻게 할지 계획을 짜야만 하네."

"특급 열차에서 내리면 시간에 맞게 운행하는 배가 있으니까 아주 간단하게 따돌릴 수 있을 것 같은데."

"아니, 그렇지 않아. 내가 한 말을 깨닫지 못한 것 같군. 모리아티는 나와 똑같은 지능을 지닌 상대야. 내가 만약 모리아티를 쫓는 추적자라면 사소한 장애물 때문에 일을 망치리라고 생각하나, 자네는? 절대로 모리아티를 낮게 평가해서는 안 되네."

"모리아티가 무슨 일을 할 것 같나?"

"내가 할 일을 하겠지."

"그렇다면 자네가 할 일은 뭔가?"

"특별 열차를 탈 걸세."

"그러면 늦을 텐데."

"전혀. 이 기차는 캔터베리에서 서는데 항상 여객선 출발 시간보다 15분 정도 지연이 되네. 그러면 모리아티가 거기서 우릴 따라잡게 되지."

"마치 우리가 쫓기는 범죄자 같군. 모리아티가 도착했을 때 경찰이 체포하면 되지 않나?"

"그렇게 되면 석 달에 걸친 노력이 물거품으로 돌아가. 큰 물고기를 낚자면 작은 물고기들은 그물을 빠져나가게 두어야지. 월요일이면 모두 잡을 수 있을 텐데, 체포라니 절대 안 될 말이지."

"그럼 어떡하나?"

"우리는 캔터베리에서 내리네."

"그런 다음엔?"

"아, 그 다음에는 뉴헤븐에서 디에프로 가로질러 가는 여행을 해야 해. 모리아티는 내가 한 행동대로 따라 할 거야. 파리로 가서 우리의 짐을 표시한 다음에 역에서 이틀간 기다리겠지. 그동안 우리는 카펫 가방 업자처럼 제조 공장을 둘러보면서 지방을 여행하고, 스위스, 룩셈부르크, 베이즐에서 휴가를 즐기는 거지."

우리는 캔터베리에서 내렸지만 뉴헤븐으로 떠나는 기차를 타기 위해 1시간을 기다려야 했다. 나는 내 잠옷이 있는 가방을 실은 짐차가 속히 사라지는 모습을 애처롭게 바라보고 있었다. 그때 홈즈가 내 소매를 잡아끌면서 반대편을 가리켰다.

"이봐, 벌써 특별 열차가 왔네."

멀리 켄트 주의 숲 속에서 희미한 연기가 한 가닥 피어오르고 있었다.

1분 뒤에 한 대의 객차만을 매단 기차가 커브를 돌아 역으로 다가오는 것이 보였다. 우리는 서둘러서 역에 잔뜩 쌓인 짐 뒤로 몸을 숨겼다. 그러자 곧 기차가 뜨거운 열기를 뿜어내면서 요란하게 지나갔다. 흔들거리며 달려가는 객차를 바라보면서 홈즈가 말했다.

"놈이 타고 있네. 보다시피 모리아티의 머리에도 한계가 있군. 내가 생각한 대로 추리해 행동했다면 정말 대단한 솜씨가 될 뻔했어."

"만약 우리를 잡았다면 어떻게 했을까?"

"의심할 것도 없이 우리를 죽이려고 했을 테지. 하지만 이건 두 명이 벌이는 게임이야. 지금 문제는 여기서 조금 이른 점심을 먹느냐, 아니면 뉴헤븐에 도착해 성찬을 벌일 때까지 쫄쫄 굶느냐 하는 걸세."

우리는 브뤼셀로 가서 그날 밤을 보내고 이틀을 머무른 다음 3일째 되는 날 스트라스부르그로 갔다. 월요일 아침, 홈즈는 런던 경찰청에 전보를 쳤다. 그날 저녁 호텔에 답장이 와 있었다. 홈즈가 봉투를 열더니 나지막이 욕설을 내뱉으며 편지를 난로 속에 버렸다.

"미리 알았어야 했는데!" 홈즈가 신음했다.

"그가 도망쳤어!"

"모리아티?"

"경찰이 모리아티만 빼고 패거리를 다 잡아 들였네. 모리아티는 경찰을 빠져나갔어. 물론 내가 영국을 떠났으니 그와 대적할 만한 맞수가 없었겠지. 경찰 손에 모든 걸 맡겨도 될 정도라고 생각했는데. 왓슨, 자네는 영국으로 돌아가는 편이 좋겠네."

"왜?"

마지막 사건 163

"자네에겐 내가 위험한 동반자가 될 테니깐. 모리아티의 조직이 다 파괴되었으니 그는 런던으로 돌아갈 수도 없을 거야. 내가 모리아티를 제대로 봤다면 무슨 수를 쓰든 내게 앙갚음을 하려고 들 걸세. 나를 찾아와서도 말했지만, 그는 한다면 하는 사람이야. 왓슨, 자네는 영국으로 돌아가 병원 일을 계속하는 게 좋겠어."

그러나 나는 홈즈를 두고 돌아갈 마음이 전혀 생기지 않았다. 우리는 스트라스부르그의 식당에서 반시간 동안 이 문제를 놓고 서로 의논한 끝에 결국 여행을 계속하기로 결정하고 그날 밤 스위스 제네바로 출발했다.

우리는 1주일 동안 아름다운 론 계곡의 경치를 즐기면서 로이크로 갔다가 젬미패스 산맥으로 갔다. 인터라켄 지방을 거쳐 마이링겐으로 가는 길은 아직 눈이 덮여 있는 산길이었다. 여행은 매우 즐거웠다. 산 아래는 산뜻한 봄기운이 감돌고 있었고, 산 위는 아직도 흰 눈으로 덮여 있었다. 그러나 홈즈는 자기 주변을 감도는 그늘을 잠시도 잊지 않았다. 날카롭고 재빠른 눈초리로 스치는 사람들 얼굴을 자세히 관찰하는 홈즈의 눈빛은 우리 뒤를 쫓는 위험에서 홈즈와 내가 아직 완전히 벗어나지 못했다는 사실을 항상 말하고 있었다.

한번은 이런 일도 있었다. 쓸쓸한 다우벤제 지방의 경계를 따라 젬미패스 산맥을 지나고 있을 때 커다란 돌이 위에서 굴러 내려오더니 뒤에 있는 호수 속으로 굉장한 소리를 내며 떨어졌다. 홈즈는 재빨리 산등성이로 올라가 꼭대기에서 아래를 살펴보았다. 안내인이 봄철에는 이런 일이 흔히 발생하는 자연현상이라고 설명해도 소용없었다. 홈즈는 아무 말도 하지 않았지만 마치 예상했던 일을 본 사람처럼 얼굴에 미소를 띠우며 나를 바라보았다.

이렇게 조심스러워 하면서도 홈즈는 절대로 낙심하는 법이 없었다. 기운이 없기는커녕 내가 본 모습 중 가장 힘이 넘치는 모습이었다. 그리고 모리아티 교수가 없어진 걸 확인하기만 한다면 탐정 생활을 마음 편히 즐겁게 매듭지을 수 있을 거라고 자주 말했다.

"왓슨, 나는 말이지, 보람 있는 인생을 살았다고 자부하네. 설사 오늘이 나의 회고 기록의 마지막이라도 침착하게 되돌아 볼 수 있다네. 런던의 공기는 내 덕분에 좀더 맑아졌고 말이야. 기억 못하는 사건들도 많지만 내 능력을 나쁜 쪽으로 사용한 기억은 단 하나도 없네. 요새는 감옥이나 형벌로 처벌할 수밖에 없는 범죄 사건을 해결하는 일보다는 자연의 현상을 연구하고 싶다는 생각이 드네. 왓슨, 유럽에서 가장 위험하고 사악한 범죄자를 잡거나 파멸시키는 날이면 자네의 회고록도 끝을 맺게 될 걸세."

이제부터 간결하고 정확하게 이야기를 끝내야겠다. 내가 이 회고록을 쓰는 이유는 사건의 주제가 아니라 일어난 사건을 사실 그대로 자세하게 써야 하기 때문이다.

우리가 마이링겐 지역의 여관에 도착해서 짐을 푼 것은 5월 3일이었다. 주인은 페터 스타일러라는 나이가 지긋한 사람으로 눈치가 빠르고 영어를 아주 잘했는데 런던에 있는 그로스베너 호텔에서 4년 동안 웨이터로 일했다고 말했다. 주인의 충고에 따라 4일 오후에 우리는 함께 언덕을 넘어 로젠라우이 마을에서 하룻밤을 묵기로 했다. 그러나 언덕 중간에 있는 라이헨바흐 폭포를 그냥 지나칠 수는 없었던 우리는 폭포를 보기 위해 약간 돌아가기로 했다.

라이헨바흐 폭포는 정말 압도적인 장관이었다. 눈이 녹은 물이 엄청난 기세로 폭포 아래 연못의 심연으로 떨어졌으며 주변은 온통 안개 같은 물보라로 자욱하게 덮여 있었다. 폭포 양쪽에는 깎아지른 듯한 검푸른 바위 절벽이 둘러서 있었으며, 깊이를 알 수 없는 연못으로 쏟아지는 물기둥이 물보라를 일으키면서 흘러넘치고 있었다. 초록빛을 띤 커다란 물줄기가 큰 소리를 내면서 계속 위에서 아래로 떨어졌고, 뿌연 물보라가 마치 바람에 흔들리는 커튼처럼 춤추며 위로 올라가고 있었다. 우리는 낭떠러지 끝 부근에 서서, 저 아래 검은 바위에 부딪쳐 부서지는 물거품을 내려다보며 인간의 거대한 외침과도 같은 폭포수의 울림에 귀를 기울였다.

한 바퀴 돌아 폭포 전체를 완전히 볼 수 있는 길이 중간에서 갑자기 끝났기 때문에 우리는 왔던 길을 되돌아 내려갔다. 내려오던 길에 한 스위스 젊은이가 뛰어오더니 우리에게 편지를 전해 주었다. 편지에는 우리가 묵고 있던 여관의 도장이 찍혀 있었다. 편지는 내게 온 것으로, 우리가 떠난 지 얼마 안 되어 영국인 부인이 도착했는데 목숨이 매우 위독한 지경이라고 써 있었다. 루체른에 있는 친구를 만나기 위해 여행 중인 이 부인은 다보스 플라츠에서 겨울을 지내다가 결핵에 걸리고 말았다고 전하고 있었다. 몇 시간 살지 못할 것 같은데 스위스인 의사가 아니라 영국인 의사에게 진찰을 받고 싶다고 고집하니 만약 내가 와 준다면 부인에게 큰 위안이 될 것 같아 실례를 무릅쓰고 나에게 어려운 부

탁을 한다는 여관 주인의 말이었다.

거절하기가 어려운 부탁이었다. 이국땅에서 죽어 가는 같은 영국인의 불쌍한 처지를 모른 체 할 수는 없는 노릇이었다. 그러나 홈즈를 혼자 두고 떠나기가 꺼림칙했다. 결국 나는 부인을 보러 가기로 하고 대신 마이링겐에 갔다 올 때까지 심부름 온 스위스 젊은이가 홈즈와 함께 있기로 했다. 홈즈는 폭포를 좀더 보다가 로젠라우이 마을로 천천히 출발하겠으니 거기서 만나자고 말했다. 돌아보자 검은 절벽을 배경으로 팔짱을 끼고 물줄기를 내려다보고 있는 홈즈의 모습이 보였다. 이것이 이 세상에서 마지막으로 본 홈즈의 모습이 될 줄이야.

거의 산을 다 내려와서 돌아보았기 때문에 폭포는 보이지 않았지만 산등성이를 휘감아 올라가는 길이 보였다. 그 길을 따라 한 남자가 아주 빠른 걸음으로 가고 있었다. 초록색 산 빛깔이 그 사람의 검은 모습과 대비되어 눈에 띄었다. 그가 급하게 걷는 모양이 자꾸 신경에 거슬렸지만 서둘러 길을 재촉하다 보니 그의 모습은 곧 뇌리에서 지워졌다.

마이링겐에 도착한 것은 한 시간이 조금 넘어서였을 것이다. 여관 주인이 호텔 입구에 서 있었다.

"어디, 부인은 좀 차도가 있습니까?" 내가 황급하게 물었다.

주인은 놀란 기색을 하며 눈을 치켜떴다. 그 모습을 보고 나의 심장은 얼어붙는 것만 같았다.

"이 편지를 당신이 쓰지 않았습니까?" 주머니에서 편지를 꺼내며 내가 물었다.

"병든 영국 부인이 여기 없습니까?"

"아뇨, 없습니다." 주인이 말했다.

"하지만 편지에 도장이 찍혀 있군요! 분명 아까 왔던 키 큰 영국인이

쓴 게 분명해요. 그 사람이—"

그러나 나는 주인의 설명을 기다릴 수 없었다. 나는 두려움에 휩싸인 채 내려왔던 길을 다시 뛰어 올라가기 시작했다. 내려오는 데는 1시간이 걸렸지만 라이헨바흐 폭포로 다시 올라가는 데는 사력을 다했으나 2시간이 넘게 걸렸다.

홈즈의 등산용 지팡이가 아까 그 자리에 세워져 있었다. 그러나 홈즈의 흔적은 어디에도 없었다. 소리쳐 불러 봤지만 아무런 응답도 없었다. 건너편 절벽에서 메아리만 다시 돌아올 뿐이었다.

홈즈의 등산용 지팡이를 보자 온몸이 오싹해졌다. 홈즈는 로젠라우이 마을로 가지 않았던 것이다. 한쪽은 깎아지른 듯한 절벽, 다른 한쪽은 낭떠러지로 둘러싸인 폭 3피트 정도의 좁은 길에서 남아 있다가 적에게 습격을 당한 것이다. 그 스위스 젊은이도 사라지고 없었다. 아마도 모리아티에게 돈을 받고 가버렸으리라. 그 뒤에 무슨 일이 생긴 것일까? 무슨 일이 생긴 건지 누가 말해 줄 것인가?

공포로 아득해진 정신을 수습하기 위해 잠시 그 자리에 서 있었다. 그리고 홈즈가 하던 대로 이 비극적인 일을 차근차근 뒤따라가기 시작했다. 아, 너무도 쉬운 일이었다. 우리가 대화를 나누던 장소를 표시하듯 길에는 홈즈의 지팡이가 그대로 그곳에 남아 있었다. 기름진 검은 땅은 폭포에서 나오는 물보라로 매우 부드러워서 새가 살짝 앉아도 선명히 발자국이 남을 듯했다. 길 끝을 향해 두 사람의 발자국이 선명하게 이어져 있었다. 이곳으로 올라간 흔적은 있지만 되돌아 내려온 발자국은 없었다. 길이 끝나는 곳에서 좀 벗어나자 엉망이 된 진흙탕이 있었고 벼랑 가장자리는 덤불이 뜯겨 나간 흔적이 있었다. 나는 온 몸을 감싸고 올라오는 물보라를 헤치면서 밑을 내려다보았다. 날은 이미 어두워졌기 때문에 검은 절벽이 물기를 머금은 채 반짝였고 저 멀리 폭포 아래에서 부서지는 물결만이 보일 뿐이었다. 나는 소리쳐 홈즈의 이름을 외쳤다. 그러나 폭포의 굉음만 귀를 울릴 뿐이었다.

그러나 친구의 마지막 인사만은 받을 운명이었다. 길가 절벽에 세워져 있던 홈즈의 등산용 지팡이 위에서 뭔가 반짝이는 것이 눈에 띄었다. 반짝이는 그 물건은 홈즈가 갖고 다니던 은 담뱃갑이었다. 담뱃갑을 들자 그 밑에 눌려 있던 종이 한 장이 팔랑팔랑 땅으로 떨어졌다. 네모나게 접은 석 장의 종이를 펼쳤다. 그것은 메모지에서 뜯은 종이에 쓴, 홈즈가 내게 보내는 편지였다. 매사가 분명한 홈즈답게 마치 서재에서 쓴 것처럼, 글씨는 또박또박하고 깨끗했다.

>왓슨
>
>나는 모리아티 교수의 호의로 짧은 편지를 쓰고 있네. 그는 나와 마지막 결투를 치르기 위해 내가 편지 쓰는 것을 기다리고 있다네. 그가 지금 어떻게 영국 경찰을 따돌리고 우리들의 동정을 알았는지 간단하게 설명해 주었네. 내가 생각했던 대로 그의 두뇌가 아주 뛰어난 것이 확인된 것이네. 나의 힘으로 이 세상에서 이 악한의 존재를 없앨 수 있다는 점이 나는 매우 기쁘네. 그리고 그 대가로서 내 친구들, 특히 왓슨 자네에게는 커다란 고통을 주는 것이 유감스럽지만 말일세. 그러나 이미 자네에게 말한 대로 나의 인생은 어쨌든 전기를 맞았고, 이렇게 종지부를 찍는다면 이것보다 더 흡족한 결말은 없을 거네. 사실은 자네에게 진심으로 고백하지만, 나는 마이링겐에서 온 편지가 가짜였다는 것을 알고 있었네. 자네보고 가라고 설득한 건 이런 일에는 어떤 결말이 있어야 한다고 생각했기 때문이야. '모리아티'라고 적힌 푸른 봉투 안에 모리아티 일당을 유죄판결로 소탕하는데 필요한 서류를 다 넣어 서류함 'M'항목에 두었으니 패터슨 경감에게 전해 주게. 그리고 영국을 떠나기 전에 모든 재산을 마이크로프트 형 앞으로 넘겨 두고 왔네. 자네 부인에게도 안부 전하게.
>
>   자네의 진실한 친구, 셜록 홈즈

나는 몇 마디 짧게 덧붙이면서 이 모든 이야기를 끝내고자 한다. 경찰 조사로 두 사람이 서로 싸우다가 함께 엉켜서 폭포 아래로 떨어진 것이 확실하다는 결론이 내려졌다. 시신을 찾으려는 시도는 무모한 짓이었다. 홈즈와 모리아티는 흰 물거품을 일으키며 기세 좋게 떨어지는 폭포의 엄청난 물줄기 아래 깊은 곳에 영원히 잠들어 있을 것이다. 스위

스 젊은이는 다시 나타나지 않았다. 그는 모리아티가 고용한 그 일당 중 한 명이 틀림없었다. 모리아티의 조직은 홈즈가 수집해 둔 증거들로 모두 발각되어 죽은 모리아티의 힘이 얼마나 컸는지 사람들로 하여금 깨닫게 만들었다. 그러나 그들의 사악한 두목에 관해서는 수사 도중 드러난 사실이 거의 없다. 내가 여기에 그 경력과 죄업을 정확히 쓰려는 이유는 셜록 홈즈를 비난함으로써 범죄자 모라이티의 오명을 없애려고 하는 바보 같은 무리들에게 단호한 반격을 하고 싶기 때문이다.

역주: 코난 도일 자신은 「마지막 사건」에 대해 높이 평가했다. 셜록 홈즈 단편 베스트 12에서 4위에 오르고 있다. 이 작품의 원고에 대해서는 '귀중한 단편'이라고 불리는 부분-라이헨바흐에서 홈즈가 왓슨에게 쓴 편지의 자필 원고-에 대해서만 기록이 남아 있다. 이 부분의 원고는 1915년 12월 8일에 필라델피아에서 경매에 나왔지만 현재는 행방불명.

보헤미아의 스캔들

A Scandal in Bohemia: 1887년 5월 20일(금)~5월 22일(일)

1

 셜록 홈즈에게 그 여자는 언제나 '그 여성'이었다. 그밖에 다른 표현으로 부르는 것을 들은 적이 없다. 홈즈의 눈에, 그 여자는 다른 동성의 광채를 모조리 빼앗아 압도하는 것이다. 그렇다고 그가 아이린 애들러에게 사랑에 가까운 감정을 품고 있는 것은 아니다. 모든 감정, 그 중에서도 특히 사랑이라는 감정은 냉정하고 예리하고, 놀랄 만큼 균형 잡힌 홈즈의 정신에는 번거롭기만 하다. 그는 이 세상에서 일찍이 존재한 적이 없었으리만큼 완전한 추리와 관찰의 기계다. 따라서 사랑을 하는 남자가 되었다는 것은 틀려도 보통 틀린 것이 아니다. 그는 인간의 달콤한 애정 따위에 대해서는 비웃음과 비아냥거림을 섞어서 말했다. 그런 그의 행동을 보고 있으면 참으로 볼만하다. 즉, 인간의 동기나 행위를 적나라하게 보여 준다. 그러나 훈련된 추리가에게는, 복잡 미묘하게 조화된 정신 상태 속에 그와 같은 감정이 침입하는 것을 허용하는 것은 혼란의 씨앗을 심는 것이며, 그렇게 된다면 그는 정신의 모든 기능을 신용하지 못하게 될 것이다. 그러한 성질의 남자에게 만일 강렬한 정서가 발생했다면, 그것은 민감한 기계에 들어간 모래알과 같고, 또한 그가 갖고 있는 고성능 확대렌즈에 생긴 균열보다도 더 큰 착오와 분란을 일으킬 것이다. 그러나 홈즈에게도 여자는 있었다. 그 여자는, 정체를 알 수 없는 수상한 여자로 사람들의 기억에 남아 있는, 지금은 떠나고 없는 아이린 애들러이다.

나는 요즈음 홈즈와 거의 만나지 않았다. 나의 결혼이 우리 둘 사이를 빨리 떼어놓은 것이다. 나는 더없이 행복하다. 처음으로 한 가정의 가장이 된 사람이면 누구나 그렇듯이 가정을 중심으로 주위 일에 흥미를 느끼게 된다. 나도 그것에 모든 관심을 빼앗기고 있었다. 한편, 홈즈는 완전히 탈속한 마음이 되어 사람들과 교제를 꺼리고 여전히 베이커가에 살고 있었는데, 산더미 같은 고서 속에 파묻혀서 많은 날들을 코카인과 공명심에 탐닉해 있었다. 즉, 마약에 취해 꿈속을 헤매는 사람이 되기도 하고, 때로는 그만이 지닌 날카로운 천성에 의해 정력적으로 일을 하기도 했다. 그는 계속 범죄 연구에 몰두했는데, 헤아릴 수 없는 재능과 놀라운 관찰력을 구사하여 경찰이 손든 사건의 실마리를 찾아내고 그 수수께끼를 해결했다. 나도 가끔 그의 활약을 어렴풋하게나마 들었다. 예를 들면 트레포프 살인사건으로 오데사에 초청을 받아 갔다느니, 트린코마리(실론 섬의 군항)의 애트킨슨 형제의 기괴한 참극을 해결했다느니, 네덜란드 왕실이 의뢰한 사건을 멋지게 해결했다느니 하는 이야기들이다. 그러나 이런 활약은 신문만 읽으면 다 알 수 있는 것으로, 나는 과거의 친구이고 함께 일을 해 온 그에 대해 그 이상의 것은 거의 모르고 있었다.

1888년 3월 20일 밤, 나는(본업인 의사 노릇을 다시 시작했다.) 왕진을 하고 돌아가는 길에 우연히 베이커가를 지나게 되었다. 나의 연애 시절이며, 또한 '주홍색 연구' 사건의 비참했던 일을 생각나게 하는 잊으래야 잊을 수 없는 출입구 앞에 도착했을 때, 나는 홈즈와 다시 만나 그가 요즘 그 천재적 능력을 어떻게 활용하고 있는지 알고 싶었다. 그의 방에는 환하게 불이 켜 있었다. 올려다보는 잠깐 동안에도, 그의 후리후리한 그림자가 두 번이나 창문 커튼에 어른거렸다. 그는 고개를 떨구고 뒷짐을 진 채 방안을 서성거리고 있었다. 그의 기분이나 버릇 따위를 모두 알고 있었기 때문에 이 자세와 움직임만 보아도 충분했다. 그는 또다시 일을 하고 있는 것이다. 마약으로 몽롱해진 꿈나라에서 벗어나 새로운 사건을 해결하느라고 열중해 있는 것이다. 나는 벨을 울렸다. 그리고 잠시 후, 전에는 나와 공동 소유였던 그 방에 안내되었다.

  그는 감정을 과장하여 표현하는 남자가 아니다. 언제나 그렇다. 그러나 나의 방문을 기뻐하는 것만은 알 수 있었다. 인사말도 하지 않고 부드러운 눈빛으로 쳐다보더니 안락의자에 앉으라고 손짓을 했다. 이어서 시가 상자를 던져 주었고, 또 술 상자와, 탄산수를 만드는 장치가 방 구석에 있다는 것을 손가락으로 가리켰다. 그러고는 불 앞에 서더니, 그 이상하도록 꿰뚫어 보는 듯한 표정으로 나를 살펴보았다.

  "결혼 생활이 꽤 만족스러운 모양이군, 왓슨. 전에 만났을 때보다 7파운드 반은 살이 찐 것 같아."

  "7파운드야." 내가 대답했다.

  "그래? 보기엔 더 찐 것 같은데. 7파운드라고 하지만 분명 더 될 거야. 다시 개업을 했지? 그런 소문은 듣지 못했지만."

"어떻게 알았나?"

"추리로 알지. 그뿐인 줄 아나. 얼마 전에 비를 많이 맞았고, 자네 집에는 몹시 솜씨 없고 조심성 없는 가정부가 있다는 것도 알고 있다네."

"이것 봐. 자네한텐 못 당하겠어. 만약 자네가 몇 세기 전에 태어났었다면 틀림없이 마법사로서 화형을 당했을 거야. 사실, 목요일에 시골길을 가다가 비를 흠뻑 맞고 돌아왔네. 그러나 옷도 갈아입고 했는데 어떻게 그런 추리를 했지? 그리고 가정부 메리 제인에게는 두 손

들었네. 아내도 고개를 저으면서 곧 내보내야겠다고 하더군. 그런데 어떻게 그런 것까지 알았나?"

그는 쿡쿡 웃으며 길고 부드러운 손을 비볐다.

"아주 간단해. 자네의 왼쪽 구두 안쪽에, 난롯불이 비치는 부분에 나란히 난 상처가 여섯 개 보이네. 이건 분명히 구두 바닥의 가장자리에 달라붙은 흙을 거칠게 긁어내리다 생긴 거야. 이것으로 두 개의 추리가 가능하지. 하나는, 자네는 날씨가 나쁜 날에 외출했다. 다른 하나는 자네 집 가정부는 구두에 흠을 내는 아주 조심성 없는 런던 토박이의 대표적 표본이다. 그 다음은 자네가 개업을 했다는 점인데, 신사가 이오도포름 냄새를 풍기고, 왼손 집게손가락에 초산은 때문에 생긴 검은 얼룩이 묻어 있네. 바로 여기에 청진기가 들어 있습니다, 하고 가르쳐 주듯 검은 실크햇 한쪽이 불룩 부풀어 가지고 방에 들어왔는데도 의사임을 간파하지 못했다면, 내 머리가 엉망으로 나빠졌다는 증거지."

나는 홈즈가 추리의 경로를 대수롭지 않게 설명하는 것을 듣고 웃음을 터트렸다.

"자네 설명을 들으면 언제나 어처구니없도록 간단해서 나도 문제없이 할 것 같은 생각이 들어. 그러나 추리의 과정을 듣기 전에는, 자네가 이끌어 내는 결론이 아리송해서 언제나 어리둥절하고 말지. 이래봬도 내 눈은 자네 정도로 좋다고 자부하고 있지만."

"그건 그렇겠지."

그는 담배에 불을 붙이고 안락의자에 몸을 내던지듯 앉으면서 말했다.

"자네는 보기만 할 뿐 관찰을 하지 않아. 보는 것과 관찰하는 것은 완전히 달라. 예를 들면, 자네도 현관에서 이 방으로 올라오는 계단을 여러 번 보았겠지?"

"가끔 보았지."

"몇 번이나 보았나?"

"수백 번은 보았을 거야."

"그렇다면 계단이 모두 몇 개인가?"

"몇 계단? 모르겠는데."

"그것 봐. 관찰하지 않았기 때문이야. 그러나 보고는 있어. 내가 말하고 싶은 것은 그 점이야. 잘 듣게나. 나는 계단이 모두 열일곱 개라고 알고 있어. 그것은 보는 것과 동시에 관찰하기 때문이야. 말이 나왔으니 하는 말인데, 자네는 지금까지 내가 처리한 간단한 사건에 흥미를 갖고 별것 아닌 나의 경험 한두 가지를 기록해 준 적이 있으니까, 이것에도 틀림없이 흥미가 있을 거야."

그는 테이블 위에 펼쳐 있던 핑크색 편지지 한 장을 내게 주었다.

"조금 전에 배달된 거야. 소리 내어 읽어 보게."

편지에는 날짜도 없었고 보낸 사람의 이름도 주소도 없었다.

오늘 저녁 7시 45분. 중요한 문제로 의논을 드리고 싶은 사람이 찾아갑니다. 당신이 최근에 유럽의 한 왕실을 위해 하신 일은, 당신이야말로 말로는 표현하기 어려운 중대 사건까지 마음놓고 맡길 수 있는 분임을 증명했습니다. 당신에 대해서는 여러 방면으로 들어 왔습니다. 제발, 그 시간에 댁에 계셔 주시고, 또한 제가 마스크를 하고 있어도 용서하십시오.

"정말 이상하군. 자네는 어떻게 생각하나?" 내가 물었다.

"아직은 단서가 없어. 단서가 없는 것을 추측하는 것은 큰 잘못이야. 사실에 맞는 이론을 찾는 대신, 이론에 맞도록 무의식중에 사실을 왜곡하게 되지. 하지만 이 편지만 생각해 보세. 자네는 이 편지에서 어떤 것을 추측하나?"

나는 필적과 종이의 질을 주의 깊게 살펴보았다.

"이 편지를 쓴 사람은 부자 같은데… 이런 고급 종이는 한 묶음에 반 크라운 이상 할 거야. 아주 질기고 튼튼한 종이지."

나는 되도록 홈즈의 추리법을 흉내내어 말했다.

"아주… 라는 표현은 그럴듯하군. 이건 영국 종이가 아냐. 불빛에 비추어 보게."

시키는 대로 해보니까, 대문자 'E'에 소문자 'g', 다음은 대문자 'P', 그리고 대문자 'G'에 또 소문자 't'가 종이 속에 들어 있었다.

"어떻게 생각하나?" 홈즈가 물었다.

"틀림없이 종이 회사 이름일 거야. 아니, 그 머리글자일까?"

"그렇지 않아. 'Gt'는 독일어의 '게젤샤프트(Gesellschaft)'의 약자로 회사라는 뜻이야. 이건 정해진 약자 형식으로 영어의 'Co'에 해당되네. 'P'는 물론 독일어의 'Papier', 종이야. 그러면 이번에는 'Eg'인데, 잠깐, 대륙지명 사전을 찾아보세."

그는 책장에서 두꺼운 갈색 책을 꺼냈다.

"'이글로(Eglow)', '이글로니츠(Eglonitz)'… 아, 여기 있군. '이그리아(Egria)'야. 여기는 '독일어를 사용하는 보헤미아 지방의 도시, 칼스배드

에서 가까움. 발렌시타인이 죽은 곳으로, 또 유리 공장과 제지 공장이 많은 곳으로 알려짐.' 하하! 어때, 뭔가 느껴지는 게 있나?"

홈즈는 눈을 빛내며 어떠냐는 듯이 담배 연기를 뿜어냈다.

"그럼 보헤미아에서 만든 종이로군." 내가 말했다.

"맞아. 그리고 이 편지를 쓴 남자는 독일인이야. 문장이 이상하다는 것을 알겠지? '당신에 대해서는 여러 방면으로 들어 왔습니다(This account of you we have from all quarters received).' 프랑스 사람이나 러시아 사람은 결코 이렇게 쓰지 않아. 동사를 이렇게 끝에 갖고 오는 것은 독일 사람이야. 이제 남은 일은 이 보헤미아 종이를 사용하고, 얼굴을 보여 주고 싶지 않은 독일 사람이 무엇을 원하느냐 하는 문제뿐이네. 그러나 본인이 직접 올 것 같으니, 우리들의 의문도 곧 해결되겠지."

이때 분명히 말발굽 소리와 마차 바퀴가 보도 가장자리 돌에 닿아 삐걱거리는 소리가 들렸다. 이어 벨 소리가 요란하게 울렸다. 홈즈는 휘파람을 불었다.

"쌍두마차 소리야. 음. 틀림없지."

그는 창문으로 바깥을 내다보면서 말을 이었다.

"두 마리가 끄는 훌륭한 소형 사륜마차인데, 말도 훌륭하군. 한 마리에 150기니는 하겠어. 왓슨, 이번 사건은 재미가 없어도 금액은 크겠는걸."

"나는 가는 게 좋겠지?"

"천만에. 거기 있게. 보스웰(1740~95, 사무엘 존슨 의사의 전기를 쓴 작가)이 옆에 없으면 허전하니까. 그리고 이 사건은 재미있을 것 같아. 놓치면 후회하네."

"하지만 의뢰인이…"

"신경 쓰지 말게. 자네의 도움이 필요할지도 몰라. 그렇게 되면 그에게도 필요한 셈이지. 자, 왔어. 자네는 그 의자에 앉아서 주의 깊게 살펴보게."

느릿하고 무거운 발소리가 계단을 올라와 복도를 걸어오다가 곧 문

앞에서 멎었다. 이어서 문을 노크하는 소리가 났다.

"네." 홈즈가 대답했다.

들어온 사람은 키가 6피트 6인치는 넘을 것 같은, 헤라클레스 같이 건장한 남자였다. 복장은 영국에서라면 악취미라는 평을 들을 만큼 화려하고 사치스러웠다. 더블 상의의 소매와 젖힌 깃에는 아스트라한 가죽을 폭 넓게 붙였고, 어깨를 덮은 소매 없는 짙은 감색 망토에는 불타는 듯한 진홍색 비단 안감을 사용했으며, 불길처럼 빛나는 커다란 녹주석 브

로치로 깃을 고정시켰다. 게다가 무릎 아래까지 오는 장화 상단에는 푹신푹신한 갈색 모피가 보여, 옷차림 전체에서 느껴지는 야단스러운 사치를 더욱 완벽하게 마무리하고 있었다. 한 손에는 챙이 넓은 모자를 들었고 얼굴은 위에서 광대뼈까지 가리는 검은 마스크를 쓰고 있었는데, 방금 들어올 때 매만졌는지 아직도 마스크에 손을 대고 있었다. 드러난

반쪽 얼굴로 보아 성격이 강한 사람인 듯, 입술은 두껍게 처져 있고 턱은 길게 뻗어 있어 고집스러울 정도로 의지가 강한 사람으로 보였다.

"편지는 받으셨습니까?"

그는 굵고 걸걸한 음성에 심하게 독일 억양을 쓰고 있었다.

"방문을 미리 알렸습니다만."

누구에게 이야기해야 좋은지 모르겠다는 듯이 우리를 번갈아 보았다.

"앉으십시오." 홈즈가 말했다.

"이쪽은 함께 일하는 왓슨 의사인데, 사건 해결에 도움을 주고 있습니다. 그런데 실례입니다만, 당신은 누구십니까?"

"폰 크람 백작이라고 불러 주시오. 보헤미아의 귀족입니다. 방금 말씀하신 친구 분은 중대한 일을 의논하는 상대로서 충분한 신의와 사려를 갖고 계시겠지요? 그렇지 않으면 당신에게만 이야기하고 싶습니다."

나는 일어나서 나가려고 했으나, 홈즈에게 손목을 잡혀 다시 자리에 앉았다.

"이 친구와 합석하지 않으면 듣기를 거절하겠습니다. 나에게 얘기할 수 있는 것은 무엇이든 이 친구에게도 할 수 있습니다."

백작은 넓은 어깨를 으쓱하고는, 말문을 열었다.

"그럼 먼저, 2년 동안은 절대로 발설하지 않겠다고 약속해 주셨으면 합니다. 2년이 지나면 아무 문제도 없지만, 지금은 과장하지 않고 말해도 유럽의 역사를 움직일 정도로 큰 문제입니다."

"약속합니다." 홈즈가 말했다.

"나도 약속합니다."

"마스크를 쓴 것을 이해해 주시오." 이상한 손님은 말을 이었다.

"이것은 나에게 이 용건을 의뢰한 고귀하신 분의 희망에 의한 것으로, 사실은 조금 전에 밝힌 나의 이름도 본명이 아닙니다."

"알고 있습니다." 홈즈가 차갑게 대답했다.

"사태가 아주 미묘하므로 모든 예방 수단을 강구해서라도 스캔들이 되어 유럽의 어떤 왕실의 명예에 상처를 주는 것을 막고 싶습니다. 자세히 말하면, 보헤미아의 2대에 걸친 왕실 올므슈타인 가와 관련된 문제입니다."

"그것도 알고 있습니다."

홈즈는 중얼거리듯 대답하고는 의자에 몸을 파묻고 눈을 감았다. 유럽에서 가장 명석한 이론가이고 정력적인 사립 탐정이라는 말을 듣고 왔는데, 그 인물이 이렇게 축 늘어진 모습을 보이자 손님은 어처구니가 없는 모양이었다. 홈즈는 천천히 눈을 뜨고 체격이 큰 의뢰인을 답답한 듯이 보았다.

"황송한 부탁이지만, 폐하께서 자신의 사건을 직접 말해 주신다면 저도 격의 없이 도와 드릴 수 있을 것입니다."

손님은 의자에서 벌떡 일어서더니 억누를 수 없는 마음의 동요 때문에 방안을 이리저리 걸어다녔다. 그리고는 어쩔 수 없다는 듯이 얼굴의 마스크를 벗어 바닥에 던졌다.

"맞소!" 손님은 소리쳤다.

"나는 왕이오. 그런데 왜 숨기려고 했을까?"

"정말 그렇습니다." 홈즈는 조용히 말했다.

"폐하께서 말씀을 꺼내기 전부터 저는 제가 말씀드리고 있는 상대가 보헤미아의 왕인 카셀 파르슈타인의 대공, 빌헬름 고츠라이히 시기스몬드 폰 올므슈타인 폐하라고 알고 있었습니다."

"그러나 나의 이런 행동을 그대들이 이해해 줄지 걱정이오. 제발 이해해 주었으면 좋겠소. 나는 이런 문제를 처리하는 데는 익숙하지 않소. 그러나 사건이 미묘하므로 대리인에게 사정을 털어놓고 처리를 명하면,

앞으로 대리인에게 약점을 잡힐 염려가 있소. 그래서 당신에게 직접 상의하려고 프라하에서 몰래 이곳에 온 것이오."

이상한 방문객은 원래의 자리로 돌아가 희고 넓은 이마에 손을 얹으면서 말했다.

"그럼 말씀하십시오." 홈즈는 말하고 또 눈을 감았다.

"간단하게 설명하면, 다음과 같소. 5년 전에 바르샤바에 오래 머물렀던 일이 있었는데, 그때 아이린 애들러라는 여자와 알게 되었소. 이 여자의 소문은 당신도 들어서 알 것이오."

"왓슨, 미안하지만 색인을 찾아 주게."

홈즈는 눈을 감은 채 말했는데 그는 오랜 세월에 걸쳐 인물이나 사물에 대해 요점을 기록한 메모를 만들었기 때문에, 언제 어떤 인물도 즉시 그 자리에서 조사할 수 있었다. 지금도 색인을 찾아보니까, 유태교의 랍비와 심해어에 대해 학술 논문을 쓴 해군 중령의 약력 사이에 그 여자의 약력을 쉽게 발견할 수 있었다.

"보여 주게." 홈즈가 말했다.

"1858년, 아메리카 뉴저지 주 출생. 콘트랄토(여성 최저음) 가수… 스칼라 극장 출연… 바르샤바 임페리얼 오페라의 프리마돈나… 은퇴 후 런던에 주재… 으흠, 알겠군. 그럼 폐하는 이 젊은 여성과 알게 되셨고, 나중에 화근이 될 것 같은 편지를 보냈는데, 그것을 찾고 싶은 것이 아닙니까?"

"그렇소. 그런데 어떻게 그걸…"

"비밀 결혼을 하셨습니까?"

"아니오."

"그럼 법적으로 유효한 서류나 증명서 같은 것이 있습니까?"

"아니오."

"그렇다면 폐하의 마음을 이해할 수 없군요. 이 젊은 여성이 협박이나 다른 어떤 목적으로 폐하의 편지를 제시해도, 폐하의 글씨라는 것을 증명할 수는 없다고 생각합니다."

"필적이 증거가 되오."

"필적은 흉내낼 수 있습니다."

"내 전용 편지지를 사용했소."

"전용 편지지는 도둑맞을 수도 있습니다."

"나의 봉인을 찍었소."

"그것도 위조가 가능합니다."

"사진을 갖고 있소."

"돈을 주고 사면 됩니다."

"아니, 함께 찍은 사진이오."

"아! 그건 안 됩니다. 폐하는 정말 경솔한 행동을 하셨습니다."

"내 정신이 아니었소. 미친 짓이었소."

"정말 돌이킬 수 없는 짓을 저질렀군요."

"나는 당시 왕세자였고, 어려서 철이 없었소. 이제 내 나이도 서른이군."

"사진은 반드시 찾아야 합니다."

"손을 써 보았으나 실패했소."

"돈을 내고 사는 겁니다."

"아니오, 상대는 팔려고 하지 않소."

"그럼, 훔치는 것은?"

"이미 다섯 번이나 시도해 보았소. 도둑을 고용하여 온 집 안을 샅샅이 뒤진 것이 두 번, 그리고 한 번은 여행 중에 그 여자의 소지품을 탈취해 보았고, 또 길에 잠복시킨 적도 두 번 있소. 그러나 모두 실패였소."

"흔적도 없었습니까?"

"전혀 없었소."

"약간 흥미 있는 문제입니다." 홈즈가 웃으며 말했다.

"그러나 본인인 나는 매우 심각하오." 보헤미아 왕은 홈즈의 말이 언짢은 듯 반박했다.

"그렇군요. 그런데 여자는 사진을 가지고 무엇을 할 계획입니까?"

"나를 파멸시킬 속셈이오."

"어떤 방법으로?"

"나는 머지않아 결혼하오."

"알고 있습니다."

"상대는 스칸디나비아 국왕의 둘째 딸 크로틸드 로스만 폰 삭세 메닌겐 공주요. 그 왕실의 가풍이 엄하다는 것은 그대도 알고 있을 것이오. 공주도 보통 사람과는 다르게 마음이 아주 예민하여, 만일 나의 품행에 오점이 있다면 이 혼담은 깨지고 마오."

"그럼 아이린 애들러의 계획은?"

"그쪽 왕실에 사진을 보내겠다고 협박하고 있소. 그 정도의 일은 하고도 남는 여자요. 당신은 모르겠지만, 그 여자는 강철 같은 정신을 갖고 있소. 얼굴은 여자 중에서 가장 아름답지만, 마음은 어떤 억센 남자에게도 뒤지지 않을 정도로 강하오. 내가 다른 여자와 결혼하는 것을 방해하기 위해서라면 수단과 방법을 가리지 않을 것이오. 정말 그렇소."

"아직 사진을 보내지 않은 것은 확실합니까?"

"확실하오."

"어떻게 알죠?"

"약혼을 발표하는 날 보내겠다고 말했소. 발표는 오는 월요일에 있을 것이오."

"아, 그럼 사흘 동안 여유가 있군요."

홈즈는 하품을 하고는 계속해서 말했다.

"저도 즉시 조사해야 할 중요한 문제가 한두 가지 있는데, 천만다행입니다. 폐하는 런던에 당분간 머물러 계시겠지요?"

"그럴 생각이오. 크람 백작이란 이름으로 랭햄 호텔에 묵고 있소."

"그럼 일의 진행 상황을 편지로 보고 드리지요."

"꼭 그렇게 해주시오. 걱정이 되어 견딜 수 없소."

"비용은?"

"백지 수표를 맡기겠소."

"정말입니까?"

"그 사진을 찾기 위해서라면 왕국의 일부를 주어도 좋다고 생각하오."

보헤미아의 스캔들

"그럼 당장 쓸 비용은?"

왕은 망토 속에서 묵직한 세무 가죽 주머니를 꺼내어 테이블 위에 놓았다.

"여기에 금화 300파운드와 지폐 700파운드가 있소."

홈즈는 수첩 종이에 영수증을 써서 왕에게 주었다.

"여자의 주소는 알고 계십니까?"

"센트 존스 우드의 서펜타인 애비뉴에 있는 브라이오니 롯지."

홈즈는 그대로 받아썼다.

"또 한 가지. 사진은 캐비닛 판입니까?"

"그렇소."

"폐하, 이제 돌아가십시오. 곧 좋은 소식을 보낼 수 있으리라 생각합니다."

보헤미아 왕의 마차 소리가 길 저쪽으로 멀어지는 소리를 들으면서 홈즈가 덧붙였다.

"왓슨, 내일 세 시에 이곳으로 와 주면 고맙겠네. 이 문제에 대해 자네와 의논하고 싶네."

2

이튿날 나는 정각 3시에 베이커가를 방문했으나 홈즈는 아직 돌아오지 않았다. 집주인 허드슨 부인에게 물으니까 아침 8시에 나가서 지금까지 돌아오지 않았다는 것이다. 홈즈가 아무리 늦게 돌아와도 끝까지 기다릴 생각으로 난로 옆에 앉았다. 나는 이 사건에 관한 그의 조사에 이미 깊은 관심을 갖고 있었다. 왜냐하면 이번 사건은 다른 기회에 내가 발표한 두 사건처럼 음산하고 기괴하지는 않지만, 이야기 자체가 재미있고, 또 의뢰인의 신분이 높은 점으로도 이색적이었기 때문이다. 게다가 이번에 홈즈가 손을 댄 이 사건은 흥미를 끄는 요소가 있을 뿐 아니라, 곧바로 그가 사건의 정체를 정확하게 파악해서 예리하고 시원스럽게 추리해 나가는 것을 보면, 그의 탐구 방법을 배울 수 있었다. 또한 나는 홈즈가 재빠르고 교묘한 방식으로 문제의 핵심인 수수께끼를 풀어 나가는 것을 쫓아가고 싶어 견딜 수 없었다. 언제나 홈즈가 성공하는 경우만 보아 왔기 때문에, 그도 언젠가 실패할지도 모른다고는 도저히 생각하지 못했던 것이다.

4시 가까이 되자 문이 열리더니 어떤 마부가 술 취한 걸음으로 들어왔다. 머리는 헝클어지고 턱수염을 기른 붉은 얼굴은 술기운으로 더욱 붉었고, 복장은 아주 지저분했다. 지금까지 나는 홈즈가 아무리 교묘하게 변장을 해도 거기에는 익숙해 있다고 믿어 왔는데, 이 마부가 홈즈인 것을 알기까지는 세 번이나 자세히 확인해야 했다. 그는 고개를 끄떡이고는 침실로 들어갔는데, 5분쯤 지나자 여느 때처럼 트위
드 신사복을 입고 말끔한 모습이 되어 나타났다. 두 손을 주머니에 넣고 불 앞에 두 다리를 뻗고 앉더니, 잠시 실컷 웃었다.

"아, 정말!"

홈즈는 숨을 가다듬느라고 헉헉거리다가 다시 낄낄거리고 웃더니 마침내 의자 위에 축 늘어졌다.

"왜 그래?"

"너무 재미있어서 웃음을 참을 수 없군. 내가 오전에 무엇을 하고 왔는지 자네는 상상도 못할 거야. 특히 마지막에 무엇을 했을 것 같나?"

"몰라. 그러나 틀림없이 아이린 애들러의 습관과 집을 관찰하고 왔겠지."

"맞아. 그러나 그 뒤가 걸작이야. 어쨌든 들어봐. 나는 오늘 아침 여덟 시 조금 지나서 일자리 없는 마부로 변장을 하고 집을 나갔지. 마부들의 우정과 동료 의식은 정말 놀라울 정도여서 그들 사회에 들어가면 알고 싶은 것은 모두 다 들을 수 있지. 브라이오니 롯지는 금세 찾았어. 아담하고 멋진 저택인데 뒤에 정원이 있고 도로를 향해 건물이 나와 있었네. 입구에는 처브 자물쇠가 있더군. 현관 오른쪽은 장식이 붙어 있는 크고 훌륭한 거실인데 바닥까지 닿는 커다란 창문이 있었지. 그 창문엔 아이들이라도 열 수 있을 것 같은 영국식 작은 자물쇠가 달려 있을 뿐이었어. 뒤쪽은 이렇다 하게 별난 곳은 없었는데, 다만 마차 차고에서 가까이에 복도의 창문이 있었지. 나는 집 주위를 돌아보고 모든 각도에서 자세히 살펴보았는데, 눈에 보인 것은 이 정도였지. 그런 뒤 큰길을 어슬렁거리며 살펴보니까, 뒷마당의 담을 끼고 예상했던 대로 오솔길에 마차 차고가 있더군. 마부가 말에 손질을 하고 있어서 나는 그것을 도와주고 사례로 2펜스와 맥주 한 잔, 그리고 담배를 두 대 얻어 피웠을 뿐 아니라 아이린 애들러에 대한 정보도 많이 수집했지. 하긴 그것을 알아내기 위해 아무런 흥미도 없는 이웃 사람들의 소문을 대여섯 가지나 들었지만 말야."

"아이린 애들러에 대해 어떤 것을 알아냈나?"

"부근에 사는 남자들의 머리는 모두 그 여자 때문에 어떻게 된 것 같았어. 이 세상에 그보다 더 아름다운 여성은 없다고 서펜타인가의 역마차 집 친구들은 이구동성이더군. 가끔 음악회에서 노래를 부를 뿐 조용히 살고 있는데, 매일 다섯 시에 마차로 나가 정각 일곱 시에 저녁식사를 하러 돌아온다는 거야. 공연이 없는 시간에 외출하는 일은 거의 없고, 그 집에 드나드는 남자는 한 명인데 자주 찾아오는 모양이야. 이름은 고드프리 노튼이고 변호사협회에 소속돼 있지. 마부를 친구로 만들면 얼마나 편리한가 이제 알았네. 마부들은 서펜타인가에서 여러 번 그를 마차에 태우고 갔으므로 그에 대해서는 자세히 알고 있었네. 나는 그들의 말을 모두 들은 다음, 다시 브라이오니 롯지로 돌아가 부근을 서성이면서 작전 계획을 짰지. 변호사 고드프리 노튼이 이번 사건에 깊이 관련돼 있을 것이 틀림없어. 뭔지는 모르지만 어쨌든 그런 예감이 자꾸 들어. 애들러와 어떤 관계일까. 자주 찾아오는 것은 무슨 이유인가. 그 여자는 그에게 변호를 의뢰하고 있는가, 단순한 친구인가, 아니면 애인인가. 만일 그 여자의 변호사라면 그 여자는 그 사진을 그에게 맡겨 놓았을 가능성이 있지. 친구거나 애인이라 해도 그럴 가능성을 배제할 수는 없어. 이 문제에 대한 대답에 따라서 이대로 브라이오니 롯지에서 조사를 계속하느냐, 아니면 변호사협회의 그 남자 사무실로 주의를 돌려야 하느냐가 결정되는 거네. 이것은 미묘한 문제라서 그 때문에 조사 범위도 동시에 넓어진 셈이지. 설명이 길어서 따분했는지 모르지만, 어쨌든 상황을 잘 이해하기 위해서는 자네도 내가 만난 어려운 문제들을 알아 둘 필요가 있네."

"아냐, 조금도 따분하지 않았어." 내가 대답했다.

"그 점을 미처 결정하지 못하고 있는데, 이륜마차 한 대가 브라이오니 롯지 앞에 멎고 그 안에서 신사가 내렸네. 검은 피부에 매부리코, 콧수염, 상당히 멋쟁이였는데… 말할 것도 없이 그 남자일 거네. 몹시 서두르는 듯 마부에게 기다리라고 소리치고는, 문을 연 하녀를 떠밀다시피 하고 안으로 뛰어 들어갔지. 그의 태도로 봐서 그는 이미 그 집을 잘 알고 있는 것 같았어. 그가 집 안에 머무른 시간은 30분 정도였는데, 거실을 걸어다니면서 손을 흔들고 열심히 이야기하는 모습이 가끔 창문으로 보이더군. 어디에 앉아 있는지 여자는 보이지 않았어. 얼마 후 남자는 들어올 때보다 더 허둥거리며 밖으로 나왔네. 마차에 타면서 주머니에서 금시계를 꺼내 들여다보더군. '전 속력으로 달리게!'하고 그는 외쳤지. 또 '도중에 리젠트가의 그로스 앤 핸키 상점에 들르고, 다시 엣지웨어가의 센트 모니카 성당으로 가게. 20분 안으로 갈 수 있으면 반 기니 주지.'라고 덧붙였어. 그리고 마차는 떠났네. 그때 마차를 쫓아가야 할지 말아야 할지 망설이고 있는데, 옆 골목에서 멋진 사륜마차가 나왔네. 보니까 마부는 옷 단추는 반밖에 채우지 않았고, 넥타이도 귀밑 쪽으로 쏠려 있으며, 마구의 끈도 쇠고리에 변변히 걸려 있지도 않았어. 이 마차가 현관 앞에 멎기가 무섭게 여자가 집에서 나와 급히 올라탔어. 그때 그 여자를 언뜻 보았지. 확실히 남자가 목숨을 걸 정도로 아름답더군. 여자는 '존, 센트 모니카 성당으로 가요. 20분 안에 가면 반 소블린 주겠어.'라고 말했어. 왓슨, 이렇게 좋은 기회는 다시는 없을 걸세. 다른 마차를 불러 따라갈까, 아니면 사륜마차 뒤에 매달려서 갈까 망설이는데, 때마침 마차가 한 대 왔어. 마부는 나의 허술한 모습을 보고 망설이는 눈

보헤미아의 스캔들

치였지만, 나는 그가 거절하기 전에 올라탔지. 그러고는 '센트 모니카 성당까지 갑시다. 20분 안에 가면 반 소블린 드리죠.'하고 소리쳤지. 그때가 열두 시 이십오 분 전이었어. 그곳에서 어떤 일이 일어나고 있는지는 물론 짐작하고 있었네. 마부는 속력을 내어 달렸어. 그렇게 빠른 마차를 탄 것은 처음이었지만, 그래도 앞서 간 두 마차를 따라붙지는 못했어. 내가 도착했을 때는 이륜마차와 사륜마차가 성당 현관 앞에 서 있었고, 말의 몸에서는 김이 나고 있었어. 나는 마부에게 돈을 주고 급히 성당으로 들어갔지. 성당 안에는 그 두 사람과 하얀 제복을 입은 신부뿐이 었는데 신부는 두 사람에게 무언가 말하고 있는 것 같았어. 나는 성당에 놀러 들어간 한가로운 사람인 척, 옆의 복도를 어슬렁거렸지. 그러자 놀랍게도 제단 앞의 세 사람이 일제히 나를 돌아보았고, 고드프리 노튼이 아주 빠른 걸음으로 나에게 오는 게 아닌가. '다행이군!' 그가 소리쳤어. '당신이라도 좋아. 자, 이리 와! 빨리!' '네? 뭐라고요?' 나는 영문을 모르니까 이렇게 물을 수밖에. '자, 3분이면 충분해. 당신이 없으면 법적 절차가 이루어지지 않네.' 나는 거의 끌려가다시피 해서 제단 위까지 갔어. 나는 거기서 그들이 일러주는 말을 여러 번 낮게 중얼거리기도 하고, 나와 전혀 관계없는 것을 서약하기도 했는데, 즉, 아이린 애들러와 고드프리 노튼의 결혼을 합법적으로 도와주는 것이었어. 식은 곧 끝났지. 신랑과 신부는 나에게 감사의 말을 했고, 신부는 정면에서 싱글싱글 웃으며 나를 보고 있었네. 이렇게 우스운 일을 겪어 보기는 정말 처음이야. 그래서 아까 그 생각을 하고 웃은 거야. 결혼 허가증에 무언가 불만스러운 점이 있어서 어떤 형식이든 증인이 없으면 식을 올릴 수 없다고 신부가

거절했던 모양이야. 그때 다행히 내가 나타나서 노튼은 자기 들러리를 찾으러 큰길까지 달려나가지 않아도 된 것일세. 신부가 소블린 금화 한 개를 사례로 주었으니 나는 이 사건을 기념하기 위해 그걸 시계줄에 매달고 다닐 생각이야."

"이야기가 이상하게 진행되는군. 그래서 어떻게 되었나?"

"나는 우리 계획이 중대한 위기에 직면해 있다는 것을 깨달았지. 신혼부부는 즉시 여행을 떠날지도 모르므로 급히 적당한 수단을 써야 한다고 생각했어. 그러나 두 사람은 성당 앞에서 헤어졌는데, 남자는 변호사 협회로, 여자는 브라이오니 롯지로 돌아갔지. 그 여자는 헤어질 때, '다섯 시에 마차로 공원을 드라이브하겠어요.'라고 말했어. 그것뿐이었네. 두 사람이 다른 방향으로 떠났기에 나는 준비를 하러 돌아온 거야."

"무엇을 준비하지?"

"콜드 비프와 맥주 한 잔이지."

그는 벨을 울렸다.

"바빠서 먹는 것도 잊었지만, 오늘 밤은 더 바쁠 것 같아. 왓슨, 자네의 도움이 필요한데."

"좋고말고."

"법에 저촉되는 일도?"

"상관없어."

"체포될지도 몰라."

"목적이 좋다면 괜찮아."

"그 점은 조금도 염려 말아."

"그렇다면 더 이상 할 말 없지."

"그래, 나도 틀림없이 도와줄 거라고 믿었네."

"그런데 뭘 도와 달라는 건가?"

"허드슨 부인이 식사를 준비하면 이야기하지."

그는 부인이 준비한 간단한 식사를 들면서 말을 이었다.

"자, 시간이 없으니까 먹으면서 이야기하지. 벌써 다섯 시야. 두 시간 후엔 현장에 출동해야 해. 아이린 애들러, 아니 노튼 부인은, 일곱 시에 드라이브에서 돌아와. 우리는 그 여자와 만날 수 있도록 브라이오니 롯지에 도착해 있어야 돼."

"그리고?"

"다음 일은 내게 맡겨. 어떤 결과가 되는지는 이미 계획이 서 있네. 한 가지 말해 둘 게 있는데, 어떤 일이 있어도 자네는 나서지 말아야 해. 알겠나?"

"방관자가 되라는 말인가?"

"그래, 자네는 아무 일도 하면 안 돼. 조금 불쾌한 사건도 일어나겠지. 그러나 그것에 구애되어서는 안 되네. 나는 집 안으로 숨어 들어갈 거야. 그런 뒤 4, 5분 후에 거실 창문이 열릴 거야. 자네는 그 사이에 창문 바로 옆에서 대기하고 있게."

"알았어."

"나를 계속 보고 있어야 해."

"좋아."

"그리고 내가… 이렇게 손을 들면 내가 준 물건을 방안에 던지고, '불이야!' 하고 소리쳐. 알았지?"

"알았어."

"이건 무서운 물건이 아냐."

그는 주머니에서 시가처럼 생긴 긴 통을 꺼냈다.

"배관공이 사용하는 발연통인데, 자연 발화가 되도록 양끝에 뇌관이 장치되어 있지. 자네의 임무는 이것을 던지는 것뿐이야. '불이야!'하고 한 마디 외치면 그 다음은 구경꾼들이 알아서 떠들 거야. 자네는 곧 큰 길 끝까지 가서 기다리면, 10분 후에 내가 그곳으로 가겠네. 이만큼 설명했으니 다 알았겠지?"

"처음에는 방관자가 되고, 그 다음에는 창가에 가서 자네를 지켜본다. 자네가 신호를 하면 이 물건을 안에 던지고 '불이야!' 하고 소리친 다음, 길모퉁이에서 자네를 기다린다. 이렇게 되는 것 아닌가?"

"맞아."

"그럼 안심하고 맡기게."

"정말 훌륭해. 시간이 없으니 이제부터 할 일을 준비해야지."

그는 침실에 들어갔는데, 5분도 지나지 않아서 상냥하고 마음씨 좋은 독립성당파의 신부가 되어 나타났다. 폭이 넓은 검은 모자에 더부룩한 바지, 하얀 넥타이, 거기다 친절한 미소를 띠고 온화한 눈빛으로 다정하게 사람을 바라보는 전체의 느낌. 그것은 명배우 존 헤어(1844~1921, 영국 배우)가 아니고는 흉내낼 수도 없을 것이다. 홈즈는 의상 하나만 바꾸는 것이 아니었다. 새로운 역할에 맞추어서 표정, 태도는 물론 마음까지 달라 보이게 했다. 그가 범죄 연구가가 되었기 때문에 과학계는 명석한 이론가를 잃었고, 연극계 역시 훌륭한 배우를 얻지 못했다는 느낌이었다.

우리가 베이커가를 나선 것은 6시 15분이 지나서였는데, 예정 시간보다 10분 일찍 서펜타인가에 도착했다. 주위는 이미 땅거미가 내려서, 브라이오니 롯지 앞을 어슬렁거리면서 여주인이 돌아오기를 기다리고 있으려니까 불이 켜지기 시작했다. 브라이오니 롯지는 홈즈의 간단한 설명을 듣고 내가 상상한 그대로였는데, 주위는 생각만큼 한적하지는 않았다. 아니, 한적한 지역의 좁은 길 치고는 이상하도록 활기에 넘쳐 있었다. 거리 모퉁이에서는 남루하게 옷을 입은 남자 몇 명이 담배를 피우면서 얘기를 하고 있었고, 가위를 가는 사람은 숫돌을 돌리고, 두 근위병은 아이 보는 여자를 희롱하고 있었다. 또 시가를 입에 물고 큰길을 서성거리는 말쑥한 차림의 젊은이들도 있었다.

"이봐."

두 사람이 집 앞을 어슬렁대고 있는데 홈즈가 말을 걸어 왔다.

"이 결혼 덕분에 사건이 오히려 간단해졌지. 그 사진이 두 날을 가진 칼이 되었어. 우리의 의뢰인이 공주에게 그 사진을 보이고 싶지 않듯이, 이 여자도 고드프리 노튼에게 그 사진을 보이고 싶지 않을 것이 분명해. 그런데 문제는 어디에 사진을 감추어 놓았느냐 거든."

"대체 어디일까?"

"설마 갖고 다니지는 않겠지. 캐비닛 사이즈라고 하니까 너무 커서 옷에는 감추지 못할 거야. 이미 두 번씩이나 당했으니까 왕이 사람을 숨겨 놓았다가 몸을 수색할지도 모른다는 것쯤은 그 여자도 알고 있어. 따라서 갖고 다니지 않는다고 생각해도 좋아."

"그럼 어디에?"

"은행이나 변호사가 아닐까. 두 가지 모두 가능성은 있어. 그러나 나는 그 어느 쪽도 아닌 것 같아. 여자는 선천적으로 비밀주의라서 자기 손으로 감추는 것을 좋아해. 남에게 맡기지 않았을 거야. 그 여자가 갖고 있다면 일단 안심은 되지만, 만일 은행이나 변호사 수중에 있다면 뒤로 손을 쓰거나 정치적 압력을 가해야 할지도 몰라. 그러나 잊어서는 안 될 것은 그 여자는 2, 3일 안으로 그것을 이용할 속셈으로 있어. 그러니 사진은 필요할 때 즉시 꺼낼 수 있는 장소에 있겠지. 틀림없이 집 안에 두었을 거야."

"하지만 도둑을 가장해 이미 두 번이나 집 안을 수색했어."

"흥, 그 변변치 않은 친구들의 수색."

"그럼 자네는 어떻게 찾으려는가?"

"찾지는 않겠네."

"그럼 어떤 방법으로?"

"그 여자 스스로 장소를 밝히게 하는 거지."

"밝힐 리가 없지."

"밝히지 않을 수 없을걸. 마차 소리가 들리는군. 그 여자의 마차야. 자, 아까 내가 한 말을 잊지 말고 꼭 그대로 해주게."

그의 말대로 큰길 모퉁이를 돌아오는 마차의 불빛이 보였다. 예쁜 소형 사륜마차는 브라이오니 롯지 입구에서 멎었다. 마차가 멎자 길모퉁이에 있던 부랑자 하나가 동전을 얻으려고 달려가 문을 열려고 했다. 그러나 같은 목적으로 달려온 다른 부랑자한테 떠밀렸다. 곧 치열한 싸움이 벌어졌는데, 근위병 두 사람이 한쪽 편을 들자 이번에는 가위를 가는 사람이 반대쪽을 편들었으므로 소란은 더욱 커졌다. 욕설이 오가고 주먹질이 일어났다. 마차에서 내린 여자는 주먹과 지팡이를 사납게 휘두르는 남자들의 치열한 싸움에 휘말리고 말았다. 홈즈는 그 여자를 보호하려고 난투 속으로 뛰어갔다. 그러나 옆에까지 달려간 순간 비명을 지르더니 얼굴에 피를 흘리며 쓰러졌다. 두 근위병은 그것을 보고 어딘가로 사라졌고 부랑자들도 반대 방향으로 도망갔다. 그러나 지금까지 싸움에 끼어들지 않고 구경만 하던 말쑥한 차림의 청년들이 우르르 달려와, 부인을 구하고 부상자의 상처를 돌보기 시작했다.

아이린 애들러는-결혼 전의 이름으로 부르기로 한다-서둘러 돌계단을 올라갔다. 그러나 맨 위 계단에서 현관 불빛에 그 아름다운 모습을 보이면서 서더니, 조금 전의 그 난장판을 돌아보았다.

"그분은 많이 다쳤나요?" 여자가 물었다.

"죽었습니다." 몇 사람의 목소리가 대답했다.

"아냐, 아직 숨은 붙어 있어." 다른 남자가 소리쳤다.

"그러나 병원까지 갈 여유는 없을 것 같아."

"용감한 남자였어요." 여자가 말했다.

"이 사람이 아니었으면 부인은 지갑과 시계를 빼앗겼을 겁니다. 놈들은 강도였어요. 큰일 날 뻔했어요. 어, 숨을 쉬고 있어."

"이 상태로 길바닥에 뉘어 놓을 수는 없어. 부인, 댁으로 옮기면 안 될까요?"

"좋아요. 거실로 오세요. 소파가 있으니까요. 자, 이리로."

홈즈가 소란 속에서 천천히 브라이오니 롯지로 운반되어 거실에 눕혀지는 것을, 나는 창가의 정해진 장소에서 계속 지켜보았다. 방안에는 램프가 켜 있었고, 커튼이 내려져 있지 않아서 홈즈가 소파에 누워 있는 모습을 볼 수 있었다. 그때 홈즈는 자기의 연기에 대해 양심의 가책을 느꼈는지 어떤지 모르지만, 나는 우리의 음모에 속아넘어간 아름다운 여성을 보고, 그리고 그 여자가 부상자를 친절하게 보살피는 것을 보자, 왠지 지금까지 한 번도 느껴 보지 못한 강렬한 죄책감에 사로잡혔다. 하지만 지금 내 역할을 포기한다면 홈즈에게 비열하기 짝이 없는 배신을 하는 것이 된다. 나는 마음을 독하게 먹고 긴 외투 속에서 발연통을 꺼냈다. 이것은 여자를 해치는 것은 아니다, 여자가 다른 사람을 해치는 것을 미연에 방지하려는 수단일 뿐이다, 하고 나는 나 자신에게 말했다.

홈즈가 소파 위에 일어나 숨이 답답한 듯한 몸짓을 하는 것이 보였다. 그러자 하녀가 달려와서 창문을 활짝 열었다. 그와 동시에 홈즈가 손을 올렸다. 그 신호로 나는 발연통을 방안에 던지고, "불이야!"하고 소리쳤다. 나의 입에서 그 외침이 나오자마자, 신사도, 마부도, 하인도, 하녀도-옷차림이 좋고 나쁘고 관계없이-그 부근에 있던 사람들이 모두 합창하듯, "불이야!"하고 소리를 질렀다. 연기가 방안에 자욱하게 퍼지고 소용돌이치면서 창문으로 흘러나왔다. 연기 속에서 뛰어다니는 사람

들의 모습이 보였으나, 조금 있으니까 불이 아니다, 누가 거짓말을 한 거다, 하면서 사람들을 진정시키고 있는 홈즈의 소리가 들렸다. 나는 떠드는 사람들 틈에서 빠져나와 거리 모퉁이로 몸을 감췄다. 10분 후에 홈즈가 내 손을 잡아끌어 소동이 일어난 현장에서 멀리 떠날 수 있어서 겨우 마음을 놓았다. 홈즈는 몇 분 동안 아무 말 없이 빠르게 걷다가 엣

지웨어가로 나서는 조용한 골목으로 들어섰다.

"아주 잘했어, 왓슨. 나무랄 데 없었네. 모든 것이 뜻대로 되었어."

"사진을 찾았나?"

"감춘 장소를 알았지."

"어떻게?"

"내가 말한 대로 그 여자가 가르쳐 주었지."

"나는 모르겠는데."

"자네에게 숨길 생각은 없네." 홈즈는 웃으면서 설명했다.

"일은 아주 간단해. 길거리에 있던 사람들이 우리와 한패란 것은 자네도 알았을 거야. 하룻밤 계약으로 고용한 사람들이지."

"그런 줄 알았어."

"싸움이 벌어졌을 때, 나는 손에 물감을 갖고 있었네. 소동 속에 뛰어들어 쓰러진 다음, 그 손으로 얼굴을 문지르고 처량한 구경꾼이 된 거지. 낡은 수법이야."

"대강 알고 있었어."

"그러고는 집 안으로 운반되었지. 그 여자도 거절할 수 없었던 거야. 그 방법 말고 또 무슨 방법이 있겠나? 그들은 내가 수상하다고 생각했는지 거실에다 옮겨 놓았어. 사진이 거실이나 침실에 있을 거라고 짐작한 나는 그 사진이 어디에 있는지 확인하고 싶었네. 소파에 눕혀졌을 때 호흡이 답답한 흉내를 내서 창문을 열게 한 뒤 자네에게 기회를 준 것이지."

"그것이 어떻게 도움이 되었나?"

"크게 도움이 되었지. 여자는 집에 불이 난 것을 알면 제일 먼저 가장

소중한 것이 있는 곳으로 뛰어가게 마련이야. 이것은 여자의 어찌할 수 없는 본능이라 나는 그 점을 적당히 이용해 오고 있지. 달링튼 바꿔치기 사건에서도 사용하였고, 앤즈워스 성(城) 사건에서도 써먹었네. 부인이라면 아기를 보호하려 하고… 미혼 여성은 보석 상자로 뛰어가네. 그런데 오늘의 그 여성인데, 그 여자에게 가장 소중한 물건은 아마 우리가 찾고 있는 사진일 거네. 그래서 그 여자는 먼저 그것을 감추어 둔 곳으로 달려갈 것이라 생각했지. 자네가 '불이야!' 하고 소리친 것은 박진감이 있었어. 연기가 솟아오르고 사람들이 떠들어대면 아무리 침착한 여자라도 당황하게 되지. 그 여자도 아름답게 반응했지. 그 사진은 오른쪽 벨 끈 바로 위, 벽 판자 뒤의 오목한 곳에 감추어 두었더군. 그 여자가 반사적으로 그곳에 가서 사진을 반쯤 꺼내는 것을 나는 확인했어. 그런 뒤 내가, 불이 아니다, 누가 거짓말을 한 거다, 하고 소리치니까 그 여자는 사진을 제자리에 넣고 발연통을 흘깃 보더니 밖으로 뛰어나갔지. 그리고 다시 그 방에 나타나지 않았어. 나는 일어서서 그곳에서 빠져나왔네. 사진을 지금 갖고 나갈까 어쩔까 잠시 생각했는데, 마부가 방에 들어와서 집요하게 나를 보고 있어서 뒤로 미루는 게 안전하다고 생각했지. 너무 서두르면 일을 그르칠 수도 있으니까."

"앞으로 어떻게 할 건가?"

"조사는 끝난 거나 마찬가지야. 내일 폐하와 함께 그 여자를 방문하겠어. 자네도 괜찮으면 같이 가지. 우리는 거실에서 기다리게 되겠지만, 그 여자가 왔을 때는 우리도 사진과 함께 사라지고 없을 것이네. 폐하는 직접 사진을 찾으면 매우 만족할 거네."

"몇 시에 방문할 생각인가?"

"오전 여덟 시. 그때 그 여자는 일어나지 않았을 테니까 자유롭게 일을 할 수 있지. 게다가 이번 결혼으로 그 여자의 생활 습관이 바뀔 수 있으므로 서둘 필요가 있어. 폐하에게 전보를 쳐야겠군."

베이커가까지 돌아가 입구 앞에 서서 홈즈가 열쇠를 찾고 있는데, 지나가던 사람이 말을 걸었다.

"셜록 홈즈 씨, 안녕하세요?"

그때 길에는 행인이 몇 명 있었는데, 말을 건 사람은, 빠른 걸음으로 벌써 멀리 가고 있는 긴 외투를 입은 날씬한 젊은이 같았다.

"저 목소리는 들은 적이 있어."

홈즈는 가로등이 켜진 어스름한 길을 보면서 말했다.

"누구지?"

그는 고개를 갸우뚱했다.

3

나는 그날 밤 베이커가에서 잤다. 그리고 이튿날 아침에 토스트와 커피로 간단히 식사를 하는데, 보헤미아 왕이 뛰어 들어왔다.

"벌써 찾았소?"

왕은 셜록 홈즈의 어깨를 잡고 뚫어질 듯이 얼굴을 보면서 소리쳤다.

"아직 찾지 못했습니다."

"찾을 수 있겠지요?"

"그렇습니다."

"그럼 떠납시다. 나는 잠시도 가만히 있을 수 없소."

"마차를 부르겠습니다."

"아니오, 내 사륜마차를 대기시켜 놓았소."

"그것 참 다행입니다."

우리는 아래층으로 내려가 브라이오니 롯지로 향했다.

"아이린 애들러는 결혼했습니다." 홈즈가 말했다.

"결혼? 언제?"

"어제입니다."

"상대는?"

"노튼이라는 영국인 변호사입니다."

"아이린은 그를 사랑하지 않을 거요."

"저는 그 여자가 사랑하기를 바랍니다."

"어째서 그걸 바라오?"

"만일 그렇다면 앞으로 폐하를 협박하지 않을 것이라 생각하기 때문입니다. 그 여자가 남편을 사랑한다면 폐하에게는 이미 애정이 없을 것입니다. 폐하에 대하여 애정이 없으면 폐하가 어떤 일을 하든 방해하지 않을 것입니다."

"그건 맞는 얘기요. 그렇기는 하지만… 아, 그 여자가 나와 신분이 비슷하기만 하다면 얼마나 훌륭한 왕비가 되었을까!"

왕은 다시 침울하게 입을 다물고 서펜타인 거리에 닿을 때까지 말이 없었다. 브라이오니 롯지의 문은 열려 있었고, 돌계단 위에 나이든 여자가 서 있었다. 그 여자는 우리가 사륜마차에서 내리는 것을 비웃는 듯한 시선으로 지켜보고 있었다.

"셜록 홈즈 씨?" 여자가 물었다.

"맞습니다." 홈즈는 뜻밖이라는 듯이 약간 당황해서 여자를 보았다.

"역시! 당신이 올 거라고 부인이 말씀하셨습니다. 부인은 남편과 함께 오늘 아침 다섯 시 십오 분 기차로 채링크로스 역에서 대륙으로 출발하셨습니다."

"뭐라고?" 셜록 홈즈는 놀라움과 분함으로 뒷걸음을 쳤다.

"영국을 떠났습니까?"

"다시는 돌아오지 않을 겁니다."

"그러면 편지는?" 왕이 짓눌린 음성으로 물었다.

"모든 것이 사라졌군."

"조사해 보세."

홈즈가 여자를 밀고 거실에 뛰어들었으므로 왕과 나도 그 뒤를 따랐다. 가구가 방안에 어지럽게 흩어져 있었다. 선반도 떨어지고 서랍은 열려 있는 채여서, 아이린이 출발하기 전에 얼마나 서둘렀는가를 말해 주고 있었다. 홈즈는 벨 끈이 있는 곳으로 달려가 작은 미닫이를 열고 손을 넣더니, 사진 한 장과 편지를 꺼냈다. 사진은 야회복 차림의 아이린 애들러를 찍은 것이고, 편지 봉투에는, '셜록 홈즈 씨가 방문하셨을 때 읽으시도록'이라고 써 있었다. 홈즈가 곧 봉투를 뜯자마자 우리의 시선은 모두 그 편지로 집중되었다. 날짜는 어젯밤 12시로 되어 있고, 내용은 다음과 같았다.

    셜록 홈즈 씨. 멋진 솜씨였습니다. 나는 완전히 속았어요. '불이야.' 소리를 들은 뒤에도 전혀 눈치를 채지 못했습니다. 하지만 그 후 내가 너무 어수룩했다는 것을 깨닫고 생각해 보았습니다. 폐하가 누군가에게 의뢰를 한다면 당신에게 할 거라며, 몇 개월 전에 당신을 경계하라는 주의를 받은 적이 있었습니다. 그러고는 주소까지 알려 주었지요. 그랬는데도 당신이 궁금히 여기는 것을 나 스스로 밝히고 말았습니다. 수상하다고 생각한 다음에도 그토록 친절하고 다정한 신부님이 나쁘게 생각되지는 않았습니다. 하지만 아시다시피 나도 한때는 여배우를 지망한 적이 있습니다. 남자로 변장하는 것쯤은 간단합니다. 지금까지도 가끔 그 방법을 이용했으니까요. 그래

서 마부 존에게 당신을 감시하라고 하고, 위층에 올라가 남자 옷을 입고 아래로 내려오니까 당신은 마침 돌아가는 길이더군요.

그 뒤 나는 당신을 미행하여 당신 집 앞에 가서야 비로소 내가 그 유명한 셜록 홈즈의 관심의 대상이 되어 있다는 것을 확인했습니다. 실례인 줄 알지만 인사를 하고, 남편을 만나러 변호사협회로 갔습니다.

이렇게 무서운 분이 노리고 있는 한 도망치는 것이 최선이라고 우리는 생각했습니다. 사진에 대해서는 안심하시라고 의뢰인에게 전해 주세요. 나는 지금 더 좋은 분을 만나 사랑하고, 사랑 받고 있으니까요. 폐하는 옛날에 잠깐 향락의 대상으로 삼았던 여자가 방해할까 하는 염려는 더 이상 마시고 원하시는 대로 행동하시면 됩니다. 그 사진을 나는 몸을 지키는 무기로서 지니고 있겠습니다. 앞으로 폐하께서 어떤 행동을 해도 그 사진이 있는 한 나는 안심할 수 있습니다. 그리고 내 사진 한 장을 남겨 둡니다. 폐하가 원하신다면 드리십시오. 그럼, 안녕히 계십시오. 진심으로 존경하는 셜록 홈즈 씨

아이린 노튼, 애들러

"아, 정말 훌륭한 여자다… 정말 훌륭한 여자야."

세 사람이 편지를 다 읽고 나자 보헤미아 왕이 감격하며 소리쳤다.

"내가 말한 대로 지혜롭고 의지가 굳은 여자다. 나와 신분 차이만 없었다면, 틀림없이 훌륭한 왕비가 되었을 텐데! 정말 슬픈 일이오."

"저도 이분은 폐하와 어울리지 않는다고 생각합니다. 의뢰하신 일을 만족스럽게 처리하지 못해 유감으로 생각합니다." 홈즈가 차갑게 말했다.

"아니, 천만에!" 왕이 말했다.

"이렇게 된 것에 만족하고 있소. 나는 그 여자가 약속을 지키리라 믿소. 사진은 이미 불태운 것이나 마찬가지요."

"그 말씀을 들으니 마음이 놓입니다."

"당신에게는 뭐라고 감사의 말을 해야 좋을지 모를 만큼 신세를 졌소. 이 보답을 어떻게 해야 좋을지 말해 주시오. 이 반지를…"

보헤미아 왕은 뱀처럼 생긴 에메랄드 반지를 빼어 그것을 손바닥에 놓고 내밀었다.

"저에게 주는 거라면 폐하께서는 이보다 더 귀중한 물건을 갖고 계시다고 생각합니다." 홈즈가 말했다.

"기탄없이 말하시오."

"이 사진입니다."

"아이린의 사진을!" 왕은 놀란 눈으로 홈즈를 보았다.

"좋소, 그대가 원한다면."

"고맙습니다. 그럼, 폐하의 일은 이것으로 끝났다 생각되므로 진심으로 행운을 빌겠습니다."

홈즈는 머리를 숙이고는 보헤미아 왕이 내미는 손도 깨닫지 못한 채 몸을 돌려 나를 데리고 자기 방으로 돌아갔다.

이상이 보헤미아를 위협한 꺼림칙한 사건으로, 셜록 홈즈의 계략도 한 여성의 지혜 앞에서 빛을 잃은 이야기이다. 그는 전에는 여자의 위트를 곧잘 비웃고는 했었는데, 최근에는 그런 경멸의 말을 들은 적이 없다. 그리고 아이린에 대해서나 그 여자의 사진에 대한 이야기가 나올 때면 그는 언제나 '그 여성'이란 경칭을 사용했다.

빈집의 모험

The Adventure of the Empty House: 1894년 4월 5일(목)

❖

오너러블(귀족의 아들에게 붙이는 호칭) 로널드 아데어가 이해할 수 없는 방법으로 살해되어 런던 전체가 그 사건으로 떠들썩했고, 상류 사회가 발칵 뒤집힌 것은 1894년 봄의 일이었다. 경찰 수사 중에 드러난 사건의 내용은 이미 널리 알려졌지만, 이 사건은 검찰 측의 증거가 너무 결정적이었기 때문에 제대로 된 사실을 공표하지 못한 채 상당 부분이 세상에 알려지지 않고 끝이 났다.

그로부터 거의 10년이 지난 지금에야 비로소 그 기이한 사건의 공표되지 않은 부분을 내가 발표할 수 있도록 허락을 받았다. 그런데 이 사건 자체도 틀림없이 흥미로웠지만, 그 뒤에 일어난 믿을 수 없는 일에 비하면 아무것도 아니란 것을 밝혀두고 싶다. 그만큼 그 뒤에 일어난 일은 누구보다 모험적인 삶을 살아온 내가 지금까지 겪은 어느 사건보다도 더 뜻밖이었고, 놀라웠다. 그로부터 오랜 세월이 흘렀지만 지금도 그때를 생각하면 온몸이 짜릿하고, 당시 내 마음을 뒤덮었던 갑작스러운 환희와 놀라움과 믿을 수 없었던 감정들이 생생하게 떠오른다.

지금까지 내가 가끔 발표한 아주 색다른 인물의 생각과 행동에 얼마쯤 흥미를 가져 준 세상 사람들에게 말하고 싶은 것이 있다. 이 사건에 관해 내가 알고 있던 모든 지식을 지금까지 여러분에게 알리지 않았던 점을 부디 책망하지 않기 바란다. 그가 내게 굳게 함구령만 내리지 않았더라면 무엇보다도 먼저 그 일에 대해 여러분에게 알리는 것이 나의 임무였겠지만, 지난달 3일에야 그 함구령이 풀렸으므로 나는 별도리가 없었다.

셜록 홈즈와 친구로 지내면서 나는 범죄에 깊은 관심을 갖게 되었고, 그가 행방불명이 되고 난 후에도 세상에 발표되는 여러 가지 사건들을 주의 깊게 읽었다. 나만의 만족을 위해서였고, 별로 성공을 거두지는 못했지만 실제로 그런 문제들을 해결하려고 그의 수법을 응용해 본 적은 한두 번이 아니었다. 그러나 로널드 아데어의 비극적인 사건만큼 마음이 끌리는 사건은 없었다. 검시재판의 결과는 한 명 내지 몇 명의 범인에 의한 고의적인 살인이었지만 나는 증언 기록을 읽으면서 셜록 홈즈의 죽음이 얼마나 큰 사회적 손실인지를 새삼 실감했다.

이 이상한 사건에는 홈즈의 흥미를 끌 만한 점이 몇 가지 있었기 때문에 유럽 최고 명탐정의 훈련된 관찰력과 재빠른 두뇌로 경찰의 노력을 보충하거나 그 이상으로 도와주었을 것이다.

나는 환자들의 집을 하루 종일 마차로 왕진하면서 사건에 대해 생각해 보았지만 끝내 만족할 만한 설명은 찾지 못했다. 이미 알고 있는 사실을 다시 말하는 것이지만 그 당시 세상 사람들에게 알려진 검시 재판의 결과를 요점만 말하겠다.

오너러블 로널드 아데어는 오스트레일리아 식민지 총독의 한 명이었던 메이누스 백작의 둘째아들로서 때마침 백내장 수술을 받기 위해 귀국해 있던 어머니와 여동생 힐다와 파크 레인 427번지에 살고 있었다. 로널드는 상류층 사람들과 사귀고 있었으며, 알려진 바에 의하면 원한을 품을 만한 적도 없었고 특별히 품행도 나쁘지 않았다. 그는 카스테어즈의 미스 이디스 우들리와 약혼한 사이였지만 사건이 일어나기 몇 달 전에 서로 합의하여 파혼했다. 그러나 그로 인해 깊은 감정의 골이 남았다는 징후는 어디에서도 찾아볼 수 없었다. 또한 그의 일상생활은 조용한 습관과 냉정한 성격으로 인해 한정된 범위 안의 평범한 사람들과 접촉하고 있을 뿐이었다. 그런데 이 태평스러운 젊은 귀족이 1894년 3월 30일 밤 10시부터 11시 30분 사이에 갑작스럽게 살해된 것이다.

로널드 아데어는 카드를 즐겼지만 자신을 위태롭게 할 만큼 큰 도박은 결코 하지 않았다. 그는 볼드윈, 카벤디시, 바가텔 카드 클럽의 회원이었다. 살해된 날 저녁에도 식사 후에 바가텔 클럽에서 휘스트를 했다는 것이 판명되었다. 그와 함께 판을 벌인 사람들인 머레이, 존 하디 경, 모란 대령의 진술에 의하면 그들은 휘스트를 했고, 승부는 격렬하지 않았다. 아데어는 5파운드쯤 잃었을지 모르나 그 이상은 아니었다고 한다. 그는 상당한 재산이 있었으니 5파운드쯤 잃었다고 해서 아무런 영향도 미치지 않았으리라. 그는 거의 하루도 빠지지 않고 어딘가의 클럽에서 카드를 했지만 조심스러운 승부사였기 때문에 주로 따는 편에 속했다. 조서에 의하면 몇 주일 전에도 모란 대령과 편을 짜서 고드프리 밀러와 발모랄 경을 상대로 하룻밤에 420파운드나 땄다고 한다. 이상이 검시

재판에서 밝혀진, 피해자의 신변 정황이다.

사건이 있던 날 그는 밤 10시 정각에 클럽에서 돌아왔는데, 그의 어머니와 여동생은 친척집에 가고 집에 없었다. 그가 평소에 거실로 사용하고 있던 3층의 앞쪽 방으로 들어가는 기척을 분명히 들었다고 메이드가 증언했다. 메이드는 그 방 난로에 불을 피웠으며, 연기가 나서 창문을 열어 두었다고 했다. 그리고 11시 20분에 노부인과 딸이 돌아올 때까지 3층에서는 아무 소리도 없었다고 한다.

집에 돌아온 노부인은 밤 인사를 하기 위해 아들 방에 가 보았지만 방은 안으로 잠겨 있었고, 문을 두드려도 아무런 대답이 없었다. 사람들을 불러 억지로 문을 부수고 방에 들어가 보았더니 불쌍한 젊은이는 테이블 옆에 쓰러져 있었다. 그의 머리는 탄두가 퍼지는 리볼버 탄환을 맞아 무참하게 박살나 있었지만 방안에는 흉기라고 할 만한 것은 아무것도 없었다. 테이블 위에는 10파운드 지폐 두 장과 금화와 은화를 합쳐 17파운드 10실링의 돈이 각각 액면이 다른 여러 개의 무더기로 쌓여 있었다. 그리고 종이가 한 장 있었는데, 그 종이에는 클럽의 몇몇 친구들의 이름과 이름 밑에 숫자가 기록되어 있었다. 이것으로 보아, 그는 죽기 직전까지 카드에서 따고 잃은 돈을 계산하고 있었던 것으로 추측된다.

그러나 세밀하게 조사를 할수록 사건은 점점 더 복잡하기만 할뿐이었다. 첫째로 그가 무엇 때문에 문을 안에서 잠갔는지 이유가 명백하지 않았다. 가해자가 자물쇠를 안으로 채우고 창문을 통해 달아났을 가능성도 있었다. 그러나 창문은 높이가 적어도 20피트는 되었고, 창문 밑에는 활짝 핀 크로커스 꽃밭이 있었다. 꽃밭은 꽃도 흙도 전혀 흐트러진 데가 없었고, 집과 도로 사이에 있는 좁은 잔디밭에서도 아무 이상이 발견되지 않았다. 이런 점으로 볼 때 방문을 안에서 잠근 사람은 로널드 자신인 것 같은데, 그렇다면 그는 누구에게 살해되었단 말인가?

어떤 사람도 아무런 흔적을 남기지 않고 벽을 기어 올라가서 창문을 통하여 방안으로 들어갈 수는 없다. 그럼 창 너머로 총을 쏘았다고 한다면? 리볼버로 그렇게 치명적인 상처를 입힐 수 있다면 어지간한 솜씨라 하지 않을 수 없다. 게다가 파크 레인은 사람들의 왕래가 많은 거리이고, 집에서 100야드도 떨어져 있지 않은 곳에 영업 마차의 대기 장소도 있건만 누구 한 사람도 총소리를 듣지 못했다.

그러나 분명히 사람이 살해되었고, 그곳에는 권총 탄환도 있었다. 로널드는 보나마나 총을 맞자마자 즉사했을 것이다. 파크 레인 사건의 정황은 대략 이러한데, 내가 말했다시피 아데어에게는 적이 없으며, 또 방 안의 현금 및 그 밖의 귀중품에도 손을 대지 않아 살해의 동기가 없었으므로 사건은 더욱 복잡해졌다.

나는 이 같은 사실들을 생각하면서 모든 정황에 맞는 합리적인 설명을 하려고 하루 종일 노력했다. 또 모든 수사는 가장 허술한 부분부터 시작해야 한다고 홈즈가 언제나 말했던 것을 상기하고, 그 허술한 부분은 어디일까 생각도 해보았지만 아무런 진전이 없었다. 저녁때 집을 나와 나는 공원을 가로질러 어슬렁거리며 걷다가 6시쯤에는 파크 레인 끝에 있는 옥스퍼드가로 갔다. 길에는 한 무리의 한가로운 사람들이 모여서 모두가 어떤 집의 창문을 올려다보고 있어서 내가 보러 온 집이

빈집의 모험

그 집이라는 것을 곧 알 수 있었다.

사복형사가 틀림없다고 생각되는 색안경을 쓴 키가 멀쑥한 사나이가 둘레에 모인 사람들을 향해 사건에 대한 자기의 생각을 지껄여 대고 있어서 되도록 가까이 가서 들어보았다. 그런데 그의 사건에 대한 관찰이 너무 엉터리라 나는 정나미가 떨어져서 뒤로 물러났다. 그 순간 뒤에 서 있던 장애인 노인에게 부딪쳤고, 노인은 들고 있던 책을 몇 권 떨어뜨렸다.

나는 그 책들을 황급히 집어 주었는데, 책들 중에 <나무 숭배의 기원>이라는 책이 흘긋 눈에 띄었다. 노인은 가난한 애서가로서, 장삿속인지 취미인지는 모르나 세상에 파묻힌 이름도 없는 서적을 수집하고 있는 것이 틀림없을 것이라고 나는 생각했다. 나는 실수를 정중히 사과했지만, 이 노인에게는 내가 부딪쳐 떨어뜨린 책이 대단히 귀중했던지

저주가 섞인 욕설을 내뱉고는 몸을 홱 돌려 급히 자리를 떠났다.

파크 레인 427번지의 집을 관찰해 보아도, 사건 해명의 단서는 아무것도 발견할 수 없었다. 집과 길 사이에는 낮은 담과 난간이 있었으나, 담과 난간을 합치더라도 높이가 5피트가 안 되어 아무나 쉽게 뜰 안으로 들어갈 수 있었다. 그러나 3층 창문은 절대로 접근할 수 없었다. 수도관이나 잡고 올라갈 수 있는 것은 아무것도 없어서, 아무리 날쌘 사람이라도 올라갈 수 없었다. 점점 더 알 수 없게 된 나는 켄싱턴의 집으로 돌아갔다.

서재에 들어가서 5분도 지나지 않아 메이드가 와서 나를 찾아온 사람이 있다고 말했다. 놀랍게도 방문객은 아까 만난 서적을 수집하는 노인이었다. 적어도 12권은 됨직한 책들을 오른쪽 옆구리에 소중한 듯 끼고 있는 흰 수염의 노인은 날카로운 눈빛을 보이고 있었다.

"선생, 깜짝 놀랐지요?"

노인은 이상하게 들리는 쉰 목소리로 말했고, 나는 고개를 끄덕였다.

"마음이 꺼림칙해서 왔습니다. 선생을 따라 절뚝거리며 길을 걷고 있다가 선생께서 이 집으로 들어가는 것을 봤습니다. 아까는 제가 너무 퉁명스럽게 굴었지만, 나쁜 감정이 있어서 그랬던 것은 아닙니다. 그래서 친절하신 분을 찾아뵙고, 책을 주워 주셔서 감사했다는 말을 해야겠다고 마음먹고 찾아왔습니다."

"별것도 아닌 일에 너무 신경을 쓰십니다. 그런데 어떻게 저를 알고 계시지요?"

"저는 이웃에 살고 있습니다. 처치가 모퉁이에 있는 작은 책가게가 제 소유인데 만나 뵙게 되어 반갑습니다. 선생도 책을 모으고 계시는 모양이지요? 여기 <영국의 조류>, <캐툴러스 시집> 그리고 <성전> 등이 있는데, 모두 희귀한 책들이군요. 저 책꽂이의 두 번째 빈칸은 다섯 권만 더 있으면 다 채워지겠군요. 저 상태로는 좀 보기 흉하지 않습니까?"

나는 고개를 돌려 뒤에 있는 책꽂이를 보았다. 그리고 다시 고개를 돌리자 책상 앞에 셜록 홈즈가 서 있었다. 나는 깜짝 놀라 자리에서 벌떡 일어나 그를 잠깐 동안 멍하니 보다가 생전 처음이자 마지막으로 기절한 모양이다. 정신이 들었을 때는 옷깃이 열려 있었고, 입술에는 브랜디의 찌르는 듯한 뒷맛이 남아 있었다. 홈즈가 술병을 들고 의자 위로 몸을 굽혀 나를 내려다보고 있었다.

"이봐, 왓슨." 귀에 익은 홈즈의 목소리였다.

"이거, 정말로 미안해. 자네가 그렇게까지 충격을 받으리라고는 생각지 못했네."

나는 그의 팔을 잡고 소리쳤다.

"홈즈! 정말로 홈즈인가? 자네가 정말로 살아 있었나? 어떻게 그 무서운 심연에서 기어 올라올 수 있었나?"

"잠깐 기다리게. 이야기를 해도 괜찮겠나? 내가 극적으로 모습을 나타내는 쓸데없는 짓을 해서 자네를 정말 놀라게 했군."

"나는 괜찮지만 내 눈을 믿을 수 없어, 홈즈. 세상에! 다른 사람도 아닌 자네가 내 서재에 나타나다니!"

나는 다시 한 번 그의 팔을 잡았다. 가늘지만 힘이 센 그의 팔이 옷

밑에서 느껴졌다.

"역시 유령은 아니군. 자네를 다시 보니 미칠 듯이 기쁘네. 아무튼 앉아서 그 무서운 절벽에서 어떻게 살아 나왔는지 얘기하게."

홈즈는 나를 마주보고 앉아, 예의 대범한 태도로 담배에 불을 붙였다. 입고 있는 옷은 서적상의 초라한 프록코트였고, 아까 변장했던 흰 가발과 변장용 수염, 헌 책들은 테이블 위에 쌓여 있었다. 홈즈는 전보다 여윈 것 같아 더 날카롭게 보였다. 독수리 같은 얼굴에는 창백한 빛이 엿보여 근간의 생활이 고됐을 것이라 생각됐다.

"팔다리를 마음대로 뻗을 수 있어 아주 좋군, 왓슨. 키가 큰 내가 계속해서 1피트나 몸을 오그리고 있으려니 얼마나 힘들었겠나. 왜 이런 짓을 하고 있느냐 하면, 오늘 밤에는 어렵고 위험이 따르는 일이 있는데, 자네의 협조가 필요해서 그렇게 했다네. 모든 설명은 그 일이 끝나고 하는 것이 좋겠어."

"나는 호기심으로 가득 차 있네. 지금 설명을 듣고 싶군."

"그럼, 오늘 밤 같이 가겠나?"

"언제, 어딜 가든 자네 말대로 하겠어."

"전에 우리가 같이 일하던 때와 똑같군. 출발하기 전까지 식사할 시간은 있으니까 설명하지. 절벽을 기어 올라오는 일은 조금도 어렵지 않았어. 애당초 나는 절벽에 떨어지지 않았으니까."

"뭐, 떨어지지 않았다고?"

"그래, 떨어지지 않았어, 왓슨. 그렇지만 내가 자네에게 쓴 편지는 진짜야. 안전한 곳으로 통하는 좁은 길목을 모리아티가 막고 서 있는 것을 보았을 때, 나는 내 생애도 이것으로 끝장이라는 것을 똑똑히 깨달았지. 나는 모리아티의 회색 눈 속에서 냉혹한 그의 목적을 읽었어. 그래서 나는 그와 두서너 마디 말을 나눈 뒤, 유서를 쓸 수 있는 시간을 달라고 했지. 그는 친절하게도 허락해 주더군. 그리고 나는 유서를 담뱃갑과 지팡이와 함께 그곳에 두고 좁은 길을 걸어갔어. 모리아티는 내 뒤를 바짝 쫓아왔지. 막다른 골목에 다다르자 나는 궁지에 몰려 그곳에 섰어. 모리아티는 무기는 꺼내지 않고 내게 달려들어 긴 두 팔로 나를 껴안았지. 그는 자기의 악운이 다 되었음을 알고 내게 복수할 일념만 갖고 있었어. 우리는 맞붙은 채로 폭포의 절벽 위에서 뒤엉켜서 싸웠어. 나는 일본의 무술 바리츠를 조금 할 수 있어서 그전에도 여러 번 유용하게 사용한 적이 있었지. 그래서 그의 팔을 쉽게 빠져 나올 수 있었고, 모리아티는 비명을 지르며 미친 듯이 헛발질을 하더군. 두 팔을 허공에 휘저었으나 그는 애쓴 보람도 없이 몸의 균형을 잃고 절벽 밑으로 떨어졌지. 나는 절벽 끝에 고개를 내밀고 내려다보았는데, 그는 아득한 밑으로 떨어져, 바위에 부딪친 뒤 물 속으로 빠지는 것이 보이더군."

나는 홈즈가 담배를 뻐끔뻐끔 피우며 설명하는 것에 놀라움을 금치 못하며 들었다.

"하지만 발자국은 어떻게 된 거야? 두 사람이 좁은 길을 가기는 했지만 돌아오지 않은 발자국들을 나는 내 두 눈으로 똑똑히 봤어!" 나는 소리쳤다.

"그것은 이렇게 된 거야. 모리아티가 사라진 순간 나는 문득 대단한 행운의 기회를 운명의 신이 내게 마련해 준 것이라는 생각이 들었어. 내 목숨을 노리는 것은 모리아티 한 사람뿐이 아니라는 사실을 나는 알고 있었지. 두목이 죽었다는 사실을 알고 나에 대한 복수심을 더욱 열렬히 키워 나를 노릴 놈들이 적어도 세 명은 있어. 놈들은 대단히 위험해서 그 가운데 분명 누군가가 목적을 달성할 것이 틀림없지. 반면에 여기서 내가 죽은 것으로 세상 사람들이 믿도록 해 두면 놈들은 해방된 줄 알고 못된 짓을 시작할 거라고 생각했지. 그러면 언젠가는 놈들은 약점을 보일 것이고, 그러면 그놈들을 파멸의 구덩이로 몰 수 있고, 그런 다음에야 안심하고 비로소 내 모습을 나타내기로 마음먹은 거라네. 재빠르게 움직인 내 두뇌 덕분에 모리아티가 라이헨바흐 폭포 바닥에 떨어지기도 전에 이런 일들을 생각했어.

나는 일어서서 뒤쪽의 암벽을 조사했네. 그때의 일을 쓴 자네의 생생한 기록은 몇 달이 지난 다음에야 흥미롭게 읽었네만, 자네는 그 암벽이 깎아지른 듯하다고 썼더군. 하지만 그것은 사실이 아니야. 거기에는 발을 디딜 만한 곳이 있었고, 돌이 약간 튀어나온 곳들도 있었어. 그러나 암벽은 대단히 높아서 기어 올라가는 것은 불가능하게 보였고, 눅눅한 좁은 길에 발자국을 남기지 않고 돌아가기도 불가능했어. 이런 비슷한 상황에서 전에 했듯이 구두를 거꾸로 신고 걷는 방법도 있지만, 그렇게 하면 세 사람의 발자국이 같은 방향으로 간 게 되니까 금방 속임수라는 것이 드러나겠다고 생각했지.

결국 나는 위험을 무릅쓰고 그 절벽을 기어오르는 것이 좋다고 생각했어. 그것은 결코 쉬운 일은 아니었네. 밑에서는 폭포 소리가 크게 들렸는데, 나는 결코 공상가는 아니지만 모리아티의 목소리가 심연 속에서 나를 부르며 고함치는 것 같았어. 조금만 잘못해도 끝장나는 판이었지. 붙잡고 있던 풀이 뽑히거나, 젖은 바위 모서리에 걸치고 있던 발이 미끄러진 일도 한두 번이 아니었는데, 그때마다 이제 죽었다는 생각이 들었어.

그러나 나는 버둥거리면서 기어올라서, 마침내 바위가 5, 6피트 움푹 파인 곳에 다다랐어. 그곳은 부드러운 녹색 이끼가 깔려 있었고, 남의 눈에 띄지 않고 편안하게 누워 있을 수 있는 곳이었지. 자네들이 나타나서 내가 죽었다는 것을 애석하게 생각하면서, 나의 죽음을 전혀 효과가 없는 방법으로 조사하는 동안 나는 그곳에 누워 있었네. 결국 자네들은 전혀 다른 결론을 내리고 호텔로 돌아갔고, 나는 그곳에 혼자 남게 되었지. 자네들은 그럴 수밖에 없었어. 그래서 나는 이것으로 모든 것이 잘됐다 싶었는데, 그 순간 뜻하지 않은 일이 생겼네. 커다란 바위 하나가 위에서 굴러 내 옆을 아슬아슬하게 스치고, 좁은 길에 떨어져서 튕긴 다음 폭포수 아래로 떨어지는 거야.

처음에 나는 그것이 우연히 생긴 일이라고 생각했지. 그러나 흘끗 위를 올려다보았더니 어두운 하늘을 배경으로 사람의 머리가 보였고 또다시 큰 바위가 내 머리에서 1피트도 되지 않는 곳에 떨어지는 것이 아닌가. 나는 곧 그 의미를 깨달았지. 모리아티는 혼자가 아니었던 거야. 그의 패거리 중 한 놈이 모든 것을 지켜보고 있었던 거지. 놈이 얼마나 무서운 놈인지는 한 번 흘끗 보고서도 알 수 있었지. 그놈은 멀리서 내게 들키지 않도록 숨어서 모리아티가 죽고 내가 살아남는 것을 목격하고 있었던 거야. 그래서 놈은 기회가 오기를 기다리다가 우회하여 절벽 끝으로 와서 모리아티가 실패한 일을 성공시키려 했던 거지.

그렇게 됐다는 것을 생각하는 데는 그리 시간이 걸리지 않았네, 왓슨. 나는 절벽 위에 있는 무서운 얼굴을 다시 보고, 바위가 또 떨어질 것을 알아차린 후 밑에 있는 좁은 길로 급히 기어 내려갔어. 내가 냉정하게 생각했더라면 그 일은 할 수 없었을 걸세. 내려가는 일은 올라가기보다

100배는 더 힘들었으니까. 그러나 내가 움푹 파인 곳 끝에 매달려 있을 때 다른 바위가 소리를 내며 내 옆을 지나가는 바람에 나는 위험에 대해서는 생각할 겨를이 없었어. 도중에 손발이 미끄러졌지만 운이 좋아서 살갗이 여기저기 벗겨지고 피가 나는 것으로 끝났지. 그렇게 나는 좁은 길에 내려선 뒤, 캄캄한 산 속을 10마일이나 도망쳐서 일주일 후에는 세상 누구도 모르게 이태리의 피렌체에 도착했네.

나는 단 한 사람에게만 사정을 털어놓았어. 마이크로프트 형이야. 자네에게는 정말 미안하지만, 세상 사람들이 내가 죽었다고 믿는 것이 내게는 대단히 중요했어. 만일 자네가 나의 불행한 최후를 정말로 믿지 않았다면 내가 조난당한 이야기를 그토록 설득력 있게 쓸 수는 없다고 생각하고 나는 자네에게 알리지 않았던 거라네.

지난 3년 동안 나는 자네에게 편지를 쓰려고 펜을 몇 번이나 잡았는지 몰라. 하지만 나에 대한 자네의 애정 때문에 자네가 이 비밀을 폭로하는 경솔한 짓을 하지 않을까 염려하여 그때마다 편지 쓰는 일을 그만두었지. 같은 이유로 자네가 오늘 내가 책을 떨어뜨리도록 했을 때도 나는 자네로부터 급히 떨어졌던 것인데, 그때 나는 위험한 입장에 있었기 때문에 자네가 나를 알아보고 놀라서 떠들던가 했다면 대단히 비참한 일이 일어났을 거야.

마이크로프트 형에게는 돈이 필요해서 부득이 털어놓을 수밖에 없었어. 런던에서의 사건 결과는 내가 희망했던 것처럼 되지 않았어. 모리아티 일행의 재판 결과, 놈들 일당 중에서 가장 위험하고, 나에 대한 복수심이 가장 강한 두 놈이 석방되었지. 그래서 나는 2년 동안 티베트를 여행하며 라사(티베트의 수도)도 방문하고 라마교의 우두머리도 만나면서 재미있는 세월을 보냈다네. 시겔손이라는 노르웨이 사람의 훌륭한 탐험기사를 자네도 읽었겠지만 그 사람이 나였다는 사실은 짐작도 하지 못했을 걸세.

 그런 다음에 나는 페르시아를 지나 메카를 방문하고, 카르툼의 카리프에서 회교 교주와 잠시 동안 흥미로운 접견을 했지. 이러한 일들의 결과는 외교부에 연락했어. 프랑스에 돌아와서는 남 프랑스의 몽펠리에에 있는 한 연구소에서 콜타르 유도체에 대한 연구를 몇 달 동안 했지. 그에 대한 만족할 만한 결과를 얻은 다음, 런던에는 적이 한 사람밖에 없다는 것을 알고 런던으로 돌아오려고 하던 참이었는데, 파크 레인 사건이 일어나서 급히 서둘러서 왔다네. 이 사건은 사건 그 자체에 마음이 끌린 것도 사실이지만, 나에게 어떤 개인적인 기회를 제공했어.

 나는 즉시 런던으로 돌아와 베이커가를 찾아가서 허드슨 부인을 까무러치게 할 정도로 놀라게 해주었지. 옛 보금자리는 마이크로프트 형의 수고로 서류들을 포함해서 옛날과 같이 보존되어 있더군. 그리하여 오늘 오후 두 시에는 옛날의 그 방의 늘 앉던 안락의자에 앉아서, 친구 왓슨이 옛날처럼 낯익은 의자에 앉아 있었으면 하고 생각했네."

 이상이 4월 어느 저녁에 그에게서 들은 놀라운 이야기다. 얘기하는 사람이 두 번 다시 못 볼 줄 알았던 키가 크고 여윈 몸에 날카롭고 진지한 얼굴을 가진 사람이라는 것을 내 눈으로 똑똑히 보지 않았다면 도저히 믿을 수 없는 일이었다. 내가 홈즈를 잃고 슬퍼했다는 사실을 느끼고 있었던지 그의 동정심은 말보다는 태도에 더 잘 나타나 있었다.

"슬픔에는 일이 가장 좋은 약이지, 왓슨. 오늘 밤에 둘이서 할 일이 있는데, 우리가 그 일을 성공시킬 수만 있다면 우리가 지구상에 존재하고 있다는 것을 정당화시킬 수 있을 걸세."

나는 좀더 자세한 얘기를 들려 달라고 부탁했지만 홈즈는 응하지 않았다.

"아침까지는 모든 것을 듣고 보게 될 걸세. 우리에게는 지난 3년 동안 쌓인 못 다한 이야기가 있네. 아홉 시 삼십 분에는 우리가 빈집으로 모험을 떠나야 하니 그때까지는 쌓였던 이야기나 하세."

이윽고 9시 30분이 되었다. 나는 주머니에는 권총을 넣고, 가슴에는 모험에 대한 기대를 품고서 옛날처럼 홈즈와 나란히 이륜마차 핸섬에 앉았다. 홈즈는 냉랭한 표정으로 묵묵히 앉아 있었다. 가로등 불빛으로 그의 엄한 얼굴을 살피니 눈썹을 모으고, 입술은 굳게 다문 채 생각에 잠겨 있었다. 범죄 도시 런던의 검은 정글에서 어떤 맹수를 사냥하려는 것인지 나는 아직 모르지만, 뛰어난 사냥꾼의 태도로 보아 오늘 밤의 모험이 대단히 중요하다는 걸 알 수 있었다. 그러나 고행자 같은 그의 얼굴에 때때로 떠오르는 쓸쓸한 미소는 오늘 밤의 추적에 좋은 징조라고는 생각되지 않았다.

나는 우리가 베이커가로 가는 줄로만 생각하고 있었는데, 홈즈는 카벤디시 광장 모퉁이에서 마차를 세웠다. 그는 마차에서 내릴 때 주변에 세심한 주의를 기울였고, 걷기 시작한 후 모퉁이를 돌 때마다 미행자가 없는지 유심히 살폈다. 걷는 일도 쉽지 않았다.

홈즈는 런던 시내의 골목길을 놀라울 정도로 훤히 알고 있었다. 이날 밤도 그는 아무 망설임 없이 나는 전혀 알지도 못하는 마구간 사이의 골목을 빠져서 재빨리 걸어갔다. 이윽고 우리는 낡고 음침한 집들이 늘어선 작은 길로 나왔고, 그 길을 걸어서 맨체스터가를 거쳐 블랜드포드가에 도달했다. 그곳에서 홈즈는 재빨리 좁은 통로로 들어가서 나무문을 통해 인기척이 없는 어느 뜰로 들어갔다. 그는 열쇠를 꺼내 어떤 집의 뒷문을 열었고, 나와 함께 문안으로 들어선 뒤 급히 문을 닫았다.

안은 칠흑같이 깜깜했지만 빈집이라는 것은 알 수 있었다. 바닥에는 두꺼운 판자가 깔려 있어 발을 움직일 때마다 삐걱거렸고, 앞으로 뻗친 내 손끝에는 리본처럼 찢어진 종이가 매달려 있는 벽면이 닿았다. 홈즈의 마르고 차가운 손이 내 손목을 잡고 긴 복도를 지나 문이 있는 곳으로 이끌었다. 그 문의 위쪽에 있는 채광창을 통해 희미한 불빛이 보였다. 그곳에서 홈즈는 갑자기 오른쪽으로 방향을 틀어 네모지고 커다란 빈방으로 나를 데리고 갔다. 방의 네 귀퉁이는 캄캄했지만, 방 가운데는 밖의 길에서 들어오는 불빛으로 어렴풋하게 물체를 볼 수는 있었는데 가까스로 서로의 모습을 알아볼 정도였다.

홈즈가 내 어깨에 손을 얹고 속삭였다.

"여기가 어딘지 아나?"

"저기는 베이커가가 틀림없어."

나는 먼지투성이 창문으로 밖을 내다보며 대답했다.

"맞았어. 이곳은 캄덴 하우스로 우리 집 바로 맞은편에 있는 집이야."

"그런데 우리가 왜 이곳에 왔지?"

"그 아름다운 건물이 여기서는 매우 잘 보이기 때문이야. 수고스럽지만 왔슨, 좀더 창문 옆으로 다가가 자네 모습이 밖에 보이지 않도록 조심해서 우리들의 추억의 방을 올려다보게. 자네의 그 많은 동화 같은 이야기들의 출발점인 그 방을 말야. 내가 이곳에 없던 3년 동안에 자네를 놀라게 하는 내 힘을 잃었는지 알아보자고"

나는 창문으로 살살 다가가서 눈에 익은 창문을 올려다보았다. 창문이 눈에 들어오는 순간 나는 놀라서 낮은 비명을 질렀다. 창문에 커튼은 쳐져 있었지만 방안은 한낮처럼 밝았는데, 그 커튼에 남자의 그림자가 비치고 있었다. 의자에 앉아 있는 그림자는 창문의 밝은 커튼에 검은빛으로 똑똑히 비치고 있었다. 머리를 들고 있는 모습이며 반듯한 어깨며 날카로운 얼굴 모습 등, 그것은 홈즈의 모습이 틀림없었다. 얼굴은 반쯤 옆으로 돌리고 있었는데, 나는 너무 놀라서 손을 뻗쳐 옆에 진짜 홈즈가 서 있는지

확인해 보았다. 홈즈는 소리를 내지 않고 배를 잡고 웃고 있었다.

"그래, 어떤가?" 홈즈가 물었다.

"세상에! 정말로 똑같군." 내가 소리쳤다.

"세월도 습관도 나의 끝없는 재능은 무디게 하지 못한 모양이야."

그의 목소리에는 예술가가 자기의 작품에 대해 갖는 환희와 자랑이 담겨 있었다.

"어때? 나와 꼭 같지?"

"하늘에 맹세할 정도야."

"제작의 영예는 그르노블의 오스카 뮈니에 씨의 것이지. 그 사람은 저 주형을 만드는 데도 며칠을 소비했어. 저 반신상은 밀랍으로 만든 거야. 그 외의 일들은 내가 오늘 오후에 집에 갔을 때 준비했지."

"무엇 때문에 이런 짓을 하고 있지?"

"왜냐하면 왓슨, 내가 실제로는 다른 데 있으면서 어느 놈들이 내가 방에 있다고 생각하도록 하고 싶은 강렬한 이유가 있기 때문이야."

"그럼, 자네는 누가 저 방을 지켜보고 있다고 생각했단 말인가?"

"그렇다고 확신하네."

"아니, 누가?"

"내 오래된 적들이지, 왓슨. 두목이 라이헨바흐 폭포에 빠진 집단의 놈들이지. 내가 아직도 살아 있다는 것을 알고 있는 자들은 놈들밖에 없다는 것을 기억하게. 따라서 놈들은 언젠가는 내가 베이커가의 방으로 돌아오리라고 생각했을 거야. 놈들은 지금까지 내 방을 계속해서 감시했고, 오늘 아침에 내가 도착하는 것을 봤어."

"그걸 어떻게 알지?"

"내가 밖을 흘깃 내다봤을 때 내 방을 지켜보고 있는 놈들의 파수꾼이 보였거든. 파커라고 하는데 대단한 놈은 아니야. 사람의 목을 죄고 주로 강도짓을 하는 놈인데 유태 하프를 잘 다루는 녀석이지. 나는 놈은 걱정하지 않았지만 배후에 있는 만만치 않은 놈이 대단히 신경 쓰인다네. 그는 모리아티의 어릴 적부터 친구로 라이헨바흐 절벽 위에서 바위를 떨어뜨린 놈이었고, 런던에서 가장 교활하고 위험하지. 놈은 오늘 밤 나를 노리고 있는데, 오히려 우리가 자기를 노리고 있다는 사실을 모르고 있어, 왓슨."

홈즈의 계획은 차츰 이해되었다. 이 안성맞춤인 은신처는 감시자를 감시하고, 추적자를 반대로 추적하게 만들었다. 저 위쪽 창문의 여윈 그림자는 미끼였고 우리는 사냥꾼이었다.

우리는 말없이 어둠 속에 서서 창 밖을 바쁜 걸음으로 오고가는 사람들을 보고 있었다. 홈즈는 말없이 꼼짝도 않고 서 있었으나 잔뜩 긴장한 채 눈앞을 지나는 사람들을 보았다. 차가운 바람이 심하게 부는 밤이었는데, 바람은 소리를 내며 거리를 휩쓸었다. 많은 사람들이 거리를 오가고 있었는데, 대부분 외투와 머플러로 몸을 감싸고 있었다. 그들 중에 나는 한두 번 같은 사람이 왔다 갔다 하는 것을 본 듯했다. 특히 조금 떨어진 곳에 있는 집의 현관에 바람을 피하려는 듯이 서 있는 두 사람이 눈에 띄었다. 홈즈에게 그 사실을 알려주려고 했으나 홈즈는 조바심 나는 듯한 목소리를 내기만 하고 계속해서 거리만 보고 있었다. 여러 번 발을 움직거리거나 손가락으로 벽을 빠르게 톡톡 치는 것으로 보아 걱정되기 시작했고, 계획이 생각했던 대로 되지 않는 게 분명했다.

드디어 자정이 가까워지고, 거리에 사람들의 발길도 뜸해지자 홈즈는 마음의 동요를 억제할 수 없는지 방안을 왔다갔다했다. 그에게 말을 걸려고 하던 찰나, 나는 불이 켜져 있는 창문을 보고 조금 전에 경험한 것과 같은 놀라움을 맛보았다. 나는 홈즈의 팔을 꽉 잡고 위쪽의 창을 가리키며 소리쳤다.

"저 그림자가 움직였어!"

실제로 창문에 비친 홈즈의 그림자는 옆모습이 아니라 등을 우리 쪽으로 향하고 있었다.

"물론 움직였을 테지." 홈즈는 계속했다.

"언뜻 보아도 인형이라고 알 수 있는 것을 세워 놓고 유럽에서 가장 날카로운 놈이 속을 것이라고 내가 생각했을 것 같은가? 자네는 내가 그렇게 남을 웃기는 바보라고 생각했단 말인가, 왓슨?"

그의 무뚝뚝함이나, 자기보다 지능이 낮은 사람을 대할 때의 그 무시하는 듯한 태도는 그를 보지 못한 3년 동안 하나도 변하지 않았다.

"우리는 이 방에 두 시간 동안 있었어. 그 동안에 허드슨 부인은 여덟 번이나 저 상반신을 돌려놨어. 15분마다 바꾼 셈이지. 부인은 방의 안쪽에서 돌렸기 때문에 부인의 모습이 창문에 비치지 않은 거야. 앗!"

홈즈가 갑자기 날카롭게 숨을 들이켰다. 어둠 속에서 나는 홈즈가 긴장으로 온몸을 굳히며 머리를 앞으로 내미는 것을 보았다. 밖의 거리에는 아무도 없었다. 아까 두 사람은 아직도 현관 출입구에 웅크리고 있을 듯한데 보이지 않았다. 주위는 조용하고 어둡기만 할뿐이었다. 다만 맞은편 창문만이 밝은 노란 불빛 속에 서 있는 홈즈의 모습을 보여 줄 뿐이었다.

나는 완전한 정적 속에서 숨을 들이마시는 나지막한 소리를 들었다. 그것은 홈즈가 격한 흥분을 숨기려고 낸 소리였다. 잠시 후에 그는 나를 방의 가장 어두운 구석으로 끌고 가서 소리를 내지 말라고 손으로 내 입을 막았다. 그 손가락은 떨고 있었다. 홈즈가 이토록 감정을 나타낸 적을 본 적이 없었다.

창 밖에 뻗어 있는 거리는 어둡고 쓸쓸했으며 움직이는 것은 아무것도 없었다. 그러나 나는 갑자기 나보다 날카로운 홈즈의 감각이 이미 감지한 것을 듣게 되었다. 은밀하게 움직이는 희미한 소리가 내 귀에 들렸다. 그 소리는 베이커가 쪽에서 나지 않고 우리가 숨어 있는 집의 뒤쪽에서 들렸다. 문이 열리고 닫히는 소리가 들렸다. 잠시 후에 사람의 발소리가 복도를 통해 우리 쪽으로 다가왔다. 발소리를 내지 않으려고 했지만 빈집이라 소리가 울려 퍼졌다.

홈즈가 벽에 기대어 몸을 웅크렸으므로 나도 권총을 단단히 쥐고 그의 행동을 따랐다. 어둠 속을 지켜보고 있으려니 검은 문에 사람의 모습이 더 검게 나타났다. 놈은 그곳에 잠시 서 있다가 몸을 구부린 채 위협적인 모습으로 살금살금 안으로 들어왔다. 이 흉악하게 보이는 놈은 우리가 있는 자리 바로 앞으로 다가왔다. 놈이 덤벼든다면 상대할 태세를 갖추었는데 놈은 우리가 그곳에 있다는 사실을 모르고 있었다. 놈은 우리를 스쳐 지나 창문으로 살금살금 다가가서 창문을 소리 없이 반 피트쯤 들어올려서 열었다. 놈이 열린 창문만큼 몸을 낮추자 창 밖의 가로등 불빛이 놈의 얼굴을 정면으로 비추었다.

놈도 흥분으로 제정신이 아닌 모양이었다. 두 눈은 반짝반짝 빛났고, 얼굴에는 꿈틀꿈틀 경련이 일고 있었다. 놈은 나이가 꽤 들었으며 가늘고 오뚝한 코에 이마가 높았고 반백색의 굵은 콧수염을 기르고 있었다.

오페라 모자를 뒤로 젖혀 쓰고 있었고, 열려있는 외투 앞섶으로 야회복 셔츠가 하얗게 보였다. 얼굴은 검고 수척했는데 잔인해 보이는 주름살이 깊게 패여 있었다. 손에는 지팡이로 보이는 것을 들고 있었는데 그것을 바닥에 놓자 금속 소리가 났다. 그 다음에 놈은 외투 주머니에서 부피가 큰 물건을 꺼내 무슨 작업에 열중했다. 이윽고 스프링이나 볼트가 제자리를 찾는 듯한 찰칵하는 날카로운 소리가 났고, 그제야 일이 끝난 것 같았다. 그러나 놈은 계속해서 바닥에 무릎을 꿇고 앞으로 몸을 굽혀 무슨 지렛대 같은 것에 온몸의 무게를 실어 힘을 가했다. 그러자 무엇인가가 돌아가는 삐걱거리는 소리가 나더니 다시 한 번 찰칵하는 소리가 크게 들렸다.

그런 다음 놈은 몸을 일으켰는데, 이상한 모양의 개머리판을 댄 총으로 보이는 것을 들고 있었다. 놈은 총열을 꺾은 다음 총신에 무엇을 넣고 총열을 닫았다. 그런 다음 바닥에 쭈그리고 앉아 총신 끝을 열려 있는 창턱에 걸쳤다. 그리고 총을 조준했는데 기다란 콧수염이 개머리판에 닿았고 눈은 섬뜩한 광채를 내뿜고 있었다. 놈은 만족스럽다는 듯이 작은 한숨을 내쉬고 총대를 어깨에 대고 조준했는데, 그가 노리고 있는 것은 놀랍게도 맞은편 창문에 비치고 있는 홈즈의 검은 그림자였다.

그는 잠깐 동안 꼼짝도 하지 않다가 방아쇠를 당겼다. '쉿!'하는 이상한 소리가 들린 다음 유리창이 깨지는 소리가 길게 울려 퍼졌다. 그 순간 홈즈는 호랑이처럼 저격자의 등에 달려들어 놈의 얼굴이 바닥을 향하도록 메다꽂았다. 그러나 놈은 즉시 일어나서 무서운 힘으로 홈즈의 목을 움켜잡았다. 내가 권총 손잡이로 놈의 머리를 후려치자 놈은 다시 바닥에 쓰러졌다. 나는 즉시 놈에게 몸을 던져 꼼짝 못하게 했고, 홈즈는 날카롭게 호루라기를 불었다. 즉시 거리에서 달려오는 발소리가 났고, 제복 경관 두 명과 사복형사 한 명이 현관문을 통해 방으로 뛰어들었다.

"레스트레이드 경감, 당신이군요." 홈즈가 말했다.

"네, 홈즈 씨, 내가 직접 이 일을 처리하기로 했습니다. 런던에서 다시 뵙게 되어 반갑습니다."

"당신에게 비공식적인 도움이 필요할까 싶어 제가 나섰습니다. 미궁에 빠진 사건이 1년에 세 건이나 생기면 곤란하니까요. 당신은 몰세이 사건을 당신답지 않게… 아니, 내 말은 훌륭하게 처리했단 말이지요."

우리는 모두 일어섰고, 우리에게 잡힌 놈은 건장한 두 경관 사이에서 숨을 몰아쉬고 있었다. 밖에는 구경꾼들이 벌써 몇 명 모여 있었다. 홈즈는 들창으로 가서 창문을 닫고 커튼을 쳤다. 레스트레이드는 촛불을 켰고, 경관들은 갖고 있던 랜턴의 덮개를 벗겼으므로 나는 드디어 잡힌 놈의 얼굴을 볼 수 있었다.

내 쪽을 향하고 있는 놈의 얼굴은 놀랄 만큼 남성적이었고 사악했다. 철학자 같은 이마와 호색한의 턱을 갖고 있는, 대단한 악인 아니면 선인으로 보였다. 그러나 냉소적으로 보이는 잔인한 푸른 눈과 무섭게 공격적인 코며, 깊은 주름이 팬 이마를 보고 있으면 위협을 느끼지 않을 수 없었다. 그는 우리들은 거들떠보지도 않고 증오와 경탄이 반반씩 섞인 눈으로 홈즈를 쏘아보았다.

"너는 악마야!" 놈은 계속해서 중얼거렸다.

"이 간사하고 교활한 악마 같은 놈!"

"아, 대령!" 홈즈는 흐트러진 놈의 칼라를 고쳐 주면서 말했다.

"옛날 연극 대사에서 '나그넷길의 끝은 애인과의 만남이다.'라고 했던가? 내가 라이헨바흐 폭포 중간에 있을 때 나를 공격한 이후로 처음 만났군요."

대령이라 불린 남자는 얼이 빠진 사람처럼 홈즈를 멍하니 보면서 계속해서 악마라고 중얼거릴 뿐이었다.

"당신을 아직 소개하지 않았군요." 홈즈가 말했다.

"이분은 세바스찬 모란 대령으로 한때는 우리 대영제국 인도군의 장교였지요. 또한 맹수 사냥에서는 가장 훌륭한 명사수였습니다. 호랑이 사냥에서는 아직도 당신 기록을 깬 사람이 없지요? 안 그렇소, 대령?"

사납게 생긴 남자는 아무 말도 하지 않고 홈즈만 노려보았다. 사납게 부릅뜬 눈과 뻣뻣한 수염의 노인은 마치 호랑이처럼 보였다.

"나의 간단한 계략에 당신 같은 노련한 사냥꾼이 걸려들다니 이상하군."

홈즈가 계속했다.

"이런 계략은 당신도 많이 썼을 테지만, 나무 아래에 어린양을 붙들어 매어 놓고 그 미끼가 호랑이를 불러들이도록 나무 위에서 기다린 적이 있었겠지? 이 빈집은 내 미끼였고 당신은 내 호랑이었소. 그런 경우에 당신은 호랑이가 동시에 여러 마리 나타나거나, 그럴 가능성은 적지만 혹시 호랑이를 맞추지 못했을 때를 대비해서 예비로 다른 총을 준비했겠지요? 이들이—"

그는 우리들을 가리키며 말했다.

"내 예비 총이었소. 당신이 호랑이 사냥 때 준비한 예비 총이나 이 사람들이나 같은 역할이오."

모란 대령은 분노의 욕설을 퍼부으며 홈즈에게 덤볐지만 경관들이 그를 제지했다. 노기를 띤 그의 얼굴은 무시무시했다.

"솔직히 말해서 나도 놀란 점은 있소." 홈즈가 말했다.

"나는 당신이 직접 이 빈집과 이 편리한 창문을 이용하리라고는 생각하지 못했소. 나는 당신이 집밖에서 조준할 줄 알았소. 그래서 내 친구 레스트레이드와 그의 동료들이 밖에서 기다리고 있던 거요. 그 점만 빼면 모든 것은 내가 예상했던 대로 되었소."

모란 대령은 레스트레이드를 향해 말했다.

"당신이 나를 체포할 정당한 이유가 있는지는 모르지만, 이 남자의 빈정거림을 참아야 할 이유는 없어. 나를 체포했다면 법대로 합시다."

"이치에 닿는 말이군." 레스트레이드가 말했다.

"이 사람을 데리고 가기 전에 더 할 말은 없습니까, 홈즈 씨?"

홈즈는 바닥에 있던 강력한 공기총을 집어 들고 살핀 다음 말했다.

"훌륭하고 진기한 무기요. 대단한 힘을 가졌을 뿐만 아니라 아주 조용한 무기요. 죽은 모리아티 교수가 독일의 폰 헤르데르라는 시각 장애자 기술자에게 만들도록 한 것입니다. 이 총이 있다는 것은 알고 있었지만 실물을 보는 것은 처음이오. 이 총과 총알을 조심해서 관리하세요, 경감."

"그 점은 믿어 주십시오, 홈즈 씨."

경관들이 모두 출입구 쪽으로 향하자 레스트레이드가 말했다.

"다른 말씀은 없습니까?"

"대령을 무슨 죄로 연행하는지 그 점을 알고 싶군요."

"무슨 죄를 졌느냐고요? 그야 물론 셜록 홈즈 씨 살인 미수죄이죠."

"그렇지 않아요, 경감. 나는 이 일에 이름을 드러내고 싶지 않소. 경감이 참여한 대령 체포에 대한 모든 명예는 경감에게 가야 할 것이오. 경감 혼자서 대령을 체포한 것입니다. 그래요, 레스트레이드 경감, 축하합니다. 언제나 그랬듯이 경감의 교묘하고도 대단한 행동이 놈을 체포한 거요."

"체포해요? 누구를 체포했다는 말입니까, 홈즈 씨?"

"경찰이 온힘을 기울이면서도 아직 못 잡고 있는 범인 즉, 지난달 30일에 파크 레인 427번지 건물 3층 앞쪽의 열려 있는 창문을 통하여 공기총으로 목표를 맞추어 오너러블 로널드 아데어를 사살한 범인, 세바스찬 모란 대령을 말하는 거요. 이 사람의 진짜 죄명은 그것이오. 자, 왓슨, 유리창이 깨어져서 바람이 들어오는 것을 참을 수 있다면 내 서재에서 시가를 피우면서 30분쯤 보내는 것도 자네에게는 유익한 즐거움이 될 걸세."

 옛날의 우리들의 방은 마이크로프트 홈즈의 감독과 허드슨 부인의 관리 덕분에 옛날 모습 그대로였다. 방에 들어간 순간, 지나치게 정리되었다는 느낌이었는데, 중요한 것은 모두 옛날 그대로의 장소에 있었다. 구석에는 산으로 더러워진 테이블과 화학 실험 설비. 선반 위에는 많은 런던 시민이 태워 버리고 싶어 하는 스크랩북과 참고 서류. 그리고 도표, 바이올린 케이스, 파이프 걸이, 담배를 넣은 페르시아 슬리퍼에 이르기까지.

 방을 둘러보니 모든 것이 눈에 들어왔다. 방에는 손님이 두 명 있었다. 한 사람은 허드슨 부인으로 우리를 싱글싱글 웃는 얼굴로 맞아 주었다. 또 한 사람은 오늘 밤 모험에서 아주 중요한 역할을 한, 홈즈와 똑같이 만든 기묘한 밀랍 인형이었다. 인형은 홈즈의 옛날 가운을 입고, 작은 받침대 위에 놓여 있었다. 길에서 보면 틀림없이 진짜 홈즈처럼 보일 것이다.

 "지시대로 잘 했어요, 허드슨 부인." 홈즈가 말했다.

 "말 한대로 무릎으로 걸었지요."

 "좋아요, 정말 잘했어요. 총알이 어디에 맞았는지 보았나요?"

"보았죠. 이런 훌륭한 인형을 망가뜨리다니. 어쨌든 머리를 뚫고 벽에 맞았어요. 카펫에 떨어진 것을 주어 두었습니다. 봐요, 이것이에요!"

홈즈는 손에 들어 나에게 보여 주었다.

"보게, 왓슨, 역시 리볼버 탄이야. 정말 천재적이군. 공기총에서 이런 탄환이 날아간다고는 아무도 생각하지 않을 거야. 허드슨 부인, 정말 수고했습니다. 왓슨, 옛날처럼 그 의자에 앉겠나? 자네와 몇 가지 얘기할 게 있네."

그는 초라한 프록코트를 벗고, 인형에게 입혔던 쥐색 가운을 입고 옛날 홈즈의 모습으로 돌아왔다.

"노련한 수렵가는 배짱도, 눈의 날카로움도 옛날 그대로군."

"후두부 정 중앙에 명중해서 뇌를 날려 보냈군. 인도 최고의 사격의 명수였는데, 런던에서도 그와 겨룰 사람은 없을 거야. 그의 이름을 들은 적이 있나?"

홈즈는 인형의 부서진 이마를 보고 웃으면서 말했다.

"아니."

"그래, 명성이란 것은 그런 것이지! 자네는 금세기 최고의 두뇌를 가진 사람 중 하나인 제임스 모리아티 교수의 이름도 몰랐어. 그 선반에서 내가 만든 인명록을 꺼내 주겠나?"

그는 의자에 깊이 파묻혀 담배 연기를 길게 내뿜으며 페이지를 넘겼다.

"여기 'M' 항목은 정말 장관이지. 모리아티만으로도 화려한데, 그 위에 어떤가? 독사 같은 모간이 있고, 생각하기만 해도 기분이 나빠지는 메리듀도 있어. 그리고 채링 크로스 역 대합실에서 내 왼쪽 송곳니를 부

러뜨린 매츄스, 마지막으로 오늘 밤, 모란. 정말 대단한 얼굴들이군."

홈즈가 인명록을 넘겨주어서 나는 살펴보았다.

"세바스찬 모란 대령. 무직. 벵갈군 제1공병대 소속, 1840년 런던 출생. 아버지는 페르시아 공사로 배스 훈작사 오거스터스 모란 경. 이튼교와 옥스퍼드 대학에서 공부. 죠와키, 아프가니스탄 전투에 참가, 챠라

시압(수훈자보고서에 이름을 올리다), 셔풀, 카불에 전전. 저서 <서부 히말라야의 맹수 사냥(1881)> <정글의 3개월(1884)>. 주소 콘듀잇가. 앵글로 인디언 클럽, 탱커빌 클럽, 바가텔 카드 클럽 소속."

여백에 홈즈의 필체로 '런던에서 두 번째 위험인물'이라고 써 있었다.

"놀랍군."

나는 인명록을 홈즈에게 돌려주며 말했다.

"군인으로서 훌륭한 경력을 갖고 있군."

"그대로야. 어느 시기까지는 잘하고 있었지. 원래 강철 같은 신경을 가진 사람으로 식인 호랑이를 쫓아 배수구를 기어간 이야기들은 지금도 인도에서 화제가 되고 있네. 왓슨, 어느 높이까지는 곧바로 뻗다가 갑자기 추하게 구부러진 나무가 있지. 인간도 때때로 그런 경우가 있지. 개인은 그 성장 과정 가운데 조상으로부터 받은 전 과정을 재현하는 것으로, 선악 어느 것으로 향하든 그런 급격한 변화는 혈통에 흐르는 강력한 인자가 만드는 것이지. 즉 개인은 일가의 역사의 축도라고 할 수 있지."

"어쩐지 공상적인 이야기 같군."

"자, 나도 고집할 생각은 없어. 원인은 어쨌든 모란 대령은 나쁜 방향으로 가기 시작했지. 겉으로 스캔들이 있는 것도 아니었지만 그는 인도에 살 수 없게 되었어. 전역한 후 런던에 돌아왔지만, 다시 나쁜 평판이 나기 시작했다네. 그리고 이때 모리아티 교수를 만났고, 한때는 보스 역할까지 했지. 모리아티는 그에게 아낌없이 돈을 주고, 보통 악당으로는 할 수 없는 최고급 일만 시켰지. 1887년에 로더에서 스튜어트 부인이 죽은 사건을 기억하겠지? 생각 안 나나? 그것은 분명히 모란의 짓이었는데 증거를 잡을 수 없었지. 전혀 증거를 남기지 않기 때문에 모리아티 일당이 괴멸했을 때도 그만은 죄를 면했지. 언젠가 자네의 방을 방문했을 때, 내가 공기총이 무서워 덧문을 단 것을 기억하고 있겠지. 자네는 나의 망상이라고 생각했겠지만 나는 당연히 경계를 했지. 그 무서운 총의 존재를 알고 있고, 세계에서도 손꼽는 사격의 명수가 그것을 사용하는 것도 알고 있었기 때문이지. 우리들이 스위스에 갔을 때도 그는 모리아티와 함께 우리를 쫓아왔네. 라이헨바흐 바위에서 나에게 공포의 5분간을 맛보게 해준 것도 그가 틀림없어.

그를 감옥에 처넣을 기회가 없나 하고 나는 프랑스에 있을 때도, 계속 주의해서 신문을 읽었어. 그가 활개를 치며 런던을 돌아다니는 한, 나로서는 살아 있는 느낌이 아니었지. 밤이나 낮이나 그의 그림자에 위협 당하다가 언젠가는 꼭 당할 거라고 생각했다네. 그러면 어떻게 하면 좋을까? 발견하자마자 그를 쏘아 죽일 수는 없는 노릇이야. 그렇게 하면 내가 피고석에 서야만 하지. 치안 판사에게 하소연해도 소용없어. 확실한 증거가 없는데, 법의 힘을 행사할 수는 없으니. 결국 어떻게 할 수도 없었지. 하지만 언젠가는 내 손으로 잡을 것이라고 믿고, 범죄 뉴스를 열심히 체크했지. 그런데 로널드 아데어 살인사건이 일어났지. 드디어 기회가 왔어! 모든 정보로 판단해 보면 모란 대령의 짓이 틀림없었네. 그는 아데어와 카드를 하고, 클럽에서 집까지 뒤를 쫓아와 열린 창으로 쏜 것이지. 의심의 여지가 없었다네. 증거품인 탄환만으로도 그를 충분히 교수대로 보낼 수 있다고 생각했지.

나는 런던으로 돌아왔지만 감시자에게 발견되었네. 대령은 내가 돌아 온 것을 곧 알았을 거야. 그리고 나의 갑작스런 귀국을 자신의 범죄와 연결시켜 생각하고 당황한 것이 틀림없어. 그는 곧 나를 말살하려고 계획하고, 그 목적을 위해 다시 그 무서운 총을 사용하려고 했지. 나는 창에 멋진 표적을 준비하고 만일에 대비해 경찰에도 도움을 요청했네. 그런데 왓슨, 자네는 그 문에 있던 경관들을 알아본 것 같더군. 나는 감시하기에 아주 좋은 장소를 선택할 생각이었는데, 설마 그가 같은 장소를 저격 지점으로 선택하리라고는 꿈에도 생각하지 못했네. 자, 어때, 왓슨. 아직 무언가 설명할 것이 있나?"

"있네." 내가 말했다.

"모란 대령이 오너러블 로널드 아데어를 살해한 동기에 대해, 아직 아무 설명도 하지 않았네."

"아, 그것은 아직 추측할 수밖에 없어. 지금 단계에서는 아무리 논리적인 두뇌를 가진 사람이라고 해도 정확히 알 수는 없네. 현재의 증거를 근거로 가설을 세워 보면, 자네나 나나 답을 맞힐 가능성은 동일하지."

"자네는 벌써 생각했나?"

"사실의 설명은 그렇게 어렵지 않아. 모란 대령이 아데어와 함께 많은 돈을 딴 것은 증언으로 알 수 있지. 그리고 모란이 속임수를 쓴 것도 틀림없어. 나는 전부터 알고 있었네. 사건이 있던 날, 아마 아데어가 모란의 속임수를 눈치 챘을 거야. 그래서 아데어는 모란과 둘이서 이야기를 했지. 즉 모란이 자발적으로 클럽을 탈퇴하고, 앞으로 카드를 하지 않겠다고 약속하지 않으면, 부정을 폭로한다고 강하게 협박했을 거야.

아데어 같은 젊은 사람이 자신보다 훨씬 나이가 많고, 유명한 인물의 스캔들을 갑자기 폭로하지는 못했을 테니 말이야. 아마 지금 말한 듯한 행동을 했겠지. 한편 모란으로서는 클럽에서 추방당하면 파멸이지. 속임수 트럼프 수입으로 생활했기 때문이라네. 그것이 아데어를 죽인 이유인데, 살해되었을 때, 아데어는 돌려주어야 할 돈을 계산하고 있었지. 상대의 속임수로 딴 돈을 주머니에 넣을 수는 없었네. 방을 잠근 것은 어머니와 동생이 갑자기 들어와서, 종이에 쓴 이름과 현금을 보고 이유를 묻는 것이 싫어서였겠지. 자, 이제 됐나?"

"그래, 정말 그것이 진상이라고 생각하네."

"진위의 정도는 재판에서 알게 되겠지. 어쨌든 모란 대령이 두 번 다시 우리를 괴롭히는 일은 없겠지. 폰 헤르데르의 유명한 공기총은 런던 경찰청의 박물관을 장식할 것이네. 셜록 홈즈는 다시 자유롭게 인생을, 런던의 복잡한 생활이 풍요롭게 제공해 주는 흥미 있는 작은 사건 수사에 바칠 수 있게 된 것이지."

역주: 「빈집의 모험」의 아이디어와, 《콜리어즈》와 《스트랜드》에 홈즈를 논리적으로 되살릴 것인가에 대해서 코난 도일에게 힌트를 준 사람은 그의 두 번째 부인이라고 한다. 코난 도일은 이 작품을 베스트 12 중 6위에 선정했다.

다섯 개의 오렌지 씨

The Five Orange Pips: 1887년 9월 29일(목)~9월 30일(금)

❖

 1882년부터 1890년까지 셜록 홈즈가 다룬 사건에 대한 나의 노트나 기록을 보면 기괴하고 재미있는 사건이 너무 많아, 막상 그 중에서 선택하려고 하면 여간 어렵지 않다. 그러나 그것들 중에는 이미 신문에 보도되어 세상에 널리 알려진 사건도 있고, 또 홈즈의 고도의 특수 능력을 발휘할 필요가 없는 사건도 있었다. 또 그의 분석으로도 해결하지 못하고 이야기로는 시작되어도 결말이 없는 사건도 있었고, 한편 아주 부분적으로밖에 해결되지 않아, 그가 그렇게도 중요하게 생각하는 절대 논리적인 증거가 아니고, 억측이나 추측으로 설명할 수밖에는 없었던 사건도 있다. 그러나 맨 마지막 부류에 속하는 것들 중에는, 내용이 너무나 진기해서 뜻하지 않은 결과에 도달한 사건이 딱 하나 있다. 이 사건 속에 있는 두세 가지 문제는 도저히 설명할 방법이 없어 영원한 수수께끼로 남을 것이라 생각되는데, 그래도 여기에 기록해 두려고 한다.

 1887년 우리는 많은 사건에 손을 댔다. 흥미가 덜한 것도 있었고 흥미진진한 것도 있었지만, 나는 그것들을 모두 기록했다. 그 열두 달 동안의 목록 중에서 찾아보니, '파라돌 방' 사건, 가구점 지하 창고에 호화로운 본부를 꾸며 놓고 있던 '아마추어 거지 집단' 사건, 돛대가 세 개 있는 영국 범선 소피 앤더슨 호의 실종 사건, 우파 섬의 그라이스 패터슨 일가의 기묘한 모험, 캠버웰 독살 사건 등이 있다. 이 마지막 사건에 대해서는 지금까지도 기억하는 사람이 있을 줄로 아는데, 셜록 홈즈는 죽은 사람의 시계태엽을 감아 보고, 그 시계가 두 시간 전에 태엽을 감았다는 사실을 추리하여 사건 해명에 최대의 공헌을 한 것을 기억하는 사람도 있을 것이다. 이러한 모든 사건에 대해서 기회가 있으면 집필하게 될지도 모르는데, 그러나 그 어느 것을 놓고 보아도 지금 여기서 쓰려고 하는 일련의 기괴한 상황만큼 이상한 양상을 띤 사건은 없다.

그것은 9월 하순, 추분의 폭풍이 예년보다 더 사납게 몰아치던 어느 날이었다. 온종일 바람이 사납고 비는 세차게 창문을 두드려서 우리들은 인공의 대도시 런던의 한복판에 있으면서도 잠시 동안 일상생활의 감각을 잃고 말았다. 자연의 맹위가 우리 속에 갇힌 야수처럼 문명의 쇠창살을 통해 인류에게 짖어대고 쫓아오는 것을 새삼스럽게 인식하지 않을 수 없었다. 저녁때가 되자 폭풍우는 더욱 사나워져서 바람은 굴뚝 속에서 어린애처럼 울부짖기도 하고 흐느껴 울기도 하고 있었다. 셜록 홈즈는 시무룩한 얼굴로 난로 옆에 앉아 범죄 기록의 대조 색인을 뽑고 있었고, 나는 홈즈의 맞은편에 앉아서 클락 러셀(1844~1911, 영국의 해양 소설가)의 걸작 해양 소설을 탐독하고 있었는데, 마지막에는 집 밖에서 포효하는 폭풍우가 책 속으로 끼어들어 사나워진 빗소리가 마치 몰려와 부서지는 파도 소리처럼 생각되었다. 나는 아내가 숙모 집에 4, 5일간 다니러 갔기 때문에 아내가 없는 동안 다시 베이커가의 옛 보금자리에 돌아와 있었던 것이다.

"어?" 나는 문득 얼굴을 들어 친구를 보며 말을 걸었다.

"분명히 벨이 울리고 있어. 이런 밤에 누가 왔을까? 자네 친구?"

"내 친구는 자네 한 명뿐이야." 홈즈가 대답했다.

"그리고 오라고 한 사람도 없어."

"그럼 의뢰인인가?"

"그렇다면 심각한 사건이야. 이렇게 비바람 몰아치는 날에, 그것도 이런 시간에 찾아온다는 것은 여간한 일이 아니고는 어렵지. 하지만 이 집의 안주인에게 놀러 온 사람일지도 몰라."

그러나 설록 홈즈의 예상은 들어맞지 않았다. 복도에 발소리가 나고 문을 노크하는 소리가 들렸다. 그는 긴 팔을 뻗어 자기 옆에서 손님이 앉을 의자 쪽으로 램프를 돌려놓으면서 들어오라고 대답했다.

들어온 사람은 고작해야 스물두 살이 될까 말까 한 젊은 남자였다. 몸가짐이 단정하고 세련된 옷차림에 태도도 우아했다. 그가 지니고 온 물건, 물이 떨어지는 우산과 젖어서 번들거리는 레인코트로 보아 그가 걸어온 바깥의 폭풍우가 얼마나 대단한지 짐작할 수 있었다. 그는 램프가 비치는 방안을 조심스레 둘러보았는데, 얼굴은 창백하고 근심이 완연한 눈은 무언가 커다란 걱정에 싸여 있는 것 같았다.

"미안합니다. 방해가 되지 않았으면 좋겠습니다. 이렇게 조용한 시간을 보내고 계시는 때에 폭풍을 몰고 왔습니다."

남자는 금테 코안경을 눈에 대면서 말했다.

"우산과 레인코트를 주세요." 홈즈가 말했다.

"여기에 걸어 두면 곧 마를 겁니다. 남서부 쪽에서 오셨군요."

"그렇습니다. 서섹스의 호샴에서 왔습니다."

"구두 끝에 묻어 있는 점토와 백아토의 혼합물은 그 지방 특유의 것이죠."

"상담을 하려고 왔습니다."

"얼마든지."

"그리고 도움도 받고 싶습니다만."

"글쎄요, 그건 지금 장담할 수 없군요."

"명성은 익히 들었습니다, 홈즈 씨. 탱커빌 클럽 스캔들 사건에서 도움을 받은 프렌더개스트 소령이 당신 솜씨를 말씀해 주셨습니다."

"아, 그것 말입니까. 소령은 카드에서 속임수를 썼다는 누명을 썼지요."

"당신이 손을 대기만 하면 해결되지 않는 사건이 없다고 소령은 말했습니다."

"지나친 말입니다."

"실패한 적이 없다고 들었습니다."

"아니오, 난 네 번이나 실패 했어요. 남자를 상대로 세 번, 여자를 상대로 한 번."

"성공하신 예에 비하면 문제가 아닙니다."

"하긴 대체적으로 성공했다고 할 수 있지요."

"그럼 나의 경우도 성공하리라 믿습니다."

"거기 의자를 난로 가까이 끌어다 앉고, 사건을 말씀하세요."

"이상한 사건입니다."

"이곳에 오는 사건은 다 그렇습니다. 최종 상고 재판소 비슷한 곳이니까요."

"아무리 그렇다 해도, 나에게 일어난 사건만큼 기괴하고 설명하기 어려운 사건은 지금까지 겪어 보지 못하셨을 겁니다."

"호기심이 발동하는군요." 홈즈가 말했다.

"그럼, 처음부터 차근차근 중요한 사실을 말하세요. 그렇게 하면 가장 중요하다고 여기는 점을 나중에 질문할 수 있으니까."

젊은이는 의자를 당겨 앉더니 젖은 발을 불쪽으로 뻗었다.

"내 이름은 존 오픈쇼입니다. 내가 판단하기로는, 이 무서운 사건은 나와 그다지 관계가 없는 곳에서부터 일어났습니다. 왜냐하면 이것은 전대 때부터 이어져 온 사건이기 때문입니다. 그러니 사정을 보다 잘 알려 드리기 위해서는 옛날로 거슬러 올라가 이야기해야 합니다.

먼저 말씀드립니다만, 할아버지에게는 아들이 둘 있었는데 형은 일라이어스, 동생은 나의 아버지 조셉이었습니다. 아버지는 코벤트리에 작은 공장을 갖고 있었는데, 자전거가 발명되자 공장을 확장했습니다. 오픈쇼 내구 타이어 특허를 받고 나중에 그 특허권을 팔아서 상당한 돈을 만들고 여생을 편하게 지낼 수 있을 만큼 성공했습니다.

큰아버지 일라이어스는 젊은 시절에 아메리카에 건너가 플로리다에서 농장을 경영했는데, 큰아버지도 나름대로 꽤 성공했다는 소문입니다. 그러다가 남북전쟁이 일어났는데, 큰아버지는 남군의 잭슨 장군 밑에 들어가 종군했고, 그 후 후드 장군 밑에서 대령까지 진급했습니다. 그러나 1865년 남군 총사령관 리 장군이 항복을 하자 다시 농장으로 돌아가 3, 4년을 그곳에서 살았습니다. 그 후 1869년인지 70년인지, 유럽에 돌아와 호샴에 가까운 서섹스에서 작은 땅을 매입해 그곳에서 살았습니다. 큰아버지는 아메리카에서 상당한 재산을 마련했는데, 그런데도 영국에 돌아온 이유는 흑인을 몹시 싫어하여 그들에게 선거권을 주는 공화당의 정책이 비위에 맞지 않았기 때문이라 합니다. 큰아버지의 인품은 유별난 데가 많았습니다. 성미가 급하고 거칠어서 화가 나면 무지막지한 독설을 퍼부어 댔습니다. 그리고 사교를 몹시 싫어했습니다. 호샴에서도 몇 해나 살았습니다만, 그동안 한 번이라도 거리에 나간 적이 있는지 의심스러울 정도입니다. 집 주위에는 정원도 있고 밭도 있어서 그곳에서 가끔 운동도 하곤 했지만, 몇 주일 계속해서 방에만 처박혀 나오지 않는 때도 가끔 있었습니다. 큰아버지는 브랜디를 많이 마셨고 담배도 골초입니다만, 사람과 만나는 것은 질색으로 여겨서 친구가 없어도 태연했습니다. 동생에게까지 친밀감을 갖지 않는 정도였으니까요.

그러나 나만은 예외였습니다. 나는 큰아버지의 사랑을 받았습니다. 처음 만난 것이 내가 열두어 살 때이니까 그 때문이 아닌가 생각됩니다. 아마도 1878년으로 기억합니다만, 큰아버지가 영국으로 돌아와 8, 9년이 지났을 때입니다. 큰아버지는 아버지의 승낙을 받고 나를 당신 집에 데려다 놓았는데 큰아버지 나름대로 나에게는 꽤 다정하게 대해 주었습니다. 술을 마시지 않을 때는 나를 데리고 주사위 놀이나 체스를 하는 것을 좋아했고 또 하인이나 드나드는 상인에 대해서는 나를 대리인으로 내세웠기 때문에 나는 열여섯 살 때부터 집안일을 처리할 수 있었습니다. 열쇠도 모두 내가 맡았으며, 큰아버지의 조용한 은둔 생활을 시끄럽게 하지 않는 한, 어디에 가서 무엇을 하든 탓하지 않았습니다. 그러나 한 가지 이상한 예외가 있었습니다. 큰아버지는 잡동사니를 쌓아 둔 지붕 밑 다락방에는 늘 자물쇠를 걸어 놓고 있었는데 거기에는 나뿐 아니라 다른 누구도 들어가는 것을 절대로 허락하지 않았습니다. 어린 나는 호기심에 열쇠 구멍으로 들여다본 일이 있는데 이런 방은 으레 그렇듯이 헌 트렁크와 올망졸망한 보따리 등 너절한 것들이 뒤섞여 있는 것이 보일 뿐이었습니다.

1883년 3월의 어느 날 아침, 외국 우표가 붙은 편지 한 통이 '대령님' 식탁의 접시 앞에 놓여 있었습니다. 큰아버지의 집은 모든 것을 현금으로 지불했고, 교제하는 사람도 없어서 편지가 오는 것은 드문 일이었습니다. 그 편지는 인도에서 왔다고 큰아버지는 말씀하셨습니다. '폰디체리 우체국 소인이 찍혔어. 대체 무엇일까?' 큰아버지는 급히 봉투를 뜯었습니다. 그러자 봉투 속에서 건조한 작은 오렌지 씨 다섯 개가 후드득 접시 위로 떨어졌습니다. 나는 그것을 보고 웃음이 나왔습니다만, 큰아버지의 얼굴을 보는 순간 웃음은 쏙 들어갔습니다. 큰아버지는 입술이 아래로 축 처지고 눈은 부릅떴으며 얼굴은 잿빛이 되었습니다. 그리고 떨리는 손으로 봉투를 든 채 가만히 노려보고 있는 것입니다. 'KKK다!' 큰아버지는 쥐어짜는 듯한 목소리로 외쳤습니다. '아, 드디어 나도 죗값을 치러야 할 날이 왔는가!' 큰아버지의 괴로운 표정을 보고 왜 그러는지 물어보자 '애야, 이것은 죽음이다.'라는 말만 내뱉고는 식탁을 떠나 방으로 들어갔습니다.

그 자리에 남아 있는 나는 두려움으로 떨 뿐이었습니다. 봉투를 보니까 봉함을 하기 위해 풀칠을 하는 곳 바로 위에 K자가 빨강 잉크로 휘갈겨 써 있었습니다. 그 외에는 마른 오렌지 씨가 다섯 개 들어 있을 뿐 아무것도 없었습니다. 큰아버지의 그 소름끼치는 듯한 공포의 원인은 무엇일까. 식사를 중단하고 위층으로 올라가려고 했는데, 한 손엔 그 다락방의 것이 틀림없는 녹슨 열쇠를 들고 다른 한 손에는 돈 상자인 듯한 작은 놋쇠 상자를 들고 내려오는 큰아버지와 계단 중간에서 마주쳤습니다. '멋대로 하라지! 난 절대로 지지 않아.' 큰아버지는 혼자 저주의 말을 중얼거리더니 나를 보고 말했습니다. '메어리에게 내 방에 불을 넣으라고 해라. 그리고 호샴의 포덤 변호사를 불러.' 시키는 대로 하여 변호사가 오자 저도 같이 방에 불려 들어갔습니다. 방에는 활활 난롯불이 타고 있었는데, 종이를 불태운 자리에는 푸시시한 검은 재가 떨어져 있었습니다. 그 옆에는 아까의 놋쇠 상자가 뚜껑이 열린 채 있는데, 속에는 아무것도 없었습니다. 보니까 놀랍게도 그 뚜껑에는 아침에 봉투에서 본 것과 똑같은 K자 세 개가 나란히 써 있는 것이었습니다.

'존, 내 유언장의 증인이 되어라. 나는 이곳의 땅을 모두 동생인 너의 아버지에게 물려주려고 한다. 따라서 그 다음에는 네가 상속받게 된다. 이 땅을 무사히 유지해 나갈 수만 있다면 그보다 더 큰 다행은 없다. 그러나 만일 그렇게 할 수 없을 경우에는 너를 위해서 하는 말이니, 악마 같은 적에게 시원스럽게 주어야 한다. 결과적으로 이득이 될지 손해가 될지 알 수 없는 재산을 물려주게 되어 유감이지만, 그러나 현 단계에선 사태가 어떻게 변할지 알 수 없다. 자, 포덤 씨가 가리키는 곳에 서명해라.'

지시하는 곳에 내가 서명을 하자 변호사는 그 종이를 갖고 갔습니다. 물론 나는 이 일이 이상스럽기도 했지만, 왠지 마음속에서 떨어지지를 않아 이리저리 생각해 보았습니다만, 도무지 영문을 알 수 없었습니다. 그러다 보니, 남은 건 정체를 알 수 없는 공포감뿐이었는데, 그것도 날이 지나감에 따라 점점 흐려져 나중에는 아무 일 없이 평범하게 보내게 되었습니다. 다만 큰아버지는 옛날의 큰아버지가 아니었습니다. 술은 더욱 늘었고 다른 사람과의 접촉은 전보다도 더 꺼리게 되었습니다. 거의 하루 종일 방에 틀어박혀 안에서 문을 잠그고 있었는데, 어쩌다 밖에 나오면 엉망으로 술에 취해서 권총을 들고 집 밖으로 뛰쳐나가 정원을 미친 듯이 뛰어다니면서 나는 그 무엇도 두렵지 않다, 악마 아니라 그보다 더한 것이 온다 해도 양처럼 우리에 갇히지 않는다, 하면서 외치는 것이었습니다. 그러나 이 광란의 발작도 진정이 되면 허겁지겁 방안으

로 도망쳐 들어가 빗장을 내리고 자물쇠를 걸어 마음 밑바닥에 도사리고 있는 공포에 대해 더는 대항할 여력이 없는 듯이 녹초가 됐습니다. 나는 그런 순간의 큰아버지의 얼굴을 본 적이 있는데 추운 날에도 마치 세면기에서 막 얼굴을 쳐든 것처럼 땀으로 젖어 있었습니다.

홈즈 씨, 매우 지루했겠지만 이 긴 이야기도 끝날 때가 되었습니다. 어느 날 밤, 큰아버지는 여느 때처럼 술에 취해 집을 뛰쳐나가 돌아오지 않았습니다. 결국은 제가 찾아 나섰고 정원 저편에 있는 푸른 물이끼가 떠 있는 작은 연못에 큰아버지는 그만 엎어진 채 죽어 있었습니다. 폭행을 당한 흔적도 없고 연못이라고는 하지만 깊이가 2피트밖에 되지 않아 배심원은 그의 소문난 일상생활을 고려해 자살이라는 평결을 내렸습니다. 그러나 나는 큰아버지가 못 견딜 정도로 죽음을 두려워했다는 사실을 알고 있었기 때문에 자살을 하기 위해 거기까지 일부러 갔다고는 도저히 믿어지지 않았습니다. 그러나 이 사건은 배심원의 평결로 종결되어 나의 아버지는 땅과 은행에 예치한 약 1만 4,000파운드의 돈을 명의를 바꾸어 상속했습니다."

"잠깐. 당신의 이야기는 지금까지 내가 들어 온 것 중에서 가장 기괴한 것이 될 것 같소. 큰아버지가 편지를 받은 것은 언제이며, 자살이라 추정된 최후를 맞이한 날은 언제입니까?"

"편지가 온 것은 1883년 3월 10일이고, 돌아가신 것은 그로부터 7주일이 지난 5월 2일 밤입니다."

"알겠습니다. 계속하십시오."

"아버지는 호샴의 저택을 상속하자 나의 요구를 받아들여서 늘 잠겨 있는 지붕 밑 다락방을 샅샅이 조사했습니다. 그 놋쇠 상자가 있었지만 속에는 아무것도 없었습니다. 뚜껑 안에는 종이가 붙어 있는데 그 종이 위에는 K자가 셋, 밑에는, '편지. 비고. 영수증. 명부'라고 써 있었습니다. 큰아버지가 태워 없앤 서류는 그것으로 대충 짐작이 갑니다. 지붕 밑 다락방에는 이것 외에는 이렇다 할 물건이 없었지만 큰아버지의 아메리카 생활과 관련이 있는 서류와 수첩 따위가 수두룩하게 나왔습니다. 그 중에는 큰아버지가 의무에 충실한 용감한 군인이었음을 나타내는 남북전쟁 당시의 것도 있었습니다. 또한 남부 여러 주의 재건 시대 무렵의 것으로 주로 정치에 관련된 것도 있었습니다만, 이것은 전쟁 후의 혼란기를 틈타 북부에서 온 정치 모리배들에 대항하여 큰아버지가 커다란 활동을 했기 때문입니다.

아버지가 호삼에 살게 된 것은 1884년 초인데, 이듬해 1월까지는 평온한 날이 계속되었습니다. 그러나 새해를 맞이한 1월 4일 아침에 여럿이 함께 식사를 하는데, 아버지가 갑자기 큰 소리를 질렀습니다. 아버지는 한 손에 방금 뜯은 봉투를 들었고 다른 한 손은 활짝 벌리고 있는데, 손바닥에는 마른 오렌지 씨 다섯 개가 얹혀져 있는 것입니다. 아버지는 평소에 내가 큰아버지의 이야기를 하면 터무니없는 이야기라면서 웃곤 했는데, 같은 일이 자신에게 일어나자 웃기는커녕 겁이 더럭 나는 모양이었습니다.

'존, 이건 어찌된 일이냐?' 아버지는 말을 더듬었습니다. 내 마음은 납덩어리처럼 무거워졌습니다. 'KKK예요.' 아버지는 봉투 안을 살펴보았습니다. 그러고는, '응, 그렇구나.'라며 외쳤습니다. '여기에 그렇게 써 있다. 그런데 그 위에 있는 이것은 무슨 뜻일까? 존, 서류를 해시계 위에 놓아라.' 저는 아버지의 어깨 너머로 들여다보며 읽었습니다. '서류는 뭐야? 그리고 해시계는 또 뭐고?' 아버지가 물었습니다. '정원에 있는 해시계 말이겠죠. 그것 말고 또 있겠어요.' 나는 대답했습니다. '그러나 서류는 큰아버지가 태워 없애지 않았을까요?'

'음!' 아버지는 간신히 신음하듯 말했습니다. '여기는 문명국이다. 이런 돼먹지 않은 장난이 어디 있어. 도대체 어디서 이따위 편지를 보냈을까?'

내가 소인을 보고 '스코틀랜드의 던디에서 온 겁니다.'라며 대답했습니다.

'정말 돼먹지 않은 장난이다. 내가 서류나 해시계 따위와 무슨 관계가 있단 말인가. 이런 시시한 일에 일일이 신경 쓸 필요는 없다.'

'저 같으면 경찰에 신고하겠어요, 아버지.' 내가 말했습니다.

'경찰에? 일부러 경찰에까지 가서 웃음거리가 되라는 말이냐? 난 싫다.'

'그럼, 저에게 맡겨 주세요.'

'그것도 안 된다. 이런 장난에 말려들어서는 안 된다.'

아버지가 한 번 안 된다면 안 되는 거지, 그 말이 다시 번복된 예는 일찍이 없었습니다. 그러나 나는 불길한 예감으로 겁이 나서 어찌할 바를 몰랐습니다. 편지가 온 지 사흘째가 되는 날에 아버지는 포츠다운 힐의 요새 사령관으로 있는 옛 친구 프리바디 소령을 찾아가셨습니다. 집에 안 계시면 그만큼 위험이 적을 것 같아, 나는 아버지의 외출에는 찬성이었습니다. 그런데 사실은 그것이 잘못이었습니다. 아버지가 떠나고 이틀 후 소령으로부터 곧 오라는 전보가 왔습니다. 아버지는 그 부근 일대에 파여 있는 백악갱 하나에 추락하여 두개골이 깨져 인사불성으로 쓰러져 있었던 것입니다. 나는 즉시 달려갔지만, 아버지는 한 번도 의식을 회복하지 못한 채 그대로 숨을 거두고 말았습니다. 아버지는 그곳 지리에 어두운 데다 백악갱에는 울타리가 없어서, 검시재판의 배심원은 크게 조사해 볼 것도 없이 쉽게 사고사라는 판정을 내렸습니다. 나는 아버지가 죽었을 때의 상황을 세밀하게 조사해 보았으나, 타살이라 생각할 만한 점은 하나도 발견하지 못했습니다. 폭행을 당한 흔적도, 발자국도, 또한 도난 당한 사실도 없으며, 부근을 낯선 사람이 걸어 다니는 것을 본 사람도 없었습니다. 하지만 나의 마음에는 그래도 불안이 남았습니다. 무시무시한 음모와 계략이 아버지를 에워싸고 있었다고 99퍼센트까지 확신했습니다.

이러한 석연치 않은 일로 하여 내가 유산 상속인이 되었습니다. 왜 집을 처분하지 않았느냐고 물으시겠지요. 내 생각으로 우리에게 닥쳐 있는 재난은 큰아버지의 일신상에 일어난 모종의 사건에 얽힌 것이라서 집을 옮긴다고 해서 위험이 줄어들지는 않는다는 생각이 들었기 때문입니다.

아버지가 돌아가신 것은 1885년 1월인데, 그로부터 2년 8개월이 무사히 지나갔습니다. 나는 그동안 호샴에서 행복한 생활을 보냈고, 이렇게 나간다면 우리 집안에 내린 저주도 큰아버지와 아버지 대에서 끝난다고 생각하기 시작했습니다. 그러나 나의 이러한 낙관적인 생각은 너무 빨랐던 것 같았습니다. 왜냐하면, 바로 어제 아침에 아버지의 일신에 닥쳐

온 것과 같은 형태로 나에게도 무서운 조짐이 찾아온 것입니다."

젊은이는 조끼 주머니에서 구겨진 봉투를 꺼내더니, 테이블 위에 오렌지 씨 다섯 개를 쏟아 놓았다.

"이것이 그 봉투입니다. 소인은 런던 동부로 되어 있습니다. 봉투 속에는 아버지가 받으신 것과 똑같은 내용의 글이 들어 있습니다. 'KKK' 그리고 그 밑에, '서류를 해시계 위에 놓아라.'라고 쓰여 있습니다."

"그래서 당신은 어떻게 했습니까?"

"아무것도 하지 않았습니다."

"아무것도 하지 않았다니요?"

"사실은 어떻게 해야 좋을지 모르겠습니다. 마치 뱀의 놀림을 받은 토끼가 된 기분입니다. 저항할 길이 없는 무자비한 악마의 손에 붙잡혀서, 아무리 앞을 내다보고 조심을 해도 살아나지 못할 것 같은 예감이 듭니다."

"아니오, 아니오! 당신은 신속하게 행동하지 않으면 당합니다. 당신을 구하는 것은 활동력뿐입니다. 절망만 하고 있을 때가 아닙니다."

"경찰에 신고를 했습니다."

"그래서요?"

"사정을 이야기했더니 웃더군요. 아마 편지가 모두 장난이고, 큰아버지와 아버지의 죽음은 배심원이 평결했듯이 완전한 사고로써, 편지하고는 아무 관계가 없다고 생각하는 모양입니다."

"어처구니없도록 어리석은 것들!"

"그래도 저의 집을 보호하기 위해 경관 한 명을 보냈습니다."

"오늘 밤에도 당신과 함께 왔습니까?"

"아뇨, 집을 지키라는 명령이니까요."

홈즈는 또 미친 사람같이 주먹을 휘둘렀다.

"당신은 왜 이곳에 왔습니까? 아니, 왜 즉시 오지 않았습니까?"

"몰랐으니까요. 사실은 오늘 처음 프렌더개스트 소령에게 털어놓고 이야기를 했더니 당신을 찾아보라고 권하더군요."

"편지가 온 지 벌써 이틀이나 지났습니다. 더 일찍 손을 써야 했소.

지금 보여 주신 것 외에 다른 자료는 없습니까? 단서가 될 만한 아주 사소한 거라도."

"하나 있습니다. 큰아버지가 서류를 태운 날, 담뱃재 속에 타다 남은 메모지가 이것과 똑같은 색이었습니다. 이 한 장은 바닥에 떨어져 있었는데, 많은 종이 중에서 한 장만 빠져서 타지 않고 남은 것이 아닐까요, '씨'라는 글씨가 보이는데 다른 문구는 별로 도움이 될 것 같지 않습니다. 제가 보기에는 비밀 일기의 한 부분인 것 같습니다. 필적은 틀림없이 큰아버지의 것입니다."

홈즈가 램프를 움직일 때 나도 함께 들여다보았는데, 종이의 한쪽이 톱날 모양이라 노트에서 뜯어낸 것을 알 수 있었다. 위쪽에 1869년 3월이라 적혀 있고, 그 밑에 다음과 같은 묘한 말들이 나열되어 있었다.

4일, 허드슨 옴. 태도는 변함없음.
7일, 매콜리, 파라모어, 세인트 오거스틴의 스웨인에게 씨를 발송.
9일, 매콜리 떠남.
10일, 존 스웨인 떠남.
12일, 파라모어 방문. 만사 순조로움.

"고맙습니다." 홈즈는 종이를 접어서 손님에게 돌려주며 말했다.

"자, 이제 잠시도 우물쭈물하고 있을 수 없습니다. 이야기 내용을 여기서 검토하고 있을 여유도 없습니다. 즉시 돌아가서 행동을 개시하십시오."

"뭘 해야 합니까?"

"할 일은 한 가지입니다. 그것도 즉시 해야 합니다. 먼저, 보여 주신 이 종이를 이야기한 놋쇠 상자에 넣어야 합니다. 그리고 다른 서류는 큰아버지가 모두 태우고 이것 한 장밖에 남지 않았다고 써서 그 노트도 함께 상자에 넣어요. 상대가 납득할 수 있도록 잘 써야 합니다. 그 일이 끝나면 편지에 지시한 대로 즉시 해시계 위에 상자를 내놓으시오. 알았습니까?"

"네."

"지금은 복수를 하느니 하는 따위 생각을 해서는 안 됩니다. 그것은 법률의 힘이라야 가능하다고 생각하세요. 그러나 지금은 적이 이미 그물을 쳐 놓고 있으니까, 우리도 그물을 쳐 놓아야 합니다. 그렇게 하려면 당신에게 닥쳐올지도 모르는 눈앞의 위험을 먼저 제거하는 것이 첫째입니다. 수수께끼를 풀고 악인을 징계하는 것은 그 다음 일입니다."

"고맙습니다." 젊은이는 일어서서 코트를 입었다.

"당신은 저에게 재생의 희망을 주셨습니다. 꼭 말씀하신 대로 실행하겠습니다."

"1분 1초라도 헛되이 할 수 없습니다. 그리고 무엇보다도 몸조심해야 합니다. 당신 신변에 무서운 위험이 닥쳐오고 있는 것은 확실한데, 어떻게 가실 생각입니까?"

"워털루 역에서 기차로."

"아직 아홉 시 전이오. 사람의 왕래가 꽤 있을 테니까 별 염려는 없을 겁니다. 그래도 충분히 주의는 해야 합니다."

"저는 무기를 갖고 있습니다."

"좋습니다. 내일부터 조사에 착수하겠습니다."

"그럼 호샴에 오시겠습니까?"

"아닙니다. 수수께끼의 근본은 런던에 있습니다. 나는 이곳에서 사건을 규명하겠소."

"그럼, 상자를 해시계 위에 올려놓고 결과를 알려 드릴 겸해서 2, 3일 안으로 다시 방문하겠습니다. 충고는 꼭 지키겠습니다."

젊은이는 악수를 하고 나서 문 밖으로 나갔다. 집 밖에는 여전히 바람이 휘몰아치고 빗줄기는 세차게 창문을 두드리고 있었다. 이 이상하고 흉포한 이야기는 미쳐 날뛰는 자연 속에서-폭풍우에 휩쓸려 온 해초처럼-우리 앞으로 다가왔다가 지금 다시 폭풍우에 휘말려 간 것처럼 느껴졌다.

셜록 홈즈는 한동안 말없이 고개를 숙이고 난로의 불을 보고 있었다. 그러더니 파이프에 불을 붙이고, 의자 등받이에 몸을 기대어 천장으로 올라가는 푸른 담배 연기를 올려다보았다.

"왓슨, 우리의 경험으로 이런 기괴한 이야기는 처음인 것 같네."

"그렇군. '네 명의 기호'에 버금가는 사건이야."

"정말 그래. 그건 특별했어. 하지만 이번의 존 오픈쇼라는 젊은이가 그때의 숄토 일가보다도 더 무서운 위험 속을 걷고 있는 것 같아."

"그렇다면 위험이 어떤 내용인지 자네는 알고 있다는 말인가?"

"위험의 성질은 알고 있어."

"그러면 어떤 사건인가? KKK란 무엇인가? 그리고 왜 그 불행한 일가만 노리는 것일까?"

셜록 홈즈는 눈을 감은 채 양쪽 팔꿈치를 의자의 팔걸이에 얹고 손가락 끝을 맞붙였다.

"이상적인 추리가는 갖가지 의미를 내포하는 사실이 하나 제시되면, 거기에 이르기까지의 일련의 사물을 빠짐없이 추리할 뿐 아니라, 다시 그 사실에서 발전해 나가는 장래의 결과도 다 내다보는 거라네. 큐비에(1769~1832, 프랑스의 박물학자)가 뼈 하나를 관찰하는 것만으로 그 동물의 전체 모습을 정확히 그릴 수 있듯이, 연속된 사건의 한 고리를 충분히 이해할 수 있는 관찰자는 그 앞뒤에 연결되는 고리들도 모두 정확히 설명할 수 있지. 결과는 아직 잡지 못했지만, 그것은 추리만으로 도달할 수 있지. 사람들이 감각으로 해결하려다가 번번이 실패한 사건도 서재에서 해결할 수도 있다는 말이네. 그러나 이 추리술을 완전하게 발휘하기 위해서는 추리가가 알고 있는 사실을 빠짐없이 활용할 수 있어야 해. 그렇게 하면 자네도 곧 알게 되겠지만. 모든 지식을 알고 있지 않으면 안 돼. 이것은 지금처럼 무료로 교육을 받고 백과사전이 보급된 시대에도 흔치 않은 소양이 아닐 수 없네. 그러나 자기가 하는 일에 필요하다고 생각되는 범위 내에서 모든 지식을 몸에 지니는 것은 불가능하지는 않네. 나는 그 노력을 했어. 언제였더라, 우리들이 처음 알게 된 무렵에 자네는 나의 지식의 한계를 매우 정확하게 판정한 적이 있었지."

"있었지." 나는 웃으며 말했다.

"재미있는 표를 만들었었지. 나의 기억으로는 철학, 천문학, 정치에 대한 지식은 제로였네. 식물학은 확실치 않고, 지질학은, 런던 주변 50마일 이내의 흙이나 먼지를 식별할 수 있고, 화학은 한쪽에 쏠려 있고, 해부학은 체계적이 아니었지. 선정 문학이나 범죄 기록에 대해서는 타

의 추종을 불허했고, 그밖에 바이올린, 권투, 검술의 달인, 법률에 밝고 코카인과 담배 중독자. 내가 분석한 중요한 내용은 대체로 이런 정도였지."

홈즈는 마지막 항을 말했을 때 씩 웃었다.

"그래서 말인데, 그때도 말했듯이 두뇌라고 하는 조그만 다락방에는 즉시 꺼내어 쓸 수 있는 도구만 넣어 두고, 나머지는 필요할 때 언제든지 꺼낼 수 있는 서재에 던져두면 되네. 자, 이제 오늘 밤에 들은 사건에 대해 이야기하지. 이런 문제에는 우리들이 축적해 둔 것을 모두 꺼내야 할 필요가 있어. 미안하지만 그 선반에서 아메리카 백과사전의 K 항목을 꺼내 주게. 고마워. 자, 이제부터 상황 판단에 의해 어떤 것이 추출되어 나오는가를 보세. 맨 먼저, 오픈쇼 대령이 아메리카를 떠난 것은 무언가 분명한 이유가 있어서였다는, 지극히 당연한 추정에서부터 출발해 보세. 사람은 그 나이가 되면 습관을 좀처럼 바꾸기 어려워. 더구나 그 대령은 기후가 좋은 플로리다를 버리고 일부러 영국의 시골구석으로 들어가 고독한 생활을 시작했지. 영국에 돌아온 후부터는 다른 사람과 교제를 피해 온 것을 보면 그가 누군가를, 혹은 무엇인가를 두려워하고 있었다는 암시를 받네. 이로써 그가 아메리카를 떠난 것은 그 누군가가 아니면 그 무엇을 두려워했기 때문이라는 가정이 성립되네. 그렇다면 그가 무엇을 두려워했는가에 대해서는 그 자신이나 상속인들이 받은 무서운 편지를 가지고 추측할 수밖에 없어. 자네는 편지 세 통에 찍힌 소인을 주의해서 보았나?"

"처음 것은 인도의 폰디체리, 다음 것은 스코틀랜드의 던디, 마지막 것은 런던이었어."

"런던의 동부야. 거기서 생각나는 것이 없나?"

"모두 항구야. 보낸 사람은 배를 타고 있겠지."

"훌륭해! 이미 단서를 하나 잡은 거야. 보낸 사람이 배를 타고 있는 남자라는 점은 틀림없을 것 같아. 커다란 가능성이 보이는군. 다음은 다른 방향에서 생각해 보세. 폰디체리에서 편지를 보낸 경우는 협박장을 내고 참극이 일어나기까지 7주일이 걸렸어. 던디의 경우는 불과 3, 4일이야. 이것에서 뭐 떠오르는 것 없나?"

"그만큼 장거리 여행이라는 것이지."

"그러나 편지도 그만큼 장거리 여행을 하고 있네."

"그 말을 들으니까 또 모르겠군."

"적어도 그… 또는 그들이 타고 있는 배가 범선이라는 추정은 할 수 있어. 그들은 사명을 띠고 출발하기 전에 그들의 기묘한 경고문이나 씨를 보낸 모양이야. 던디에서 보냈을 때는 암호 뒤에 곧 실행을 했으니까. 만약 그들이 폰디체리에서 기선으로 왔다고 하면 편지는 거의 동시에 도착했을 거야. 그러나 실제로는 7주일이나 늦게 왔어. 이 7주일이란, 편지를 운반한 우편선과 발송인이 타고 있는 범선과의 속도 차이를 의미한다고 생각해."

"그럴지도 모르지."

"그럴지도 모르지가 아니라 그게 확실해. 그러므로 이번 경우는 사태가 매우 절박하다는 것을 알 수 있네. 그렇기 때문에 오픈쇼에게 조심하라고 주의를 한 것이지. 참극은 두 번 다 발송인이 발송지에서 이쪽으로 여행해 올 만한 날짜를 두고, 그 뒤 즉시 일어났어. 그런데 이번에는 발신지가 런던이라, 1초도 지체할 수 없어."

"큰일이군." 내가 소리쳤다.

"그런데 이 잔인한 박해는 대체 무엇을 의미하지?"

"오픈쇼 대령이 갖고 있던 서류는 범선에 타고 있는 한 사람 내지 몇 사람들에게는 생명에 관계될 만큼 중요한 것이겠지. 나는 아무리 봐도 몇 사람은 된다고 믿어. 혼자서는 검시재판의 배심원을 속일 수 있을 정도로 교묘하게 두 번이나 살인을 하지 못해. 적어도 세 사람이나 네 사람은 되며, 모두 계략에 뛰어나고 대담한 놈들이야. 그리고 그들이 찾는 서류가 누구의 손에 있더라도 반드시 빼앗을 생각이야. 여기까지 오면 KKK란 개인의 머리글자가 아니라 어떤 단체의 기호라는 것을 자네도 알 것이네."

"그렇다면 어떤 단체일까?"

"자네는—" 셜록 홈즈는 몸을 내밀며 소리를 낮추었다.

"쿠 클럭스 클랜이라는 말을 들어본 적이 있나?"

"없어."

홈즈는 무릎 위의 백과사전의 페이지를 넘겼다.

"여기 있네."

쿠 클럭스 클랜-총의 격철을 세울 때의 소리와 비슷하게 만든 기묘한 이름이다. 이 무서운 비밀 결사는 남북전쟁 후 남부 여러 주의 일부 군인들로 조직되어 순식간에 전국으로 퍼졌다. 특히 테네시, 루이지애나, 남북 캐롤라이나, 조지아, 플로리다의 각 주에서 지부가 결성되었다. 정치 목적, 주로 흑인 유권자를 위협하고 반대 의견을 가진 인물을 살해하거나 거주지에서 추방하는 것을 일삼았다. 일반적으로 폭력 행사에 앞서 노리는 인물에 대해 경고를 했는데, 그것이 어느 지방에서는 작은 참나무 가지, 다른 지방에서는 멜론이나 오렌지 씨 등의 기괴하지만 일반에게 널리 알려진 방법을 썼다. 이 경고를 받은 사람은 공개적으로 자신의 언행에 대해 수정을 하거나 도망간다. 만일 이것에 도전을 하면 반드시 죽음의 사자의 방문을 받게 되는데, 그 방법은 기발하고도 예측하기 어려운 것이었다. 결사의 조직이 완벽하고 또한 실행 방법이 조직적이었으므로, 경고에 거역하고도 죽음을 모면한 기록이나 범죄가 검거되었다는 기록은 찾아볼 수 없다. 이 결사는 아메리카 정부나 남부 사회의 선량한 사람들의 노력에도 불구하고 수년 간 전성을 구가했으나, 1869년에 갑자기 활동을 중지했다. 그러나 그 후에도 같은 종류의 단체가 산발적으로 나타났다.

"이것으로 알 수 있듯이—"

홈즈는 사전을 밑에 놓으면서 계속 말했다.

"결사가 갑자기 활동을 중지한 것이 오픈쇼 대령이 아메리카에서 서류를 가지고 귀국한 시기와 일치하고 있어. 여기에 인과관계가 있는지도 몰라. 대령과 그 일족이 집념 강한 잔당이 해치려 하는 대상이 되었던 점도 이상하지 않지. 기록이나 일기가 남부의 일부 지도자와 관계가 있는 것일지도 모르고, 그것을 찾을 때까지는 안심하고 잠을 자지 못하는 사람이 많을지도 모르는 것은 자네도 쉽게 짐작할 수 있지."

"그러면 아까 본 노트의 한 페이지는—"

"우리들이 상상한 그런 거겠지. 내 기억이 정확하다면 'A. B. C.에 씨를 보냈다'고 써 있었지. 그건 즉 조직의 협박장을 보냈다는 뜻이네. 다음에 'A와 B가 떠났다'로 돼 있는데, 그것은 도망갔다는 것이고, 끝으로 'C가 방문을 받았다'는 것은 틀림없이 불길한 것을 의미하네. 여보게, 왓슨. 우리는 어쩌면 암흑세계에 약간이나마 메스를 가하게 될지도 모르겠어. 그리고 존 오픈쇼는 내가 말한 방법 말고는 달리 살 길이 없을 거야. 자, 이로써 오늘 밤에 할 이야기는 다한 셈이니 거기 바이올린이나 집어 줘. 이 지독한 날씨와 그보다 더 지독한 인간 세상을 30분 정도 잊도록 하지."

다음 날 아침은 날씨가 활짝 개었다. 태양은 대도시 위에 덮인 엷은 안개를 통해 부드러운 햇빛을 내리고 있었다. 내가 내려가 보니까, 셜록 홈즈는 벌써 아침식사를 하고 있었다.

"미안, 자네를 기다리지 않았네." 홈즈가 말했다.

"오늘은 오픈쇼 사건으로 매우 바쁠 것 같아서 말이야."

"어떤 조치를 하려나?"

"처음 조사한 결과에 달렸어. 결국은 호샴에 가게 되겠지만."

"먼저 거기부터 가는 게 아니고?"

"시내에서부터 시작하겠어. 벨을 울려 주게. 하녀가 자네의 커피를 갖고 올 거야."

커피를 기다리는 동안 나는 테이블에서 아직도 접힌 채로 있는 신문을 들어 읽기 시작했다. 문득 어떤 제목이 눈에 들어와 나는 오한을 느꼈다.

"이봐, 홈즈. 이미 늦었어!" 나는 외쳤다.

"뭐?" 홈즈는 커피 잔을 놓으면서 말했다.

"혹시나 하고 있었는데, 어떤 방법으로 당했나?"

그의 음성은 조용했으나 강한 충격을 받은 것만은 분명했다.

"오픈쇼라는 이름이 눈에 띄었지. '워털루 다리 부근의 참극'이라는 제목이야. 읽어 보게."

 어젯밤 9시에서 10시 사이에 H서의 쿡 순경은 워털루 다리 부근에서 근무 중, 사람 살리라는 외침과 물이 튀는 소리를 들었다. 행인이 몇 명 달려와 협력했으나 심한 비바람과 어둠 때문에 구조는 엄두도 낼 수 없었다. 그러나 경보에 의해 수상 경찰이 출동, 사체 인양에는 성공했다. 신원은 주머니에 들어 있던 봉투에 의해 호샴 부근에 사는 존 오픈쇼라는 신사로 판명되었다. 그는 막차를 타기 위해 역으로 급히 가던 중 칠흑 같은 어둠 때문에 길을 잘못 들어 증기선 선착장에 실족한 것으로 추정된다. 사체에는 폭행의 흔적이 발견되지 않아 불행한 사고사가 틀림없다. 이 결과 선착장의 상태에 대해 앞으로 당국이 주의를 해야 할 것이다.

우리들은 잠시 말을 잊었다. 나는 지금까지 홈즈의 그런 침울하고 실망한 표정을 본 적이 없다.

"왓슨, 나는 자존심에 상처를 입었어." 홈즈가 말했다.

"물론 이것은 하찮은 개인감정이지만, 나의 자존심은 상처를 입었어. 이렇게 되면 나도 모른 체할 수 없는 문제야. 이 목숨이 있는 한 반드시 그 악당들을 체포하고 말겠어. 생각다 못해 나에게 의지하려고 찾아왔다가 돌아가는 길에 무참히 죽음을 당하다니!"

그는 의자에서 일어섰다. 얼굴은 붉게 상기되어 있었지만 창백했고, 가늘고 긴 두 손을 신경질적으로 맞잡았다 놓았다 하면서 흥분을 누르지 못하고 방안을 왔다 갔다 했다.

"간교한 악마들 같으니! 어떤 방법으로 그곳까지 유인했을까? 강변 길은 역으로 가는 길이 아니야. 다리 위에는 그런 폭풍우 몰아치는 밤이라도 사람의 왕래가 많아서 범행을 하기에는 적합하지 않았던 거야. 좋아, 왓슨, 누가 최후의 승리자가 되는지 지켜보게. 나는 이제부터 시작이야."

"경찰서에 가려나?"

"아냐, 내가 경찰이 되겠어. 내가 그물을 쳐 놓으면 경찰이 파리 정도는 잡겠지만, 그렇지 않으면 그들은 아무것도 못해."

나는 그날은 온종일 본업인 의사 일로 바빠서, 베이커가에 돌아간 것은 밤이 되어서였다. 셜록 홈즈는 아직도 돌아오지 않았다가 10시 가까이 되어 지쳐서 창백한 얼굴로 돌아왔는데, 들어오자마자 찬장 문을 열더니 빵을 꺼내어 물을 마셔 가면서 허겁지겁 먹기 시작했다.

"배가 고팠나?" 내가 말했다.

"배고파 죽을 것 같았네. 먹는 것을 잊고 있었어. 아침부터 아무것도 먹지 않았어."

"아무것도?"

"그래. 먹어야 한다는 생각을 할 겨를이 없었어."

"그래, 일은 잘 되었나?"

"응."

"단서를 잡았군."

"놈들은 내 손안에 있어. 오픈쇼의 원수를 갚을 날도 멀지 않네. 자, 왓슨, 이번에는 우리가 놈들에게 악마적인 암호를 보내세. 이건 멋진 착상이야."

"뭐라고?"

홈즈는 찬장에서 오렌지를 꺼내더니, 잘게 쪼개어 테이블 위에 씨를 발라내었다. 그리고 그 가운데 다섯 개를 봉투에 넣고, 봉투의 접혀진 안쪽에다 'J. O.의 대리 S. H.(존 오픈쇼의 대리 셜록 홈즈)'라고 썼다. 봉함을 하고 겉에다 '아메리카 조지아 주 사반나 항 세 돛대 범선 론스타 호 선장 제임스 캘하운 씨' 라고 수신인의 이름을 썼다.

"배가 항구에 들어가면 이것이 기다리고 있을 거야. 놈은 이것을 보고 밤잠도 설치게 될 것이네. 오픈쇼가 떠밀려 죽었을 때와 같이, 편지를 보면 피할 수 없는 운명이 예고되었다고 느낄 걸세."

"그 캘하운 선장은 누구야?"

"일당의 두목이야. 다른 놈들도 해치우겠지만, 우선 두목부터야."

"어떤 방법으로 알아냈나?"

홈즈는 주머니에서 날짜와 이름이 가득 적힌 커다란 종이를 꺼냈다.

"나는 오늘 하루 종일 로이드 선박 등록부와, 옛 신문을 조사하여 1883년 1월부터 3월까지 폰디체리에 기항한 배의 그 후의 동정을 조사했어. 지난 두 달 동안의 보고에 의하면, 톤 수가 큰 배는 서른여섯 척이었네. 그 중에서 론스타 호라는 배가 나의 관심을 끌었네. 왜냐하면 런던에서 출항한 것으로 되어 있지만, 이 배의 이름은 아메리카 어느 주의 별명이거든."

"텍사스지?"

"글쎄, 거기까지는 기억하지 못했고 지금도 자신이 없어. 아무튼 아메리카 선박은 틀림없다고 단정했네."

"그래서 어떻게 했나?"

"다음에 던디 항의 기록을 조사해 보니까, 론스타 호가 1885년 1월에 기항했다는 것을 알았어. 그래서 혐의는 확신으로 변했지. 그 다음에는 현재 런던 항에 정박해 있는 배를 조사했지."

"그랬더니?"

"론스타 호는 지난주에 들어와 있었어. 즉시 템스 강의 앨버트독에 달려갔더니, 아침에 썰물을 타고 사반나 항을 향해 귀항길에 올랐다는 것을 알았어. 강어귀인 그레이브스엔드에 전보로 문의했더니 조금 전에 그곳을 통과했다는 대답이었고 바람은 동풍이었으니 지금쯤은 굿윈의 여울목을 지나 와이트 섬 근처를 통과하고 있을 거네."

"앞으로 어떻게 할 건가?"

"체포한 거나 다름없네. 내가 조사한 바로는, 선원 중 순수한 아메리카인은 선장과 두 항해사뿐이었어. 그 외에는 핀란드인과 독일인이야. 그리고 배에 짐을 실었던 항만 노동자의 말에 의하면, 이 세 아메리카인은 어젯밤 모두 상륙했대. 자, 그 범선이 사반나 항구에 입항할 무렵에는 이미 이 편지가 우편선으로 도착해 있을 것이고, 그곳의 경찰한테는 이곳에서 살인 혐의를 받고 있으니 세 아메리카인을 체포해 주기 바란다는 연락이 해저 전신으로 전달되었을 거야."

그러나 인간이 세운 계획은 비록 최선을 다한 것이라 해도 어딘가에 실수가 있게 마련이다. 존 오픈쇼를 살해한 범인들은 오렌지 씨를 받지 못했고, 따라서 그들 못지않게 간교한 지혜와 뛰어난 결단력을 지닌 홈즈가 그들의 뒤를 추적하고 있다는 것을 영원히 모를 운명이 되고 말았다. 그 해의 가을 폭풍은 근래에 없는 대단한 것이었다. 우리들은 사반나 항으로부터 론스타 호의 소식이 들어오기를 기다렸으나 끝내 소식이 없었다. 그 후 가까스로 알아낸 것은, 대서양 건너의 아득히 먼 어딘가에서 보트의 부서진 선미재 한 장이 물결에 떠다니고 있었는데, 거기에는 L.S.(론스타의 머리글자)라고 새겨져 있더라는 것이다. 론스타 호의 운명에 대해서 이 이상 더 알려지는 건 영원히 없을 것이다.

제2의 얼룩

The Adventure of the Second Stain: 1886년 10월 12일(화)~10월 15일(금)

❖

 나는 「아베이 농장」의 모험을 마지막으로 더 이상 내 친구 셜록 홈즈의 뛰어난 능력을 보여 주는 사건들을 대중에게 공개하지 않을 작정이었다. 공개할 자료가 부족해서가 아니다. 아직도 전혀 언급하지 않은 수많은 사건들에 대한 기록이 있으니까 말이다. 물론 독자들이 홈즈의 독특한 성격과 유례를 찾아 볼 수 없는 사건 해결 방법에 대해 흥미를 잃어서도 아니다. 진짜 이유는 홈즈가 자신이 해결한 사건들에 대한 이야기를 계속해서 출판하는 걸 내키지 않아 하기 때문이었다. 홈즈가 탐정 일을 하고 있을 때는 그가 해결한 사건들을 알리는 일이 현실적으로 도움이 되었지만, 지금 그는 서섹스 다운에 파묻혀 연구와 꿀벌 키우는 일에만 전념하고 있다. 그런 그로서는 유명세가 싫어졌을 게 당연하다.
 그는 나에게 사건을 공개하는 문제에 대해서는 자기 의견을 따라 달라고 단호하게 말했다. 하지만 나는 「제2의 얼룩」 사건을 공개해도 될 시기가 되면 발표할 것이다. 나는 여태까지 발표한 여러 사건들의 대미를 장식할 사건은 그가 맡았던 사건 중에 국제적으로 가장 중요한 제2

의 얼룩 사건이 되어야 한다고 여러 차례 홈즈를 설득했다. 그래서 결국 나는 이 사건을 공개해도 좋다는 홈즈의 동의를 받아 냈다. 하지만 사건을 설명하는 데 있어 여간 조심스러운 것이 아니다. 만약 이 사건에 대해서 이야기하는 동안 내가 자세한 부분에 대해 다소 분명하게 밝히지 않고 적당히 넘어간다 해도, 독자 여러분은 내가 왜 그러는지 이해하리라 믿는다.

어느 해 가을, 화요일 아침이었다. 유럽 사람이라면 다 알만한 인물 두 사람이 베이커가에 있는 우리의 누추한 집을 찾아왔다. 한 사람은 높은 코에 매서운 눈매를 지녔는데, 언뜻 보기에도 위엄이 느껴지는 인물로 잉글랜드 수상을 두 번째 지내고 있는 유명한 벨린저 경이었다. 또 한 사람은 가무잡잡한 피부에 이목구비가 뚜렷한 신사로 건장한 체격에 정신적인 미덕까지 고루 갖춘 사람처럼 보였다. 아직 중년이라고는 볼 수 없는 이 점잖은 신사는 오너러블 트렐로니 호프였는데, 그는 현직 우파 의원이자 유럽 외교부 장관으로 잉글랜드에서 가장 촉망받는 정치인이었다.

벨린저 경과 트렐로니는 신문으로 어질러져 있는 긴 의자에 나란히 앉았다. 그들의 핼쑥하고 근심 어린 표정으로 봐서 한시가 급한 중요한 문제라는 것을 짐작할 수 있었다. 벨린저 수상은 푸른 혈관이 뚜렷이 보이는 가느다란 손으로 우산의 상아 손잡이를 움켜쥔 채 어두운 표정으로 나와 홈즈를 번갈아 보았다. 그 옆에 있는 호프 장관은 초조한 듯 콧수염을 잡아당기기도 하고 시곗줄에 매달려 있는 도장들을 만지작거리

기도 했다.

"홈즈 씨, 편지가 없어진 것을 발견한 건 오늘 아침 여덟 시였습니다. 그 즉시 수상에게 보고 드렸더니, 홈즈 씨에게 사건을 의뢰하자고 제안하셨습니다."

"경찰에게 알리셨나요?"

"아니오." 벨린저 수상은 그의 특징으로 알려져 있는 신속하고도 단호한 태도로 말했다.

"아직 알리지 않았고, 알릴 수도 없소. 경찰에게 알리게 되면 국민들이 알게 될 거요. 우리는 이 사건을 국민들이 알게 하고 싶지 않소."

"그건 왜 그렇습니까?"

"잃어버린 편지가 대단히 중요한 거라서, 그 내용이 알려지면 유럽의 국제 관계가 위태로워질 가망성이 크오. 평화냐 전쟁이냐 하는 문제가 그 편지에 달려 있다고 해도 과언이 아니오. 그 편지를 아무도 모르게 찾을 수 없다면 차라리 찾지 않는 편이 낫소. 편지를 훔쳐 간 자들이 노리는 바가 바로 그 편지의 내용을 알리는 것이기 때문이오."

"알겠습니다. 그런데 호프 장관님, 편지가 분실된 상황을 자세히 설명해 주실 수 있겠습니까?"

"홈즈 씨, 사실 별로 설명할 내용이 없소. 그 편지는 외국의 어느 국왕으로부터 엿새 전에 온 것이오. 워낙 중요한 편지라서 낮에는 사무실에 있는 금고에 넣어 두고, 매일 저녁마다 화이트홀 테라스에 있는 집으로 가져가서 침실에 있는 문서 보관함에 넣고 열쇠로 잠갔소. 어제 저녁에는 편지가 문서함 속에 있었소. 그 점에 대해선 확신할 수 있소. 저녁 식사를 하기 위해 옷을 갈아입으면서 문서함을 열고 편지가 안에 있는지 확인해 봤으니까 말이오. 그런데 아침에는 편지가 없어져 버렸소. 문서함은 어젯밤 내내 화장대 거울 옆에 놓여 있었소. 나는 잠귀가 밝은 편이고, 아내도 그렇소. 밤새 누군가 침실에 들어왔다면 우리 부부가 몰랐을 리가 없소. 그런데 아무도 들어오지 않았소. 어처구니없게도 아침에 편지가 사라진 거요."

"저녁 식사는 몇 시에 드셨나요?"

"일곱 시 반이오."

"그리고 얼마 후에 잠자리에 드셨나요?"

"아내가 극장에 갔었기 때문에 나는 아내가 돌아오기를 기다렸소. 우리가 침실에 들어간 시간은 열한 시 반쯤일 거요."

"그럼 문서함이 네 시간 정도 무방비 상태로 방치되었다는 말이군요."

"꼭 그렇지만은 않소. 우리 부부 외에 아무도 침실에 들어갈 수 없게 되어 있소. 물론 아침에는 가정부가 드나들거나 낮에 내 하인이나 아내의 메이드가 드나들긴 하지만, 밤에는 아무도 드나들지 못하오. 세 사람 모두 오랫동안 우리 집에서 일해 왔기 때문에 믿을 수 있는 사람들이라오. 게다가 그들은 문서함 안에 일반적인 외교부 서류들보다 중요한 게 들어 있다는 사실을 모르고 있었소."

"그럼 그 편지에 대해 알고 있던 사람은 누가 있나요?"

"집안에 있는 사람은 아무도 모르오."

"부인은 알고 계셨겠지요?"

"아니오, 모르고 있었소. 오늘 아침 그 편지가 없어진 걸 알았을 때까진 아무런 얘기를 하지 않았으니까."

벨린저 수상은 만족스럽다는 듯이 고개를 끄덕였다.

"호프 장관, 자네가 공무에 대해 강한 책임감을 가지고 있다는 건 일찍부터 알고 있었네만… 나 역시 이렇게 국가적으로 중요한 기밀은 아무리 가까운 부부 사이라도 말해서는 안 된다고 생각하네."

호프 장관은 머리를 숙였다.

"그렇게 인정해 주시니 감사할 따름입니다. 오늘 아침 편지가 없어지기 전까지 저는 결단코 아내에게 그 편지에 관해 한 마디도 하지 않았습니다."

"하지만 부인이 그 편지에 대해 짐작할 수 있지 않았을까요?"

"아닙니다, 홈즈 씨. 아내는 짐작할 수 없었을 게요. 아내뿐만 아니라 아무도 짐작할 수 없었을 게요."

"전에도 서류를 잃어버린 적이 있나요?"

"한 번도 없었소."

"잉글랜드에서 그 편지에 대해 알고 있는 사람은?"

"어제 각료 회의에서 각부 장관들에게 알려주었소. 원래 회의 내용을 외부에 알려선 안 되지만 그 편지에 관해서 수상께서 특별히 비밀을 지키도록 당부하셨습니다. 그런데 몇 시간도 채 지나지 않아 내가 그 편지를 잃어 버렸으니…"

호프 장관의 남자다운 얼굴은 갑작스레 북받쳐 오르는 절망감으로 일그러졌다. 그는 양손으로는 머리칼을 쥐어뜯었다. 잠시 동안 우리는 감정적이며 불안정한 그의 모습을 지켜보았다. 하지만 곧 그는 마음을 가라앉히고 침착한 어조로 말했다.

"장관들 외에 관계 부서에서 알고 있는 관리도 두셋 있을 거요. 이 외에는 잉글랜드에서 그 편지에 관해 아는 사람은 아무도 없소. 확실하오."

"그러면 외국에서는 어떻습니까?"

"외국에서 그 편지를 본 사람은 편지를 쓴 본인뿐이라고 생각하오. 편지가 공식적인 경로를 통해 전해지지 않은 걸로 봐서 틀림없이 그의 장관들도 몰랐을 거요."

홈즈는 잠시 생각에 잠겼다가 말을 꺼냈다.

"그런데 말입니다. 그 편지가 대체 무슨 내용이며 왜 그 편지를 분실하면 중대한 결과가 벌어지는지 더 자세히 설명해 주실 수 있겠습니까?"

수상과 장관은 재빨리 눈짓을 주고받았다. 그리고 수상은 난처한 듯 눈살을 찌푸렸다.

"홈즈 씨, 그 편지의 봉투는 길고 얇으며 옅은 푸른색을 띠고 있습니다. 붉은 밀랍으로 봉해져 있고, 그 위에는 웅크린 사자 모양의 도장이 찍혀 있소. 주소는 커다랗고 획이 굵은 필적으로—"

홈즈가 말을 가로막았다.

"물론 그런 자세한 부분에도 흥미가 있고, 실제로도 꼭 알아두어야 할 점이긴 합니다만, 제 질문은 보다 더 근본적인 문제에 관한 것입니다. 전 그 편지에 적힌 내용을 알고 싶습니다."

"홈즈 씨, 그건 아주 중요한 국가 기밀에 속하기 때문에 말씀드릴 수가 없습니다. 그리고 제 생각엔 그럴 필요도 없을 것 같은데요? 제가 익히 들어온 홈즈 씨의 명성대로 지금 설명 드린 것과 같은 봉투를 찾아주신다면 나라를 위해 큰일을 하신 대가로 저희가 드릴 수 있는 데까지 보수를 드리겠소."

홈즈는 미소를 지으며 일어섰다.

"두 분이 잉글랜드에서 가장 바쁘신 분들이란 건 잘 알고 있습니다만, 저 또한 저대로 맡고 있는 사건이 많습니다. 대단히 유감스러운 일이지만, 이 사건을 맡을 수 없을 것 같군요. 더 이상 얘기해도 시간 낭비일 뿐입니다."

수상은 벌떡 일어서서 장관들까지 쩔쩔매게 만드는 그 무서운 눈초리로 홈즈를 보았다.

"홈즈 씨, 이런 일을 당하긴 처음이오."

수상은 화를 가라앉히고는 다시 자리에 앉았다. 그리고 좀 지나 수상은 어깨를 으쓱해 보였다.

"좋소, 홈즈 씨. 당신의 조건을 받아들여 말하겠소. 당신의 말이 옳소. 당신을 전적으로 신뢰하지 않으면서 어떻게 당신에게 사건을 의뢰할 수 있겠소?"

"옳으신 말씀입니다." 호프 장관이 말했다.

"그럼 당신과 왓슨 의사를 믿고 얘기하겠소. 이 편지의 내용이 새 나가면 우리나라에 큰 재난이 닥칠 테니 두 분은 나라를 사랑하는 마음으로 비밀을 지켜 주시오."

"저희들을 전적으로 믿으셔도 됩니다."

"그 편지는 최근에 우리나라가 펼치고 있는 식민지 확장 정책에 분개한 한 외국의 국왕이 보낸 것이라오. 하지만 국왕이 독단적으로 한 때의 감정에 치우쳐 쓴 모양이오. 조사해 보니 그 나라의 장관들도 그 편지에 관해서 전혀 모르고 있었소. 편지는 전체적으로 적절하지 않은 용어를 쓰고 있고, 특히 몇몇 구절은 매우 도발적이어서 만일 편지의 내용이 알려지면 우리의 국민감정을 자극하여 무시무시한 사태가 일어날 게 불보듯 뻔하오. 여론이 들끓게 되면 일주일 안에 우리나라는 분명 큰 전쟁에 휘말리게 될 거요."

홈즈는 종이쪽지 위에 이름을 적어 벨린저 수상에게 건네주었다.

"맞소, 그 사람이 편지를 쓴 분이오. 편지 내용이 알려지면 전쟁 비용으로 수백만 달러가 들 것이고 수십만의 인명을 앗아갈 수도 있소. 그런 편지가 이렇게 감쪽같이 없어졌으니…."

"편지를 보낸 국왕에게도 그 편지가 없어졌다는 사실을 알리셨나요?"

"암호로 전보를 쳐서 바로 알렸소."

"그 국왕도 그 편지가 공표되기를 바라고 있겠죠?"

"그건 아니오. 편지를 보낸 국왕도 자신이 경솔하게 처신했던 점에 대해 후회하고 있을 게 분명하오. 편지의 내용이 알려지면 국왕 자신뿐만 아니라 그의 나라도 큰 타격을 입게 되니까 말이오."

"그렇다면 편지가 공표될 경우에 누가 이익을 보게 되는 겁니까? 왜 누군가가 그 편지를 훔쳐 공표하고 싶어 할까요?"

"그건 말이오, 홈즈 씨. 복잡한 국제 정치에 대한 문제라오. 유럽의 현 상황을 생각해 보면 당신도 어렵지 않게 그 동기가 뭔지 파악할 수 있을 게요. 전 유럽에서는 무장한 군인들이 언제 일어날 지도 모르는 전쟁에 대비하고 있소. 현재는 두 개의 군사 동맹의 군사력이 거의 균형을 이루고 있소. 하지만 대영제국은 그 어느 쪽에도 속해 있지 않기 때문에, 우리가 어디로 가느냐에 따라 대세가 기우는 거요. 만일 잉글랜드가 한쪽 동맹과 전쟁을 벌인다면 다른 동맹이 우세해지지 않겠소? 전쟁에 합류하든 말든 상관없이 말이오. 아시겠소?"

"잘 알겠습니다. 그럼, 그 편지를 입수하여 공표하면 편지를 보낸 국왕의 적국들에게 이익이 되겠군요. 우리나라와 국왕의 나라 사이가 안 좋아질 테니까 말입니다."

"그렇소."

"그 편지가 적국의 수중에 넘어간다고 가정하면 누구에게 보낼 거라고 생각하십니까?"

"유럽의 수상이라면 누구라도 상관없을 거요. 지금 현재 가장 신속한 방법으로 누구에겐가 보내지고 있겠지."

호프 장관은 머리를 떨어뜨리고 큰 신음 소리를 냈다. 벨린저 수상은 위로해 주려는 듯 장관의 어깨에 손을 얹었다.

"운이 나빴던 것뿐이오, 호프 장관. 아무도 자네를 비난할 순 없소. 자네는 최선을 다하지 않았는가? 자, 홈즈 씨. 여기까지가 우리가 알고 있는 사실의 전부요. 이제 우리가 어떻게 하면 좋겠소?"

홈즈는 침통한 얼굴로 고개를 가로 저었다.

"두 분은 그 편지를 찾지 못한다면 정말로 전쟁이 일어난다고 생각하십니까?"

"그럴 가능성이 매우 높다고 생각하오."

"그렇다면 전쟁 준비를 할 수밖에 없겠군요."

"홈즈 씨, 그런 희망 없는 말을 하다니…."

"현실을 직시해야 합니다. 밤 열한 시 반부터 다음 날 아침 편지가 없어진 걸 발견할 때까지 호프 장관과 부인이 방안에 계셨으니까, 열한 시 반 이후에 편지를 도둑맞았다고는 생각할 수 없습니다. 그렇다면 도둑맞은 시간은 저녁 일곱 시 반에서 열한 시 반 사이가 됩니다. 편지를 가져간 범인은 편지가 침실 안에 있다는 걸 알고 있었을 테고, 그렇다면 되도록 빨리 편지를 손에 넣고 싶었을 테니까 아마 일곱 시 반에 가까운 시간이었을 거라는 추리가 가능합니다. 그리고 그렇게 중요한 편지

제2의 얼룩

를 어제 여덟 시나 아홉 시쯤에 누군가가 훔쳐냈다면 지금은 그 편지가 어디에 있을까요? 범인이 누구이건 그 편지를 가지고 있을 이유가 없습니다. 그 편지를 곧장 필요한 사람에게 보냈을 겁니다. 그렇다면 편지가 적국의 수중에 들어가기 전에 되찾는 일은 말할 것도 없고, 어디에 있는지 찾는 것조차도 가망이 없지 않습니까? 우리가 할 수 있는 일은 아무것도 없습니다."

벨린저 수상은 의자에서 일어섰다.

"당신 말 대로요, 홈즈 씨. 나도 이제 와서 어떻게 할 수 없을 거라고 생각했소."

"그런데 말입니다. 메이드나 하인들 중 한 명이 편지를 훔쳐 갔다고 가정해 보죠."

"저희 집 하인들은 전적으로 믿을 수 있는 사람들입니다."

"장관님 침실은 3층에 있고, 방으로 들어가는 입구는 하나밖에 없는데다, 거기로 들어가려면 사람들의 눈에 띌 수밖에 없다고 하셨습니다. 그렇다면 집안사람 중 한 명이 그 편지를 훔친 게 틀림없습니다. 범인은 그 편지를 누구에게 가져갔을까요? 국제 스파이에게 가져갔을 확률이 크겠죠? 저는 그런 자들의 이름을 환히 알고 있습니다. 그 가운데 주요 인물이 셋 있지요. 세 명 모두 살던 곳에 그대로 있는지 가서 직접 알아보는 걸로 수사를 시작해야겠습니다. 만일 그 중 한 명이 어제 저녁부터 자취를 감추었다면 편지가 그의 손에 넘어갔다는 얘기겠죠."

"하지만 자취를 감출 필요가 있겠소?" 호프 장관이 물었다.

"런던에 있는 자기네 대사관으로 가져가면 될 텐데요."

"전 그렇게 생각지 않습니다. 원래 스파이들이란 독립적으로 활동하는 데다, 자기네 대사관과 관계가 나쁜 경우가 많거든요."

벨린저 수상은 수긍이 간다는 듯 고개를 끄덕였다.

"홈즈 씨, 나도 당신 생각이 옳다고 생각하오. 그 편지가 얼마나 중요한지 고려한다면 스파이가 자기 손으로 직접 본부에 전할 가능성이 크오. 홈즈 씨, 당신의 추리력은 참으로 놀랍소. 그건 그렇고 호프 장관, 이 사건 때문에 우리의 다른 직무를 소홀히 해서는 안 되지 않겠소? 홈즈 씨, 우리도 새로운 사실을 알게 되면 당신에게 알릴 테니 당신도 수사 결과를 우리에게 꼭 알려 주시오."

벨린저 수상과 호프 장관은 고개를 숙여 인사를 하고 사뭇 엄숙한 태도로 방에서 나갔다.

두 유명한 정치가가 방에서 나가자 홈즈는 담배 파이프에 불을 붙이고는 한동안 생각에 잠겨 있었다. 나는 조간신문을 펼쳐 들고 어제 저녁 런던에서 일어난 한 흥미로운 범죄 사건에 대한 기사를 읽고 있었다. 그런데 갑자기 홈즈가 탄성을 지르더니 벌떡 일어나 담배 파이프를 벽난로 위에 놓았다.

"바로 그거야. 그게 사건에 접근하는 최상의 방법이야. 상황이 급박하긴 해도 희망이 전혀 없는 건 아니야. 지금이라도 그 세 사람 중 누가 그 편지를 훔쳤는지 알아내기만 하면 아직 그 범인이 편지를 가지고 있을 가능성도 있네. 그럴 경우에는 결국 돈 문제란 얘긴데, 우리 뒤에는 잉글랜드 재무부가 버티고 있잖나? 팔려고 내놓으면 사들이면 되는 거지. 우리가 소득세를 몇 푼 더 내더라도 말일세. 그리고 범인이 그 편지를 외국에 팔기 전에 우리나라 측과 흥정을 해보려고 그냥 가지고 있을 수도 있네. 그런 대담한 짓을 벌일 수 있는 놈은 셋밖에 없지. 오버스타인, 라 로티에르, 그리고 에두아르도 루카스. 한 명씩 다 만나 봐야겠군."

나는 조간신문을 들여다보며 말했다.

"자네가 말한 에두아르도 루카스는 고돌핀가에 사나?"

"그렇다네."

"그럼 자네가 찾아가도 만나지 못하겠군."

"그게 무슨 소린가?"

"그는 어제 저녁에 자기 집에서 살해되었네."

지금까지 같이 사건을 조사하는 중에는 늘 홈즈가 날 놀라게 했기 때문인지, 이번엔 내가 홈즈를 깜짝 놀라게 했다는 사실을 깨닫는 순간 기쁨의 감정이 밀려들었다. 홈즈는 눈을 크게 뜨고 나를 보다가 내가 들고 있던 신문을 가로챘다. 신문 기사는 다음과 같다.

> 웨스트민스터의 살인
>
> 어제 저녁 고돌핀 가 16번지에서 이상한 살인 사건이 일어났다. 그곳은 템스 강과 웨스트민스터 사원 사이에 18세기 양식의 고풍스런 집들이 모여 있는 약간은 인적이 드문 동네로, 국회 의사당 건물의 대형 시계탑 가까이 있다. 에두아르도 루카스 씨는 몇 년 전부터 이 동네에 있는 작지만 고급스러운 저택에 살고 있었는데, 좋은 성격과 뛰어난 아마추어 테너 가수라는 명성으로 사교계에도 잘 알려져 있는 인물이다. 루카스 씨는 34세의 독신으로, 집에는 나이 많은 가정부 프링글 부인과 그의 시중을 드는 하인 미턴이 있을 뿐이다. 프링글 부인은 언제나 일찌감치 잠자리에 드는데, 어

제도 여느 때와 다름없이 제일 위층에 있는 방에서 잠을 자고 있었다. 미턴은 어제 저녁 햄머스미스에 사는 친구를 만나러 외출했다. 따라서 밤 10시 이후에 집안에 깨어 있던 사람은 루카스 씨 뿐이었다. 밤 10시부터 무슨 일이 일어났는지 아직 밝혀지지 않았지만, 11시 45분경 고돌핀가를 순찰하던 배렛 순경이 루카스 씨 댁의 현관문이 열려 있는 것을 발견했다. 그는 노크를 해 보았지만 아무런 응답이 없었다.

거실에서 불빛이 새어나오는 것을 보고 그쪽으로 들어가 노크해 보았으나 역시 아무런 대꾸가 없었다. 그래서 순경은 방문을 밀고 안으로 들어가 보니 방은 아수라장이 되어 있었다. 가구는 한쪽으로 밀쳐져 있었고, 방 한 가운데는 의자가 하나 넘어져 있었다. 루카스 씨가 그 의자의 다리 하나를 쥔 채 쓰러져 있었다. 심장 부위를 찔린 것으로 보아 즉시했을 거라고 추정된다. 범행에 사용된 칼은 칼날이 휜 인도식 단검으로 방안 벽에 장식해 두었던 동양의 무기류 중 하나를 집어든 것으로 보인다. 방안의 값나가는 물건들을 훔쳐 가지 않은 것으로 보아 범행 동기가 단순 절도는 아닌 듯 하다. 루카스 씨는 유명한데다 평판도 좋았기 때문에 이번에 발생한 그의 갑작스런 죽음에 많은 친구들이 깊은 애도의 뜻을 표하고 있다.

홈즈는 오랜 침묵을 깨고 나에게 물었다.

"왓슨, 자네는 이 사건을 어떻게 생각하나?"

"놀라운 우연의 일치로군."

"우연의 일치라고! 편지를 가져갔을 가능성이 있는 세 명의 스파이 중 한 명이, 범인이 편지를 훔치고 있을 바로 그 시간에 의문의 죽음을 당했네. 우연의 일치가 아닐 가능성이 커. 그럴 확률이 얼마인지 정확한 수치로 나타낼 순 없지만 말일세. 왓슨, 이 두 사건은 분명히 관계가 있네. 어떤 관계가 있는지 알아내는 게 우리가 할 일이지."

"그렇지만 지금쯤은 경찰도 모든 사실을 알고 있을 것 아닌가?"

"그렇지 않네. 루카스의 살인 사건에 대해선 알고 있겠지만, 편지가 도난당한 사건에 대해선 전혀 모르고 있네. 물론 알려서도 안 되고 말일세. 두 사건을 모두 알고 있는 건 우리뿐이니까 두 사건 사이의 관계를 밝혀낼 수 있는 사람도 우리뿐일세. 그건 그렇고 나는 편지를 훔쳐 간 범인으로 루카스를 가장 의심하고 있었네. 물론 거기에는 뚜렷한 이유가 있지. 루카스가 살고 있던 고돌핀가는 호프 장관의 집이 있는 화이트

테라스홀에서 걸어서 몇 분 거리라네. 하지만 내가 이름을 거론한 다른 두 명의 스파이들은 웨스트엔드에서도 맨 끝 지역에 살고 있지. 그러니까 루카스가 다른 두 스파이들보다는 호프 장관의 집안사람과 관계를 맺거나 정보를 얻기가 쉽다는 얘기가 되네. 물론 이건 그냥 지나칠 수도 있는 문제일세. 하지만 그렇게 가까운 거리에 있는 두 집에서 두세 시간 사이에 연달아 사건이 일어난 경우는 아주 중요한 단서가 될 수 있네. 이봐, 누가 찾아 온 것 같군."

허드슨 부인이 쟁반에 명함 한 장을 받쳐 들고 들어왔다. 홈즈는 명함을 들여다보더니 눈을 치켜뜨고 나에게 명함을 건네주었다.

"힐다 트렐로니 호프 부인에게 올라오시라고 전해 주십시오."

좀 전에는 유명한 두 정치가가 다녀가더니, 이번에는 런던에서 가장 아름다운 여성이 우리의 누추한 방에 찾아오는 영예를 누리게 되었다. 벨민스터 공작의 막내딸의 아름다움에 대해서는 소문으로 많이 들었지만, 어떤 설명이나 흑백사진으로도 눈앞에서 직접 보는 실물의 아름다움에는 도저히 미치지 못 하는 것 같았다. 섬세하고 우아한 자태에 아름다운 용모, 피부색까지 완벽한 조화를 이루고 있었다.

하지만 우리의 눈길을 끈 것은 그녀의 아름다움이 아니었다. 호프 부인이 우리 방문 앞에 모습을 보인 그 잠시 동안 우리의 눈에 들어온 것은 그녀의 아름다움이 아닌 그녀가 느끼고 있는 공포였다. 그녀의 눈에는 마음이 어지러워서 그런지 창백한 안색과 대조적으로 열기가 이글거리고 있었다. 그러나 그런 마음을 보이지 않으려고 애써 참고 있는 모습이었다.

"홈즈 씨, 남편이 여기에 다녀갔나요?"

"예, 다녀가셨습니다."

"홈즈 씨, 부탁입니다만 제가 여기에 온 걸 제 남편에게 비밀로 해주세요."

홈즈는 가볍게 머리를 숙여 인사를 하고 의자를 가리키며 앉으라고 권했다.

"이거, 제 입장이 참 난처하군요. 일단 앉으셔서 용건이 뭔지 말씀해 보시지요. 하지만 어떤 상황에서도 발설하지 않겠다는 약속은 할 수 없습니다."

호프 부인은 방을 가로질러 가더니 창문을 등지고 앉았다. 큰 키에 우아하고 여성스러운 모습은 참으로 여왕 같은 자태였다.

"홈즈 씨."

부인은 하얀 장갑을 낀 두 손을 깍지 낀 채 양손을 꼭 쥐었다 폈다 하면서 말을 이어나갔다.

"사실대로 말씀드릴 테니, 당신도 솔직히 대답해 주셔야 합니다. 남편과 저 사이에는 단 한 가지 문제를 빼고는 아무 비밀이 없습니다. 그 한 가지가 바로 정치에 관한 문제입니다. 남편은 정치에 관해서는 굳게 입을 다물고 저에게 아무것도 가르쳐 주지 않습니다. 저는 어젯밤 저희 집에서 뭔가 안 좋은 일이 일어났다는 것을 알고 있습니다. 어떤 편지가 없어졌죠. 하지만 그 일이 정치적인 문제이기 때문에 남편은 저에게 무슨 일인지 털어놓으려 하지 않습니다. 여기서 분명하게 해 둘 게 있습니다. 저는 그 사건의 진상을 알아야만 합니다. 정치가들을 제외하고 진상을 알고 계시는 분은 당신뿐입니다. 홈즈 씨, 무슨 일이 일어났는지, 그 일이 어떤 결과를 초래하는지 자세히 말씀해 주세요. 당신이 알고 있는 걸 다 말해 주세요. 제 남편을 위해 비밀을 지키신다는 생각은 거두어 주세요. 제가 그 일에 대해 모두 알고 있는 것이 제 남편에게 도움이 될 테니까요. 도난당한 편지는 어떤 것이었나요?"

"부인, 그 질문에는 대답할 수 없습니다."

호프 부인은 괴로운 듯 신음 소리를 내더니 두 손에 얼굴을 묻었다.

"부인, 이해해 주셔야 합니다. 남편은 이 사건에 대해 부인에게 아무것도 알려주지 않는 게 낫다고 판단하셨습니다. 그러니 고객에 대한 비밀을 지키기로 약속하고 사건의 진상을 들은 탐정인 저로서도 남편의 판단을 따를 수밖에 없습니다. 저한테 물어보시는 건 적당치 않군요. 남편께 물어보시는 게 좋을 듯 합니다."

"이미 물어보았지만 가르쳐 주지 않았습니다. 이제 물어 볼 사람은 당신밖에 없다고 생각해서 찾아 온 겁니다. 홈즈 씨, 사건의 진상에 대해 말씀해 주시진 않는다 해도 한 가지만은 가르쳐 주실 수 있겠지요?"

"부인, 그게 무엇인가요?"

"이 사건 때문에 남편의 정치적 경력에 오점이 남을 수도 있나요?"

"그렇습니다, 부인. 게다가 이 사건이 잘 해결되지 않으면 대단히 불행한 사태가 생길지도 모릅니다."

"오! 이런 일이!"

부인은 예상하고 있었다는 듯이 숨을 크게 들이마셨다.

"홈즈 씨, 한 가지만 더 묻겠습니다. 이번 사건이 생긴 직후에 남편이 무심코 흘린 말로는 그 편지를 잃어버리면 사회에 무서운 영향을 끼칠 거라고 했는데, 그게 사실입니까?"

"남편이 그렇게 말씀하셨다면, 저도 그 사실을 부정하지는 않겠습니다."

"대체 그 영향이란 것이 어떤 종류입니까?"

"안 됩니다. 부인, 제가 대답할 수 있는 것 이상을 물어보는군요."

"그렇다면 더 이상 당신의 시간을 빼앗지 않겠습니다. 솔직히 말씀해 주지 않으신다고 당신을 탓할 수는 없겠지요. 당신 입장에서 보면 남편의 뜻을 따르지 않고 여기까지 와서 캐묻는 저를 나쁘게 생각할 수도 있겠죠. 하지만 그렇게 생각하지는 마세요. 저는 다만 제 남편의 걱정을 나누고 싶었을 뿐이니까요. 다시 한 번 부탁드립니다만 제가 여기에 찾아 온건 비밀로 해주세요."

부인은 문간에서 우리를 한 번 돌아보았다. 그 덕분에 나는 아름답긴 하지만 고통에 사로잡혀 일그러진 얼굴과 놀란 듯한 눈을 마지막으로 볼 수 있었다. 그리고 그녀는 방에서 나갔다.

방문이 닫히고 치맛자락이 바닥에 스치는 소리가 들리지 않자 홈즈는 미소를 지으면서 나에게 말했다.

"자, 왓슨, 아름다운 여성은 자네 분야가 아니던가? 저 아름다운 여인의 속셈이 뭘까? 진짜 원하는 게 뭐냐 말이지."

"자기 입으로 말했다시피 걱정이 된다지 않는가? 이런 상황이라면 걱정이 되는 게 당연하지."

"왓슨, 부인의 모습을 기억해 보게. 당황하여 안절부절못하면서도 끈질기게 물어보지 않았나? 게다가 부인이 자기감정을 쉽게 나타내지 않는 상류 사회 출신이라는 걸 감안하면 더 이상한 일이지."

"확실히 몹시 당황한 것처럼 보이긴 했지만…"

"또 하나 이상한 점이 있네. 호프 부인은 자신이 그 일에 대해 모두 알고 있는 것이 남편에게 도움이 될 거라고 확신에 차서 말했네. 그게 무슨 의미일까? 어떻게 도움이 된다는 거지? 게다가 자네도 눈치 챘겠지만 부인은 일부러 빛을 등지고 앉았네. 그건 우리에게 자신의 얼굴 표정을 숨기기 위해서였을 거야."

"그건 나도 알았네. 방에 있는 많은 의자 중에 빛을 등지고 앉을 수 있는 의자를 골라 앉더군."

"하지만 여자들이 어떤 행동을 하는 이유는 한 마디로 알다가도 모를 일이지. 왓슨, 내가 빛을 일부러 등지고 앉았다고 의심했던 마게이트의 그 여자 기억나나? 코에 분을 바르지 않아서 그걸 숨기려고 그랬던 걸로 판명되지 않았나. 확실하지 않은 사실로 추리를 할 순 없지. 여자들은 평범한 행동에도 깊은 뜻이 있을 수 있고, 정말 이상해 보이는 행동에도 아무런 뜻이 없는 경우도 있지. 그냥 뭐 머리핀 때문일 수도 있단 말일세. 그럼 이따 보세, 왓슨."

"어디 가려고?"

"고돌핀가에 가서 런던 경찰청 친구들과 오전 시간을 보낼 작정이네. 에두아르도 루카스가 이번 사건과 어떤 관계가 있는지는 두고 봐야 알겠지만 이 사건의 열쇠를 쥐고 있는 것은 분명하네. 사실을 알기 전에 추리를 하는 건 큰 실수를 저지르는 거지. 왓슨, 자네가 집에 있다가 손님이 오면 맞아 주게. 되도록 점심때까지는 돌아오겠네."

그날 하루 종일 그리고 다음 날도 또 그 다음 날도 홈즈는 그를 잘 아는 사람들이 보기엔 말이 없는 상태, 하지만 잘 모르는 사람이 보기엔 상당히 기분이 언짢은 상태였다. 홈즈는 집에서 뛰쳐나갔다가 들어와서는 줄담배를 피우고, 바이올린을 켜고, 생각에 잠겼다가 아무 때나 샌드위치를 먹어 대고, 내가 물어보는 일상적인 질문에 제대로 대꾸조차 하지 않았다. 분명히 수사가 잘 진행되지 않는 모양이었다. 홈즈가 사건에 대해서 아무런 얘기도 해 주지 않았기 때문에 나는 신문을 읽고 배심원들의 심문 내용이라든가 루카스의 하인 존 미턴이 체포되었다가 곧 풀려난 사실 정도를 알았을 뿐이다. 검시 배심원들은 루카스의 죽음을 고의적 타살로 판결 내렸지만 범인에 대해선 아무것도 알아내지 못했다. 범행 동기도 밝혀내지 못했다. 방에는 값나가는 물건이 많이 있었는데, 범인은 전혀 손대지 않았다. 피해자의 서류들도 뒤진 흔적이 없었다. 하지만 서류를 조사해 본 결과, 루카스가 국제 정치에 깊은 관심을 가지고 있었으며 남의 얘기하는 걸 좋아하고 자주 편지를 쓰며 다양한 외국어를 유창하게 구사했다는 사실을 알아냈다. 몇몇 나라의 고위급 정치가들과 편지를 주고받을 정도로 친했는데, 서랍 속에 가득한 서류들 중에서 특별해 보이는 건 발견되지 않았다. 알고 지내는 여성들은 많았으나 깊은 관계는 없어 보였고, 특별히 친한 친구나 사랑하는 사람도 없었다. 규칙적인 생활을 했으며 누구한테 특별히 원한을 살 만한 짓도 하지 않았다. 어떻게 해서 피살되었는지 전혀 짐작도 하지 못하고 있으며, 도무지 사건이 해결될 기미도 보이지 않았다.

존 미턴을 체포한 건 아무것도 하지 않고 있을 순 없다는 경찰의 판단 하에 어쩔 수 없이 한 조치였는데, 그에게 불리한 단서는 하나도 나오지 않았다. 사건이 일어난 날 밤, 미턴은 햄머스미스에 있는 친구들을 만나러 갔었고 알리바이도 확실했다. 그가 집을 나섰다가 웨스트민스터에 도착한 시간은 범행이 일어나기 전이었지만 그의 진술에 따르면 거기서부터 걸어왔기 때문에 밤늦게나 되어서야 집에 도착할 수 있었다는 것이다. 미턴이 집에 도착한 시각은 밤 12시였으며, 루카스가 피살된 것을 발견하고 상당한 충격을 받은 것 같았다. 미턴은 평상시에 주인 루카스와 사이가 좋았다. 면도기를 포함한 루카스의 물건 몇 개가 미턴의 상자 속에서 발견되긴 했지만 미턴의 설명으로는 그건 루카스가 선물로 준 것이라고 했고, 가정부도 그의 말이 사실임을 증언했다. 미턴은 루카스의 집에서 3년 정도 일했다. 눈길을 끄는 사실은 루카스가 다른 나라에 갈 때 미턴을 데리고 가지 않았다는 점이다. 루카스는 때때로 석 달 내내 파리에 머물기도 했는데, 그 동안에도 미턴은 남아서 집을 관리했었다. 가정부는 사건이 일어난 날 밤에 아무 소리도 듣지 못했다. 누군가 찾아온 사람이 있었다면 루카스가 직접 맞아들인 것으로 보인다.

내가 신문에서 주워들은 바로는 사건이 일어난 지 사흘이 지난 지금도 사건 해결의 기미는 전혀 보이지 않았다. 홈즈가 신문 기사에 나온 사실들보다 더 많은 걸 알고 있다 하더라도 나에게는 아무 말도 하지 않았다. 레스트레이드 경감으로부터 사건이 어떻게 돌아가는지 일일이 보고 받고 있다고 말한 것으로 봐서는 수사의 진행 상황을 자세히 알고 있는 것 같았다. 사건이 일어난 지 나흘째 되는 날, 신문에 파리에서 발송한 전보 기사가 실렸다. 그 기사의 내용으로는 사건이 완전히 해결된 것처럼 보였다.

파리 경찰이 새로운 사실을 발견함에 따라 지난 월요일 밤 웨스트민스터의 고돌핀가에서 일어난 에두아르도 루카스 피살 사건의 진상이 밝혀졌다. 여태까지의 수사 진행 상황을 보면 루카스가 그의 방에서 칼에 찔린 채 발견되었고, 그의 하인 미턴이 범인으로 의심을 받았지만 확실한 알리바이가 있어서 수사가 미궁에 빠져 있었다. 하지만 어제 파리 오스테를리츠에 사는 앙리 푸르네이라는 부인이 정신이 이상해졌다고 하인들이 신고했다. 곧바로 진찰 해 본 결과, 푸르네이 부인은 위험한 상태의 정신병 증세를 보이고 있었다. 경찰의 조사에 의하면 푸르네이 부인은 지난 화요일에 런던에 갔다 돌아왔으며, 루카스 살해 사건과 관계가 있다는 증거를 찾아냈다. 발견한 사진을 대조해 본 결과 푸르네이 부인의 남편 앙리 푸르네이와 에두아르도 루카스가 동일 인물이며, 무슨 이유에서인지는 모르지만 루카스는 런던과 파리에서 이중생활을 하고 있었음이 밝혀졌다.

푸르네이 부인은 크리올 계로 쉽게 흥분하는 성격이며, 이전에도 질투심 때문에 거의 미친 적이 있었다고 한다. 전 런던을 떠들썩하게 했던 루카스 씨 살해 사건도 부인의 이런 질투심 때문에 저질러진 것으로 추정되고 있다. 사건이 있었던 월요일 밤에 부인이 정확히 무슨 짓을 했는지는 밝혀지지 않았지만, 화요일 아침 부인과 인상이 일치하는 여자가 채링 크로스 역에서 몹시 흥분한 모습으로 미친 사람 같은 행동을 해서 다른 사람들의 이목을 끈 일이 있었다. 따라서 푸르네이 부인이 완전히 정신이 나간 상태에서 루카스를 죽였거나 루카스를 죽인 충격으로 실성했을 가능성이 있다. 현재로서는 푸르네이 부인이 있었던 일에 대해 이치에 맞는 설명을 해 줄 수 없는 상태이며, 의사는 부인이 제정신을 찾을 가망이 없는 것으로 판단했다. 그리고 월요일 밤 고돌핀가에 있는 루카스의 집을 한 여자가 지켜보고 있었다고 말하는 증인도 있는데, 그 여자가 푸르네이 부인이었을 것으로 추정된다.

나는 홈즈가 아침 식사를 하는 동안 기사 내용을 큰 소리로 읽어 주었다.

"홈즈, 이 기사를 어떻게 생각하나?"

홈즈는 식탁에서 일어서더니 방안을 이리저리 거닐었다.

"왓슨, 자네가 오랫동안 참고 있었다는 건 아네. 하지만 내가 지난 사흘 동안 사건에 대해 아무 얘기도 해주지 않은 건 실제로 별로 말할 거리가 없었기 때문일세. 지금 파리에서 온 이 기사도 별 도움이 되진 않는군."

"그래도 루카스의 살인에 대해선 수사가 마무리 된 게 아닌가?"

"사실 우리가 맡은 사건과 비교해 봤을 때 루카스의 죽음은 사소한 사건에 불과하네. 우리가 진짜 해야 할 일은 없어진 편지를 찾아서 유럽에 전쟁이 일어나는 걸 막는 걸세. 여기서 한 가지 그냥 지나쳐서는 안 되는 점이 있네. 지난 사흘 동안 아무런 일도 일어나지 않았다는 사실일세. 정부로부터 거의 한 시간마다 보고를 받았는데, 유럽 어디에서도 전쟁이 일어날 조짐은 보이지 않고 있네. 편지를 훔친 사람이 이미 그 편지를 다른 사람에게 전달했다면 무슨 일인가 생겼을 걸세. 그렇다면 편지가 아무에게도 전달되지 않았다는 얘긴데, 그럼 그 편지는 어디 있을까? 누가 가지고 있는 걸까? 왜 편지를 그냥 갖고 있는 거지? 내 머릿속은 이런 문제들로 가득 차 있다네. 편지가 없어진 날 밤 루카스가 살해된 건 단순한 우연의 일치일까? 편지가 그의 손에 들어갔을까? 그럼 어째서 그의 서류 속에 편지가 없는 걸까? 정신이 나간 푸르네이 부인이 가져간 걸까? 그렇다면 파리에 있는 그녀의 집에 있는 걸까? 프랑스 경찰의 의심을 사지 않으면서 푸르네이 부인 집을 수색할 방법이 없을까? 왓슨, 이번 사건에서는 범죄자에게 법이 위험한 것만큼 우리에게도 법이 위험한 존재네. 자네도 알다시피 이 사건이 절대 법적인 문제로 불거져서는 안 되지 않나? 아무도 우릴 도와줄 순 없지만 이 사건에 걸려 있는 이익은 참으로 어마어마하지. 내가 이 사건을 잘 해결하기만 한다면 내 경력에 더 없는 영예가 될 걸세. 아, 무슨 새로운 정보가 들어온 모양이군."

홈즈는 건네받은 쪽지를 훑어보았다.

"이봐, 왓슨. 레스트레이드 경감이 뭔가 흥미로운 사실을 발견한 모양이야. 자네도 모자를 쓰게. 웨스트민스터의 사건 현장으로 같이 가자고."

나는 이번 사건의 범행 현장에는 처음이었다. 루카스의 집은 높고 폭이 좁은 건물로, 색은 좀 어둡지만 깨끗하고 튼튼해 보였으며, 100년 전쯤에 지어진 듯한 구식 건물이었다. 불독처럼 생긴 레스트레이드가 창문 너머로 우리를 보고 있었다. 몸집이 큰 경관이 현관문을 열자 레스트레이드 경감이 나와서 반갑게 우리를 맞았다. 우리는 범행이 일어났던 방으로 안내되었다. 하지만 방안에는 카펫에 밴 핏자국 외에는 범행 흔적이 아무것도 남아 있지 않았다. 방 한가운데에 깔려 있는 카펫은 조그마하고 네모난 인도 제품이었고, 카펫이 깔려 있지 않은 바닥은 네모 모양의 나무판으로 만든 구식 마룻바닥이었지만 반질반질하게 잘 닦여 있었다. 벽난로 위는 무기들로 장식되어 있었고, 그 중 하나가 살인 흉기로 사용되었다. 창가에는 고급스러운 책상이 있었고, 그림들이며 바닥깔개, 벽에 걸려 있는 물건들 모두 약간은 여성 취향의 사치스런 것들뿐이었다.

레스트레이드 경감이 말을 꺼냈다.

"파리에서 보낸 소식은 읽어보셨나요?"

홈즈는 고개를 끄덕였다.

"이번엔 프랑스 경찰이 사건 해결에 큰 공로를 한 것 같군요, 사건이 그들이 말한 대로라는 게 명백하지 않습니까? 푸르네이 부인은 남편의 행방을 찾아내어 급습을 한 겁니다. 루카스는 완벽한 이중생활을 하고 있었으니까요. 다른 사람들이 볼지도 모르는데 길거리에 세워 둘 순 없으니까 루카스는 부인을 집안으로 들어오게 했겠죠. 그녀는 남편의 뒤를 밟았다고 하면서 그를 비난했을 겁니다. 그러다 감정이 격해져서 가까이에 있는 단검을 뽑아 들었고, 결국은 죽이게 된 겁니다. 하지만 의자가 모두 한쪽으로 치워져 있었던 걸로 봐서는 순간적으로 죽인 게 아닐 수도 있습니다. 그리고 루카스는 의자의 한쪽 다리를 움켜 쥔 채 죽어 있었는데, 그건 그 의자로 부인의 공격을 막으려 했던 것이 아니었나 생각됩니다. 마치 현장에서 범죄를 목격한 사람처럼 이제는 모든 게 분명해졌군요."

홈즈는 눈을 치켜떴다.

"그럼 왜 나를 오라고 부른 거요?"

"아, 그게 말입니다. 좀 다른 문제입니다. 별일 아닌 것 같긴 하지만 좀 이상한 점이 있어서요. 제 생각에는 선생이 흥미를 가질 것 같더군요. 주요 사실과는 별 관계가 없는 일이긴 하지만 말입니다."

"대체 그게 뭐요?"

"이런 범행이 일어난 뒤에는 일반적으로 현장을 그대로 보존하는데 주의를 기울인답니다. 이번 사건도 마찬가지로 아무것도 건드리지 않고 밤낮으로 경관이 사건 현장을 지켰죠. 그런데 오늘 아침의 일입니다. 루카스의 사체도 묻었고 수사도 종결되고 해서 현장을 치우려고 했습니다. 그런데 이 카펫을 보시지요. 마룻바닥에 고정시키지 않은 채 그냥 깔려 있거든요. 그랬더니—"

"뭘 발견했다는 거요?"

홈즈의 얼굴은 기대감으로 긴장되었다.

"아마 100년이 걸려도 선생은 우리가 발견한 걸 상상조차 할 수 없을 거요. 카펫에 묻어 있는 핏자국이 보이시지요? 틀림없이 피가 많이 스며들었을 겁니다."

"그렇겠지요."

"그런데 카펫에서 스며 나왔을 피가 마룻바닥에는 묻어 있지 않단 말입니다. 어떻습니까? 놀라셨지요?"

"핏자국이 없다고! 그럴 리가 없지."

"그렇게 말씀하실 줄 알았습니다. 하지만 핏자국이 없는 게 사실인 걸요?"

레스트레이드는 카펫의 한쪽 귀퉁이를 손으로 들어올려 뒤집어 보였다. 그가 말한 대로였다.

"보십시오. 카펫의 뒤쪽도 앞쪽과 마찬가지로 핏자국이 있습니다. 그렇다면 마룻바닥에도 얼룩이 남아 있어야 하지 않겠습니까?"

레스트레이드는 유명한 탐정을 당황하게 만든 것이 신이 났는지 혼자서 킥킥 웃어댔다.

"자, 그럼 제가 설명을 해 드리지요. 여기에 두 번째 핏자국이 나 있습니다. 물론 카펫에 난 자국의 위치와 일치하진 않지만요. 직접 보시지요."

레스트레이드는 설명을 하면서 카펫의 다른 쪽을 들어 뒤집어 보였다. 과연 구석 마룻바닥의 표면에는 선명한 붉은 핏자국이 나 있었다.

"홈즈 씨, 이걸 어떻게 생각하시나요?"

"왜 이렇게 되어 있는지 묻는 거요? 그거야 간단하지. 처음에는 두 개의 핏자국이 일치했겠지만 누군가 카펫을 돌려놓은 거요. 모양이 네모난 데다 바닥에 고정되어 있지도 않으니까 쉽게 돌려놓을 수 있었을 거요."

"누군가가 카펫을 돌려놓았다는 사실을 들으려고 선생을 부른 게 아닙니다. 경찰도 그 정도는 알 수 있으니까요. 그건 너무 뻔한 일 아닙니까? 내가 알고 싶은 건 누가, 무슨 이유로 카펫의 위치를 바꿔 놓았냐 하는 점이요."

홈즈의 얼굴이 굳어지는 걸로 봐서 그가 마음속으로는 흥분 때문에 동요하고 있음을 알 수 있었다.

"레스트레이드 경감, 복도에 서 있는 저 경관이 줄곧 이 방을 지키고 있었소?"

"그렇소."

"그럼, 내가 하라는 대로 하시오. 저 경관을 조사해 봐야 하오. 우리 앞에서는 안 되오. 우리는 여기서 기다릴 테니 뒤쪽에 있는 방으로 데려가시오. 당신과 일대 일로 말해야 경관이 쉽게 털어놓을 거요. 그리고 왜 사람들을 사건 현장에 들여보낸 다음 혼자 놔두었는지 물어보시오. 그렇게 했는지 안 했는지를 묻지는 마시오. 그냥 당연한 사실로 받아들이고 있는 것처럼 보여야 하오. 누군가 이 방에 들어왔었다는 사실을 안다고 말해 주시오. 그 다음 빨리 털어놓으라고 다그치시오. 솔직하게 고백하는 것만이 용서받는 유일한 길이라고 말해 주시오. 내가 말한 그대

로 해야 하오, 알겠소?"

"저 녀석이 정말로 알고 있다면 불지 않고는 못 배길 겁니다."

레스트레이드는 복도로 뛰어나갔다. 그리고 뒷방에서 그의 호통 치는 소리가 들려 왔다.

"자, 지금일세. 왓슨, 어서!"

홈즈가 아주 급한 듯이 소리쳤다. 홈즈의 무관심한 태도 뒤에 감추어져 있던 무서운 힘이 폭발한 것 같았다. 그는 마룻바닥에서 카펫을 걷어내더니 눈 깜짝 할 사이에 바닥에 엎드려 네모난 마루 판자의 모서리 끝을 하나하나 손톱으로 잡아 당겨 보고 있었다. 그런데 판자 중 하나가 조금 움직이더니 상자 뚜껑처럼 열리는 것이었다. 판자 밑에는 검은 구멍이 조그맣게 나 있었다. 홈즈는 구멍 속에 손을 집어넣었다가 분노와 실망이 뒤섞인 신음 소리를 내며 손을 꺼냈다. 구멍 속은 텅 비어 있었다.

"왓슨, 빨리! 서두르게! 원 상태대로 해 놓아야 하네!"

나무판자를 제자리에 끼어 놓고 카펫을 똑바로 깔았을 때 복도에서 레스트레이드의 목소리가 들려 왔다. 경감이 들어왔을 때 홈즈는 벽난로에 기대어 서 있었다. 나오는 하품을 참기 어렵다는 듯 나른하게 서 있는 폼이 수사 같은 건 완전히 포기한 사람처럼 보였다.

"홈즈 씨, 기다리시게 해서 죄송합니다. 이번 사건에는 별 흥미를 못 느끼시나 봅니다. 그건 그렇고 이 친구가 모조리 실토했습니다. 이리로 들어오게, 맥퍼슨. 이분들에게 자네가 저지른 짓을 말씀드리게."

흥분한 듯하지만 반성의 빛이 역력하게 보이는 경관이 방으로 들어왔다.

"절대로 피해를 입힐 생각은 없었습니다. 어제 저녁에 어떤 젊은 여자가 찾아 왔죠. 집을 잘못 찾아 온 모양이었습니다. 그리고는 이런 저런 얘기를 나누었죠. 온 종일 방만 지키고 있자니 하도 심심해서요."

"그 다음엔 무슨 일이 있었소?"

"그 여자는 신문에서 사건에 대해 읽었다고 하면서 범행 장소라는 걸 한번 보고 싶다고 하더군요. 단정한 차림에 말씨도 고운 여자였기 때문

에 잠깐 보여 줘도 상관없으리라고 생각했습니다. 그런데 카펫에 난 핏자국을 보더니 바닥에 쓰러져서 죽은 사람처럼 꼼짝도 하지 않는 거예요. 얼른 물을 가져와서 먹여 보았지만 정신을 차리지 못했습니다. 그래서 저는 길모퉁이를 돌면 있는 아이비 플랜트로 브랜디를 사러 나갔습니다. 하지만 제가 돌아와 보니 여자가 정신을 차리고 돌아갔는지 없었습니다. 부끄러워서 제 얼굴을 다시 보지 못할 것 같아 그냥 간 거라고 생각했죠."

"이 카펫 위치가 바뀐 것 같진 않았소?"

"그게… 제가 돌아왔을 때 약간 구겨져 있는 것 같았습니다. 여자가 그 위에 쓰러졌기 때문이라고 생각했죠. 반들반들한 바닥에 그냥 깔려 있지 않습니까? 고정시키는 것도 없고요. 그래서 다시 반듯하게 펴놓았습니다."

"나를 속이진 못한다는 걸 알았겠지, 맥퍼슨?" 레스트레이드가 엄하게 말했다.

"임무를 조금 게을리 해도 아무도 모를 거라고 생각했겠지만, 카펫을 보기만 해도 나는 누군가 이 방에 들어왔다는 사실을 알 수 있네. 없어진 게 없으니 다행이지, 그렇지 않았다면 자네는 굉장히 난처한 상황에 처했을 걸세. 홈즈 씨, 별일도 아닌 걸로 여기까지 오시게 해서 죄송합니다만 바닥에 난 두 번째 얼룩이 첫 번째 핏자국의 위치와 일치하지 않는 점에 선생이 흥미를 느끼시진 않을까 해서요."

"확실히 흥미를 느끼고 있습니다. 정말 흥미로운 사실이죠. 그런데 맥퍼슨, 그 여자가 온 건 한 번뿐이었나?"

"예, 한 번뿐입니다. 이름은 모릅니다. 타자 칠 직원을 모집한다는 광고를 보고 왔다는데, 번지수를 잘못 찾았다고 하더군요. 상냥하고 품위도 있는 젊은 여자였습니다."

"키가 크던가? 미인이던가?"

"예, 아주 늘씬한 여자였습니다. 미인이냐고 물으셨지요? 굉장한 미인이었습니다. '경관님, 잠깐만 좀 보여 주세요.'라고 말하더군요. 상냥하고 애교까지 섞인 말투여서 문간에서 잠깐 들여다보게 해줘도 별로 상관없을 거라고 생각했죠."

"옷차림은 어땠소?"

"수수한 차림이었습니다. 발까지 내려오는 긴 망토를 입고 있었죠."

"여자가 찾아온 게 몇 시경이었소?"

"해가 질 무렵이었습니다. 브랜디를 사 들고 돌아올 때 가로등이 켜지고 있었으니까요."

"잘 알겠소. 왓슨, 어서 가세. 다른 데 중요한 볼일이 있다네."

우리가 집을 나올 때 레스트레이드 경감은 그대로 방에 남았고, 맥퍼슨 경관 혼자서 우리를 문까지 배웅했다. 홈즈는 계단에 서서 뒤를 돌아다보더니 손에 있는 뭔가를 경관에게 보여 주었다. 경관은 뚫어져라 보더니 놀란 표정으로 외쳤다.

"아니, 이럴 수가!"

홈즈는 아무 말 말라는 듯 손가락을 입에 갖다 대고, 상의 주머니에 손을 다시 집어넣었다. 거리로 들어서자 홈즈는 웃음을 터뜨렸.

"잘 됐군! 왓슨. 이제 마지막 장면을 위한 막이 올라가고 있네. 전쟁도 일어나지 않을 거고, 트렐로니 호프 장관의 화려한 경력에 오점이 생기지도 않을 걸세. 편지를 보낸 국왕도 자신의 경솔한 처신에 대해 처벌받을 필요가 없게 되는 거지. 우리가 약간의 재치를 발휘해 잘 처리한다면 아무도 피해를 입지 않을 거란 말일세. 끔찍한 결과를 불러올 수도 있었던 사건이 이렇게 해결되다니… 자네도 안심이 되지?"

내 마음은 홈즈의 비상한 능력에 대한 감탄으로 가득 찼다.

"자네, 사건을 해결했군!" 나는 소리쳤다.

"완전히 해결한 건 아닐세. 아직 확실치 않은 점이 몇 가지 있네. 하지만 많은 걸 알아냈으니까 나머지를 알아내지 못한다면 우리에게 뭔가 문제가 있는 거지. 곧장 호프 장관 댁으로 가서 사건을 완전히 해결해 버리자고."

호프 장관 집에 도착했을 때 홈즈는 호프 장관의 부인을 만나러 왔다고 말했다. 그리고 우리는 거실로 안내되었다.

부인은 화가 많이 났는지 얼굴이 붉어져 있었다.

"홈즈 씨, 이건 너무 부당하고 가혹한 짓 아닌가요? 제가 당신을 찾아간 사실을 비밀로 해 달라고 부탁 드렸을 텐데요. 제가 주제넘게 나선다고 제 남편이 생각하지 않도록 말이에요. 그런데 이렇게 절 찾아오셔서 우리 사이에 무슨 관계가 있다는 걸 보여 주시면 제가 난처해지지 않겠어요?"

"부인, 유감스럽게도 다른 방법이 없었습니다. 저는 아주 중요한 편지를 찾아 달라는 부탁을 받았거든요. 그래서 하는 말인데, 이제 저한테 그 편지를 주시지요."

 부인은 벌떡 일어섰다. 아름다운 얼굴에서는 핏기가 싹 가셨다. 눈앞이 안 보이는 사람처럼 휘청거렸다. 그래서 나는 부인이 기절하는 건 아닐까라고 생각했다. 부인은 간신히 충격에서 벗어나 기운을 차리긴 했지만 얼굴에는 놀라움과 노여움의 빛이 서려 있었다.
 "홈즈 씨, 당신이… 당신이 나를 모욕하는군요."

"이러지 마십시오, 부인. 소용없는 짓입니다. 편지를 내놓으시지요."

부인은 벨이 있는 쪽으로 뛰어갔다.

"집사가 집 밖까지 안내해 드릴 겁니다."

"벨을 누르시면 안 됩니다. 벨을 누르면 소문을 내지 않고 사건을 해결하려고 했던 저의 모든 노력이 수포로 돌아가고 맙니다. 편지를 내놓으시기만 하면 모든 일이 원만하게 수습될 겁니다. 제가 하라는 대로 하면 이 일은 조용히 수습될 수 있을 겁니다. 하지만 제 말에 따르지 않으신다면 저로서는 진상을 밝힐 수밖에 없습니다."

부인은 마치 여왕처럼 오만하게 서서 똑바로 홈즈의 눈을 응시했는데, 홈즈의 마음을 읽으려고 하는 것 같았다. 한쪽 손을 벨 위에 올려놓고 있긴 했지만 울리려는 생각은 없는 것 같았다.

"홈즈 씨, 절 위협하는군요. 여기까지 오셔서 여자를 위협하다니 비겁한 짓 아닙니까? 뭔가를 아신다고 했는데, 뭘 아신다는 말씀인가요?"

"먼저 좀 앉으시지요, 부인. 그렇게 서 계시면 쓰러질 경우 상처를 입을 겁니다. 앉으실 때까지는 얘기를 하지 않겠습니다. 고맙습니다."

"홈즈 씨, 5분만 시간을 드리겠습니다."

"1분으로도 충분합니다. 힐다 부인, 저는 다 알고 있습니다. 부인이 에두아르도 루카스를 찾아 간 것도, 그에게 편지를 건네 준 것도, 어제 저녁 교묘한 방법으로 루카스의 방에 다시 들어간 것도, 그리고 카펫 아래 은밀한 곳에 숨겨져 있던 편지를 어떻게 꺼내 갔는지까지도 말입니다."

부인은 백지장같이 하얘진 얼굴로 홈즈를 빤히 보았다. 두 번쯤 침을

삼키고는 말문을 열었다.

"홈즈 씨, 미쳤나 보군요, 미쳤어요!"

홈즈는 주머니에서 두껍고 딱딱한 종이 조각을 꺼냈다. 어떤 여자의 초상화에서 얼굴만 도려낸 것이었다.

"쓸데가 있을 것 같아 이걸 가지고 다녔죠. 경관이 어제 저녁에 온 여자와 이 초상화의 여자가 같은 인물이라고 인정했습니다."

부인은 깜짝 놀라 숨이 막힌 듯한 표정으로 머리를 의자 등에 기댔다.

"자, 부인은 편지를 가지고 계십니다. 아직은 사건을 잘 수습할 수 있습니다. 저도 당신을 난처하게 만들 생각은 없습니다. 편지를 찾아 당신의 남편에게 돌려주기만 하면 제 임무는 다 끝납니다. 제 말대로 하시지요. 이제 다 고백하십시오. 기회는 지금밖에 없습니다."

부인은 용기가 대단한 사람이었다. 일이 이렇게까지 되었는데도 자신의 패배를 인정하지 않았다.

"홈즈 씨. 거듭 말하지만, 당신은 지금 말도 안 되는 착각을 하고 있습니다."

홈즈는 의자에서 일어섰다.

"유감입니다, 부인. 저는 부인을 위해 최선을 다했습니다. 하지만 모두 헛수고였군요."

홈즈가 벨을 울리자 집사가 들어왔다.

"트렐로니 호프 장관이 집에 계십니까?"

"열두 시 사십오 분에 집에 돌아오실 겁니다."

홈즈는 시계를 꺼내 보았다.

"아직 15분이 남았군. 됐소, 그만 가 보시오. 장관이 오실 때까지 기다리지."

집사가 방문을 닫기도 전에 호프 부인은 홈즈의 발밑에 무릎을 꿇었다. 위를 올려다보는 그녀의 아름다운 얼굴은 눈물로 젖어 있었다.

"오, 절 용서해 주세요, 홈즈 씨. 용서해 주세요!" 부인은 몹시 흥분하며 애원했다.

"제발 남편에겐 말하지 마세요. 저는 진심으로 남편을 사랑하고 있답니다. 저는 남편의 삶에 어떤 나쁜 영향도 끼치고 싶지 않답니다. 하지만 이 사실을 알게 되면 남편의 고귀한 마음에 상처를 주게 됩니다."

홈즈는 부인을 일으켰다.

"부인, 마지막 순간에라도 본심으로 돌아와 주셔서 감사합니다. 이제 별로 시간이 없습니다. 편지는 어디에 있나요?"

부인은 책상으로 뛰어가 열쇠로 서랍을 열고 푸른빛이 도는 긴 봉투를 꺼냈다.

"여기 있습니다. 이런 건 애당초 내 눈에 띄지 말았어야 했어요!"

"이걸 어떻게 돌려 주지?" 홈즈가 중얼거렸다.

"빨리 무슨 방법을 생각해 내야 하는데… 문서 보관함은 어디 있나요?"

"아직 침실에 그대로 있습니다."

"정말 다행이군요. 부인, 문서함을 빨리 가져오십시오."

잠시 후에 부인이 붉은 색의 납작한 문서함을 가지고 돌아왔다.

"먼젓번에는 어떻게 열었죠? 복제한 열쇠를 가지고 계시나요? 물론 가지고 계시겠죠? 어서 여십시오."

호프 부인은 품안에서 조그만 열쇠를 꺼냈다. 문서함은 쉽게 열렸다. 안에는 서류가 가득 들어 있었다. 홈즈는 파란 봉투를 서류 중간쯤에 깊숙이 넣었다. 그리고는 문서함을 닫고 열쇠로 잠근 다음 침실에 갖다 놓으라고 말했다.

"이제 호프 장관을 맞을 준비가 다 됐군요. 아직 10분이 남았습니다. 제가 부인을 보호하기 위해 노력하고 있다는 걸 아시겠죠? 그러니 그 보답으로 부인은 이 사건의 진상을 숨김없이 얘기해 주셔야 합니다."

"홈즈 씨, 다 말씀드리겠어요. 내 남편의 마음을 한 순간이라도 괴롭히느니 차라리 제 오른팔이 잘리는 게 나을 겁니다. 런던에서 저만큼 남편을 사랑하는 여자도 없을 거예요. 그런데도 저는 이런 짓을 저질러야만 했어요. 남편이 제가 한 일을 안다면 절 용서하지 않을 거예요. 워낙 명예를 중시하는 분이라 남의 잘못을 잊거나 용서하질 못 하거든요. 홈즈 씨, 제발 도와주세요! 제 행복, 남편의 행복, 그리고 저희들 생활 자체가 위험에 빠져 있습니다."

"빨리 사건의 진상을 말씀하시지요. 시간이 별로 없습니다."

"사건은 제가 경솔하게 쓴 편지에서부터 시작되었습니다. 결혼 전에 사랑에 빠진 한 소녀가 충동적으로 쓴 철없는 편지였지요. 저는 별 뜻 없이 쓴 편지지만, 남편은 제가 죄를 지었다고 생각할 것 같았어요. 만일 남편이 편지를 읽어 본다면 다시는 저를 믿지 않을 거라고 생각했죠. 그 편지를 쓴 건 아주 오래 전이었어요. 전 완전히 잊혀진 일이라고 생각했답니다. 그런데 루카스에게서 연락이 왔습니다. 그 편지를 자기가 가지고 있는데, 남편에게 보여 줄 거라고 협박하는 거였어요. 저는 제발 그러지 말라고 빌었어요. 그랬더니 그는 남편의 문서함에 들어 있는 이러이러한 편지를 넘겨주면 내 편지를 돌려주겠다고 했어요. 정부 기관에 스파이를 투입해서 그런 편지가 있다는 사실을 알아낸 거예요. 그는 남편에게는 피해가 가지 않을 거라고 장담했습니다. 홈즈 씨, 제 입장에서 한번 생각해 보세요. 어떻게 했으면 좋았을까요?"

"남편에게 모든 사실을 털어놓았어야 합니다."

"그럴 수는 없었어요. 홈즈 씨, 그건 안 되는 일이었어요! 두 가지 선택이 있었죠. 하나는 남편과 제 사이가 끝장이 나는 것이고, 또 하나는 남편의 편지를 훔쳐 오는 거였어요. 물론 나쁜 짓 같긴 했지만 정치에 관한 일이라 그게 어떤 결과를 불러일으킬지 제가 잘 몰랐던 거예요. 사랑과 신뢰라는 문제를 생각해 보면 제 결론은 확실해졌어요. 루카스의 요구를 들어주기로 결심을 했죠. 제가 남편 열쇠의 본을 뜨고 루카스가 열쇠를 복제해 주었어요. 그런 다음 저는 문서함을 열고, 편지를 꺼내서 고돌핀가로 가져갔죠."

"거기서 무슨 일이 있었습니까?"

"미리 정한대로 저는 현관문을 두드렸어요. 루카스가 직접 문을 열어주더군요. 그의 뒤를 따라 집안으로 들어갔지만 현관문을 좀 열어 두었습니다. 루카스와 둘이서만 있는 게 무서웠거든요. 제가 안으로 들어갈 때 웬 여자가 밖에 서 있었던 기억이 나요. 우리 거래는 금방 끝났어요. 루카스는 제 편지를 책상 위에 올려놓았죠. 저는 그에게 제가 가져온 편지를 넘겨주었어요. 루카스도 제 편지를 넘겨주었죠. 바로 그때 문간에서 소리가 들렸어요. 그리고는 복도에서 발소리가 들렸죠. 루카스는 재빨리 카펫을 젖히고 그 밑에 있는 비밀 장소에다 편지를 넣고는 다시 카펫을 덮었어요. 그 뒤에 일어난 일은 악몽 같았어요. 지금도 그 여자의 가무잡잡한, 미친 듯한 얼굴이 눈에 선해요. 그 여자는 프랑스어로 '내가 지금까지 이 날을 기다려 왔다. 드디어 딴 여자와 함께 있는 현장을 잡았어!'라고 외치더군요. 그러고 나서 무시무시한 싸움이 벌어졌어요. 루카스가 의자를 들어올리려고 했고, 여자의 손에서는 난도가 번쩍거렸어요. 거기까지 보고 저는 그 무서운 곳에서 정신없이 도망쳐 나왔어요. 다음 날 아침에 신문을 보고서야 루카스가 죽었다는 사실을 알았죠. 전날 밤까지만 해도 저는 행복했습니다. 제 편지를 찾았으니까요. 하지만 그 다음에 무슨 일이 벌어질지 몰랐죠.

한 가지 불행을 피하기 위해 다른 불행을 끌어들였다는 사실을 깨달은 건 다음 날 아침이었습니다. 편지가 없어진 걸 발견하고 괴로워하는 남편을 보면서 저는 가슴이 찢어지는 것 같았어요. 그 자리에서 무릎을 꿇고 제가 저지른 짓을 고백하고 싶을 정도였어요. 하지만 그렇게 되면 제 과거의 일까지 털어놓아야 했어요. 그건 안 될 일이었죠. 그리고 저는 당신을 찾아갔어요. 제가 얼마나 엄청난 짓을 저질렀는지 알고 싶었거든요. 사실을 확인하고 나서부터 저는 남편의 편지를 찾아야겠다는 일념에 사로잡혔어요. 편지는 아직 루카스가 숨겨 두었던 장소에 그대로 있는 게 분명했어요. 그 무서운 여자가 방안에 들어오기 전에 숨겨 둔 거니까요. 그 여자가 나타나지 않았더라면 루카스가 어디에 편지를 숨겨 두었는지 몰랐을 거예요. 그 방에 들어가려면 어떻게 해야 하지? 이틀 동안 그 집을 살펴보았지만 한 번도 현관문이 열려 있지 않았어요. 그래서 어제 저녁에 마지막 시도를 해 봤죠. 제가 어떻게 해서 그 방에 들어가 편지를 가지고 나왔는지 당신도 이미 알고 계시죠? 저는 편지를 가지고 돌아와 그걸 없애 버릴까도 생각해 보았어요. 남편에게 돌려주면 제가 한 잘못을 다 털어놓아야만 한다고 생각했기 때문이죠. 어쩌면 좋아! 계단을 올라오는 남편의 발소리가 들려요!"

호프 장관은 흥분해서 방안으로 뛰어들어 왔다.

"홈즈 씨, 무슨 새로운 소식이라도 있나요?"

"사건 해결의 희망이 보이고 있습니다."

호프 장관의 얼굴이 환해졌다.

"아, 고맙기도 해라! 나와 점심 식사를 하기 위해 수상께서 함께 오셨소. 그분에게 희망이 보인다는 얘기를 해도 될까요? 수상께선 강철처럼 강인한 분이지만 이번에 일어난 끔찍한 사건 때문에 밤에 한숨도 못 주무신 것 같소. 제이콥스, 수상께 이쪽으로 오시라고 전해 주게. 여보, 정치적인 이야기를 나눠야 하니까 당신은 자리를 좀 피해 주겠소? 식당에서 기다리고 있으면 우리도 곧 가리다."

수상의 태도는 침착해 보이긴 했지만 눈빛이 번뜩이고 뼈만 남은 손이 떨리고 있는 것으로 보아 호프 장관과 마찬가지로 흥분되어 있음을 알 수 있었다.

"뭔가 보고할 게 있다고요, 홈즈 씨?"

"지금까지는 확실치 않습니다. 편지가 있을 만한 곳은 모조리 조사해 보았습니다. 그래도 찾을 수 없는 걸로 봐서는 우려하셨던 위험은 없는 것이 확실합니다."

"그러나 그것만으로는 충분치 않소, 홈즈 씨. 언제 터질지 모를 화산을 안은 채 살아갈 수는 없지 않소? 우리에게는 뭔가 뚜렷한 단서가 필요하오."

"그런 단서를 입수할 수 있다고 생각합니다. 그래서 제가 찾아온 거고요. 이 사건을 생각하면 할수록 편지가 이 댁에서 나가지 않았다는 확신이 듭니다."

"홈즈 씨! 그게 무슨 소리요?"

"편지가 이 댁에서 나갔다면 지금쯤은 공개되었어야 하는 거 아닙니까?"

"편지를 훔쳐 낸 다음에 집안에 숨겨 둔다는 것이 말이나 되오?"

"그런 말이 아닙니다. 저는 아무도 편지를 훔치지 않았다고 확신하고 있습니다."

"그럼 편지가 문서함에서 왜 없어졌다는 거요?"

"문서함에서 없어진 건지 잘 모르겠습니다."

"홈즈 씨, 지금은 농담할 때가 아니오. 문서함에서 없어졌다고 확실히 말할 수 있소."

"화요일 아침 이후에 문서함을 살펴보신 적이 있으신가요?"

"아니오. 그럴 필요가 없었소."

"편지를 못 보고 넘어간 건 아닌지요?"

"말도 안 되는 소리요."

제2의 얼룩

"하지만 저는 확신할 수 없군요. 전에도 그런 일이 일어나는 걸 몇 번 본 적이 있거든요. 문서함 속에는 다른 서류들도 들어 있겠죠? 그럼 다른 서류와 섞여서 못 보신 게 아닐까요?"

"제일 위에 두었소."

"누군가가 상자를 흔들어서 위치가 바뀌었을 수도 있습니다."

"아니오, 그럴 리가 없소! 모두 꺼내 보았단 말이오."

수상이 끼어들었다.

"호프 장관, 그거야 쉽게 해결될 문제 아니오? 문서함을 가져오라고 하시오."

호프 장관이 벨을 울렸다.

"제이콥스, 문서함을 가져오게. 말도 안 되는 시간 낭비이긴 하지만 홈즈 선생이 믿지 않으니 조사를 해 보지요."

얼마 후 제이콥스가 문서함을 가져왔다.

"수고했네, 여기에 놔두게. 열쇠는 항상 제 시곗줄에 달려 있습니다. 자, 이게 서류들입니다. 메로우 경에게서 온 편지, 찰스 하디 경의 보고서, 베오그라드에서 보낸 각서, 러시아와 독일 사이의 곡물세에 대한 문서, 마드리드에서 온 편지, 플라워스 경의 편지… 아니! 이럴 수가! 이게 뭐야? 벨린저 경이라고!"

수상은 호프 장관의 손에 있는 푸른 봉투를 낚아챘다.

"이거야! 안에 들어 있던 내용물도 그대로군. 호프 장관, 천만 다행일세."

"고맙소! 정말 고맙소! 이제야 걱정이 사라졌군. 그렇지만 정말 상상

할 수도 없는 일이었소. 말도 안 되는 일인 줄 알았는데… 홈즈 씨, 당신은 마법사요, 마법사! 그런데 편지가 문서함 안에 있다는 걸 어떻게 알았소?"

"다른 곳 어디에도 없었으니까요."

"정말 내 눈을 믿을 수 없구려! 아내가 어디 있지? 모든 일이 다 잘 해결되었다고 얘기해 줘야 하는데… 힐다! 힐다!"

호프 장관이 문 쪽으로 달려가자 수상은 눈을 반짝이면서 홈즈를 보았다.

"자, 홈즈 씨, 편지가 문서함 속에 그대로 있다는 생각을 한 데에는 무슨 이유가 더 있었을 텐데요. 이 편지가 어떻게 해서 돌아와 있는 거요?"

홈즈는 빤히 보고 있는 수상에게서 눈길을 떼고 미소를 지었다.

"우리에게도 외교상의 비밀이 있답니다."

홈즈는 모자를 들고 문 쪽으로 걸어갔다.

역주: 코난 도일은 <사건>에 수록된 단편을 제외한 셜록 홈즈 단편 베스트 12선에서 「제2의 얼룩」을 8위에 선정했다. 원고 31매가 1922년 1월 26일 뉴욕 경매에서 170달러에 낙찰(5매 반은 다른 사람의 필체). 이 원고는 크리스토퍼 몰리가 기증해서 현재 펜실베이니아의 하버포드 칼리지가 소장하고 있다.

악마의 발

The Adventure of the Devil's Foot: 1897년 3월 16일(화)~3월 20일(토)

❖

셜록 홈즈와 나의 오랜 교우 관계에서 발생한 기이한 경험이나 재미있는 추억들을 기록으로 남기는 데 있어서 나는 항상 곤란을 겪곤 한다. 왜냐하면 홈즈가 자신의 생활이 널리 알려지는 것을 꺼려하기 때문이다. 침울하면서도 냉소적인 홈즈는 사람들의 이목을 끈다거나 열광적인 찬사를 듣는 것을 매우 싫어한다. 다만 사건을 멋지게 해결한 후 명백한 결말을 담당 수사관에게 넘겨준 다음, 대중들이 수사관에게 쏟는 찬사를 조롱하는 듯한 미소로 듣는 일을 즐긴다고나 할까. 사실 홈즈의 이러한 태도 때문에 그의 모험담을 내 말년까지 미루었다 발표해야 하는 것은 아닐지 생각하게 된다. 이야기들은 더할 나위 없이 흥미진진하지만 말이다. 내가 홈즈의 모험에 조금이나마 동참하는 특권을 누리는 것도 따지고 보면 나의 이런 신중함이나 과묵함 덕분일 것이다.

지난 화요일에는 홈즈에게서 전보가 왔는데-홈즈는 전보발신지조차 노출시킨 적이 없다-매우 뜻밖에 내용이었다.

왜 「콘월의 공포」를 발표하지 않는가? 내가 다룬 것 중 가장 기이한 사건이었는데.

홈즈가 지나간 기억을 더듬다가 새삼스레 그 일이 떠올랐는지 아니면 일시적인 변덕 때문에 그 일을 들추어 얘기하고픈 마음이 생겼는지, 정확한 이유는 나도 모르겠다. 그러나 곧 취소한다는 전보가 도착할까 봐 서둘러서 그 사건의 정확하고 자세한 설명이 들어 있는 기록을 뒤져 이렇게 여러분 앞에 꺼내게 되었다.

1897년 봄이었다. 무쇠 같은 건강을 자랑하던 홈즈도 힘든 일을 계속하자, 더는 견디지 못하고 건강이 악화되기 시작했다. 어쨌든 그해 3월 할리가의 의사 무어 에이가는—이분도 홈즈와 극적으로 만난 사람인데, 그 얘기는 나중에 다시 할 기회가 있을 것이다—유명한 사립 탐정의 몸이 완전히 망가지길 바라지 않는다면서 모든 일을 제쳐 두고 요양을 하라는 엄명을 내렸다. 홈즈는 일에 너무 골몰한 나머지 평소 자신의 건강 상태에 대해 그다지 신경을 쓰지 않았지만, 영원히 탐정 일을 못하게 될 수도 있다는 의사의 협박에 못 이겨 마침내 충고를 받아들이기로 했다. 홈즈는 아주 낯선 곳으로 가서 완벽한 휴식을 하기로 마음먹었다. 마침 그해 봄에 우리는 콘월 반도 극단에 있는 폴두 만 근처의 작은 오두막을 알아봐 두었다.

그곳은 날카로우면서도 신중한 유머 감각을 지닌 내 친구 홈즈에게 아주 적당한 장소였다. 수풀이 우거진 곳에 높이 자리 잡고 있는 하얀 집에서 우리는 창을 통해 어쩐지 불길한 기운이 느껴지는 반원 형상의 마운츠 만을 내려다보았다. 그곳은 항해하는 배들이 자주 침몰해 수많은 뱃사람들이 최후를 맞이했던 곳으로 주변이 온통 검은 절벽과 파도에 씻긴 암초투성이였다. 그러나 북쪽에서 불어오는 미풍 탓인지 겉으로는 평온한 휴식처로 보여, 폭풍에 지친 뱃사람들이 피난처로 삼아 잠시 휴식을 하려고 배의 방향을 틀어 들어오곤 했다. 그러면 느닷없이 남서쪽에서 무시무시한 강풍이 회오리처럼 몰아쳐, 바람이 부는 기슭으로 배를 끌어와 완전히 산산조각 내고 만다. 그 배에서 뱃사람들은 마지막 전쟁을 치르는 것이다. 그래서 현명한 뱃사람은 악마 같은 그곳을 멀찌감치 돌아간다.

우리가 있는 육지도 바다만큼이나 음울한 곳이었다. 완만한 기복을 이루는 들판이 있고, 쓸쓸하고 음침하면서도 고풍스런 마을임을 상징하듯 교회 탑이 가끔 보이는 그런 곳이었다. 사방에는 지금은 완전히 사라진 어떤 부족의 흔적이 남아 있었다. 이상한 형상의 돌 기념물이나 송장의 재를 묻은 불규칙한 모양의 둔덕들, 그리고 선사시대 문양 같은 독특한 느낌의 흙으로 만든 작품들만이 부족의 존재를 증명하고 있었다. 잊혀진 부족들의 불행한 기운이 서린 그곳의 매력과 신비는 내 친구의 상상력을 사로잡았다.

홈즈는 산책을 하고 묵상에 잠겨 오랜 시간을 들판에서 혼자 보냈다. 고대 콘월의 언어도 그의 관심을 끌었는데, 홈즈는 그것이 칼데아족 언어의 한 계통이며 상당 부분은 페니키아 무역상들에게서 비롯되었을 거라고 확신했다. 홈즈는 언어학에 관한 책들을 우송 받아 자신의 추론을

발전시키려 애썼는데, 머지않아 우리는 깨닫게 되었다. 나로선 슬프지만 홈즈로서는 매우 반갑게도, 요양하러 온 꿈의 장소에서까지 우리는 런던에서의 온갖 사건들보다도 더 강렬하게 마음을 사로잡는 신비한 사건의 문턱에 서 있었다는 것을 말이다. 단조로운 생활과 평화롭고 건강했던 일상은 무참히 깨졌고, 어느새 우리는 콘월뿐 아니라 잉글랜드 서부 전체를 극도의 흥분 상태로 몰고 갔던 일련의 사건들 한가운데 들어와 있었다. 당시 '콘월의 공포'라고 불렸던 사건을 아직도 기억하고 있는 독자들이 있을 것이다. 사실 잉글랜드 언론도 상당 부분 잘못 알고 있는 얘기이긴 하지만 말이다. 이제 13년이 지난 지금, 나는 이 불가해한 사건을 여러분에게 상세하게 털어놓을 생각이다.

콘월 반도 곳곳에 있는 마을을 상징하는 부서진 탑들에 대해서는 이미 언급한 바 있다. 가장 가까이 있었던 마을은 트레더닉 월래스로, 200여 주민들의 오두막이 이끼 낀 낡은 교회 주변에 옹기종기 모여 있는 곳이다. 이 교구의 목사 라운드헤이는 고고학 취미가 있었고 그 때문에 홈즈와 알게 되었다. 그는 지방의 전설에 상당한 관심이 있는 비대하고 붙임성 있는 중년 남자였다. 우리는 그의 초대로 목사관에서 차를 마셨고 거기서 모티머 트리제니스라는 신사도 알게 되었다. 모티머는 커다랗고 제멋대로 흩어져 있는 목사관의 방을 빌려 살고 있었고 목사는 그 돈으로 빠듯한 재정을 보충했다. 독신인 목사는 자신의 동거인과 공통점이 거의 없었지만 같이 살게 된 것을 기뻐했다. 트리제니스는 몸이 바싹 야위고 거무스름한 얼굴에 안경을 꼈는데 자세히 보면 등이 굽어서 몸이 기형인 것 같은 인상을 주었다. 목사관에 잠시 있는 동안 우리는

목사가 몹시 수다스럽다는 것을 알았다. 그러나 그의 동거인은 이상할 정도로 과묵하며 슬픈 얼굴을 하고 있는 내성적인 남자로 자신의 일에만 골몰한 듯 눈길을 피한 채 앉아 있었다.

이런 두 사람이 3월 16일 화요일, 우리가 아침 식사를 막 끝내고 함께 담배를 피우면서 하루 일과인 산책을 나갈 준비를 할 때 갑자기 거실로 들이닥쳤다.

"홈즈 씨, 밤사이에 끔찍한 일이 벌어졌습니다. 이런 일은 생전 처음입니다. 당신이 마침 이곳에 있다는 것이 특별한 신의 섭리로밖에 여겨지지 않습니다. 왜냐하면 이런 상황에서 우리가 꼭 필요한 사람은 잉글랜드에서 당신뿐이니 말입니다." 목사는 당황한 목소리로 말했다.

나는 이 방해꾼을 곱지 않은 시선으로 쳐다보았지만 홈즈는 파이프를 입에서 떼더니 여우 사냥을 나온 늙은 사냥개처럼 강한 관심을 보이며 의자에 바로 앉았다. 홈즈가 손으로 소파를 가리키자, 흥분한 목사는 당황한 동료와 함께 나란히 소파에 앉았다. 모티머 트리제니스는 목사보다는 좀더 자제하고 있었지만 미세하게 떨리는 야윈 손이나 반짝거리는 어두운 눈으로 보아 그 역시 마찬가지 심정이라는 것을 알 수 있었다.

"제가 얘기할까요? 아니면 목사님이?" 트리제니스가 목사에게 물었다.

"글쎄요, 뭘 보았는지는 모르지만 처음 목격한 것은 당신이고 목사님은 간접적으로 들은 것 같으니까, 당신이 얘기하는 게 더 나을 것 같군요." 홈즈가 말했다.

나는 말끔하게 차려입은 트리제니스와 옷을 급하게 걸치고 나온 목사를 쳐다보았다. 그리고 홈즈의 간단한 추리를 듣고 놀라는 그들의 표정에 흥미를 느꼈다.

"그래도 우선, 제가 먼저 몇 마디 하는 것이 좋을 것 같군요. 그러면 트리제니스 씨한테 자세한 얘기를 들을지 아니면 이 수상한 사건이 발생한 곳으로 즉시 가야 할지를 판단할 수 있겠지요. 여기 있는 우리 친구는 어제저녁을, 그의 형들인 오웬과 조지 그리고 여동생 브렌다와 함께 트레더닉 워싸라는 그들의 집에서 보냈죠. 트리제니스 씨는 열 시가 조금 지나자 저녁 식탁에 둥글게 앉아 카드를 하는 그들을 남겨 두고 나왔답니다. 물론 그들은 그때까지 건강하고 말짱한 정신이었죠. 그리고 트리제니스 씨는 오늘 아침 일찍 일어나 식사 전에 그쪽 방향으로 산책하다가 마차를 타고 달려오던 리처드 박사를 만났습니다. 리처드

악마의 발

박사는 형님 집으로 급히 와 달라는 전갈을 받고 가는 중이라고 설명했죠. 당연히 모티머 트리제니스 씨도 같이 따라갔습니다. 그런데 집에 도착해 보니, 뜻밖에 사태가 벌어져 있더랍니다. 트리제니스 씨의 두 형과 여동생은 어제 그 모습 그대로 식탁에 앉아 있었는데, 카드는 여전히 앞에 펼쳐져 있었고 촛불은 바닥까지 다 타 버린 채였답니다. 여동생은 의자에 기댄 채 싸늘한 사체로 변해 있고, 두 형은 각각 그녀 옆에 앉아 웃고 소리를 지르며 노래를 부르고 있었답니다. 정신이 나간 거죠. 죽은 한 여자와 정신 나간 두 남자, 이들 세 사람의 표정에는 매우 무서운 것을 보았는지 무시무시한 공포의 빛이 서려 있더랍니다. 집에는 요리사이자 가정부인 나이 든 포터 부인 외에는 다른 사람은 아무도 없었고, 부인은 깊이 잠들어 있었기 때문에 간밤에 아무런 소리도 듣지 못했다고 했습니다. 없어지거나 흐트러진 물건이 있는 것도 아니고, 한 여자를 죽게 하고 건강한 두 남자를 미치게 만들 만한 것은 아무것도 없었답니다. 홈즈 씨, 이것이 간결하게 요약한 상황입니다. 당신은 훌륭한 탐정이니 사태를 명확하게 짚어 주시겠지요." 목사가 말했다.

나는 홈즈에게 우리가 이곳에 온 본래의 목적을 상기시키고 싶은 유혹을 느꼈다. 그러나 골똘한 표정으로 눈썹을 모으고 있는 홈즈를 보자 내 희망이 얼마나 헛된 것인가를 알았다. 홈즈는 잠시 말없이 앉아 우리의 평화를 깨뜨린 이상한 상황 속으로 빠져 들어갔다.

"이 사건을 조사해 봐야겠어." 마침내 홈즈가 말했다.

"그들의 표정이라… 매우 이상한 초자연적인 존재를 보아서 나타났을 거란 말이죠. 라운드헤이 씨, 현장을 직접 보셨나요?"

"아뇨, 홈즈 씨. 트리제니스 씨가 목사관에 와서 해준 얘기입니다. 나는 얘기를 듣자마자 당신과 의논하기 위해 달려온 것입니다."

"이런 비극이 일어난 집은 얼마나 멀리 있습니까?"

"약 1마일쯤 더 들어가야 합니다."

"그렇다면 우리 함께 걸어가 보기로 하죠. 그러나 출발하기 전에 몇 가지 질문이 있습니다, 모티머 트리제니스 씨."

트리제니스는 잠자코 있었지만 나는 목사의 지나치게 격앙된 감정보다 그가 억누르고 있는 흥분의 강도가 훨씬 더 크다는 것을 알 수 있었다. 그는 창백하게 일그러진 표정으로 앉아, 홈즈를 내내 불안한 시선으로 바라보며 야윈 두 손을 꼭 쥐고 있었다. 창백한 입술은 자신의 가족에게 닥친 무시무시한 얘기를 들을 때마다 실룩거렸고, 눈은 끔찍한 장면이 생각나는 듯 매우 어두워 보였다.

"무슨 질문이든 하십시오, 홈즈 씨. 말하기조차 끔찍한 일이지만 사실대로 대답하겠습니다." 그는 간절한 목소리로 말했다.

"어젯밤 어떻게 지냈는지 말해 주십시오."

"그러죠, 홈즈 씨. 목사님이 말씀하신 대로 저는 어제 그곳에서 저녁을 먹었고, 식사 후 조지 형이 게임을 하자고 제안했습니다. 게임을 하기 위해 자리에 앉은 시각이 대략 아홉 시였죠. 그리고 내가 이만 가겠다고 자리를 뜬 시각은 열 시 십오 분쯤이었습니다. 그들은 식탁에 그대로 둘러앉아 있었고 매우 즐거워 보였습니다."

"누가 당신을 배웅했습니까?"

"포터 부인이 이미 잠자리에 들었기 때문에 혼자 나왔습니다. 현관문을 열고 나온 뒤 다시 닫았습니다. 그들이 앉아 있는 방의 창문은 닫혀 있었지만 블라인드가 내려져 있지는 않았습니다. 오늘 아침에 갔을 때도 문이나 창문에 아무런 변화가 없었고, 낯선 사람이 침입했다고 생각할 만한 흔적은 전혀 없었습니다. 형들은 공포로 미친 채 그 자리에 그대로 앉아 있었고 브렌다는 의자의 팔걸이에 고개를 늘어뜨린 채 죽어 있었죠. 내가 살아 있는 한 그 방의 광경을 절대로 잊을 수 없을 겁니다."

"당신이 말한 그대로가 사실이라면 정말 별난 사건이군요. 왜 그들에게 그런 일이 일어났는지 당신도 도저히 모르겠지요?" 홈즈가 말했다.

"악마가 한 짓입니다. 홈즈 씨, 악마라구요!" 모티머 트리제니스는 울부짖었다.

"이 세상 존재라면 방에 쳐들어와 정신이 멀쩡한 사람들을 미치게 만들 수 없습니다. 도대체 어떤 인간이 그런 몹쓸 짓을 하겠습니까?"

"만일 악마가 한 짓이라면 인간인 나로서는 손댈 수 없는 일입니다. 그러나 악마가 한 짓이라고 치부하기 전에 우리는 가능한 모든 상황을 생각해야 합니다. 트리제니스 씨에게 묻겠습니다. 당신은 가족들과 떨어져 지냅니다. 왜 형제들과 같이 있지 않고 방을 따로 얻어 지내십니까?" 홈즈가 물었다.

"홈즈 씨, 그건 이미 지난 일이고 다 해결된 문제입니다만, 우리 가족은 전에 레드루스에 주석 광산을 갖고 있었습니다. 사실 회사에 팔아 넘겼고 그 돈으로 편안한 생활을 누릴 수 있었죠. 물론 돈을 나누는 과정에 어떤 감정적인 문제가 있었다는 걸 부인하지는 않겠습니다. 그리고 그로

인해 한동안 소원하게 지낸 것도 사실입니다. 그러나 지금은 서로 다 용서했고 잊었습니다. 다시 사이좋게 지내고 있었죠."

"당신들이 함께 보낸 어제저녁으로 다시 돌아가 봅시다. 그 비극을 설명해 줄 만한 기억나는 일이 없습니까? 잘 생각해 보십시오, 트리제니스 씨. 어떤 단서가 될 만한 일 말입니다."

"전혀 없었습니다."

"당신들은 평소처럼 멀쩡한 정신이었습니까?"

"그 어느 때보다 멀쩡했습니다."

"신경이 과민해 있었나요? 위험이 다가오는 것을 감지한 듯한 행동을 보이지는 않았습니까?"

"전혀요."

"트리제니스 씨, 당신은 어떤 말도 덧붙이질 않는군요. 이런 식이라면 내가 어떻게 도울 수 있겠소?"

모티머 트리제니스는 잠시 골똘히 생각했다.

"그러고 보니 한 가지 생각나는군요. 나는 창을 등지고 앉아 있었는데 카드를 할 때 파트너였던 조지 형이 창문 너머를 보고 있었습니다. 뭔가를 보고 있는 형을 보고 나도 몸을 돌려보았습니다. 창문이 닫혀 있었지만 잔디밭 수풀 사이로 뭔가가 순간적으로 움직이는 것을 분명히 보았습니다. 그것이 사람인지 동물인지는 알 수 없었지만 틀림없이 뭔가가 있긴 있었죠. 형에게 무얼 보았느냐고 묻자, 형도 저와 같은 대답을 하더군요. 이것이 제가 말할 수 있는 전부입니다." 트리제니스가 말했다.

"살펴보지 않았습니까?"

"아뇨, 별로 대수롭지 않게 여겼으니까요."

"그들을 남겨 두고 나올 때, 뭔가 나쁜 징조는 없었습니까?"

"전혀요."

"오늘 아침 어떻게 그렇게 일찍 소식을 접할 수 있었는지 궁금하군요."

"전 평소에 일찍 일어나고 대개 아침 식사 전에는 산책을 합니다. 오늘 아침에도 마찬가지였는데 마차를 타고 오던 박사님이 저를 본 거죠. 박사님은 포터 부인이 소년을 통해 급한 전갈을 보내 와서 형님 집으로 가고 있는 중이라고 말했습니다. 저는 재빨리 박사님 옆에 올라앉아 급히 형님 집으로 달려갔습니다. 그리고 도착해서 끔찍한 광경을 보게 된 것이죠. 촛불은 몇 시간 전에 꺼진 것이 틀림없었습니다. 그들은 어둠 속에서 그렇게 앉아 있었던 것입니다. 동이 틀 때까지 말이죠. 박사님은 브렌다가 최소한 여섯 시간 전에 죽었다고 말했습니다. 그렇지만 폭력의 흔적은 전혀 없었습니다. 다만 공포에 질린 표정으로 의자 팔걸이에 머리를 대고 누워 있었습니다. 조지와 오웬 형은 커다란 두 마리 원숭이처럼 끽끽거리며 이상한 노래를 부르고 있었습니다. 세상에, 어떻게 그런 일이! 차마 눈뜨고는 볼 수 없었습니다. 박사님도 백지장처럼 하얗게 질렸죠. 사실 박사님은 빈혈 증상이 일어난 듯 의자에 털썩 주저앉아서 손으로 거의 부축하다시피 해야 했습니다."

"묘해… 정말 묘한 사건이야! 더 이상 지체하지 말고 현장으로 가보는 게 좋겠군. 첫눈에 이렇게 기묘해 보이는 사건은 정말 처음이야." 홈

즈는 일어서서 모자를 집어 들며 말했다.

첫날 아침은 별다른 진전 없이 지나갔다. 하지만 그날 목격한 장면으로 인해 나는 불길한 느낌을 지울 수 없었다. 비극이 발생한 장소로 가는 길은 좁고 구불구불한 시골길이었다. 그 길을 따라 걷고 있다가 마차의 덜컹거리는 소리가 들려서 우리는 길을 비켜 주느라 한쪽 옆으로 물러서 있었다. 마차가 우리 옆을 지나갈 때 나는 닫힌 창문 너머로 표정이 무섭게 일그러진 채 이빨을 드러내고 씩 웃으며 우리를 바라보는 시선을 보았다. 그들은 이상하게 번득이는 눈빛으로 이빨을 갈면서 빠르게 지나쳤고, 우리는 마치 끔찍한 악몽을 본 것 같았다.

"형들이에요! 헬스톤으로 끌려가고 있어요." 모티머 트리제니스는 새파랗게 질려 소리쳤다.

우리는 소름이 끼쳐 한동안 육중하게 덜거덕거리며 멀어져 가는 검은 마차를 바라보았다. 그러다가 다시 발걸음을 재촉해 그들이 기이한 운명을 맞은 기분 나쁜 집으로 향했다.

그들의 집은 오두막이라기보다는 커다랗고 화려한 별장이었다. 콘월의 기후 덕택에 상당히 넓은 정원은 벌써 온갖 봄꽃들로 만발해 있었다. 거실 창문은 정원을 향해 있었고 모티머 트리제니스의 말에 따르면 바로 이곳으로부터 그들의 정신을 일시에 앗아간 끔찍한 악마가 나왔다는 것이다. 홈즈는 생각에 잠긴 채 양쪽에 꽃들이 피어 있는, 현관으로 들어서기 전의 길을 걸었다. 내 기억으론, 그때 그가 생각에 몰두하며 걷다가 물뿌리개를 건드려 안에 담긴 물을 쏟아 우리 발은 물론 정원에 난 길까지 적셨던 것 같다. 집안으로 들어서자 나이 든 콘월 사람인 포터 부인이 우리를 맞이했다. 그녀는 어린 여자아이의 도움을 받으며 이 집 가정 일을 돌보고 있었다. 포터 부인은 홈즈의 모든 질문에 기꺼이 답했다. 밤에는 아무런 소리도 듣지 못했다고 말했다. 그녀의 고용인들은 최근까지 모두 건강한 정신 상태였으며 자신은 그들만큼 명랑하고 유복한 사람들을 본 적이 없다고 했다.

그녀는 오늘 아침, 방에 들어가자마자 식탁 주변의 끔찍한 광경을 보고 너무 무서워 기절했었으며, 정신이 돌아오자 환기를 시키기 위해 창문을 연 다음, 한달음에 달려 나가 이웃 농가에서 일하는 소년을 보내 박사님을 불렀다고 했다. 브렌다 아가씨는 2층, 그녀의 침실에 눕혀 놓았다고 했다. 그리고 형제들을 정신병원에서 온 마차에 싣기 위해 힘센 장정이 4명이나 필요했다고 말했다. 그리고 그녀는 더 이상 이 집에 머물고 싶지 않은지 세인트 아이브즈에 있는 그녀의 가족에게 가기 위해 당장 그날 오후에 출발한다고 했다.

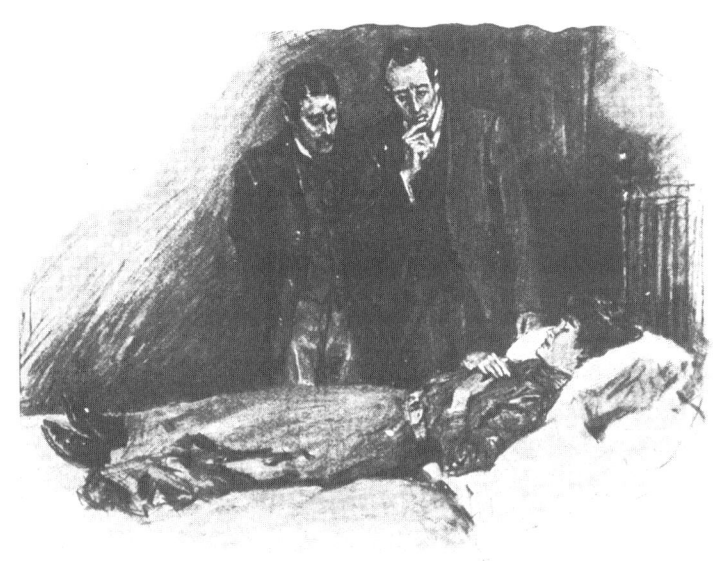

 우리는 계단을 올라가 브렌다의 사체를 보았다. 브렌다 트리제니스는 비록 중년에 가까운 나이였지만 아름다운 소녀 같았다. 죽음조차도 그녀의 윤곽이 뚜렷한 얼굴을 조금도 손상시키지 못했다. 그러나 마지막 순간에 느꼈던 공포의 빛은 여전히 서려 있었다. 우리는 그녀의 침실을 나와 실제로 비극이 일어난 곳, 아래층 거실로 내려왔다. 난로 안에는 밤새 까맣게 탄 재가 있었다. 탁자 위에는 초가 모두 탄 채 촛대만 4개 있었고, 카드들이 아무렇게나 흩어져 있었다. 의자들은 등을 벽으로 향한 채 있었지만 그 밖의 것은 모두 전날 밤 그대로였다. 홈즈는 경쾌하고 재빠르게 방안을 돌아다녔다. 여기저기 의자에 앉기도 하고, 의자들을 끌어 와 위치를 다르게 놓아 보기도 했다. 또한 정원이 얼마만큼

악마의 발

보이는지 시험했다. 마룻바닥과 천장 그리고 난로를 조사하기도 했다. 그렇지만 홈즈의 눈빛은 여전히 변하지 않았고, 이 완벽한 어둠 속에서 뭔가 단서를 발견했다고 할 만한 표정을 짓지 않았다.

"왜 불을 피웠지? 봄날 저녁인데도 이 작은 방에 항상 불을 피우나?" 혼잣말처럼 홈즈가 중얼거렸다.

모티머 트리제니스는 밤에는 춥고 습기가 많아 불을 피운다고 설명했다.

"이제 무엇을 할 생각이십니까, 홈즈 씨?" 그가 물었다.

미소를 지은 홈즈가 내 팔에 손을 얹으며 말했다.

"왓슨, 내 생각에는 자네가 그렇게 자주, 그야말로 저주를 퍼부었던 담배 독 수사를 다시 해야 할 것 같네. 트리제니스 씨가 허락한다면 우리는 이제 집으로 돌아갈까 합니다. 여기서 더 이상 새로운 사실을 알아낼 수 있을 것 같지 않아서 말입니다. 머릿속으로 이런저런 사실들을 생각하다 보면 어떤 단서가 생각날 수도 있고 그러면 당신과 목사님께 분명히 얘기하겠습니다. 그동안 두 분 모두 잘 지내시기 바랍니다."

얼마 지나지 않아 우리는 폴두 오두막으로 돌아왔고 홈즈는 깊은 고요 속에 잠겼다. 그가 내뿜는 푸른 담배 연기 때문에 안락의자에 깊숙이 앉아 있는 홈즈의 마르고 금욕적인 얼굴은 거의 보이지 않았다. 검은 눈썹을 모으고 이맛살을 찌푸린 채 눈은 공허하게 먼 곳을 바라보는 듯했다. 마침내 홈즈는 파이프를 내려놓더니 튀어 오르듯 자리에서 일어났다.

"안 되겠어, 왓슨! 함께 나가 걸으면서 돌화살촉이나 찾아야겠네. 이 문제에 대한 단서보다는 그것을 찾아내는 게 더 쉽겠어. 충분한 자료 없이 머리를 굴리려니 엔진만 공전시키는 것 같아서 도저히 연결할 수 없네. 왓슨, 지금은 바다 공기와 햇빛 그리고 인내심, 이 모든 것이 다 필요하네." 홈즈는 웃으며 말했다.

"자, 이제 가만히 정리 좀 해보자고, 왓슨. 우리가 알고 있는 사실을 명확히 파악해서 새로운 사실이 나타나면 정확히 제 자리를 찾아 맞출 수 있도록 해야 하네. 우선 우리들 중 누구도 악마 같은 초자연적인 침입자가 이 사건에 개입했을 거라고 인정하지 않았어. 전적으로 육감이긴 하지만 나는 그것이 옳다고 봐. 그런데 지각이 있는 존재든 없는 존재든 아무튼 누군가에 의해 비극적인 사태를 맞은 세 사람은 여전히 남아 있지. 이게 변하지 않는 사실이야. 자, 사건이 언제 일어났지? 트리제니스가 한 말이 사실이라고 가정한다면, 사건은 분명히 그가 방을 나간 직후에 일어났어. 평소 잠자리에 드는 시간이 훨씬 지났는데도 카드가 탁자에 그대로 펼쳐져 있었으니까. 그들은 자세를 바꾸거나 의자를 뒤로 밀지도 않았어. 다시 한 번 말하지만 그 일은 트리제니스가 떠난 직후, 열한 시도 채 지나지 않아서 일어났어." 홈즈는 절벽 근처를 거닐면서 계속 얘기했다.

"우리가 다음에 할 일은 모티머 트리제니스가 방을 떠난 후의 행동을 알아보는 거지. 그게 우리가 할 수 있는 전부라네. 물론 그걸 알아보는 것은 어렵지도 않을 뿐더러 그의 이후 행동이 의심스러워 보이지도 않네. 자네도 잘 알다시피 아까 내가 물뿌리개를 엎은 것은 일부러 그런 거였네. 그의 발자국을 명확하게 보려는 의도였지. 젖은 모래 길에 모두의 발자국이 선명하게 찍혔더군. 지난밤에도 역시 젖어 있었으니 다른 사람들 사이에서 그의 발자국을 구별해 뒤를 추적하기는 어렵지 않았네.

그는 방을 나와 재빨리 목사관으로 간 게 분명해. 만일 모티머 트리제니스가 사라졌을 때 밖에 있던 누군가가 카드를 하는 사람들에게 해를 끼쳤다면, 과연 어떻게 그런 무서운 인상을 줄 수 있었는지 설명할 수 있겠나? 실제로 그런 사람이 있었다면 아마 포터 부인은 살해되었을 거야. 그렇지만 그녀는 분명히 무사해. 누군가 정원을 향하고 있는 창문에 기어 올라가 매우 그럴듯한 방법으로, 그것을 본 사람들을 미치게 했다는 증거가 있나? 이런 식의 가정은 모티머 트리제니스 자신에게서 나온 것일 뿐이야. 그는 형이 정원에서 뭔가 움직이는 것을 보았다고 얘기했네. 지난밤은 비가 내려서 흐렸고 매우 어두웠는데 말이야. 누군가 이들 형제를 놀라게 하려는 의도였다면 자신의 모습이 눈에 띄지 않도록 창문에서 얼굴을 돌리고 있었을 테지. 창 밖에는 테두리 화단이 있지만 발자국은 없었어. 그러니 안에 있는 사람들을 그렇게 기겁하게 만들 수 있는 침입자가 있었다고는 상상하기가 어렵네. 그리고 그렇게 이상하고 힘든 짓을 할 만한 동기를 찾기도 어렵고 말일세. 우리의 어려움을 잘 알겠지, 왓슨?"

"너무나 분명히 알겠네."

"그렇지만 약간의 자료만 더 있으면 사건을 해결할 수 있을지도 모르네. 나는 자네의 방대한 자료들을 생각해 봤네, 왓슨. 자네가 아마 이 오리무중인 상태에서 뭔가를 찾아낼 수도 있을 거야. 그동안 우리는 좀더 정확한 자료를 입수할 때까지 사건은 잠시 치워 두고 신석기시대 사람들의 흔적이나 캐 봐야겠네." 홈즈가 말했다.

내가 홈즈의 정신적인 초연함에 대해서 이미 얘기한 적이 있지만 켈트족과 화살촉 그리고 유물 파편들에 대해서 2시간 동안 얘기를 나눈 콘월에서의 그 봄날 아침보다 홈즈의 초연함이 극명하게 드러난 적은 없었던 것 같다. 그는 마치 해결해야 할 불길한 수수께끼 따위는 없다는 듯이 마음이 가벼워 보였다. 적어도 그날 오후 집으로 돌아와서 우리를 기다리고 있던 한 방문객을 만나기 전까지는 말이다. 방문객은 너무나 쉽게 우리의 마음을 본래의 사건에 열중하게 만들었다. 그 방문객이 누군지 우리 둘 다 물을 필요는 없었다. 우람한 몸집에 깊게 주름이 팬 우악스런 얼굴, 매서운 눈에 매부리코, 우리 오두막 지붕처럼 부스스한 반백 머리, 언제나 물고 있는 시가의 니코틴에 탈색되어 입술 근처는 하얗고 가장자리는 금빛으로 빛나는 턱수염, 이 모든 것이 아프리카에서만큼 런던에서도 잘 알려져 있는 유명 인물임을 나타내고 있었다. 사자 사냥의 명수이자 세계적으로 유명한 탐험가 레온 스탕데일 박사였다.

우리는 박사가 이 고장에 있다는 것을 이미 알고 있었고 들판을 걷고 있는 그의 커다란 모습을 한두 번 본 적도 있었다. 그렇지만 그가 우리에게 다가온 적은 없었고 우리도 그걸 기대하지는 않았다. 그는 여행 중 틈이 나면 뷰챔 아리안스라는 적막한 숲의 작은 방갈로에서 대부분을 지냈는데, 그 이유가 혼자 있는 것을 좋아하기 때문이라는 것은 너무도 유명했다. 그는 자신의 책과 지도에 파묻혀 여기서 최소한의 필요한 물품만을 갖추고 이웃의 일에는 거의 신경 쓰지 않으면서 절대적으로 고독한 생활을 영위하고 있었다. 그런 그가 이 오리무중 사건의 진척 상황에 대해 열렬한 목소리로 홈즈에게 물어 오니 우리는 놀랄 수밖에 없었다.

"시골 경찰들은 완전히 잘못 짚었어. 그렇지만 폭넓은 경험을 지닌 당신이라면 뭔가 그럴듯한 설명을 해줄 수 있을 것 같은데 말이오. 내가 이런 요구를 하는 이유는 트리제니스 가족을 매우 잘 알기 때문이오. 사실 내 외가 쪽 친척으로 사촌이라고 할 수 있소. 그들이 당한 끔찍한 일은 내게도 충격이오. 나는 아프리카로 향하는 길이었고 플리머스까지 갔다가 오늘 아침에 이 소식을 들은 거요. 그리고 듣자마자 곧바로 달려온 것이오." 스탕데일 박사가 말했다.

홈즈는 눈썹을 치켜떴다.

"그럼 박사님은 배를 놓치신 겁니까?"

"다음 배를 탈 생각이오."

"저런! 대단한 우애군요."

"친척이라고 말했을 텐데요."

"그랬죠, 외사촌이라. 짐은 배에 실었나요?"

"일부는 실었소. 그렇지만 중요한 짐은 호텔에 있소."

"알겠습니다. 그러나 이 사건은 아직 플리머스 조간신문에 실리지 않았을 텐데요."

"그렇소, 탐정 양반. 난 전보를 받았소."

"누가 전보를 보냈는지 여쭤 봐도 될까요?"

탐험가의 얼굴에 불쾌한 빛이 스쳤다.

"지나치게 꼬치꼬치 캐묻는군요, 홈즈 씨."

"일의 특성상 어쩔 수 없군요."

스탕데일 박사는 마음을 가라앉히려 애쓰며 말했다.

"당신에게 굳이 말하지 못할 이유도 없소. 전보를 보낸 사람은 라운드헤이 목사요."

"고맙습니다. 이제 박사님께서 한 질문에 답변을 해야 하는데, 저는 아직 이 사건을 명쾌하게 파악하지 못하고 있습니다. 지금 이 상태에서 결론을 내려 봤자 미숙한 결론이라고밖에 말씀드릴 수 없군요." 홈즈가 말했다.

"당신이 의심하고 있는 점을 무슨 특별한 이유 때문에 내게 말하지 않는 건 아니오?"

"아닙니다. 대답할 수 없는 것뿐입니다."

"그렇다면 괜한 시간 낭비만 한 셈이군. 더 이상 있을 필요도 없고."

스탕데일 박사는 상당히 무례한 태도로 성큼성큼 걸어 나갔다. 이윽고 5분쯤 뒤, 홈즈는 그를 따라 나갔다. 저녁이 될 때까지 홈즈의 모습은 보이지 않았다. 늦은 저녁, 초췌한 얼굴로 느리게 걸어오는 홈즈를 보니 별다른 수확이 없는 게 확실했다. 그는 자신이 자리에 없는 사이에 도착한 전보를 힐끗 보더니 난로에 던졌다.

"플리머스 호텔에서 온 것이야, 왓슨. 그 이름을 목사님한테서 듣고 레온 스탕데일 박사의 말이 정말인지 확인하려고 전보로 조회했었네. 그는 정말 지난밤에 거기 있었고 아프리카로 떠나기 위해 필요한 짐 일부를 맡겨 놓은 것도 확실해. 그런데 이 사건 때문에 돌아왔다는 점에 대해 어떻게 생각하나, 왓슨?"

"박사는 이 사건에 상당한 관심을 보이더군."

"상당한 관심이라… 맞아, 우리가 아직 파악 못한 연관성이 있어. 그걸 알면 단서가 잡힐 텐데. 힘내게, 왓슨. 아직 모든 자료를 입수한 게 아냐. 새로운 자료만 입수하면 곧 해결할 수 있네."

홈즈의 말이 그렇게 빨리, 아니 그렇게 이상하게 실현되리라고는 생각하지 못했다. 그리고 불길한 사건이 우리 수사에 새로운 진전을 가져오게 될 줄도 몰랐다.

아침에 창가에서 면도를 하고 있는데 말굽 소리가 들려서 내다보니 이륜마차가 길을 따라 달려오고 있었다. 마차는 집 앞에서 멈추더니 우리 친구인 목사님이 뛰듯이 내려 정원 길을 달려왔다. 홈즈는 이미 옷을 다 차려입은 상태여서 우리는 서둘러 그를 만나러 내려갔다. 목사는 너무 흥분해서 말조차 할 수 없는 지경이었지만 드디어 숨을 고르더니 자신이 끔찍한 일을 목격했다고 큰소리로 말했다.

"우리는 신의 저주를 받았어요, 홈즈 씨! 우리 마을에 신의 저주가 내렸다고요! 악마가 온 거예요! 우리 모두 악마의 손아귀에 넘겨진 거라고요!"

그는 흥분해서 날뛰었다. 흙빛으로 변한 얼굴이나 공포에 휩싸인 눈이 아니었다면 우스꽝스럽게 보였을 것이다. 마침내 그는 놀라운 소식을 전했다.

"간밤에 모티머 트리제니스 씨가 죽었어요. 그것도 그의 가족들과 똑같은 증상을 보이면서 말이에요."

홈즈는 순간 정신이 번쩍 난 듯, 자리에서 벌떡 일어났다.

"목사님 마차에 우리 둘이 탈 수 있습니까?"

"그럼요."

"왓슨, 우리 아침 식사는 나중으로 미루세. 라운드헤이 씨, 우릴 거기로 데려다 주시오. 서두릅시다. 현장이 흐트러지기 전에."

트리제니스는 목사관의 방을 두 개 쓰고 있었다. 자신의 성향대로 구석진 곳이었는데 아래층과 2층에 각각 방 하나씩을 빌려 쓰고 있었다. 아래층은 커다란 거실이고 2층은 침실인데 창 밖으로 넓은 잔디밭이 보였다. 우리는 모든 것이 그대로인 현장을 보기 위해 의사나 경찰이 들이닥치기 전에 도착했다. 안개 낀 3월 아침에 우리가 본 그대로의 현장을 설명하겠다. 그것은 절대로 마음에서 지워지지 않을 강한 인상을 남겼다.

방안은 지독하게 불쾌한 공기로 꽉 차 있었다. 처음 방에 들어왔던 하인이 창문을 열었다고 했는데 그렇지 않았다면 참기 힘들 만큼 답답했을 것이다. 탁자 중앙에서 연기를 내며 타고 있는 램프 때문이었을 수도 있다. 그 옆에는 죽은 남자가 의자에 등을 기대고 앉아 있었다. 그의 턱에는 옅게 수염이 나 있었고 안경은 이마에 올라가 있었다. 여위고 거무스름한 얼굴은 창을 향해 있고 공포로 일그러져 있었다. 그의 죽은 여동생 브렌다의 얼굴 표정과 같았다. 그는 공포로 인해 죽어 가면서 몸부림친 듯 했고, 손가락은 구부러져 있었다. 옷은 다 입고 있었지만 몹시 서둘러 입은 듯 했다. 우리는 이 비극이 이른 아침에 닥쳤다는 사실을 알 수 있었다.

그 운명적인 방에 들어서자마자 홈즈가 보인 갑작스런 변화를 본 사람이라면, 그의 냉담한 외양 속에 강력한 에너지가 넘친다는 것을 금방 알 수 있었을 것이다. 홈즈는 즉시 긴장했으며 민첩해졌다. 눈은 빛나고 표정은 차분했으며 손과 발놀림이 매우 재빨랐다. 그는 창문을 통해서 방을 둘러싸고 있는 잔디밭으로 나갔다가 침실로 올라 왔다. 여우를 쫓는 사냥개처럼 날랬다. 재빨리 침실을 둘러본 뒤 창문을 열었는데, 뭔가 대단한 것이라도 발견한 듯 창문 밖으로 몸을 내밀며 놀람인지 탄성인지 모를 소리를 내질렀다. 그런 다음 아래층으로 달려가 열린 창을 통해 밖으로 나가서, 잔디밭에 얼굴을 가까이 들이밀며 다니다가 다시 방으로 뛰어 올라왔다. 그의 모든 행동에는 사냥감을 쫓는 사냥꾼 같은 열의가 있었다. 어디서나 흔히 볼 수 있는 램프를 그는 몇 분 동안 주의를 기울여 세심히 관찰했다. 홈즈는 확대 렌즈로 램프의 활석 덮개를 세밀하게 조사한 후 표면에 붙어 있는 재를 긁어 봉투에 담아 책갈피에 끼워 두었다. 마침내 의사와 담당 수사관이 모습을 드러내자 홈즈는 목사를 손짓해 불렀고 우리 셋은 잔디밭으로 나왔다.

"이번 조사는 헛수고가 아니라서 기쁘군요. 여기 남아 수사관들과 사건을 의논할 수는 없을 것 같습니다. 라운드헤이 씨, 저들에게 침실 창문과 거실 램프에 특히 주의를 기울여 조사하라는 말씀을 내 인사말과 함께 전해 준다면 감사하겠습니다. 두 개를 잘 조사하면 반드시 사건 해결에 도움이 될 거라고 말입니다. 만일 경찰들이 좀더 많은 정보를 원한다면 언제든 기꺼이 만나겠다고 전해 주십시오. 왓슨, 우리는 이만 물러가세."

　경찰들이 아마추어 침입자들에게 화가 났을지 아니면 수사에 도움이 되었다고 생각했을지 그건 모르겠다. 그로부터 이틀이 지나도록 그들에게서 아무 소식도 듣지 못했다. 그동안 홈즈는 집에서 담배를 피우거나 생각에 잠겨 있었다. 그렇지만 대부분의 시간은 홀로 시골길을 산책하

악마의 발

며 보냈다. 그리고 어디 간다는 말도 없이 밖에서 몇 시간을 보낸 후 돌아오곤 했다. 실험을 하는 모습을 보이기도 했다. 홈즈는 모티머 트리제니스의 방에서 타고 있던 것과 똑같은 램프를 하나 사 왔다. 이 램프에 목사관에서 쓰는 것과 똑같은 기름을 채우고 그것이 완전히 다 타는데 걸리는 시간을 쟀다. 불쾌하고 결코 잊을 수 없는 또 다른 실험도 했다.

"왓슨, 이런 여러 가지 정황에 비슷한 공통점이 있다는 것을 알겠나. 사건이 일어난 방에 처음으로 들어간 사람들마다 방의 공기에 영향을 받았다는 점과 관련이 있네. 모티머 트리제니스가 형 집을 마지막으로 방문했을 때 상황을 설명했던 것을 기억하겠지? 방에 들어서던 의사가 쓰러져 의자에 주저앉았다고 하지 않았나? 잊었나? 이제야 나는 그들이 왜 그랬는지 알겠네. 그리고 가정부 포터 부인도 방에 들어서자마자 기절해서 나중에 창문을 열었다고 우리에게 말한 것 기억하지? 두 번째 사건, 모티머 트리제니스에게 닥친 사건 말일세, 우리가 그 방에 도착했을 때 받았던 지독하게 답답한 느낌을 잊을 수는 없을 걸세. 하인이 창문을 열어 놨었는데도 말일세. 그리고 이것도 의심나는 점인데 하인이 너무나 아파서 침대로 쉬러 갔다고 했지. 왓슨, 이런 사실들이 뭔가를 강하게 암시하고 있는 것 같지 않나? 두 사건에는 독가스가 있어. 그리고 공통점은 또 있네. 방 안에서 연소 작용이 일어나고 있었다는 점이지. 하나는 난로, 다른 하나는 램프. 난롯불은 필요해서 피웠다고 쳐도 램프는 날이 밝은 후에 켜졌어. 기름이 타는 시간을 재보고 알았지. 도대체 왜? 분명히 세 가지가 서로 관련이 있네. 불, 답답한 공기 그리고 비극을 당한 사람들의 광기나 죽음. 확실해, 그렇지 않은가?"

"그럴듯하게 들리는군."

"적어도 그럴듯한 가설로 받아들일 수는 있지. 그렇다면 뭔가가 타면서 이상한 유독가스 효과를 내는 공기를 발생시켰다고 생각할 수 있네. 첫 번째 사건인 트리제니스 가족들의 경우에 이 물질이 난로에 있었어. 창문이 닫혀 있었고 연기는 자연히 연통을 통해 굴뚝 위까지 퍼졌을 거야. 첫 사건이 두 번째 사건보다 독가스의 영향을 덜 받았다고 생각하네. 두 번째 사건에서는 공기가 빠져나갈 구멍이 없었으니까 말이야. 결과도 그렇다는 것을 말해 주네. 첫 번째 사건에서는 여자만 죽었네. 아마 여자의 몸이 더 약하고 민감했기 때문일 걸세. 다른 사람들은 미쳐 버렸지. 두 번째 사건에서는 결과가 완벽했네. 따라서 독가스는 연소 작용에 의해서 발생한 것이 분명해 보이네. 그래서 나는 모티머 트리제니스의 방에서 타다 남은 물질을 찾았네. 그것을 찾은 곳은 램프의 연기 차단기 혹은 활석으로 만든 램프 갓이었지. 벗겨지기 쉬운 재가 많이 있더군. 가장자리에는 아직 다 없어지지 않은 갈색 가루가 묻어 있었네. 자네도 봤다시피 그 갈색 가루를 절반쯤 봉투에 담아 왔지."

"왜 절반만 가져왔나?"

"나중에 조사하러 올 경찰을 위해서야. 내가 찾은 모든 증거를 남겨놔야 공평하니까. 그래서 그들이 찾을 수 있도록 램프 갓 위에 그대로 남겨 두었네. 왓슨, 이제부터 내가 이 램프에 불을 붙일 걸세. 하지만 사회에 꼭 필요한 두 인재가 일찍 저 세상으로 가는 걸 피하기 위해 창문을 미리 열어 두어야겠군. 이 실험에 동참하겠다고 마음먹었다면 자네

같이 민감한 남자는 열린 창문 근처의 안락의자에 가서 앉게나. 밖에서 보겠나, 그러겠어? 아니라고? 과연 자네답군. 나는 자네 반대편 의자에 앉겠네. 그러면 독이 있는 램프에서 똑같은 거리를 두고 마주보고 있는 셈이지. 문은 조금 열어 둘 거야. 서로 상대의 동정을 살피면서 이상한 징후가 나타날 때까지 계속 하는 거네. 잘 알겠나? 그럼, 봉투에서 가루를 가져와 타고 있는 램프 위에 놓겠네. 자! 왓슨, 앉아서 기다리게."

금세 징후가 나타났다. 나는 자리에 앉자마자 독한 사향 냄새 같은 묘하고 메스꺼운 냄새를 맡았다. 첫 숨을 들이마신 순간, 머리는 통제 불능 상태로 돌입해 별별 상상이 다 떠올랐다. 눈앞으로 짙은 먹구름이 몰려들었다. 이성은 내게 이 구름은 실제로는 없는 거라고 얘기했지만 막연한 공포와 우주에 존재하는 모든 괴기스럽고 사악한 괴물들이 숨어 있다가 눈앞으로 들이닥치자 온 몸의 감각이 얼어붙는 듯 했다. 검은 구름 사이로 알 수 없는 형상들이 돌아다니고 창틀에는 표현할 수 없는 어떤 존재가 협박이나 경고를 내지르듯 다가오며 영혼을 뒤흔들었다. 나는 얼어붙을 듯한 공포에 사로잡혔다. 머리털이 곤두서고 눈알은 튀어나올 것 같았으며 딱 벌어진 입 안의 혀가 가죽처럼 뻣뻣해 말을 할 수 없었다. 머릿속은 폭풍이 몰아치는 것만 같았다. 나는 비명을 지른다고 질렀지만 희미하게 쉰 목소리로 웅얼대는 소리는 마치 내 목소리가 아닌 멀리서 들려오는 다른 사람의 목소리처럼 들렸다.

나는 탈출하려고 애쓰는 동시에 절망적인 구름 사이를 뚫고 홈즈의 얼굴을 보았다. 홈즈의 얼굴은 하얗게 질렸고 공포로 일그러져 뻣뻣하게 굳어 있었다. 죽은 사람에게서 보았던 바로 그 얼굴이었다. 그것을 보자 갑자기 제정신이 들면서 힘이 났다. 나는 의자를 박차고 일어나 허겁지겁 홈즈를 끌어안고 비틀거리면서 밖으로 나갔다. 우리는 그대로 정원의 잔디밭에 쓰러져 나란히 누웠다. 안에서 우리를 둘러쌌던 지옥 같은 구름이 사라지고 내리쬐는 한 줄기 고마운 햇살만이 의식되었다. 주변 풍경에서 안개가 피어오르듯 그렇게 천천히 평화와 이성이 우리 영혼으로 되돌아 왔다. 이마를 훔치고 우리는 각자 경험했던 공포의 마지막 흔적을 떠올리며 서로 감사하는 마음으로 바라보았다.

"왓슨! 고맙고 또 미안하네. 그렇게 위험한 실험에 자네까지 끌어들이다니, 정말 미안하네." 마침내 홈즈가 불안정한 목소리로 말했다.

"자네를 도울 수 있다는 것이 나에게는 가장 큰 기쁨이자 특권이라는 걸 잘 알면서 그러는군." 나는 전에는 느끼지 못했던 홈즈의 진심에 감격해서 대답했다.

그렇지만 홈즈는 즉시 평소 그의 습관인 반쯤은 유머러스하고 반쯤은 냉소적인 기질로 돌아갔다.

"과연 그것은 우리를 미치게 할 만큼 강력했어. 왓슨, 누군가 우릴 봤다면 틀림없이 우리가 그 무식한 실험을 하기 전에 이미 미쳐 있었다고 얘기했을 거야. 독가스의 효력이 그렇게 빠르고 강할 줄은 상상도 못했네."

홈즈는 방으로 달려가 타고 있는 램프를 들고 나와 잔디밭 끝에 있는 가시나무 둑으로 가서 던져 버렸다.

"방이 환기될 때까지 잠시 여기 있어야겠군. 왓슨, 어떻게 이런 끔찍한 일들이 벌어졌는지 확실하게 알겠나?"

악마의 발

"이런 상황을 겪으면 누구라도 알 수 있지."

"그렇지만 원인은 여전히 불명확해. 여기 정자로 와서 함께 의논해 보세. 정말 지독한 독가스야. 아직도 목구멍에 남아 있는 것 같군. 목이

따끔따끔해. 모든 증거로 봐서 첫 번째 사건의 범인은 모티머 트리제니스라고 생각하네. 비록 두 번째 사건의 희생자이긴 하지만 말일세. 첫째, 우리는 그들 형제간에 불화가 있었다는 점을 기억해야만 하네. 비록 곧 화해하긴 했지만 그 싸움이 얼마나 격렬했는지 혹은 거짓된 화해를 했는지 그건 알 수 없지. 여우같은 얼굴에 안경 너머로 작은 눈을 날카롭게 빛내는 모티머 트리제니스를 생각해 보면, 그가 특별히 용서하는 기질일 거라는 생각은 들지 않네. 그리고 둘째, 정원에 누군가가 있었다는 얘기 말일세. 우리는 한동안 그것이 비극의 진짜 원인일 거라고 여겼지. 하지만 그건 그가 꾸며낸 얘기에 불과했어. 우리를 호도할 동기가 그에게 있었던 셈이지. 결국 방을 떠나는 순간 이 물질을 난로에 던져 넣을 사람이 그 말고 또 누가 있겠나? 그 순간부터 비극이 시작된 거지. 만일 다른 사람이 들어왔었다면 가족들은 분명히 식탁에서 일어났을 거야. 더구나 콘월 사람들은 밤 열 시가 지나서는 남의 집을 방문하지 않네. 이렇듯 모든 증거가 모티머 트리제니스가 범인이라는 걸 말해 주네."

"그렇다면 그는 결국 자살했군!"

"왓슨, 그의 얼굴로 봐서 그럴 가능성은 희박하네. 자기 가족에게 그 같은 짓을 저지르는 영혼을 가진 남자가 자살하지는 않았을 걸세. 다른 이유도 있고 말이야. 다행히 이 모든 것에 대해 알고 있는 사람이 나 말고 잉글랜드에 한 사람 더 있네. 그래서 나는 그와 약속을 해 두었지. 오늘 오후, 그가 직접 털어놓는 사실들을 곧 듣게 될 걸세. 오! 이제 도착할 시간이군. 자네는 그분, 레온 스탕데일 박사를 이리로 정중히 모셔야 되네. 그렇게 중요한 방문객을 화학 실험을 했던 작은 방으로 모시는 건 실례니까."

정원 문이 열리는 소리가 들리고 위대한 아프리카 탐험가의 건장한 모습이 나타났다. 그는 약간 놀란 기색으로 우리가 앉아 있는 소박한 정자를 향해 다가왔다.

"홈즈 씨, 한 시간 전쯤 당신 편지를 받고 이렇게 왔지만 나를 보자고 한 이유가 대체 뭐요?"

"헤어지기 전에 명확히 할 게 있어서입니다. 와 주셔서 감사합니다. 박사님을 이렇게 누추한 곳에서 맞이하게 된 점을 사과드립니다만, 제 친구 왓슨과 저는 <콘월의 공포>라고 불리게 될 책의 마지막 장을 논의하는 중이기도 하고 현재로서는 맑은 공기가 필요하기 때문입니다. 그리고 우리가 의논해야 할 문제가 박사님의 매우 개인적인 부분에 영향을 줄 것이고 그 때문에 이렇게 아무도 엿들을 수 없는 곳에서 얘기를 나눠야만 합니다."

탐험가는 시가에서 입술을 떼더니 내 동료를 고집스럽게 쳐다보았다.

"대체 무슨 소리를 하는지 알 수 없군. 선생, 내 개인적인 부분에 영향을 줄 수도 있는 문제라니."

"모티머 트리제니스 살해를 말하는 겁니다."

순간 나는 무기를 찾아야겠다고 생각했다. 스탕데일의 분노에 찬 얼굴이 검붉게 변하고 눈에서는 불꽃이 튀었으며 이마에는 파란 심줄이 도드라졌기 때문이다. 그는 주먹을 쥐고 당장이라도 싸울 기세로 홈즈에게 달려들 것 같았다. 그러다가 갑자기 태도를 바꿔 냉정함과 평정을 되찾으려는 듯 무던히 애썼는데, 분노를 그대로 폭발시키는 것보다 더 무서워 보였다.

"나는 오랫동안 야만인들 사이에서 법과는 상관없이 내 방식대로 살아온 사람이오. 그게 버릇이 된 것 같소. 홈즈 씨, 당신을 해칠 생각은 조금도 없었소."

"저 역시 당신을 해칠 생각은 전혀 없습니다, 스탕데일 박사님. 그 증거로 나는 모든 사실을 알고 있으면서도 경찰이 아니라 당신을 불렀습니다."

스탕데일은 숨을 죽이며 앉아 있었다. 모험으로 가득 찬 그의 인생에 있어 아마 처음으로 느낀 두려운 기분이었을 것이다. 홈즈의 태도는 조용했지만 거역할 수 없는 위엄이 있었다. 우리의 방문객은 불안한 마음에 커다란 손을 쥐었다 폈다 하면서 잠시 말까지 더듬다가 마침내 홈즈에게 물었다.

"무슨 의미요? 홈즈 씨, 만일 당신이 거짓 으름장을 놓는 거라면 상대를 잘못 골랐소. 변죽만 올리지 말고 제대로 얘기하시오. 무슨 소리요?"

"당신에게 사실대로 얘기하겠습니다. 내가 솔직하게 얘기하면 당신도 솔직하게 나오리라 생각하기 때문입니다. 내 다음 행동은 전적으로 당신이 자신을 어떻게 방어하느냐에 달렸습니다."

"나의 방어?"

"그렇습니다, 박사님."

"무엇에 대한 방어?"

"모티머 트리제니스 살해 책임에 대한 방어."

스탕데일은 손수건으로 이마를 훔쳤다.

"이거 참, 당신이 탐정으로 성공한 것도 모두 이런 식으로였소? 넘겨 짚어서?"

"넘겨짚다니, 당치 않습니다. 오히려 넘겨짚은 것은 레온 스탕데일 박사님이겠죠. 나는 사실을 근거로 결론을 내렸고 그 사실들을 증거로 얘기하겠습니다. 아프리카로 떠나기 위해 짐 일부를 맡겨 놓은 플리머스에서 돌아왔다는 얘기는 이런 일을 꾸미기 위해 필요했던 요소들 중 하나였을 뿐."

"나는 분명히 돌아왔소."

"나는 당신의 이유를 듣고 뭔가 설득력이 부족하다고 생각했습니다. 그렇지만 그냥 넘어갔었죠. 전에 당신은 여기에서 나에게 누구를 의심하느냐고 물었지요? 나는 대답하기를 거부했습니다. 그러자 당신은 목사관으로 갔고 한동안 밖에서 기다리다가 결국 당신 집으로 돌아갔습니다."

"그걸 어떻게 알았지?"

"뒤를 밟았습니다."

"나는 아무도 못 봤는데."

"내가 당신에게 들켰을 거라고 생각하는군요. 당신은 집에서 밤새 뜬 눈으로 지내며 어떤 계획을 세웠습니다. 이른 아침에 형을 집행할 계획이었죠. 날이 밝자마자 문을 나서면서 당신은 정문 옆에 쌓여 있던 붉은 자갈 몇 개를 호주머니에 넣었습니다."

스탕데일은 홈즈를 놀라움이 가득한 시선으로 바라보았다.

"그런 다음 당신은 목사관으로 재빨리 걸어갔습니다. 당신이 지금 신고 있는 밑창에 줄이 패인 테니스 화를 그때도 신고 있었죠. 목사관에서 당신은 과수원을 가로질러 울타리 옆으로 가, 트리제니스의 방 창문 아래로 갔습니다. 날은 밝았지만 아직 아무도 잠에서 깨어나지 않았죠. 당신은 주머니에서 붉은 자갈을 꺼내 이층 트리제니스의 침실 창문으로 던졌습니다."

스탕데일은 벌떡 일어났다.

"홈즈, 넌 악마가 분명해!" 박사가 소리쳤다.

홈즈는 박사의 말을 칭찬으로 받아들이며 빙그레 웃었다.

"돌을 두세 개 혹은 한 움큼 던지자 트리제니스가 창가로 왔겠죠. 당신은 그에게 내려오라고 손짓을 했고 그는 서둘러 옷을 입고 거실로 내려왔습니다. 당신은 창문으로 들어갔죠. 그런 다음 방안을 왔다 갔다 하면서 짧게 얘기를 나누었겠죠. 곧 당신은 창문을 통해 밖으로 나온 다음 창문을 닫았습니다. 그리고 바깥 잔디밭에서 시가를 피우며 무슨 일이 벌어지는지 지켜보았죠. 마침내 트리제니스가 죽은 후 당신은 왔던 길로 빠져나갔습니다. 자, 스탕데일 박사님, 그런 행동들을 어떻게 정당화할 셈이죠? 동기가 뭡니까? 만일 얼버무리거나 속이려 든다면 나는 이 문제를 경찰에 넘기고 영원히 손을 뗄 것입니다."

방문객의 얼굴은 홈즈의 말을 듣자 회색으로 변했다. 그는 얼굴을 양손에 파묻고 한동안 생각에 잠겨 앉아 있더니 충동적인 몸짓으로 갑자기 가슴팍의 주머니에서 사진 한 장을 꺼내 우리 앞에 있는 소박한 테

이블에 던졌다.

"이것이 내 행동의 이유요."

매우 아름다운 여자의 상반신 사진이었다. 홈즈는 몸을 숙이고 바라보았다.

"브렌다 트리제니스"

"그렇소, 브렌다 트리제니스요." 방문객은 반복했다.

"몇 년 동안 나는 그녀를 사랑해 왔소. 그녀도 나를 사랑했고, 콘월에서 격리되어 지낸 이유도 이것 때문이요. 세상에서 가장 사랑하는 브렌다와 가까이 있기 위해서. 나는 그녀와 결혼할 수 없었소. 왜냐하면 내게는 나를 떠나 몇 년 동안 소식이 없는 아내가 있는데 까다로운 영국 법률 때문에 이혼할 수 없었소. 브렌다는 몇 년을 기다렸고, 나도 기다렸소. 그런데 그렇게 기다린 결과가 겨우 이렇다니."

박사가 격하게 흐느끼자 건장한 몸집과 턱수염이 흔들렸다. 그는 진정하려 애쓰면서 다시 말하기 시작했다.

"목사님은 이 모든 걸 알고 계시죠. 그는 내가 신뢰하는 사람이었고, 브렌다는 지상에 있는 천사라고 말하곤 했었소. 그래서 그가 내게 전보를 쳤고 내가 돌아왔던 거요. 사랑하는 여자에게 그런 일이 닥쳤는데 재산이나 아프리카가 무슨 의미가 있었겠소? 당신이 놓친 단서가 이것이오, 홈즈 씨."

"계속하시죠." 내 친구가 말했다.

스탕데일 박사는 주머니에서 작은 종이 봉지를 꺼내 탁자 위에 올려놓았다. 겉봉에 '레딕스 페디스 디아볼리'라고 써 있고 그 밑에 '독약'이란 빨간 표시가 붙어 있었다. 그는 그것을 내게 밀었다.

"의사라고 들었소, 왓슨 씨. 이 약에 대해 들어본 적이 있소?"

"모릅니다. '악마의 발'이라… 이름조차 들은 적이 없습니다."

"모르는 것도 무리는 아니오. 왜냐하면 이것은 부다에 있는 한 연구실에서만 견본을 구할 수 있을 뿐, 유럽에는 표본조차 없으니 말이오. 약초나 독초, 어느 쪽으로도 분리되지 않았고 책에 언급되지도 않았소. 반인 반수처럼 이 식물의 뿌리가 사람의 발 모양을 하고 있어서, 한 선교사가 이런 별난 이름을 붙인 것이오. 서아프리카의 특정 지방에서는 주술사들이 이것을 이용해 시련을 견디게 하는 시험을 했고 일종의 비밀로 지켜졌소. 내가 입수한 이 특별한 견본은 우방지의 특이한 환경에서 자라는 것이오."

그가 봉지를 열자 붉은 갈색의 코담배 같은 가루가 나왔다.

"그리고요?" 홈즈는 엄한 어조로 물었다.

"홈즈 씨, 당신이 이미 정확히 알고 있는 이상 모두 사실대로 얘기하겠소. 트리제니스 형제와의 인척 관계는 이미 알고 있겠지요. 그렇지만 나는 브렌다 때문에 형제들과 사이좋게 지냈을 뿐이오. 돈으로 인해 가족간에 싸움을 하게 되었고 그 결과 형제들과 모티머의 사이가 벌어졌소. 그 일로 인해 모티머는 뭔가 결심한 것 같았지만 나는 다른 사람을 대하듯 그를 대했소. 모티머는 교활하고 복잡하며 음모를 잘 꾸미는 사람이었소. 그리고 몇 가지 의심스러운 점도 느껴졌지만 내게는 그와 격렬하게 싸울 이유가 없었소.

2주 전 어느 날, 그가 나의 집으로 찾아왔기에 나는 아프리카 토산품들을 보여 주었소. 다른 물건들을 보여 주면서 이 가루도 보여 주었던 것인데 특이한 성질에 대해서도 말해 주었소. 이 가루가 공포의 감정을 조절하는 뇌를 얼마나 자극시키는지 그리고 부족의 주술사가 이 가루를 이용해 시행하는 의식에서 대상이 된 토인들은 미치거나 죽을 수밖에 없는 운명이라는 얘기도 해주었소. 그리고 유럽의 과학으로는 이 물질을 밝혀낼 수 없다는 얘기까지. 모티머가 그것을 어떻게 가져갔는지는 모르겠소. 내가 방을 나갔던 적은 없었는데 아마 내가 다른 토산품들을 보여 주려고 캐비닛을 열거나 몸을 숙여 상자를 들여다볼 때 몰래 손에 넣었던 거겠지. 어쨌든 그는 악마의 발에 대해 관심이 많았소. 제대로 효과를 내기 위해 필요한 양과 시간 등을 꼬치꼬치 물었으니까. 그렇지만 그런 목적으로 묻는지는 전혀 생각하지 못했소.

목사님의 전보가 플리머스에 도착할 때까지 나는 그 문제를 잊고 있었소. 이 악당은 내가 그 소식을 듣지 못하고 배에 올라 아프리카에서 몇 년간 헤맬 것이라고 여겼던 거요. 그러나 나는 즉시 돌아왔소. 물론, 상세한 얘기를 듣지 않고도 그가 분명히 이 독을 사용했다는 확신을 가졌소. 홈즈 씨, 나는 그때 당신이라면 다른 사람과 달리 뭔가 알고 있을까 하는 생각으로 당신을 만나러 왔던 거요. 그렇지만 당신도 모르더군. 나는 모티머 트리제니스가 범인이라고 확신했소. 돈 때문이오. 아마 다른 가족들이 모두 미치거나 죽게 된다면 재산은 모두 자기 차지가 될 거라고 생각했겠지요. 그래서 그들에게 악마의 발을 사용한 거요. 두 사람은 미치고 브렌다는 죽었소. 내가 사랑하고 나를 사랑한 유일한 사람인 브렌다가….

그의 죄를 무엇으로 응징할까? 법에 호소해야만 할까? 무엇으로 증명할까? 나는 모든 것이 사실이라는 것을 알고 있지만 시골 판사가 과연 이 기이한 이야기를 믿을까? 나는 할 수도 하지 않을 수도 있었소. 그러나 그를 가만둘 수는 없었소. 복수하고 싶은 마음이 끊임없이 끓어올랐던 거요. 홈즈 씨, 아까도 얘기했지만 난 오래도록 법과는 상관없이 살아왔소. 마침내 스스로 법을 만들기로 했지. 그를 처단할지 하지 않을지는 내 손에 달려 있었소. 더 이상 나도 내 목숨에 미련은 없소.

홈즈 씨, 모든 것을 다 털어놓았소. 나머지는 당신이 말한 대로요. 당신이 말한 대로 나는 밤새 뒤척거린 후 일찍 집을 나섰소. 그리고 트리제니스를 잠에서 깨우기가 어려울 거라고 예상하고 당신이 언급했던 자갈 더미에서 자갈을 집어 가지고 갔지. 그리고 창문을 향해 던졌소. 그는 아래층으로 내려와 창문을 열고 나를 들여보내 주었지. 나는 트리제니스에게 그의 죄를 말해 준 후, 내가 판사 겸 사형집행인의 역할을 하겠다고 말했소. 그 야비한 놈을 의자에 앉힌 다음, 회전식 권총으로 꼼짝 못하게 만들었소. 그리고 램프에 불을 붙이고 그 위에 가루를 놓았소. 그리고 창을 통해 밖으로 나왔지. 그가 방을 떠나지 못하도록 권총으로 계속 위협하면서 말이오. 5분이 지나자 그는 죽었소. 맙소사! 죽는 모습이라니! 그러나 내 마음은 조금도 흔들리지 않았소. 죄 없는 내 사랑을 그렇게 죽인 놈이니 당연하다고 여겼소. 내 얘기는 이것으로 끝이오. 홈즈 씨, 당신이 한 여자를 사랑했다면 당신도 똑같이 했을 거요. 어쨌든 내 목숨은 당신 손에 달렸소. 마음대로 하시오. 이미 말한 대로 죽음 따위는 두렵지 않소."

홈즈는 한동안 침묵을 지키며 앉아 있었다.

"복수가 끝나면 어떻게 할 작정이었죠?" 마침내 홈즈가 물었다.

"아프리카에 나를 묻을 작정이었소. 아프리카에는 내가 할 일이 많이 남아 있으니까 말이오."

"계획대로 가서서 남은 일을 끝내십시오. 당신을 막을 생각은 추호도 없습니다." 홈즈가 말했다.

스탕데일 박사는 우람한 몸을 일으키더니 근엄하게 인사하고 정자를 걸어 나갔다. 홈즈는 파이프에 불을 붙이더니 자신의 담배쌈지를 내게 건네주었다.

"독 없는 연기도 기분 전환에 좋다네. 왓슨, 스탕데일 박사를 놓아 준 것에 자네도 동의하겠지. 우리는 경찰과 별개로 조사해 왔으니 이렇게 해도 된다고 생각하네. 자네도 스탕데일 박사를 비난하지는 않겠지?"

"물론, 비난하지 않네."

"왓슨, 나는 사랑해 본 적은 없지만 만일 사랑했다면 그리고 내가 사랑한 여자가 그렇게 비참하게 죽었다면 나도 무법의 사자 사냥꾼과 똑같이 했을지도 모르네. 사람이란 어떤 상황에 처할지 누가 알겠나? 그건 그렇고, 왓슨. 뻔한 일을 설명해서 자네의 지성을 모독할 생각은 없네. 물론 창틀에 있던 자갈이 결정적인 단서였지. 그 돌은 목사관 정원에는 없는 돌이었네. 스탕데일 박사의 집 앞에서만 발견할 수 있는 돌이었지. 주위가 환해진 후에 켜진 램프와 램프 갓 위에 남아 있던 가루도 명확하게 연결이 되지. 왓슨, 이제 이 사건은 말끔히 잊고 콘월 언어에 남아 있는 위대한 켈트족 언어의 흔적을 찾아 칼데아 언어를 연구하는 데에만 마음을 집중하세."

역주: 조지 B. 코엘 박사는 <정전의 독약(The Poisons in the Canon)>에서 다음과 같이 말했다.

"상황은 레온 스탕데일 박사가 설명한 이후 50년 동안 변하지 않았다. '악마의 발'이란 뿌리는 어떠한 약전에도 나오지 않는다. 실제 현대 과학에서도 이 물질은 미지의 물질이다. 최근까지 의심 많은 사람들은 이처럼 기괴한 효과를 가진 약의 존재의 가능성에 대해 의문을 품었다. (중략) 최근의 발견은 이 문제에 빛을 주었다. 스위스의 화학자 스톨과 호프만은 리셀그 산 디에틸아미드(lysergic acid diethylamide), 즉 'LSD-25'라는 합성 물질을 만들었다. 이 물질은 천분의 1그레인보다 적은 양으로, 트리제니스 가의 불행한 사람들이 맛본 듯한 환각을 일으킨다. 'LSD-25'는 자연계에 존재하는 알카로이드로 합성된다. 때문에 아직 알려지지 않은 식물의 뿌리에 이 합성 물질과 비슷한 것이, 아니 더 강력한 것이 존재하는 것을 쉽게 상상할 수 있다. 시간이 지나면 이 가설의 타당성이 확증될지도 모른다."

코난 도일은 자선 베스트 12 중 「악마의 발」을 9위에 선정했다. 원고는 루시어스 월머딩이 기증해 뉴욕 공립 도서관에 소장 중이다.

프라이어리 스쿨

The Adventure of the Priory School: 1901년 5월 16일(목)~5월 18일(토)

❖

 우리는 베이커가에 위치한 우리의 작은 무대 위에서 여러 사람의 극적인 등장과 퇴장을 보아 왔는데, 문학 박사이자 철학 박사인 소니크로프트 헉스터블 박사의 첫 등장처럼 갑작스럽고 놀라웠던 예는 찾아볼 수 없다. 이 인물의 학문적 명성을 담기에는 아무리 보아도 너무 작은 명함을 받은 지 몇 초도 안 되어 박사가 방으로 들어왔다. 뚱뚱하고 위엄 있는 당당한 모습이 믿을만한 사람이라는 인상을 풍겼다. 그러나 박사는 문을 닫자마자 휘청거리며 테이블에 손을 짚고는 별안간 바닥으로 쿵하고 쓰러졌다. 의식을 잃은 커다란 체구가 곰 가죽 깔개 위로 쓰러진 것이다.

 깜짝 놀란 우리는 자리에서 벌떡 일어났지만 잠시 아무 말도 못하고 육중한 박사의 몸집을 보았다. 마치 인생이라는 바다 위를 항해하다가, 예상치 못한 충격의 거대한 폭풍에 휩쓸려 난파당한 거대한 배의 잔해처럼 보였다. 홈즈가 서둘러 방석을 머리 밑에 대 주었고 나는 브랜디를 박사의 입술에 흘려 넣었다. 넓적하고 희디흰 얼굴은 마음 고생한 흔적

이 역력해 보였다. 감은 눈 밑에 검게 드리운 그늘과 약간 벌어진 입이 고통으로 일그러져 있었다. 두툼하게 살 찐 턱은 면도를 하지 못해 까칠하게 수염이 나 있었다. 셔츠를 보니 오래 여행한 흔적이 엿보였고, 빗질을 못해 흐트러진 머리칼은 박사가 받은 정신적인 충격이 매우 큰 것이었음을 드러냈다.

"왜 그러지? 왓슨?" 홈즈가 물었다.

"피곤하고 지친 탓이야. 어쩌면 단순히 피로와 굶주림일 수도 있고."

내가 박사의 손목을 잡고 맥을 짚어 보며 말했다. 박사의 맥박은 가늘고 약하게 뛰었다.

"북 잉글랜드 지방의 맥클턴 지역에서 출발했나 보네. 여기 왕복 기차표가 있군."

홈즈가 시계 주머니에서 기차표를 꺼냈다.

"아직 열두 시도 안 되었는데 벌써 여기 도착한 것을 보니 새벽 일찍 출발했겠군."

찌푸린 눈꺼풀이 떨리기 시작하더니 박사는 초점 잃은 멍한 눈으로 우리를 올려다보았다. 박사는 얼른 두 손을 바닥에 짚고 몸을 일으켰다. 그의 얼굴이 당혹스러움으로 시뻘겋게 변했다.

"실례를 끼쳐서 죄송합니다. 홈즈 씨. 약간 긴장했나 봅니다. 우유와 비스킷을 주시면 고맙겠습니다. 그러면 금방 괜찮아질 겁니다. 이렇게 예고도 없이 불쑥 홈즈 씨를 찾아온 이유는 다름이 아니라, 저와 함께 어디를 가 주십사 부탁하기 위해서입니다. 전보로는 사태의 심각성을 제대로 전달하지 못할 것 같아서 부득이 직접 방문한 겁니다."

"일단 몸이 괜찮아지시면—"

"벌써 다 나았습니다. 내 몸이 이렇게 약해지리라고는 상상도 못했는데… 참. 홈즈 씨, 저와 함께 다음 기차로 맥클턴으로 가 주시길 간곡히 부탁드립니다."

홈즈는 고개를 저었다.

"제 친구 왓슨에게 물어 보십시오. 현재는 너무 바빠서 곤란합니다. 지금은 훼레 서류 사건을 담당하고 있고, 애버게베니 살인 사건도 곧 재판이 열릴 예정입니다. 정말 중요한 사건이 아니고서는 지금 당장 런던을 떠날 수 없는 형편입니다."

"중요하고말고요!" 헉스터블 박사가 손을 휘저으며 말했다.

"홀더네스 공작의 외아들이 유괴 당했습니다. 이 사건을 모르십니까?"

"뭐라고요? 전 수상인 홀더네스 공작 말입니까?"

"맞습니다. 외부로 새어나가지 않도록 주의했습니다만 어젯밤 ≪글로브≫에 기사가 실렸더군요. 홈즈 씨도 알고 계시리라 생각했습니다."

홈즈는 길고 호리호리한 팔을 뻗어 인명사전 중 한 권을 꺼내어 펼쳤다.

"홀더네스 제6대 공작. 중요 인물. 가터 훈장(잉글랜드의 최고 훈장) 수여 및 추밀원 고문관(잉글랜드 국왕 측근의 소수 귀족으로 구성된 자문기구) 베벌리 후작이자 카스턴 백작. 원 세상에, 작위가 많기도 하군. 1900년부터 햅람셔 경. 1888년 애플도어 경의 딸 이디스와 결혼하여 외아들 샐타이어를 둠. 25만 에이커의 토지 소유. 랭커셔와 웨일스 지방에 광산 소유. 주소는 칼턴 하우스 테라스 햅람셔의 홀더네스 저택. 1872년에 해군장관, 수상을 지냄. 모두 어마어마한 직책들이군. 왕족 중의 왕족이라고 해도 되겠어."

"그 뿐만 아니라 어쩌면 가장 많은 재산을 가진 분이기도 합니다. 저는 홈즈 씨가 이 분야에서 가장 뛰어난 탐정이란 사실을 잘 알고 있습니다. 그리고 흥미가 가는 사건이라면 사건 자체를 위해 기꺼이 일을 맡으실 분이라는 것도 말입니다. 그러나 한 가지 말씀드리고 싶은 점이 있

습니다, 홈즈 씨. 홀더네스 공작께서는 외아들이 어디 있는지 밝혀내는 사람에게 보상금으로 5,000파운드를 주실 생각입니다. 그리고 외아들을 유괴한 범인을 지목하면 1,000파운드를 주겠다고 약속하셨습니다."

"아주 후한 금액이네요, 왓슨, 아무래도 헉스터블 박사와 같이 북 잉글랜드로 가야겠다는 생각이 드네. 아, 헉스터블 박사님, 우유 다 드셨으면 무슨 일이 언제, 어떻게 발생한 것인지 설명해 주시겠습니까? 그리고 명함을 보니, 박사님은 맥클턴 근처에 있는 프라이어리 스쿨의 교장 선생님이신데, 이 유괴 사건과 무슨 관련이 있는지도 설명해 주십시

프라이어리 스쿨 391

오, 사건이 일어난 지 3일이나 지나서 오신 이유도 말씀해 주시지요. 박사님의 턱수염을 보니 3일 정도 면도를 못하신 듯합니다. 이번 사건에 제가 약간이나마 도움이 될 수 있으면 좋겠군요."

우유와 비스킷을 다 먹고 나자 박사의 눈빛에는 생기가 돌았고 창백했던 뺨도 혈기를 되찾았다. 박사는 상황을 차근차근 설명했다.

"프라이어리 학교는 사립예비학교로 제가 설립했고 현재 제가 학교 교장으로 있습니다. 「헉스터블의 호라티우스 해명」의 저자라고 하면 제 이름이 생각날지도 모르겠습니다. 프라이어리 스쿨은 잉글랜드에서 가장 뛰어난 최우수 사립초등학교입니다. 레버스톡 경, 블랙워터 백작, 캐스카트 숌즈 경 등 내로라하는 귀족들의 자제들이 모두 우리 학교에서 공부하고 있습니다. 한데 3주 전 홀더네스 공작이 비서 제임스 와일더를 보내 열 살 난 외아들 샐타이어를 우리 학교에 맡기고 싶다고 요청해 왔습니다. 유일한 상속자이자 후계자인 샐타이어를 말입니다. 전 우리 학교의 명성이 바야흐로 최고조에 달했다고 느꼈습니다. 그러나 이 일이 제 인생에서 가장 혹독하고 비참한 시련을 예고하는 전주곡이 될 줄은 정말이지 전혀 상상도 못했습니다.

샐타이어는 여름 학기가 시작되는 시기인 5월 1일 학교에 도착했습니다. 아주 호감이 가는 인상의 소년이었는데 학교생활에 빠르게 적응했지요. 전 입이 무거운 편입니다만, 이런 일에는 모든 사실을 다 말해야 한다고 생각해서 미리 말씀드립니다. 샐타이어는 집에서 그다지 행복하게 지낸 편은 아니었습니다. 솔직히 공작과 공작부인의 결혼 생활이 순탄하지 않다는 사실은 아는 사람은 다 아는 공공연한 비밀입니다.

결국 부부간의 합의로 공작부인은 남 프랑스로 떠났고 현재 두 분은 별거 중입니다. 불과 얼마 전에 일어난 일이지요. 샐타이어는 어머니를 무척 따랐기 때문에 어머니가 홀더니스를 떠나 남 프랑스로 간 후 아주 침울해 했습니다. 그래서 공작은 아들의 기운을 찾아 주려고 또래 아이들이 있는 우리 학교로 보낸 겁니다. 2주가 지나자 샐타이어는 학교생활에 익숙해져서 곧 활기를 되찾은 듯 아주 행복해 보였습니다.

샐타이어를 마지막으로 본 것은 5월 13일입니다. 지난 월요일 밤이지요. 샐타이어의 방은 2층에 있고 다른 방을 통해서만 들어갈 수 있는데 그 다른 방에는 학생 두 명이 생활하고 있습니다. 잠자는 동안 이 학생들은 아무 소리도 듣지 못했다고 하더군요. 그러니 분명 샐타이어는 다른 방을 통해서 밖으로 나간 게 아닙니다. 방의 창문이 열려 있었는데 벽에는 무성하게 자란 담쟁이 넝쿨이 땅바닥까지 이어져 있습니다. 땅에서 발자국을 발견하지는 못했지만 담쟁이 넝쿨을 타고 방을 빠져나간 게 분명합니다.

샐타이어가 사라진 것은 화요일 아침 일곱 시에 알았습니다. 침대를 보니 간밤에 잠자리에 들었던 듯 이불이 흐트러져 있었습니다. 나가기 전에 옷을 다 갖추어 입었더군요. 검은색 이튼 재킷에 짙은 회색 바지를 입고 나갔습니다. 하지만 누가 방에 들어왔던 흔적은 없었습니다. 고함 소리나 싸우는 소리도 없었다고 옆방 학생 중 한 명인 컨터 군이 말하더군요. 컨터 군은 아주 예민한 편이라서 작은 소리에도 금방 잠에서 깨는 학생입니다.

샐타이어가 사라진 것을 알고 저는 즉시 전교 학생과 교사, 하인들까지 모두 한자리에 소집했습니다. 한데 사라진 사람은 샐타이어 말고 한 명이 더 있었습니다. 바로 독일어 교사 하이데거 선생이 나타나지 않았던 겁니다. 하이데거 선생의 방도 2층 복도 끝에 있는데 샐타이어의 방과 같은 줄입니다. 하이데거 선생 역시 잠자다가 밖으로 나간 듯, 이불이 젖혀져 있었는데 급하게 나간 것 같았습니다. 윗도리와 양말이 바닥에 떨어져 있었거든요. 또한 그도 벽 담쟁이덩굴을 타고 내려간 게 분명합니다. 잔디밭에서 발자국을 발견했으니까요. 그리고 잔디밭 옆 나무창고에 항상 보관해 두던 선생의 자전거도 사라지고 없었습니다.

하이데거 선생은 2년 전부터 우리 학교에서 근무했습니다. 추천서가 아주 훌륭한 선생이었습니다만, 말이 없고 뚱한 성격 탓에 학생이나 교사들 사이에서 인기 있는 편은 아니었습니다. 지금이 벌써 목요일 아침인데 샐타이어와 하이데거 선생의 자취는 여전히 발견하지 못한 상태입니다. 물론 홀더네스 저택에 살고 있는 공작에게도 연락을 했습니다. 그 집은 학교에서 불과 2, 3마일 떨어져 있고, 혹시 샐타이어가 갑자기 향수병이 생겨 아버지를 찾아간 건 아닐까 생각했지만 집에 가진 않았습니다. 공작은 지금 매우 불안해하고 계십니다. 그리고 아까 보셔서 아시겠지만 저 역시 마찬가집니다. 학생에 대한 걱정과 책임감으로 신경이 너무 쇠약해진 탓이지요. 홈즈 씨, 최선을 다해서 사건을 맡아 주시기 바랍니다. 이보다 더 중대하고 가치 있는 사건은 없을 겁니다."

셜록 홈즈는 불행한 교장 선생이 자초지종을 이야기하는 것에 열심히 귀를 기울였다. 홈즈의 찌푸린 눈썹과 양미간 사이의 주름을 보니 교장이 최선을 다해 달라고 새삼 부탁하지 않아도 이미 실종사건에 마음을 빼앗긴 듯 보였다. 어마어마한 보상금 액수는 제쳐 놓고라도, 이 사건은 복잡하고 특이한 사건을 좋아하는 홈즈의 구미에 딱 맞는 것이었다. 홈즈는 수첩을 꺼내어 몇 가지 사항을 기록했다.

"왜 좀더 일찍 찾아오지 않으셨나요?" 홈즈가 책망하듯 말했다.

"늦게 오시는 바람에 수사의 시작부터 차질이 생기겠습니다. 제가 지금 가서 담쟁이 넝쿨과 잔디밭을 조사한다 해도 증거들은 이미 사라져 버렸을 겁니다. 전문적인 탐정이 조사해도 소용없을 겁니다."

"그건 제 탓이 아닙니다. 홈즈 씨. 공작께서 이 일이 대중에 알려지는 것을 극도로 꺼려하셔서 어쩔 수 없었습니다. 불미스러운 일이 세상에 알려지는 걸 싫어하십니다. 그런 종류의 일을 절대로 용납하지 못하는 성격이십니다."

"하지만 경찰도 수사는 했겠지요?"

"네, 그러나 아주 실망스러운 결과만 얻었습니다. 근처 기차역에서 아침 일찍 한 소년과 남자가 기차를 타고 어디론가 가는 모습을 봤다는 사람이 있었는데, 어젯밤 그 일행을 리버풀에서 잡았다는 것이었습니다. 그러나 이번 사건과는 아무런 관련이 없는 사람들이었습니다. 결국 간밤에 한 숨도 못 자고 실망과 절망에 뜬눈으로 지새운 뒤, 제가 직접 오늘 아침 일찍 기차로 홈즈 씨를 찾아온 겁니다."

"잘못된 단서라는 게 밝혀지고 나자 지역 경찰에서 수사를 포기한 모양이군요?"

"완전히 중단되었습니다."

"그 탓에 사흘이나 허비된 거로군요. 사건이 이 지경까지 가게 내버려 두다니 애석하기 짝이 없습니다."

"예, 저도 안타깝게 생각합니다."

"하지만 아직 사건을 해결할 수 있는 가능성은 남아 있습니다. 조사해 보면 곧 알 수 있겠지요. 기꺼이 하겠습니다. 섈타이어와 하이데거 교사는 서로 잘 아는 사입니까?"

"전혀 모르는 사이입니다."

"섈타이어가 하이데거 교사의 수업을 들은 적이 있나요?"

"아니오. 제가 알기로는, 서로 말 한마디 나눈 적도 없습니다."

"정말 이상한 일이군요. 소년도 자전거가 있나요?"

"없습니다."

"사라진 자전거는 없었나요?"

"없었습니다."

"확실한가요?"

"그럼요."

"그 독일어 선생이 소년과 함께 자전거를 타고 사라졌을 리는 없단 말씀이군요?"

"네, 물론입니다."

"그럼 박사님의 생각은 어떻습니까?"

"자전거는 눈속임일 겁니다. 어딘가에 숨겨 놓고 걸어서 도망갔으리라 생각합니다."

"그럴 수도 있겠군요. 하지만 눈속임치고는 좀 어설프군요. 창고에 다른 자전거들도 있었나요?"

"몇 대 있습니다."

"눈속임을 위해서라면 자전거 두 대를 숨겨 놓는 편이 더 그럴 듯하지 않을까요? 사람들의 눈을 속이려면 두 대가 더 나았을 텐데요."

"그건 그렇군요."

"물론입니다. 따라서 눈속임이란 추측은 틀린 게지요. 하지만 자전거가 사라진 점은 수사에 도움이 될 것 같습니다. 자전거가 숨기기 쉬운 물건은 아니니까요. 질문이 하나 더 있습니다. 샐타이어가 사라지기 전날 만난 사람은 없습니까?"

"없습니다."

"편지를 받은 적도 없나요?"

"편지는 한 통 왔지요."

"누가 보낸 거지요?"

"공작이 보낸 편지였습니다."

"공작이 보낸 편지인 줄은 어떻게 아셨지요?"

"편지 봉투에 찍힌 홀더니스 가문의 문장을 보고 알았습니다. 또 주소를 쓴 글씨가 공작의 필체였습니다. 그리고 공작이 편지를 보냈다고 제게 말했습니다."

"그 전에 언제 또 편지를 보냈지요?"

"한 며칠 전에요."

"프랑스로부터 온 편지는 없었나요?"

"아뇨, 한 번도 없었습니다."

"제가 왜 이런 질문을 하는지는 물론 아시겠지요, 헉스터블 박사. 샐타이어가 자기 의지로 학교를 빠져나갔는지 아니면 타인에 의해 강제로 납치되었는지를 알아보기 위해서입니다. 스스로 도망간 거라면 외부의 누군가가 소년을 꾀었을 수도 있습니다. 아무도 찾아온 사람이 없었다면 편지 때문에 샐타이어가 꾐을 당한 것일 수도 있고요. 그래서 소년이 누구를 만났는지 물어보는 겁니다."

"그다지 큰 도움을 드리지 못해 죄송합니다만, 제가 아는 바로는 아버지인 홀더네스 공작 외에 소년과 접촉한 사람은 없습니다."

"공작과 샐타이어 부자간의 사이는 좋았나요?"

"공작은 그다지 사교적인 사람이 아닙니다. 중요한 국가 문제에만 파묻혀 있는 분이기 때문에 부자지간의 정이 돈독하다고는 말씀드리기가 어렵군요. 하지만 공작 나름대로 외아들을 아끼는 편이었습니다."

"하지만 어머니와는 사이는 아주 좋았다고요?"

"네."

"샐타이어가 그렇게 말하던가요?"

"아니오."

"그럼 공작이 그렇게 말했습니까?"

"천만예요. 아닙니다."

"그럼 어떻게 아십니까?"

"공작의 비서 제임스 와일더와 대화를 나누었는데 그가 샐타이어에 대해 이런 저런 이야기들을 해주었습니다."

"그랬군요. 그러면 공작이 보낸 마지막 편지가 샐타이어 학생 방에서 발견되었나요?"

"아니오, 샐타이어가 그 편지를 가지고 간 것 같습니다. 이제 그만 유스턴 기차역으로 출발할 시간입니다, 홈즈 씨."

"사륜마차를 부르지요. 15분이면 될 겁니다. 헉스터블 씨, 집으로 전보를 보내세요. 사람들이 박사가 아직 리버풀이라든가 어딘가에서 사건 수사를 부탁하고 있다고 생각하도록 말입니다. 그러면 제가 비밀리에 편하게 학교에서 수사를 할 수 있으니까요. 사건 발생 후 시간이 많이 지나서 제대로 된 증거를 찾을 수 있을지 모르겠습니다. 하지만 늙은 사냥개처럼 쿵쿵대면서 돌아다니다 보면 뭔가 잡히는 게 있겠지요."

그날 저녁 무렵, 우리는 헉스터블 박사의 학교가 있는 잉글랜드 북부 피크 지방에 도착했다. 그곳의 공기는 런던과는 달리 매우 맑고 상쾌했다. 우리가 도착하자 날은 벌써 어두웠다. 복도 테이블 위에 우리의 명함을 놓고 기다리고 있자니 하인이 집사에게 귓속말로 무언가 속삭였다. 집사가 깜짝 놀라면서 피곤한 얼굴을 우리 쪽으로 돌렸다.

"공작님은 여기 학교에 와 계십니다. 공작님은 와일더 비서와 함께 서재에 계십니다. 저를 따라오십시오. 안내하겠습니다."

나는 유명한 정치가인 공작의 얼굴을 잘 알고 있었지만 실제로 만나보니 사진과는 사뭇 다른 모습이었다. 키가 크고 위엄이 있었으며, 옷차림은 빈틈없이 격식 있게 차려 입었는데, 얼굴이 길었고 한가운데 우뚝 솟은 매부리코가 인상적이었다. 석고상처럼 창백한 얼굴이 흰색 양복의 상의 위로 길게 자란 짙은 붉은 색 수염과 뚜렷한 대비를 이루었다. 양복 안의 조끼 주머니에서 빠져 나온 시곗줄이 반짝였다. 공작은 위엄 있는 표정으로 우리를 보았지만 얼굴에는 어둠이 서려 있었다. 홀더네스 공작 옆에는 아주 젊은 남자가 서 있었는데 와일더 비서가 틀림없었다. 몸집이 작은 데다 신경질적이고 민첩하며 괄괄해 보였고, 꽤 똑똑해 보이는 젊은이였다. 우리의 침묵을 깬 것은 와일더 비서의 날카로운 말투였다.

"헉스터블 박사님, 오늘 아침 박사님을 만나려고 했는데 이미 이번 일을 의뢰하시려고 런던으로 출발하신 후더군요. 셜록 홈즈 씨에게 이번 사건을 맡기시겠다는 얘기를 전해 듣고 공작님이 매우 놀라셨습니다. 공작님에게 말씀도 드리지 않고 혼자서 결정하다니."

"하지만 경찰도 이번 사건에서 손을 뗐ㅡ"

"공작님은 절대로 수사가 끝났다고 생각하지 않으십니다."

"하지만 와일더 씨, 분명히 경찰은ㅡ"

"헉스터블 박사, 잘 아시겠지만 공작님은 이번 사건이 세상에 알려지는 것을 원치 않으십니다. 그리고 가능한 이번 사건에 적은 수의 사람이 개입하기를 바라고 계십니다."

"그렇다면 관두지요." 인상을 찌푸리며 박사가 대꾸했다.

"셜록 홈즈 씨는 내일 아침 기차로 런던으로 돌아가면 되니까요."

"아니오, 런던으로 돌아갈 계획은 없습니다. 박사님." 홈즈가 상냥하게 말을 가로막았다.

"이곳 공기도 신선하고 좋으니 며칠 머물면서 휴식을 취하고 싶습니다. 이곳에 머물지, 마을 여관에 묵을지는 박사님이 결정해 주십시오."

헉스터블 박사는 이러지도 저러지도 못하고 난처한 지경에 처해 있었다. 그러자 붉은 수염의 공작이 입을 열었다. 마치 종이 울리는 듯, 깊게 울려 퍼지는 음성이었다.

"와일더 비서의 말대로 나와 먼저 상의를 했으면 좋았을 것을 그랬네, 헉스터블 박사. 하지만 홈즈 씨가 자네 부탁을 들어주기로 결정했으니 이를 거절하는 것도 예의는 아니지. 마을 여관에서 묵지 말고 저희 집에서 며칠 지내도록 하시지요, 홈즈 씨."

"감사합니다, 공작님. 하지만 사건을 수사하려면 사건 현장과 제일 가까운 곳에서 지내는 것이 좋겠습니다."

"좋으실 대로 하시오, 홈즈 씨. 그리고 필요한 게 있으면 여기 와일더 비서나 나에게 말하시오."

"그러면 여기서 직접 물어보는 편이 좋겠군요. 한 가지 질문이 있습니다. 아드님의 실종에 관해서 무슨 짐작이라도 가는 사실이 있으신지요?"

"아니오, 전혀 없소."

"심기가 불편할 질문을 해서 죄송합니다만 어쩔 수 없군요. 공작부인께서 이 사건과 어떤 관계가 있다고 생각하진 않으십니까?"

홀더네스 공작은 대답하기 난처한 듯 한동안 주저했다.

"그렇게 생각하지 않소." 마침내 공작이 대답했다.

"아드님의 몸값을 노리는 유괴범의 소행일 가능성이 있습니다. 혹시 몸값을 요구하는 협박 편지를 받은 적은 없나요?"

"없소, 홈즈 씨."

"하나만 더 질문하겠습니다. 사건이 발생하던 날 아드님에게 편지를 보내셨다고 들었습니다."

"아니오, 편지는 그 전날 썼소."

"네, 맞습니다. 그런데 아드님에게 그 편지를 사건 발생 하루 전날 보내셨나요?"

"그렇소."

"아드님의 마음이 상할 만한, 혹은 충격 받을 만한 내용을 편지에 쓰셨나요?"

"아니오, 전혀 그렇지 않소."

"편지를 직접 부치셨나요?"

공작이 대답하는 대신 와일더 비서가 황급히 끼어들었다.

"공작님은 직접 편지를 부치시지 않습니다. 다른 서류들과 함께 편지를 서재 책상에 올려놓으시면 제가 직접 그 편지들을 부칩니다."

"그 편지를 확실히 부쳤습니까?"

"물론입니다. 제 눈으로 똑똑히 봤습니다."

"그날 공작님이 쓰신 편지가 모두 몇 장이나 되지요?"

"20통에서 30통 정도 될 겁니다. 아주 양이 많았습니다. 사건과 편지는 아무 상관이 없을 것 같습니다만?"

"전혀 없지는 않지요." 홈즈가 대답했다.

"내 입장에서는…." 공작이 말했다.

"경찰에게 프랑스 남부 지방을 조사하는 게 어떻겠냐고 말해 놓았소. 내 아내가 이처럼 끔찍한 일을 주도했으리라고는 생각하지 않소만, 아들 녀석이 워낙에 고집불통이라 프랑스에 있는 제 어미에게 갔을 수도 있소. 그 독일어 선생이 꼬드겨 부추긴 거겠지. 나는 이제 그만 돌아가야겠소, 헉스터블 박사."

나는 홈즈가 몇 가지 더 질문하고 싶다는 것을 알 수 있었지만 공작의 무뚝뚝한 태도 때문에 그만두는 것 같았다. 지나치게 귀족적인 성격 탓에 공작은 내밀한 가족사를 낯선 사람에게 설명하는 일을 굉장히 불쾌하게 느낀 것 같았다. 또한 홈즈가 캐물으면 캐물을수록 자신의 공작이라는 지위에 가려진 그늘진 구석이 환히 드러날까 두려워하는 듯 보였다.

공작과 비서가 학교를 떠나자 홈즈는 곧바로 수사에 들어갔다. 우선 샐타이어 소년이 쓰던 방을 샅샅이 조사했지만 밖으로 나갈 유일한 길은 창문이라는 점 외에는 아무 단서도 얻을 수 없었다. 또한 독일어 교사 하이데거 선생 방도 조사했지만 역시 아무것도 밝혀낼 수 없었다. 하이데거 선생 역시 담쟁이 넝쿨을 타고 내려간 듯, 짧은 풀이 푸르게 자란 잔디밭에 움푹 파인 발자국이 남아 있었다. 소년과 선생의 야간도주를 말해 주는 증거는 그뿐이었다.

홈즈는 혼자 집을 나서더니 밤 11시가 넘어서야 돌아왔다. 그는 육지 측량부의 근방 지도 한 장을 들고 내 방으로 들어왔다. 침대 위에 지도를 펼쳐 놓은 홈즈는 지도 중앙에 램프를 비추고는 담배를 피우기 시작했다. 그리고 가끔 흥미 있는 것을 발견하면 연기가 나는 파이프로 그곳을 가리키거나 했다.

"이번 사건은 아주 흥미로워, 왓슨." 홈즈가 말을 꺼냈다.

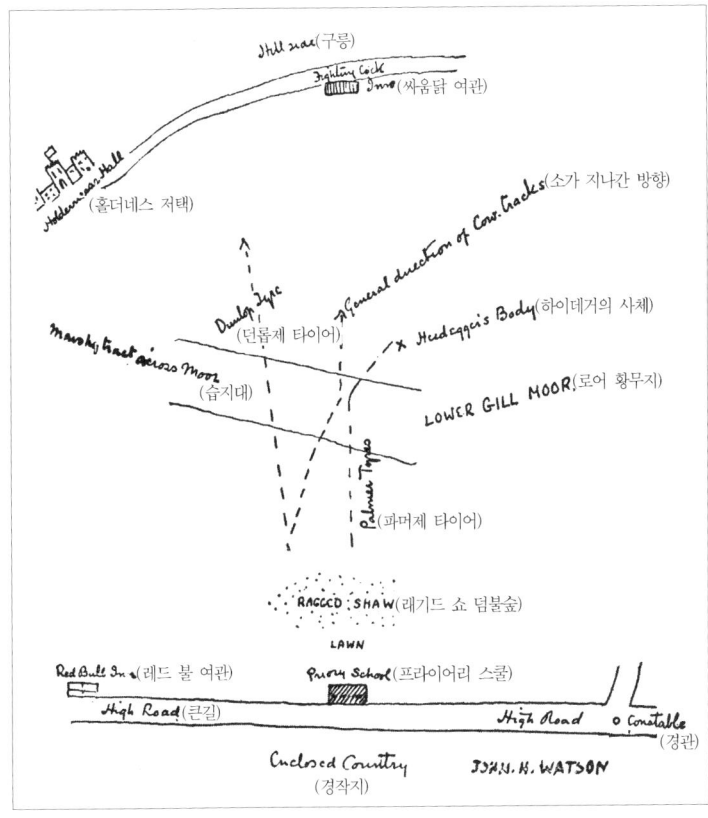

 "아주 중요한 점이 몇 개 있다네. 우선 여기 지도를 살펴보면 사건 수사에 도움이 될 걸세."

 "지도를 보게. 여기 까맣게 칠한 사각형이 프라이어리 스쿨이야. 여기에 핀을 꽂아 두지. 그리고 여기 이 선이 큰길이네. 학교에서 동서로 뻗어 있고 동쪽으로나 서쪽으로는 1마일 이내에 샛길이 없어. 만약 두

프라이어리 스쿨 405

사람이 길로 지나갔다면 그건 이 길밖에 없어."

"정말 그렇군."

"다행스럽게도 나는 오늘 이 길에 대해서 이미 조사를 마쳤다네. 바로 여기, 내가 지금 파이프로 가리키고 있는 지점 말일세. 이 지점에서 경관 한 명이 밤 열두 시부터 새벽 여섯 시까지 보초를 서고 있었다는군. 여기 보이다시피, 동쪽으로 난 첫 번째 갈림길 지점에서 경관이 보초를 서고 있었지만 한순간도 자리를 뜬 적이 없고 소년이나 남자가 지나가는 모습은 목격하지 못했다고 하네. 그 경찰과 아까 얘기를 나누어 봤는데 믿을 만한 사람이더군. 그러니 동쪽 길로는 두 사람이 지나가지 않았다는 뜻이 되지. 그렇다면 이제 서쪽 길을 살펴봐야 하는데 서쪽에는 '레드 불'이라는 여관이 하나 있다네. 공교롭게도 그날 밤 여관 안주인이 병이 나는 바람에 맥클턴으로 의사를 부르러 갔다는군. 한데 의사가 다른 환자를 진찰하러 왕진을 가서 새벽까지 자리를 비운 탓에 여관 사람들이 모두 밤새도록 교대로 길가에서 의사가 오는지 기다렸다고 했네. 여관 사람들의 말이 옳다면 서쪽 길 역시 두 사람이 이용했을 가능성은 사라지지. 그렇다면 결국 샐타이어와 하이데거 선생, 두 명은 이 길로 가지 않았다는 게 확실하네.

"하지만 자전거는?" 내가 반박했다.

"그래, 자전거가 있지. 추리를 계속해 보세. 만약 두 사람이 길로 가지 않았다면, 학교 북쪽이나 남쪽으로 갔다는 추측을 할 수 있네. 이점은 확실하네. 우선 하나씩 살펴보도록 하지. 우선 학교 남쪽을 살펴볼까? 보다시피 학교 남쪽은 경작지로 논밭으로 이루어져 있네. 바둑판처럼 땅이 나뉘어져 있는데다가 돌담으로 각각 막혀 있어. 이 길로는 자전거가 다닐 수 없다는 뜻이네. 그럼 학교 남쪽으로 갔을 가능성도 포기해야 하는 거지. 이제 남은 두 번째 가능성은 학교 북쪽인데, 여기는 나무들이 수북이 자란 숲이야. 래기드쇼 덤불숲이라고 표시한 곳일세. 그리고 여기서 더 가면 로어 황무지야. 완만한 언덕길로 10마일 가량 뻗어 있지. 여기, 황무지가 끝나는 곳에 홀더네스 저택이 있네. 도로를 이용하면 10마일이지만 황무지를 가로질러 가면 6마일밖에 안 걸리는 거리야. 사람들이 거의 다니지 않는 황무지라서 소와 양을 기르는 농가 몇 채가 있는 걸 제외하면 황무지에 사는 것은 새 같은 날짐승이 다일세. 그리고 체스터필드 거리까지는 아무것도 없다네. 여기 교회가 하나 있고 오두막 몇 개, 그리고 여관이 있네. 언덕을 넘어가면 경사가 급한 절벽이 나오지. 역시 이 황무지 지역을 조사해야 한다는 결론이 나오지."

"하지만 자전거는?"

"그렇지, 그렇지." 홈즈가 대꾸했다.

"자전거를 잘 타는 사람은 포장도로가 아니어도 상관없네. 황무지에도 오솔길이 나 있고 게다가 보름달 밤이었으니 훤히 밝았겠지. 이건 무슨 소리지?"

누군가 힘차게 방문을 두드렸다. 곧이어 헉스터블 박사가 방으로 들어왔다. 박사는 손에 파란 크리켓 운동용 모자를 들고 있었다. 모자 맨 위에는 하얀 갈매기 무늬 장식이 달려 있었다.

"마침내 단서를 잡았습니다!" 박사가 소리쳤다.

"하나님, 감사합니다. 마침내 소년의 행방을 찾았습니다. 이건 샐타이어의 모자입니다."

"어디서 발견했죠?"

"황무지에서 야영하던 집시들 마차 안에서 발견했습니다. 집시들은 화요일에 출발했는데 경찰이 오늘 추적해서 따라가 마차를 수색한 결과 이 모자를 발견한 겁니다."

"집시들은 뭐라고 하던가요?"

"발뺌하면서 거짓말을 하더군요. 화요일 아침 황무지에서 발견했다고 말입니다. 하지만 분명 집시 놈들이 소년을 납치한 겁니다. 다행이지 뭡니까? 경찰이 집시를 조사하고 있으니까, 법이 무서워서라도 분명 모든 걸 털어놓을 겁니다. 공작의 후한 사례금도 있을 테니 말입니다."

"지금까지는 괜찮군." 박사가 방을 나가자 홈즈가 말했다.

"최소한 로어 황무지에서 모자가 발견되었다는 사실은 우리도 황무지를 둘러보면 뭔가 찾을 수 있다는 뜻이 되니까 말이야. 집시들을 체포한 것만 제외하면 지방 경찰이 아무 성과를 거두지 못한 게 분명하군. 여기 보게, 왓슨. 황무지를 가로지르는 수로가 있어. 지도에 표시해 놓은 게 보이지? 황무지 일부분에서는 수로가 확대되면서 늪지대로 변한 지역이 있어. 홀더네스 저택과 학교 사이 지역에 이런 늪지대가 군데군데 있네. 날이 건조해서 다른 장소에서 흔적을 찾기란 소용없는 일이지만 늪지처럼 습기가 많은 장소에서는 분명히 뭔가 흔적이 남아 있을 걸세. 왓슨, 내일 아침에 깨울 테니 같이 가서 이 수수께끼 같은 사건을 풀어줄 실마리를 찾아보세."

새벽에 눈을 떠보니 홈즈는 벌써 일어나 있었다. 날이 밝자마자 홈즈가 나를 깨우러 온 것이다. 옷을 말끔히 차려입은 홈즈는 이미 밖을 둘러보고 온 것이 분명했다.

"잔디밭과 자전거 창고를 살펴보았네. 또 래기드쇼 덤불숲에도 갔다 왔지. 왓슨, 옆방에 코코아를 준비해 놨네. 서둘렀으면 좋겠어. 오늘은 할 일이 아주 많아서 말이야."

홈즈의 눈이 반짝였고 두 뺨은 홍조를 띠고 있었다. 마치 일감을 잔뜩 준비해 놓은 기술자의 활기찬 표정과도 같았다. 평상시의 모습과는 아주 달라 보였다. 베이커가에서는 생각에 잠긴 냉정한 모습이 대부분이었는데 지금 이곳에서는 활기 있고 기운찬 모습이었다. 이처럼 생기에 찬 홈즈의 모습을 보면서 나는 오늘 할 일이 아주 많으리라는 것을 짐작할 수 있었다.

하지만 이러한 기대는 곧 실망으로 바뀌었다. 희망에 부풀어 홈즈와 나는 양떼가 다니는 길이 어지러이 나 있는 황무지를 돌아다녔다. 물이끼가 끼고 적갈색 덤불로 무성한 황무지를 지나 홀더네스 저택과 황무지를 나누는 넓은 연푸른 녹지대까지 왔다. 만약 샐타이어가 집 쪽으로 갔다면 분명 이곳을 지나갔을 테니 어떤 흔적이 남아 있어야만 했다. 그러나 샐타이어나 하이데거 선생의 흔적은 전혀 찾을 수 없었다. 홈즈의 얼굴이 어두워졌다. 홈즈는 이끼 낀 길 위의 진흙 얼룩을 일일이 살펴보면서 길을 따라 걸었다. 양떼의 발자국은 아주 많았으며, 몇 마일 떨어진 곳에서는 소 발자국도 발견되었다. 그러나 그 외에는 아무것도 발견할 수 없었다.

"일단 이 지점을 살펴보세."

홈즈가 우울한 얼굴로 넓게 펼쳐진 황무지를 보았다.

"저 멀리에도 황무지가 있고 사이에 좁은 길이 나 있군. 아니, 이런, 이럴 수가, 이게 뭐지?"

시커먼 좁은 길 중간쯤 축축한 땅 위에 선명하게 자전거 바퀴 자국이 난 것이 보였다.

"와, 드디어 찾았군!" 내가 소리쳤다.

그러나 홈즈는 고개를 저었다. 기쁘다기보다는 뭔가 골똘히 생각하는 제3자의 표정이었다.

"자전거가 맞긴 한데, 우리가 찾는 자전거는 아니야." 홈즈가 말했다.

"자전거 타이어에는 마흔두 종류가 있어. 각기 타이어 무늬가 다르지. 겉에 덮개를 덧댄 이 타이어는 던롭사의 타이어일세. 하이데거 선생의 자전거 타이어는 팔머사에서 만든 제품이야. 에이블링이라는 수학 선생이 확실하다며 말해 주더군. 팔머사의 타이어 무늬는 수직선이라네. 따라서 이 자전거 바퀴 자국은 하이데거 선생의 자전거가 아니라는 뜻이지."

"그럼 섈타이어의 것일까?"

"어쩌면. 섈타이어가 자전거를 타고 나갔다면 말일세. 하지만 아직까지는 소년이 자전거를 타고 갔다는 증거가 없네. 이 바퀴 자국으로 보아하니 자전거 주인은 학교에서 출발한 것이 확실하네."

"아니면 학교를 향해서 가는 중이었거나."

"아냐. 그건 그렇지 않네, 왓슨. 좀더 깊이 팬 바퀴 자국을 보게. 몸무게가 자전거 뒤쪽에 실리니까 물론 뒷바퀴가 더 깊게 패이지. 여기 이

자국들을 살펴보게, 얕게 파인 앞바퀴 자국이 뒷바퀴에 밀려 사라졌지? 이건 확실히 자전거가 학교에서 출발했다는 의미일세. 이 사실이 우리 조사와 관련이 있는지 없는지는 우선 이 바퀴 자국을 되짚어 올라가 보면 알 수 있을 걸세."

우리는 바퀴 자국을 거슬러 올라갔다. 200야드 지나 길이 끝나는 지점에 오자 황무지 땅은 습기로 질퍽해졌다. 길을 따라 계속 되짚어 가니 이번에는 샘물이 솟아오르는 장소가 있었는데 이곳의 자전거 바퀴 자국은 소의 발자국에 지워져 버린 상태였다. 그곳에는 아무 흔적도 남아 있지 않았고 길은 학교 뒤의 래기드쇼 덤불 숲 속으로 이어져 있었다. 이 숲에서 자전거가 나온 것이 분명했다. 홈즈는 바위 위에 걸터앉아 손으로 턱을 괴었다. 내가 담배를 두 개비나 피우고 나서야 꼼짝도 하지 않던 홈즈가 비로소 몸을 일으켰다.

"아하," 홈즈가 마침내 입을 열었다.

"흔적을 남기지 않으려고 자전거 타이어 자국을 바꿀 정도로 교활한 놈이 틀림없어. 이런 생각을 할 정도로 머리가 좋은 범인을 상대하고 있다니 이것 참 재미나는 사건이군. 이 문제는 일단 제쳐두고 다시 황무지를 살펴보러 가세. 아직 조사하지 못한 곳이 많이 남았어."

우리는 다시 황무지 늪 가장자리 주변을 차근차근 살펴보았다. 그리고 마침내 끈기 있게 조사한 소득을 얻게 되었다. 늪 아래편 오른쪽에 진흙 창이 된 샛길이 보였다. 홈즈가 그쪽으로 다가가더니 기쁨의 탄성을 질렀다. 가느다란 전선줄 꾸러미처럼 보이는 물체가 길 한가운데 놓여 있었다. 바로 팔머 자전거 타이어였다.

"하이데거 선생의 것이 분명해!" 홈즈가 기뻐하며 소리쳤다.

"나의 추리가 제대로 들어맞았군."

"축하하네, 홈즈." 내가 말했다.

"아직 가야 할 길이 멀어. 허나 길을 자세히 살펴 간 보람은 있었군. 이제 이 바퀴 흔적을 계속 쫓아가 보세. 그다지 길지 않을 거야."

그러나 황무지는 습기로 질퍽거리는 곳이 많았고 자전거 바퀴 자국을 놓치기 일쑤였다. 그러나 우리는 다시 이어진 바퀴 자국을 어렵게 발견해 가면서 계속 쫓아갔다.

"이것 보게, 자전거를 탄 사람은 전속력으로 달리고 있었어. 의심의 여지가 없네. 여기 선명하게 난 바퀴 자국을 보게. 바퀴 자국 두 개가 모두 비슷한 깊이로 패여 있네. 이건 자전거를 탄 사람이 앞바퀴, 즉 손잡이 쪽으로 몸을 잔뜩 기댔다는 뜻이야. 전속력으로 질주할 때처럼 말이지. 이런, 저기서는 넘어진 모양이군."

바퀴 자국이 어지럽게 엉켜 있었고 사람이 넘어진 흔적이 보였다. 발자국이 몇 개 나 있었고 타이어 자국이 다시 한 번 사라지고 안 보였다.

"옆으로 넘어진 모양이군."

바닥에 넓게 엉켜 있는 흔적을 보고 내가 말했다. 그러나 홈즈는 아무 말 없이 금작화 꽃이 핀 덤불에서 꺾인 가지 하나를 들어올렸다. 나는 공포에 질렸다. 샛노란 금작화 꽃잎이 붉은 핏빛으로 얼룩져 있었기 때문이다. 길 위에도, 히스 덤불 위에도, 검붉은 핏자국이 여기저기 있었다.

"이런, 세상에! 왓슨, 가만히 서 있게. 불필요한 발자국을 남기면 안

되니까. 어떻게 된 일일까? 분명 상처를 입고 쓰러졌다가 다시 일어나 자전거를 타고 계속 달려간 모양이군. 하지만 다른 바퀴 자국은 없어. 소 발자국만 눈에 띄는 것이 이상해. 황소에게 받혔을 리도 없을 텐데 말이야. 황소라니 말도 안 되지. 하지만 다른 사람의 흔적은 없는 걸… 왓슨, 계속 가 보세. 이 핏자국을 바퀴 자국과 마찬가지로 쫓아가 봐야 겠어. 분명 멀리 가지는 못했을 거야."

그러나 추적은 오래 가지 않았다. 바퀴 자국은 물기가 어린 진흙 길 위를 비틀비틀 곡선을 그리며 이어져 있었다. 저 앞을 보자 반짝 빛을 발하는 금속성 물체가 시야에 들어왔다. 그 물체는 무성하게 자란 금작화 덤불에 가려져 있었다. 우리가 덤불에서 끄집어 낸 것은 팔머 타이어가 달린 자전거였다. 한쪽 페달은 구부러지고 자전거 앞부분이 끔찍하게도 온통 피투성이였다. 덤불 저쪽에 신발 한 켤레가 삐죽이 나와 있었다. 우리는 급히 달려가 보았다. 자전거의 주인이 틀림없었다. 키가 크고 턱수염이 난 남자가 누워 있었다. 안경을 쓰고 있었는데 한쪽 안경알은 빠져 나가고 없었다. 머리를 세게 얻어맞고 죽은 게 분명했다. 머리 한쪽 부분이 짓뭉개져 있었다. 이토록 심한 부상을 입고도 여기까지 올 수 있었다는 사실은 그의 용기와 체력을 뒷받침해 주는 것이었다. 신발은 신고 있었지만 양말은 신고 있지 않았다. 코트 앞자락이 벌어져 안에 입은 잠옷이 드러나 있었다. 죽은 남자는 하이데거 독일어 선생이 틀림없었다.

홈즈는 사체를 신중하게 꼼꼼히 살펴보았다. 그리고 한동안 깊은 생각에 잠겨 앉아 있었다. 사체 발견이 수사에 도움이 되지 않았음을 그의 일그러진 눈썹 모양으로 알 수 있었다.

"뭘 해야 할지 고민이군. 왓슨." 홈즈가 마침내 입을 떼었다.

"내 생각 같아서는 계속 황무지를 살펴봐야 할 것 같아. 더 이상 허비할 시간이 없네. 하지만 한편으로는 이 사실을 경찰에 신고해야 하지 않겠나. 이 불쌍한 선생에 대해 경찰이 조사하도록 말일세."

"내가 가겠네."

"하지만 난 자네 도움이 필요해. 잠깐, 저기 토탄을 캐고 있는 농부가 있군. 그 사람을 이리 데려오게. 경찰에 알리라고 부탁하지."

나는 그 농부를 데리고 왔다. 홈즈는 사체를 보고 겁에 질린 농부에게 헉스터블 박사에게 전하는 편지를 들려서 경찰서로 보냈다.

"자, 왓슨, 오늘 아침 우리는 두 가지 단서를 잡았네. 하나는 팔머 타이어 자전거일세. 그 자전거의 주인이 어떤 일을 당했는지도 봤지. 두 번째 단서는 던롭 타이어 자전거일세. 그 점을 조사하기 전에 우리가 알고 있는 사실을 다시 한 번 되새겨 보세. 필요 없는 사실은 버리고 중요한 사실만 골라내야 하니까 말이야." 홈즈는 계속했다.

"우선, 나는 샐타이어가 완전히 자기 뜻대로 행동했다는 점을 밝혀두고 싶네. 창문으로 빠져 나온 샐타이어는 혼자 또는 누구와 같이 도망을 친 게 분명하네."

나는 홈즈의 말에 동의했다.

"그렇다면, 다음에는 저 불쌍한 독일어 선생에 대해 살펴보도록 하지. 소년은 학교를 빠져 나올 때 옷을 완전히 갖춰 입은 상태였네. 따라서 소년은 자기가 무슨 일을 하고 있는지 잘 알고 있었다는 뜻이지. 하지만

하이데거 선생은 양말도 신지 않고 나왔네. 아주 서두른 것이 확실해."

"나도 그렇게 생각하네."

"왜 그랬을까? 왜냐하면 선생은 자기 방 창문을 통해 샐타이어가 빠져 나가는 것을 발견했을 거야. 선생은 소년을 데려오려고 했겠지. 자전거를 타고 소년을 뒤쫓아 가다가 죽음을 당한 거야."

"그런 것 같군."

"그럼 이제 내 얘기 중에서 가장 중요한 사실을 설명하겠네. 어린 소년을 쫓아가는 남자라면 당연히 뒤따라 달려갔을 거야. 어른이 뛰면 소년의 걸음이야 곧 따라 잡을 수 있으니까. 하지만 하이데거 선생은 그렇게 하지 않았네. 그는 자전거를 타고 갔어. 하이데거 선생은 자전거를 아주 잘 타는 사람이라고 했네. 소년이 뭔가 아주 빠른 것을 타고 가는 모습을 보았기 때문에 하이데거 선생은 자전거를 타고 따라갔다는 사실을 알 수 있지."

"샐타이어가 자전거를 타고 갔나 보군."

"계속 추리를 해보세. 학교에서 5마일 떨어진 곳에서 그는 죽음을 당했네. 권총에 의한 죽음이 아니란 점을 명심해 두게. 소년은 분명 아무것도 가지고 나가지 않았을 가능성이 크지. 그런데 하이데거 선생은 흉기에 머리를 맞고 죽었어. 그렇다면 소년은 혼자가 아니라 누군가와 같이 있었다는 뜻일세. 그리고 하이데거 선생이 소년을 따라잡기까지 5마일이나 걸렸다는 사실은 소년이 아주 빨리 움직이고 있었다는 뜻이야. 그런데 우리는 사건 현장을 모두 살펴보지 않았나? 뭘 발견했지? 소 발자국 외에는 아무것도 없었네. 주위를 둘러보았지만 50야드 내에는 길이 없었어. 던롭 자전거를 탄 사람은 그 살인 사건과 전혀 관련이 없을 수 있다는 얘기야. 근처에 사람의 발자국은 하나도 없었으니까."

"홈즈, 그건 불가능해." 내가 소리쳤다.

"자네 말이 맞네." 홈즈가 대답했다.

"바로 그 점이지. 아무도 없는데 사람이 죽어 있다니. 그건 불가능해. 따라서 앞서 내가 얘기한 내용에는 뭔가 허점이 있다는 뜻일세. 한번 생각해 보게. 어떤 점이 잘못된 것일까?"

"하이데거 선생이 자전거에서 떨어져 머리에 상처를 입은 걸까?"

"푹신푹신한 늪지대에서 머리뼈가 부서질 만큼 심하게 떨어질 수 있다고 생각하나, 왓슨?"

"모르겠네. 아무리 생각해도 내 머리로는 모르겠어."

"쯧쯧, 이보다 더 어려운 문제도 풀지 않았나. 우리가 알고 있는 사실들은 적은 편이 아니니 이를 이용만 하면 된다네. 자, 팔머 타이어는 조사했으니 이제 덮개로 덧댄 던롭 타이어에 관해 생각해 보세."

우리는 바퀴 자국을 따라 좀더 앞으로 나아갔다. 그러나 히스로 무성히 뒤덮인 오르막길이 나오면서 늪지대는 끝이 났다. 더 이상의 바퀴 자국은 발견할 수 없었다. 자전거 바퀴 자국은 홀더네스 저택 방향을 향한 채 끝나 있었다. 왼쪽 방향으로 몇 마일 앞에 공작의 집에 세워진 높은 탑이 보였다. 앞에는 체스터필드 거리 쪽으로 나지막한 회색 집 한 채가 보였다.

우리는 그 낡고 지저분한 농가로 다가갔다. 문 위에 싸움닭 간판이 걸려 있는 여관이었다. 홈즈가 갑자기 신음 소리를 내면서 비틀거리더니 내 어깨를 움켜잡았다. 발목을 삐끗해서 걸을 수 없다는 것이었다. 홈즈는 절룩거리면서 힘겹게 여관으로 들어갔다. 문간에는 햇볕에 검게 그을린 늙은 남자가 검은 사기 파이프로 담배를 피우면서 쪼그리고 앉아 있었다.

"안녕하십니까? 루빈 헤이즈 씨?" 홈즈가 말을 건넸다.

"당신은 누구요? 내 이름을 어떻게 압니까?" 농부가 의심스럽다는 눈초리로 우리를 보며 대답했다. 눈빛이 교활했다.

"아, 간판에 쓰인 이름이 있는데 주인 이름이 분명하겠지요. 그 정도야 쉽게 알 수 있는 것 아니겠습니까? 헤이즈 씨, 혹시 여관에서 마차를 빌릴 수 있습니까?"

"아뇨, 마차는 없소."

"땅에 발을 댈 수 없어서 그러니 부탁합니다."

"발을 땅에 안 대면 될 것 아니오."

"그러면 걸을 수 없어요."

"그럼 한쪽 다리로 깡충깡충 뛰구려."

여관 주인의 태도는 예의범절하고는 담을 쌓은 것이었다. 그러나 홈즈는 예의바르게 웃음을 잃지 않고 대답했다.

"이것 보세요, 헤이즈 씨. 워낙 불편해서 어쩔 수 없답니다. 탈것이라면 뭐든 상관 않겠습니다."

"나도 당신이 어찌되건 상관 안 하오." 헤이즈는 매정하게 대꾸했다.

"아주 중요한 일입니다. 자전거를 빌려 주면 소블린 금화를 드리지요."

여관 주인의 귀가 쫑긋해졌다.

"어딜 갈 생각인데?"

"홀더네스 저택입니다."

"공작과 잘 아는 사이란 말이오?" 여관 주인이 진흙이 잔뜩 묻어 있는 지저분한 우리의 옷을 아래위로 훑어보며 대꾸했다.

"공작은 우릴 보면 좋아하실 겁니다." 홈즈가 넉살 좋게 웃으며 대답

프라이어리 스쿨

했다.

"왜?"

"실종된 아드님에 대한 소식을 갖고 왔으니까요."

여관 주인이 움찔했다.

"뭐요? 도련님을 찾았단 말이오?"

"리버풀에 있다는 연락을 받았습니다."

수염이 제멋대로 자란 주인의 넓적한 얼굴에 순간 안도의 빛이 스쳐 지나갔다. 여관 주인의 태도가 갑자기 상냥해졌다.

"공작은 나에겐 그다지 좋은 분은 아니오. 예전에 나는 공작의 마부장으로 일했었지. 그런데 공작은 한마디 말도 없이 잡곡상의 거짓말을 듣고는 나를 해고했어. 하지만 도련님이 리버풀에 있다는 소식을 들으니 기쁘군. 공작에게 그 소식을 속히 전해 드릴 수 있도록 탈것을 빌려 주지."

"고맙습니다." 홈즈가 대답했다.

"우선 식사를 해야겠습니다. 그 뒤에 자전거를 빌려 주십시오."

"자전거는 없습니다."

홈즈가 소브린 금화를 내밀었다.

"정말이오, 선생. 자전거는 없소. 하지만 홀더네스 저택까지 가도록 말 두 필을 빌려 주겠소."

"뭐 정 그러시다면, 일단 식사를 한 뒤에 다시 얘기해 보지요."

우리는 바닥에 돌이 깔린 부엌으로 가서 식사를 했다. 홈즈와 나, 단 두 명만 남게 되자 놀랍게도 홈즈의 삔 발목은 언제 그랬냐는 듯 멀쩡해졌다. 아침부터 아무것도 먹지 못한 우리는 오랫동안 식사를 했다. 홈즈는 생각에 깊이 잠겨 있었고, 한두 번 창가로 다가가 뚫어져라 밖을 내다보았다. 창문 밖으로는 지저분한 앞마당이 보였다. 마당 저쪽 구석에는 대장간이 있었는데 한 젊은이가 일을 하고 있었다. 마당 반대쪽 구석에는 마구간이 있었다. 홈즈는 한동안 창 밖을 내다보다가 자리로 돌아와 앉았다. 그리고 갑자기 벌떡 일어나더니 탄성을 질렀다.

"세상에, 왓슨, 드디어 알았어. 드디어 알아냈어. 그랬던 거야. 왓슨, 오늘 소 발자국 본 것을 기억하나?"

"몇 개 봤지."

"어디서?"

"글쎄, 여기 저기 황무지 전체에 있었는데. 늪지에도 있었고, 길가에도, 그리고 그 불쌍한 하이데거 선생이 죽음을 당한 장소에도 있었지."

"맞아, 그랬다네. 그렇다면 왓슨, 황무지에서 소를 본 기억이 나나?"

"아니, 한 마리도 못 봤는데."

"이상하지 않나? 왓슨? 따라다닌 바퀴 자국마다 모두 소 발자국이 나 있었는데 정작 소는 단 한 마리도 보지 못했다니 말이야. 아주 이상한 일이지? 안 그래?"

"그렇군. 정말 이상한걸."

"자, 이제 기억을 더듬어서 아까 갔던 길을 머릿속에 떠올려 보게. 길 위의 자국이 그려지나?"

"그래."

"그럼 그 소 발자국이 이렇게 생겼었는지도 기억나나?"

홈즈는 빵 부스러기를 늘어놓았다.

"어떤 경우엔 ': : : : : :' 이렇게 생겼고, 또 어떤 때는 ': ˙ : ˙ : ˙ :'' 이런 모양이었지. 또 '· · · · ·' 이렇게 생긴 것도 있었어. 기억나나?"

"아니, 기억을 못 하겠네."

"난 확실하게 기억하네. 분명 그랬어. 맹세해도 좋아. 나중에 시간 내서 다시 한 번 가 보세. 나는 지금까지 눈뜬장님이었어. 이러니 결론이 안 났던 게야."

"그럼 그 소 발자국이 무슨 의미가 있단 말인가?"

"말처럼 걷기도 하고 천천히 구보하거나 아니면 발 네 개를 한번에 지면에서 뗄 정도로 빨리 뛰는 소를 본 적이 있나? 그건 소 발자국이 아냐! 바로 말이라는 얘기일세. 시골 여관 주인 머리로는 이런 눈속임을 생각하지 못해. 마당이 조용한 걸 보니 아무도 없는 것 같군. 대장간에 있는 젊은이 외엔 아무도 안 보여. 슬쩍 다가가서 살펴볼까."

무너져 가는 마구간에는 손질을 하지 않아 털이 헝클어진 말 두 마리가 있었다. 홈즈는 그 중 한 마리의 뒷발을 올려 발굽을 들여다보더니 소리 내어 웃었다.

"편자는 오래 됐는데 얼마 전에 새로 갈았군. 보게. 오래된 편자인데 못은 새것이야. 이거 명 사건이군. 마당 건너편에 있는 대장간으로 가 보세."

젊은이는 자신의 일에만 몰두해 있었다. 홈즈의 날카로운 눈이 쌓여 있는 쇠붙이 더미들을 이리저리 둘러보았다. 바닥에는 나무 조각들이 흩어져 있었다. 갑자기 우리 뒤에서 발소리가 들렸다. 뒤를 돌아보니 여관 주인이 두 눈을 부릅뜨고 우리를 노려보고 있었다. 검붉은 낯이 화가 난 듯 씰룩거렸다. 주인은 손에 짧은 쇠막대기를 들고 있었다. 어찌나 험상궂은 모습이던지 나는 주머니에 있는 리볼버 권총을 손에 쥐었다.

"이 흉악한 염탐꾼들!" 주인이 소리 질렀다.

"여기서 뭘 하는 거야?"

"아, 헤이즈 씨." 홈즈가 차분하게 대답했다.

"대장간에 우리가 보면 안 되는 물건이라도 있나 보군요."

홈즈의 대꾸에 주인은 애써 억지웃음을 지었다. 그러나 일그러진 입술이 더욱 흉악해 보였다.

"대장간에 있는 물건들이야 별거 있겠소. 하지만 이보시오 선생, 난 내 허락 없이 누가 내 집에서 돌아다니는 것을 좋아하지 않소. 얼른 금화나 주고 여기서 나가 주셨으면 좋겠소."

"알겠습니다. 헤이즈 씨, 나쁜 뜻은 없었습니다." 홈즈가 대답했다.

"타고 갈 말을 살펴봤을 뿐입니다. 하지만 이제는 걸어가도 될 것 같습니다. 별로 멀지 않으니까요."

"공작의 집까지는 2마일도 안 되지. 왼쪽으로 가면 길이 있소."

주인은 뚱한 표정으로 홈즈와 내가 여관을 나갈 때까지 지켜보았다.

그러나 우리는 그다지 멀리 가지 못했다. 주인의 시야에서 벗어난 커브 길에 오자 홈즈가 발걸음을 멈췄기 때문이다.

"왠지 섭섭한 기분이 드는 걸. 마치 고향을 떠난 것처럼 말이야. 여관에서 멀어질수록 사건 현장에서 멀어지는 기분이 들어. 그냥 이렇게 갈 수는 없지. 없고말고."

"나도 동감일세. 저 여관 주인이 모든 사실을 알고 있는 게 분명해. 인상도 험악하기 짝이 없군." 내가 말했다.

"자네도 역시 그런 느낌을 받았군. 이쪽은 마구간, 저쪽은 대장간이라… 이 싸움닭 여관은 참으로 재미난 장소군. 들키지 않도록 다시 여관 쪽으로 가 보세."

회색 석회암이 흩어진 언덕이 뒤로 길게 뻗어 있었다. 우리는 길에서 벗어나 언덕 위로 올라갔다. 홀더네스 저택 쪽을 보자 자전거를 탄 사람이 급하게 달려오고 있는 게 보였다.

"빨리, 엎드려, 왓슨!"

홈즈가 급히 내 어깨를 눌렀다. 몸을 숙이자마자 아슬아슬하게 자전거가 우리를 스쳐 지나갔다. 자전거가 지나간 뒤 뿌옇게 피어오른 먼지 구름 사이로 흐릿하게 남자의 얼굴이 보였다. 창백한 얼굴에는 초조함이 깃들어 있었다. 그의 입은 벌려진 채 눈은 정면을 응시하고 있었다. 작고 민첩한 몸집이 우스꽝스러운 만화처럼 보였다. 자전거에 탄 남자는 어젯밤 만났던 제임스 와일더 비서였다.

"공작의 비서로군! 어서 오게 왓슨! 빨리 따라가야 해." 홈즈가 외쳤다.

우리는 이 바위에서 저 바위로 몸을 숨겨가며 여관 앞마당이 보이는 곳까지 다가갔다. 와일더 비서의 자전거가 벽에 세워져 있었다. 여관에서는 사람 기척이 느껴지지 않았다. 방안에는 아무도 없는 듯 창가를 지나치는 사람의 모습도 보이지 않았다. 차츰 땅거미가 내려앉기 시작했다. 홀더네스 저택에 있는 탑 뒤로 해가 저물어 갔다. 그때 어둑어둑한

마당 한쪽에서 마차의 램프가 켜진 듯 불빛이 보였다. 말발굽 소리가 들리더니 마차는 체스터필드를 향해 무서운 속도로 달려갔다.

"어떻게 생각하나 왓슨?" 홈즈가 휘파람을 불며 물었다.

"도망치는 것 같군."

"마차 안에는 한 사람밖에 안 탄 것 같더군. 분명 제임스 와일더 비서는 아니었네. 와일더는 저기 문가에 서 있으니 말이야."

어둠 속에서 문이 열리고 집안에서 새어 나오는 붉은 빛이 마당에 어른거렸다. 빛 한가운데 비서의 검은 그림자가 서 있었다. 그는 목을 길게 빼고 캄캄한 어둠 속 어딘가를 보고 있었다. 누군가를 기다리는 게 분명했다. 마침내 길에서 발소리가 들렸다. 누군가가 안으로 들어가더니 곧 여관 문이 닫혔다. 다시 마당은 어둠 속으로 파묻혔다. 5분 후, 2층의 한 방에 불이 켜졌다.

"싸움닭 여관은 이상한 방법으로 손님을 맞는군." 홈즈가 말했다.

"바는 반대쪽에 있어."

"분명 그럴 테지. 아주 은밀한 손님이 방문한 모양일세. 도대체 제임스 와일더가 이 여관에서, 이 시간에 뭘 하고 있는 걸까? 왓슨, 가보세. 위험을 무릅쓰고서라도 좀더 자세히 들여다봐야겠어."

홈즈와 나는 조심스럽게 언덕에서 내려가 길을 가로질러 여관 문을 향해 살금살금 다가갔다. 여전히 와일더의 자전거는 벽에 세워져 있는 상태였다. 홈즈는 성냥불을 켜고 자전거 뒷바퀴를 조사했다. 홈즈가 소리 죽여 조용히 웃었다. 자전거 타이어는 다름 아닌 던롭 제품이었다. 자전거 위의 창문에서 불빛이 나오고 있었다.

 "창문 안을 들여다봐야겠어. 왓슨, 엎드려서 등을 대주겠나? 디디고 올라가서 꼭 봐야겠네."

 몇 초 후, 홈즈는 내 등 위로 올라가는가 싶더니 곧 다시 내려 왔다.

"왓슨, 이제 됐네." 홈즈가 말했다.

"오늘 할 일은 거의 끝난 듯싶군. 모을 수 있는 단서는 모두 모은 것 같아. 학교까지 돌아가려면 갈 길이 머니 서둘러 출발하세."

우리가 황무지를 가로질러 프라이어리 스쿨까지 돌아가는 동안 홈즈는 단 한 번도 입을 떼지 않았다. 그러나 맥클턴 역에서 홈즈는 어딘가로 전보를 쳤다. 그날 밤 늦게 헉스터블 박사는 하이데거 선생의 비참한 죽음에 대한 소식을 들었다. 홈즈가 박사를 위로했다. 그리고 얼마 후 홈즈가 다시 내 방으로 들어왔다. 늦은 시간이었는데도 아침에 출발할 때처럼 여전히 기운차고 생생한 모습이었다.

"일이 잘 진행되고 있네, 왓슨. 내일 저녁 전까지 사건이 모두 해결될 걸세. 장담하지." 홈즈가 설명했다.

다음 날 아침 11시 홈즈와 나는 홀더네스 저택의 아름다운 정원을 지나고 있었다. 집사는 웅장한 엘리자베스 시대 풍의 현관을 지나 우리를 공작의 서재로 안내했다. 공작의 비서 제임스 와일더가 서재에 있었다. 와일더 비서는 어젯밤 외출의 여파인지 눈빛이 불안했고 표정이 굳어 있었다.

"공작님을 뵈러 오셨습니까? 죄송합니다만 공작은 지금 몸이 편찮으십니다. 헉스터블 박사가 보낸 전보를 어제 오후에 받았습니다. 어제 홈즈 선생이 발견하신 끔찍한 사건 소식에 충격을 받으신 것 같습니다."

"공작님을 꼭 만나야겠습니다. 와일더 씨."

"지금 침실에 계십니다."

"그럼 침실로 가서 뵙지요."

"아직 자리에서 일어나지 않으셨습니다."

"그래도 꼭 만나야겠습니다."

홈즈의 냉정하고 굽히지 않는 태도에 와일더 비서는 더 이상 말려 봐야 소용이 없다고 판단한 듯 보였다.

"좋습니다, 홈즈 씨. 공작님에게 홈즈 씨가 와 계신다고 말씀드리겠습니다."

한 시간 정도 지나자 홀더네스 공작이 모습을 드러냈다. 얼굴은 그 어느 때보다 창백했다. 두 어깨가 구부정하게 굽어 있어 어제 만난 그 사람이 맞는지 내 눈을 의심할 정도였다. 공작은 정중하게 인사를 하고는 책상 뒤 의자에 앉았다. 공작의 붉은 수염이 책상 위로 흘러 내렸다.

"그래, 홈즈 선생, 무슨 일이오?" 공작이 입을 열었다.

그러나 홈즈는 공작 옆에 서 있는 와일더 비서를 보고 있었다.

"공작님, 제 생각에는 와일더 비서가 없는 데서 말씀드렸으면 합니다."

와일더의 창백한 얼굴에서 핏기가 완전히 사라졌다. 그는 홈즈를 힐끗 노려보았다.

"공작께서 원하시는 대로—"

"그래요, 그래. 와일더, 자네는 나가 있게. 자, 홈즈 선생, 할말이 무언가요?"

홈즈는 와일더 비서가 나가고 서재 문이 닫힐 때까지 기다렸다가 입을 열었다.

"사실은 말입니다. 공작님." 홈즈가 말했다.

"저와 제 친구 왓슨 의사가 헉스터블 박사에게 듣기로는 이번 사건에 보상금을 거셨다고 하던데요. 공작님이 그 점을 직접 확인해 주셨으면 합니다."

"물론이오, 홈즈 선생."

"아드님이 있는 곳을 알려 주는 사람에게는 5,000파운드를 주시겠다고 하셨습니까?"

"그렇소."

"그리고 누가 아드님을 데리고 있는지 알려 주는 사람에게도 1,000파운드를 주신다고 하셨지요?"

"맞소."

"그렇다면 아드님을 납치한 사람이나 혹은 지금 아드님을 데리고 있는 사람을 알려주면 1,000파운드를 주신다는 말씀이지요?"

"그렇소, 그래요." 공작이 초초하게 대답했다.

"셜록 홈즈 선생, 이 일만 잘 해결한다면 후하게 보상하겠소. 결코 부족하다고 느끼진 않을 거요."

홈즈는 앙상한 손바닥을 마주 비볐다. 홈즈의 검소한 성품을 아는 나로서는 이처럼 돈에 연연하는 홈즈의 모습을 본 적이 없었기 때문에 무척 놀랐다.

"책상 위에 놓인 것이 공작님의 수표책인 것 같군요." 홈즈가 말했다. "지금 6,000파운드짜리 수표를 끊어 주시면 기쁘겠습니다. 지급 보증 수표로 써 주십시오. 저의 거래 은행은 캐피탈 카운티스 은행, 옥스퍼드 지점입니다."

공작은 무뚝뚝하게 앉아 있다가 벌떡 일어나서 홈즈를 차갑게 보았다.

"농담하는 거요? 홈즈 선생? 재미없는 농담은 그만둡시다."

"농담이 아닙니다. 공작님. 아주 진지하게 말씀드리는 겁니다."

"그럼 도대체 무슨 속셈이요?"

"보상금을 받겠다는 뜻입니다. 저는 아드님이 어디 있는지 그리고 최소한 누가 붙잡고 있는지도 알고 있습니다."

공작의 얼굴이 하얗게 변했고 붉은 수염은 한층 더 붉게 보였다.

"어디 있소?" 공작이 숨을 가쁘게 몰아쉬며 말했다.

"지금 아드님은, 적어도 어젯밤에는 싸움닭 여관에 있었습니다. 여기서 2마일 정도 떨어진 곳입니다."

공작은 무너지듯 의자에 털썩 앉았다.

"범인이 누구요?"

홈즈의 대답은 상상을 초월하는 것이었다. 홈즈는 빠른 걸음으로 공작에게 다가가 어깨에 손을 얹었다.

"바로 당신입니다." 홈즈의 대답이었다.

"공작님, 이제 수표를 써 주시지요."

공작은 자리에서 벌떡 일어나더니 마치 깊디깊은 심연 속으로 빠져들 듯 두 손으로 책상을 움켜쥐었다. 그러나 곧 귀족다운 자제력을 발휘해 공작은 다시 자리에 앉았고 얼굴을 두 손에 파묻었다. 몇 분이 흐르자 공작이 드디어 말문을 열었다.

"어느 정도 알고 있소?" 여전히 고개를 숙인 채 공작이 물었다.

프라이어리 스쿨 431

"어제 밤 공작님을 보았습니다."

"왓슨 의사 말고 또 누가 알고 있소?"

"아무도 모릅니다."

공작은 떨리는 손으로 펜을 집더니 수표책을 펼쳤다.

"나는 내가 한 약속은 지키는 사람이오, 홈즈 씨. 지금 수표를 써 드릴 테지만 당신이 한 말이 전혀 반갑지 않은 소식이란 점은 당신이 잘 알 것이오. 맨 처음 보상금을 주겠다고 제안했을 때는 상황이 이렇게까지 되리라고 상상도 못했소. 내가 홈즈 당신과 친구 왓슨 선생을 믿어도 되겠소?"

"무슨 말씀인지 이해가 안 갑니다."

"간단히 말하겠소. 홈즈 선생. 이번 일에 대해 누구에게도 말하지 말아 주시오. 1만 2,000파운드면 충분하겠소?"

홈즈가 웃으면서 고개를 설레설레 저었다.

"죄송합니다만 공작님. 이런 문제는 그렇게 쉽게 해결하는 게 아닙니다. 학교 선생 한 명이 죽었습니다. 설명이 필요합니다."

"하지만 제임스는 그 일과 상관이 없소. 그에게 책임을 물을 일이 아니오. 제임스가 사람을 잘못 고용한 탓이요. 선생을 죽인 사람은 불량배였소."

"허나 공작님, 범죄를 계획한 사람은 그로 인해 발생하는 사태에 대해서도 도덕적인 책임을 져야 합니다."

"도덕적으로 말이오? 홈즈 선생? 물론 당신 말이 맞소. 허나 법적으로는 그렇지 않소. 살인 현장에 있지도 않은 사람이 살인죄를 뒤집어쓸 수는 없는 일이오. 게다가 제임스도 당신과 마찬가지로 살인은 생각도 못하는 사람이오. 하이데거 선생이 죽은 채 발견됐다는 소식을 듣자마자 제임스는 내게 모든 것을 털어놓았소. 그는 공포와 후회로 어찌할 바를 모르더군. 그리고 살인자와는 그 즉시 모든 관계를 끊었소. 홈즈 선생, 아, 제발 부탁이오. 제임스를 구해야만 하오. 꼭 구해야 하오. 반드시, 반드시 제임스를 살려줘야 한다오."

공작은 그만 자제심을 잃고 꽉 움켜쥔 주먹을 휘두르며 방안을 이리저리 돌아다녔다. 마침내 그는 이성을 찾고 다시 자리로 돌아와 앉았다.

"아무에게도 말하지 않고 먼저 나를 찾아와 줘서 고맙소. 이 끔찍한 사건을 최소화시킬 방법을 의논해 봅시다."

"공작님, 그러려면 우선 허심탄회하게 모든 것을 사실대로 말씀해 주셔야 합니다. 최선을 다해서 공작님을 도와 드릴 테지만, 그러기 위해서는 모든 일을 자세히 설명해 주십시오. 제임스 와일더 비서가 살인자가 아니라는 사실을 이해할 수 있도록 말입니다."

"제임스는 아니오. 살인자는 이미 도망갔소."

홈즈가 차가운 미소를 지었다.

"공작님은 제 명성을 전혀 듣지 못하신 듯싶습니다. 제 명성을 들으셨다면 쉽게 저를 빠져나가리라는 생각은 못하실 텐데요. 루빈 헤이즈가 체스터필드에서 어젯밤 체포당했습니다. 제 정보에 의하면, 어제 밤 정각 열한 시에 말입니다. 오늘 아침 학교를 출발하기 전에 지역 경찰서장이 제게 보낸 전보를 받았습니다."

프라이어리 스쿨

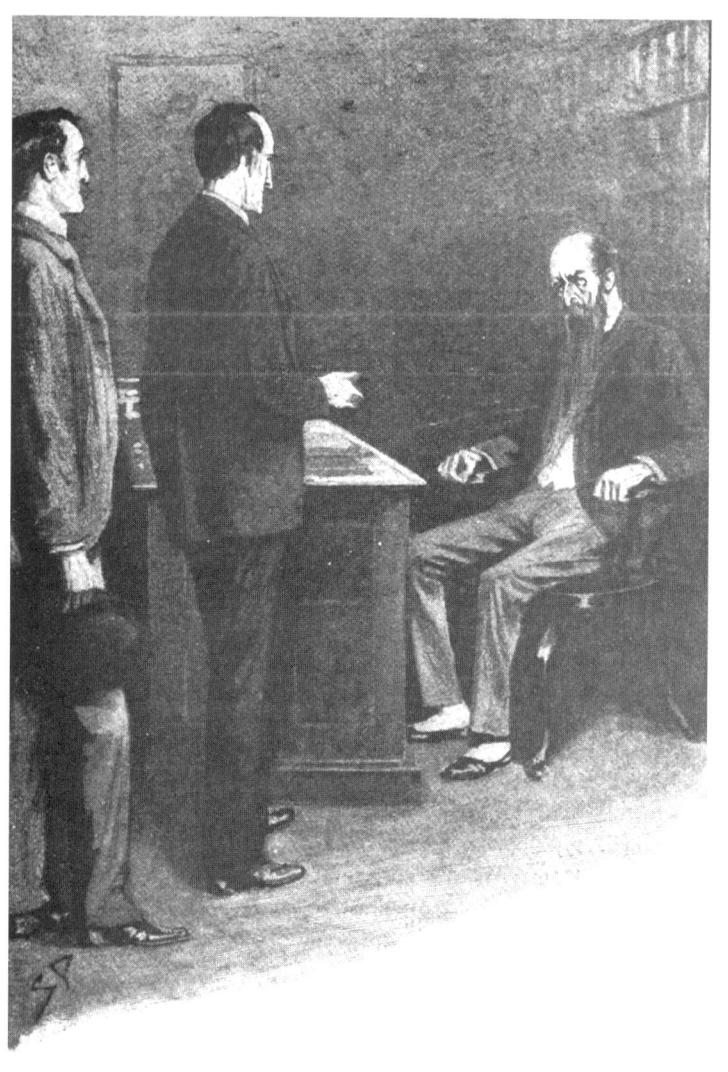

공작은 의자에 등을 기댔다. 그리고 경탄 어린 눈으로 홈즈를 보았다.

"홈즈 씨는 사람의 한계를 벗어난 능력을 가졌군요. 루빈 헤이즈가 잡혔단 말입니까? 잘된 일이지만 이 일로 제임스에게 해가 미치지 않았으면 좋겠소."

"공작님의 비서 말씀이십니까?"

"아니오, 홈즈 선생. 사실 제임스는 내 아들이오."

이제는 홈즈가 충격을 받을 차례였다.

"이건 전혀 예상 못한 말이군요, 공작님. 좀더 자세히 설명해 주시겠습니까?"

"아무것도 숨기지 않겠소, 솔직하게 다 말하리다. 매우 고통스러운 일이긴 하지만, 이 비참한 모든 사건은 제임스의 질투에서 비롯되었다오. 내가 혈기왕성한 젊은이였을 때, 일생에 한 번 올까 말까한 사랑에 빠진 적이 있었다오. 나는 그 여자에게 청혼을 했지만 여자는 신분의 차이를 이유로 나의 청혼을 거절했소. 자기같이 미천한 여자와 결혼하면 내 지위에 흠집이 간다면서 말이오. 그녀가 살아 있다면 나는 다른 누구와도 결혼하지 않았을 거요.

하지만 그 여자는 아기를 낳고 죽었소. 그 애가 바로 제임스요. 그녀에 대한 사랑 때문에 나는 그 아이를 누구보다 아끼며 보살펴 주었다오. 비록 내가 제임스의 아버지라는 사실을 세상에 알리지는 못했지만, 좋은 학교에 보내 주었고 다 큰 청년이 되어서는 곁에 가까이 두려고 비서로 채용한 것이오. 어느 날 이 사실을 알게 된 제임스가 세상에 비밀

프라이어리 스쿨 435

을 폭로하겠다면서 나를 위협해 왔소. 제임스가 세상에 드러나면 내 결혼 생활이 불행한 이유가 숨겨진 사생아 때문이라고 사람들이 떠들어 댈 건 분명했소.

그런데 무엇보다도… 제임스는 내 후계자이자 상속자인 샐타이어를 질투했다오. 홈즈 선생은 그런 상황에서 왜 계속 제임스를 한 집에 두고 살았느냐고 물어볼 수도 있겠지만 그 이유는 제임스 얼굴을 보면, 내가 사랑했던 여자의 얼굴이 떠올랐기 때문이오. 내가 사랑했던 여자의 모습을 제임스의 일거수일투족에서 찾을 수 있었기 때문이라오. 그래서 협박을 당하면서도 제임스를 집에서 쫓아낼 수가 없었던 것이오. 도저히 그 애를 보낼 수 없었소. 하지만 나는 제임스가 샐타이어를 해코지할까 두려웠기 때문에 샐타이어의 안전을 위해 헉스터블 박사 학교에 입학시켰던 것이오.

제임스는 한때 우리 집 하인이었던 헤이즈란 놈과 일을 꾸몄소. 헤이즈는 질이 나쁜 사람이지만 어째서인지 제임스는 헤이즈와 친하게 지냈다오. 제임스는 좋은 친구를 알아보는 안목이 없었소. 제임스가 샐타이어를 유괴하겠다고 결심하자 헤이즈가 이 일을 적극적으로 도운 것이오. 내가 샐타이어에게 편지를 보냈다고 한 말 기억하오? 제임스가 내 편지를 뜯어보고는 거기에 샐타이어에게 학교 뒤에 있는 래기드쇼 덤불숲에서 만나자고 쓴 쪽지를 넣었던 것이오. 내 아내의 이름으로 말이오. 결국 샐타이어는 그 편지에 속고 말았지.

그날 밤 제임스는 자전거를 타고 샐타이어를 숲 속에서 만나서, 어머니가 보고 싶어 한다고, 지금 황무지에서 기다리고 있다고 말했던 것이오. 이건 제임스가 내게 털어놓은 그대로 말하는 거요. 그리고 그날 밤 자정에 다시 숲으로 와서 말을 탄 남자를 만나면 그 남자가 어머니에게 데려다 줄 것이라고 샐타이어를 속인 거요. 샐타이어는 그만 이 말에 속아 넘어가고 말았소. 약속한 시간에 숲 속에 오니 헤이즈가 조랑말 한 마리를 타고 기다리고 있었지. 헤이즈는 샐타이어를 말에 태우고 도망간 것이오. 하지만 얼마 후에 헤이즈는 누군가 자신을 쫓고 있었다는 사실을 깨달았지. 그렇지만 제임스는 이 사실을 어제서야 알았소. 헤이즈가 쇠막대로 뒤쫓아 온 그 선생의 머리를 때렸고 심한 부상을 입은 선생은 결국 죽고 말았다는 사실을 말이오.

헤이즈는 샐타이어를 여관으로 데리고 와서 이층 방에 가두고 자기 부인더러 돌보라고 시켰소. 헤이즈 부인은 착한 여자였지만 무서운 남편의 명령이라면 꼼짝 못하는 사람이오.

홈즈 선생, 당신은 제임스가 무슨 이유로 그런 짓을 했느냐고 물어보고 싶을 거요. 제임스는 샐타이어를 상상도 못할 정도로 미워하고 있었소. 제임스의 입장에서는 자기가 내 후계자가 되어 재산을 물려받아야 하는데, 법적으로 자신은 전혀 자격이 없다는 사실에 매우 분노하고 있었소. 제임스에게는 깊이 숨겨진 동기가 또 하나 있소. 제임스는 내가 후계자 자리를 자신에게 물려주길 간절히 바랐다오. 내가 마음만 먹으면 그렇게 할 수 있다고 생각했지. 그래서 제임스는 나와 협상을 할 생각이었소. 만약 제임스에게 후계자 자리를 물려준다는 유언장을 작성하면 샐타이어를 돌려보내겠다고 말이오. 그는 내가 섣불리 경찰에 신고하지 못하리라는 사실을 잘 알고 있었소. 제임스는 분명 협상을 하자고 내게 제의해 왔을 거요. 허나 결국 그렇게는 못하고 말았지. 미처 실행에 옮길 틈도 없이, 일이 급변했기 때문이요.

제임스의 음모가 뒤틀리기 시작한 것은 홈즈 당신이 어제 하이데거 선생의 사체를 발견하고부터요. 소식을 들은 제임스는 두려움에 사로잡히고 말았소. 어제 나와 제임스가 서재에 있는데 헉스터블 박사가 보낸 전보가 도착했던 거요. 전보를 읽은 제임스는 공포와 후회에 휩싸였고 혹시나 했던 나의 의심은 제임스의 당황한 모습을 보고 즉시 확신으로 바뀌었소. 제임스를 추궁하자 그 애는 자진해서 모든 사실을 털어놓았소. 그리고 3일 동안만 말미를 달라고 애원했소. 공범 헤이즈에게도 빠져나갈 구멍을 만들어 주려고 했겠지.

항상 그랬던 것처럼 나는 그 애의 간곡한 애원을 들어주었소. 그리고 제임스는 곧 그 싸움닭 여관으로 가서 헤이즈에게 마차를 타고 도망치라고 말했던 거요. 나는 도저히 낮에는 그리로 갈 수 없었소. 그래서 해가 지자마자 여관으로 가서 샐타이어를 만났소. 샐타이어는 몸 하나 상한데 없이 무사했지만 끔찍한 일을 보고 겪은 탓에 완전히 겁에 질려 떨고 있었소. 결국 나는 헤이즈 부인이 돌본다는 조건으로 3일 동안 아들을 여관에 그대로 두는데 동의했소. 이미 약속한 바가 있었으니 어쩔 수 없었소. 경찰이 샐타이어가 있었던 곳을 알게 되면 살인자가 누군지도 결국 드러나게 될 텐데 그러면 공범인 제임스의 신변에 해가 되니 나로서는 정말 어쩔 수 없었소. 제임스에게 피해가 가는 일을 막으려면 어쩔 수 없이 헤이즈의 범죄도 모른 척 해야 했던 거요. 솔직하게 말해 달라는 대로 모든 것을 하나도 숨김없이 말했소. 홈즈 씨, 이제 당신이 내게 솔직해질 차례요."

"예, 그러지요. 우선 이 점을 미리 말씀드려야겠습니다. 공작님은 지금 아주 심각한 상황에 처해 있습니다. 법의 시각으로 보면 이것은 중대한 범죄입니다. 범죄를 눈감아 주셨고, 살인범의 도주를 도와주었습니다. 와일더가 공범 헤이즈를 도주시키면서 분명 공작님에게서 돈을 뜯어냈겠지요."

공작은 말없이 고개를 끄덕였다.

"그렇다면 문제는 더욱 심각합니다. 그리고 어린 아드님, 샐타이어 군에게도 공작님은 못할 짓을 하셨습니다. 그 여관에 사흘씩이나 그대로 방치해 두신 겁니다."

"하지만 부인이 돌본다고 꼭 약속—"

"그런 사람들이 무슨 약속을 지키겠습니까? 아드님이 또 어디론가 사라진다고 해도 공작님은 하실 말씀이 없습니다. 죄를 지은 아들 제임스에게는 관대하셨지만 순진무구한 어린 아드님한테는 못할 짓을 하신 겁니다. 다시 한 번 무시무시한 위험에 빠뜨리신 것과 다름없습니다. 절대로 납득할 수 없는 행동입니다."

홀더네스 공작이 자기 집에서 이토록 심한 비난을 받은 적은 없었을 것이다. 공작의 얼굴이 벌겋게 달아올랐다. 양심의 가책으로 인해 공작은 아무 말도 할 수 없었다.

"도와드리겠습니다. 단 한 가지 약속을 하셔야 합니다. 집사를 불러서 제가 마음대로 명령을 내리게 두십시오."

아무 말 없이 공작이 전기식 버튼을 눌렀다. 잠시 후 하인 한 사람이 들어왔다.

"좋은 소식이 있네." 홈즈가 말했다.

"도련님을 찾았다네. 지금 당장 싸움닭 여관으로 마차를 보내 도련님을 데려 오라는 공작의 말씀이 있으셨네."

기쁜 소식에 들뜬 하인이 사라지자 홈즈가 말했다.

"자, 이제 앞으로 벌어질 일에 대해서 어느 정도 안심할 수 있으니 과거의 일에 좀더 느긋해질 수 있겠군요. 전 경찰이 아닙니다. 따라서 정의가 실현되는 한, 제가 아는 사실을 일일이 다 밝힐 의무나 이유는 없습니다. 헤이즈에 대해서 전 아무 말도 않겠습니다. 경찰이 헤이즈를 체포할 테고 전 헤이즈를 보호하는 행동은 하지 않을 겁니다. 헤이즈가 어떤 얘기를 폭로할지 저는 모르겠습니다. 하지만 헤이즈에게 입을 다물어야 좋을 거라고 공작님이 확실한 다짐을 받아 두십시오. 경찰은 헤이즈가 몸값을 받으려고 소년을 유괴했다고 생각할 겁니다. 경찰이 설혹 헤이즈의 유괴 증거를 잡지 못한다고 해도 제가 경찰에게 이러쿵저러쿵 단서를 제공할 필요는 없습니다. 그러나 공작님은 이점을 명심해 두십시오. 제임스 와일더를 계속 집안에 두시면 결코 좋을 일이 없을 겁니다. 그는 불행만 가져다 줄 뿐입니다."

"잘 알겠소, 홈즈 선생. 제임스가 다시는 나를 보지 않겠다고 이미 약속했다오. 그 애를 오스트레일리아로 보낼 계획이오."

"제임스 때문에 공작님의 결혼 생활이 불행했다고 말씀하셨지요? 그렇다면 남부 프랑스에 있는 부인을 다시 데려 오시기 바랍니다. 그리고 그동안 제임스 때문에 좋지 못했던 부인과의 사이가 원만해지도록 노력하십시오."

"그럴 생각이었소. 그래서 오늘 아침에 아내에게 편지를 보냈소."

"그렇다면 저와 친구가 이렇게 북 잉글랜드까지 온 보람이 있기는 하군요. 한 가지 더 확실히 하고 싶은 부분이 있습니다. 헤이즈 말의 발자국이 소발굽으로 찍혔던데, 와일더가 그런 희한한 도구를 어디서 구했습니까?"

공작은 잠시 생각하더니 알겠다는 듯 고개를 들었다. 공작은 우리를 다른 방으로 안내했다. 문을 열자 박물관처럼 생긴 방이 나타났다. 그는 유리 장식장으로 우리를 데리고 가더니 안에 놓인 설명서를 손으로 가리켰다.

"이 말편자는 홀더네스 저택을 둘러싼 호수에서 발견된 것으로 말의 발굽에 사용한 것이오. 그러나 이 말발굽 편자의 뒤쪽은 소발굽 모양처럼 두 부분으로 갈라져 있어 추적자들을 따돌리는 데 사용했소. 중세 시대 홀더네스 가문에서 전쟁 시 사용하던 물건으로 추측됩니다."

홈즈는 장식장을 열고 침을 묻힌 손가락 끝으로 편자를 쓰다듬었다. 편자를 최근에 사용한 듯, 덜 마른 진흙이 손가락에 묻어 나왔다.

"감사합니다." 편자를 제자리에 돌려놓으면서 홈즈가 말했다.

"이것은 제가 이곳에 온 이후 두 번째로 궁금해 하던 점이었습니다."

"그럼 첫 번째는 뭡니까?" 공작이 질문했다.

홈즈는 수표를 접더니 조심스럽게 수첩 사이에 끼워 넣었다.

"전 가난한 사람이거든요." 홈즈는 안주머니 깊이 넣은 수첩을 살며시 톡톡 두드리며 말했다.

역주: 코난 도일은 「프라이어리 스쿨」을 단편 12선 중 10위에 뽑았다. 이 작품의 원고는 4절지 71매로 약 13,500단어이고, 정정된 부분이 있다. 1922년 1월 26일, 뉴욕 경매에서 155달러에 낙찰되었다. 그 후 1925년 1월 28일 「춤추는 인형」「외로운 사이클리스트」 원고와 함께 런던 옥션에서 66파운드에 낙찰되었다. 1946년 10월 당시, 이 원고는 시카고의 리 블록이 소장했다.

머스그레브 가의 의식

The Musgrave Ritual: 1879년 10월 2일(목)

❖

내 친구 셜록 홈즈의 성격 중 어느 일면은 나를 자주 어이없게 만든다. 그의 사고는 누구와 비교할 수도 없을 정도로 치밀하고 체계적이며 차분하고, 복장에서도 단정함을 추구했지만, 개인적인 습관에서는 같이 있는 사람을 심란하게 만들 정도로 절도가 없다. 하기야 나도 예의바른 남자는 아니다. 왜냐하면 보헤미안 기질을 타고난 데다 아프가니스탄에서 거친 일을 했기 때문에, 나는 의사로서는 어울리지 않는 게으른 인간이 되었다.

그러나 나에게는 어느 정도 한계가 있다. 담배를 석탄 그릇에 넣거나, 페르시아 슬리퍼 코에 담배를 끼워 넣거나, 아직 답장을 하지 않은 편지를 목조 난로 선반 가운데에 잭나이프로 꽂아 두는 홈즈에 비하면 나는 행실이 바른 편이다. 또 나는 사격 연습은 야외 스포츠라고 생각한다. 하지만 홈즈가 기분이 좋지 않을 때 헤어트리거(hair-trigger)와 100발짜리 총알을 꺼내 안락의자에 걸터앉아, 맞은편 벽에 VR(Victoria Regina 빅토리아 여왕-역주)이라는 애국적 문자를 총알 자국으로 장식하는 걸 보면,

방의 분위기나 외관이 나아지기는 글렀다는 생각이 강하게 든다.

　우리들의 방은 언제나 약품이나 사건의 기념품 등으로 가득한데, 그것들은 곧잘 엉뚱한 곳에 섞여 들어가 버터 접시나 이상한 장소에서 모습을 나타내곤 했다. 내가 가장 곤란했던 것은 그의 서류다. 그는 자료, 특히 과거의 사건과 관계가 있는 것은 버리기 싫어했지만, 그렇다고 정리를 하는 것도 아니다. 서류들을 분류하는 작업은 2, 3년에 한 번밖에 하지 않았다. 어쨌든 내가 이 두서없는 회상록의 어딘가에서 언급했지만, 홈즈는 자신이 맡은 사건에 맹렬한 기세로 뛰어들어 해결한 다음에는 반동으로 나태하게 변했다. 바이올린과 책을 갖고 자거나, 소파에서 테이블로 움직이는 것 외에는 거의 몸을 움직이지 않았다. 이리하여 매달 그의 서류는 쌓여갔고 드디어 방의 네 구석은 기록 뭉치들로 묻히고 말았다. 그렇다고 태울 수도 없고 홈즈가 아니면 치울 수도 없었다.

　어느 겨울 밤, 난롯가에서 나는 홈즈가 비망록을 정리하는 작업을 끝내는 것을 보고 이제부터 2시간가량 방을 살기 편하도록 치우면 어떻겠느냐고 제안했다. 나의 당연한 제안을 그도 부정할 수 없었는지 서글픈 얼굴로 침실에 들어가더니 이윽고 커다란 양철 상자를 끌고 나왔다. 홈즈는 그것을 방 한복판에 놓더니 등받이가 없는 의자에 웅크리고 앉아 뚜껑을 열었다. 안을 들여다보니 이미 빨간 테이프로 따로따로 묶은 서류 다발이 3분의 2가량 차 있었다.

　"왓슨, 이 안에는 괜찮은 사건이 제법 있다네." 홈즈가 장난기 어린 눈으로 나를 보며 말했다.

"이 상자 안에 있는 사건을 자네가 모두 알고 있다면, 여기에 다른 사건을 채워 넣기보다 여기에서 꺼내 달라고 할 거야."

"그렇다면 이것들은 자네가 젊었을 때의 사건 기록인가? 사실 나는 자네의 초기 사건을 쓰고 싶다는 생각을 자주 했었지."

"그래. 나의 전기 작가가 나를 영광으로 감싸주기 전에 한 일일세."

홈즈는 다정하고 애정 어린 손길로 서류를 한 묶음씩 집어 들었다.

"왓슨, 모두 성공했다고는 말할 수 없네. 그러나 이 중에는 상당히 재미있는 사건도 있었지. 이것은 탈튼 살인 사건의 기록, 이것이 와인 상인 뱀버리 사건, 이것은 러시아 노부인의 모험, 이것은 알루미늄 목발의 기묘한 사건, 그리고 안짱다리 리콜레티와 그 천박한 아내의 사건 전모도 있어. 그리고 여기에 아, 이거야말로 상당히 매력적인 사건이었지."

홈즈는 팔을 상자 바닥까지 집어넣어 작은 나무 상자를 꺼냈다. 아이들 장난감을 넣어 두는 상자처럼 밀어서 여닫는 뚜껑이 있었다. 그 상자 안에서 구겨진 종이, 고풍스러운 놋쇠 열쇠, 실 뭉치가 달린 나무못, 그리고 녹슨 금속 원판을 꺼냈다.

"왓슨, 이걸 어떻게 생각하나?" 홈즈는 내 표정을 보고 싱긋 웃으며 물었다.

"기묘한 수집품이군."

"정말 기묘하지. 그러나 이것에 얽힌 이야기를 들으면 더 기묘하다고 놀랄 걸세."

"그럼, 이 기념품에 이야기가 있단 말인가?"

"그렇다네. 이것들 자체가 이야기라네."

"그게 무슨 뜻이지?"

셜록 홈즈는 물건들을 하나하나 들어서 테이블의 가장자리에 늘어놓았다. 그리고 의자에 다시 고쳐 앉더니 아주 만족한 듯이 그것들을 바라보았다.

"이것은 머스그레브 집안의 의식에 대한 에피소드를 추억하기 위해서 남겨 둔 유일한 기념품이지."

그다지 자세한 이야기는 들은 적이 없지만, 홈즈가 그 사건에 대해서 몇 번인가 입에 올리는 것은 들은 일이 있었다.

"그 사건에 대해서 이야기해 주면 고맙겠네." 내가 말했다.

"이대로 어질러 놓고 말인가?" 그가 장난 비슷하게 말했다.

"결국 자네의 깔끔한 성격도 별것 아니군. 하지만 왓슨, 이 사건을 자네의 연대기에 덧붙여 준다면 고맙겠네. 왜냐하면 여기에는 우리나라는 물론, 다른 어느 나라에서도 비슷한 예를 찾을 수 없을 정도로 특이한 점이 있기 때문이야. 아주 기괴한 사건이 빠져 있다면 나의 시시한 공적 기록집은 도저히 완벽하다고는 할 수 없지.

자네도 기억하고 있겠지만, '글로리아 스콧 호' 사건에서 내가 불행한 남자와 대화한 것이 취미로 여겨왔던 이 일을 평생직업으로 선택한 최초의 계기가 되었다네. 지금은 자네가 보는 바와 같이 내 이름이 널리 알려져 있고, 골치 아픈 사건이 일어나면 일반 사람이나 경찰도 나를 최종심으로 생각하지. 자네와 내가 처음 만났을 때, 자네가 <주홍색 연구>를 불후의 작품으로 만든 당시에도, 나에게는 그다지 돈이 되지는 않았지만 그런 대로 일거리는 상당히 있었네. 하지만 그렇게 되기까지 얼마나 고생했는지, 또 일이 순조롭게 되기까지 얼마나 많이 기다렸는지 자네는 모를 거야.

처음 런던에 왔을 무렵, 나는 몬태규가에 있는 대영박물관의 모퉁이를 조금 돌아간 곳에서 하숙을 했지. 그리고 나는 그곳에서 의뢰를 기다리며 한가한 때는 장래 도움이 돼 줄지도 모르는 여러 분야의 학문을 공부하며 시간을 소비했다네. 가끔 사건이 들어오긴 했지만, 대개가 옛날 학우들이 소개해 준 것이었어. 대학 생활이 끝날 무렵에는 나와 내 추리 방법에 대해 교내에 제법 소문이 나 있었지. 이때 바로 세 번째 사건인 머스그레브 집안의 의식 사건을 맡게 되었네. 그 기묘한 일련의 사건이 세상의 관심을 불러일으켰고, 나중에는 그 사건이 값비싼 재보라는 결과를 끌어냈기 때문에 내가 현재 차지하고 있는 지위에 크게 첫걸음을 내딛은 것이지.

레지날드 머스그레브는 나와 같은 대학에 다녔고 그와는 조금 아는 사이였네. 그는 학우들 사이에서는 그다지 인기가 없었어. 내 생각에는 그의 교만함은 자신의 극단적인 수줍음을 숨기려는 노력 같았네. 가늘고 높은 코, 큰 눈, 왠지 울적해 보이지만 점잖은 태도 등 귀족적인 분위기의 남자였네. 영국에서 가장 역사가 오래된 일족의 후손이지만, 그의 집안은 16세기에 북부의 머스그레브 본가에서 갈라져 나와서 서 서섹스에 정착한 분가였네. 헐스튼에 있는 그의 저택은 서섹스 주에서 가장 오래 되었을 것이네. 그가 태어난 저택의 분위기가 어딘가 그에게도 붙어 있었던 모양이야. 그의 창백하고 날카로운 얼굴이나 고상하게 머리를 움직이는 버릇 따위를 보면 언제나 회색의 돌 아치 길, 세로 창살을 댄 창문, 그 밖의 봉건시대의 낡은 폐허를 연상하지 않을 수 없었어. 그와는 때때로 흔히 있는 세상 이야기를 했는데, 나의 관찰과 추리 방법에 그가 강한 관심을 보인 적이 있던 것을 기억하네.

내가 4년 동안 그와 전혀 만나지 않았던 어느 날 아침, 몬태규가의 내 방으로 머스그레브가 찾아왔지. 그는 예전 모습 그대로 유행에 뒤지지 않는 복장을 했고 눈에 띄게 조용하고 예의바른 태도였어.

'머스그레브, 그동안 잘 지냈나?' 악수를 한 후 내가 물었네.

'아버지가 돌아가신 것은 들었겠지?' 그가 말하더군.

'2년 전에 돌아가셨어. 물론 그때부터 헐스튼 저택은 내가 관리할 수밖에 없었고, 내가 지역 의원이기도 해서 꽤 바쁜 생활을 보내고 있지.

그런데 홈즈, 자네는 우리들을 놀라게 한 자네의 그 능력을 실제로 응용하고 있다고?'

'그래, 나는 내 머리로 벌어먹고 있지.'

'그것 잘됐군. 어쨌든 지금 자네의 충고를 받을 수 있다면 아주 고맙겠어. 최근 헐스튼에서 아주 기묘한 일을 당했는데 경찰도 아무런 단서를 찾지 못하고 있네. 정말로 괴상하고 불가사의한 사건이야.'

왓슨, 내가 그 친구의 말에 얼마나 열심히 귀를 기울였는지 자네도 상상할 수 있을 걸세. 몇 개월이나 아무 일도 못하고 기다리고 있었는데, 드디어 손앞에 기회가 왔다고 생각했기 때문이지. 다른 사람이 실패한 사건이라도 나라면 성공할 수 있다고 마음 깊은 곳에서 확신했네. 그리고 지금이야말로 자신을 테스트할 기회가 왔다고 생각했네.

'자세히 이야기해 주게!' 내가 외쳤네.

레지날드 머스그레브는 나와 마주보고 앉아 내가 권한 궐련 담배에 불을 붙였네.

'먼저 알아야 할 것이 있네. 자네도 알다시피 나는 독신이지만 헐스튼에서는 상당히 많은 고용인이 필요해. 왜냐하면 마구잡이로 늘려서 지은 옛 저택이기 때문에 유지하려면 꽤나 손이 가거든. 그리고 사냥터 관리도 해야 하고, 꿩 사냥철에는 언제나 파티를 열기 때문에 일손이 모자라면 아주 곤란해. 메이드가 모두 여덟 명, 요리사와 집사가 한 명씩, 시종 두 명, 급사가 한 명 있네. 정원과 마구간에도 물론 각각 사람을 두고 있네.

하인들 중에서 제일 오래 근무한 사람은 집사 브런튼이야. 전직 교사였지만 젊었을 때 실직 상태에 있는 그를 아버지가 고용했다는군. 사람도 좋고 부지런해서 얼마 지나지 않아 집에서는 아주 중요한 존재가 되었지. 체격이 좋고, 이마가 넓은 핸섬한 남자로 우리 집에 온 지 20년이나 되지만 아직 40은 넘지 않았네. 외국어를 몇 개씩 구사할 수 있고, 악기도 여러 가지를 다루는 뛰어난 재능을 갖고 있어서 집사라는 직책에 오래 만족하고 있는 게 이상하기도 했어. 하지만 우리는 나름대로 그가 이 직책에 만족하고 있고 직업을 바꾸는 건 이미 늦은 일이라고 생각했네. 그리고 헐스튼 저택의 집사라고 하면, 우리 집에 오는 손님은 누구라도 잊을 수 없는 화제 속의 인물에 그를 포함했네.

그런데 이 모범적인 인물에게도 바람둥이라는 결점이 있었네. 이런 평화로운 시골에서 그런 남자가 바람둥이 짓을 하면 어떤 결과를 불러올지 자네도 알 수 있을 거야.

부인이 있는 동안은 착실했지만, 부인이 죽고 나서는 말썽이 끊일 사이가 없었지. 몇 달 전에 두 번째 메이드 레이첼 하웰즈와 약혼했기 때문에 겨우 자리가 잡히려니 생각했는데, 그 후 이 여자를 버리고 사냥터 관리인 딸 재닛 트리젤리스와 좋아지내게 되었지 뭔가. 레이첼은 좋은 처녀지만 웨일즈인답게 화를 잘 내는 성격이지. 그러던 그녀가 가벼운 척추 뇌막염을 앓게 되었는데, 지금은 쇠약할 대로 쇠약한 그림자 같은 모습으로 저택 주위를 배회하고 있지. 아니, 어제까지는 그랬다네. 이것이 헐스튼에 있어서 첫 번째 비극인데, 제2의 비극이 일어나 전에 발생한 비극은 모두 잊혀졌지. 그것은 집사 브런튼을 해고한 일에서 시작되었다네.

일의 발단은 이러하네. 앞에서도 말했듯이 집사는 머리가 좋지만, 그것이 몸을 망치게 한 원인이 되었지. 왜냐하면 자신과 전혀 관계없는 일에 끝없는 호기심을 가졌기 때문이지. 우연한 기회에 내가 그것을 알아내지 못했다면 호기심이 그를 어디까지 몰고 갔을지는 아무도 모른다네.

앞서도 말했듯이, 우리 집은 아무렇게나 늘려 지은 저택이라네. 지난 주 어느 날 밤-정확하게 말하면 목요일-나는 어리석게도 저녁 식사 후에 카페 느와르를 마셔서 잠을 이루지 못했지. 새벽 두 시까지 자려고 노력했지만, 결국 안 되겠다 싶어 일어나서 소설이라도 읽으려고 촛불을 켰지. 그런데 책을 당구실에 두고 왔기 때문에 가운을 걸치고 나갔지.

당구실에 가려면 먼저 계단을 내려가, 서재와 총기실-복도가 꺾이는 곳-을 지나야 하네. 그런데 복도 끝에 있는 서재의 열린 문에서 불빛이 새어나오고 있었네. 내가 얼마나 놀랐는지 알겠나? 나는 자기 전에 직접 램프를 끄고 문을 닫아 두었거든. 도둑일까? 먼저 그런 생각이 든 것도 당연하지. 헐스튼 저택의 복도 벽에는 옛날 무기들이 장식되어 있네. 나는 그 중에서 전투용 도끼를 들고, 촛불을 뒤에 놓고 살금살금 복도를 걸어가 열려 있는 문으로 안을 들여다보았네.

서재에는 집사 브런튼이 있었네. 소파에 앉아서 무릎 위에 지도 같은 종이 조각을 놓고, 한 손을 이마에 댄 채 무언가 생각하는 모습이었지. 나는 놀라서 말도 못하고 어둠 속에서 그를 보고 있었어. 테이블 가장자리에 있는 작은 초가 희미한 불빛을 내고 있었는데, 그가 제대로 옷을 입고 있다는 것은 알 수 있었지. 갑자기 그는 의자에서 일어나 옆에 있는 책상으로 가더니, 열쇠로 열고 서랍 하나를 뽑아냈네. 거기서 종이를 한 장 꺼내 의자로 돌아가 테이블 가장자리의 작은 촛불 옆에서 열심히 읽더군. 우리 집에 전해 오는 고문서를 태연한 얼굴로 보고 있는 것을 보자, 나는 화가 난 나머지 한 걸음 앞으로 나갔지. 브런튼은 얼굴을 들고 내가 문 앞에 서 있는 것을 보았네. 그는 벌떡 일어났는데, 공포로 얼굴이 흙빛으로 변해서는 보고 있던 지도 같은 종이를 당황하며 품안에 넣었네.

'당신은 지금까지 받은 신뢰에 대한 보답을 이런 식으로 갚을 생각인가!' 내가 말했지. '내일 이 집에서 나가게.'

그는 완전히 일그러진 얼굴로 고개를 숙이고는 한 마디도 않고서 내 곁을 살며시 빠져나갔지. 초는 아직 테이블 위에 놓여 있어서, 그 불빛으로 아까 브런튼이 책상 서랍에서 꺼낸 종이를 살펴보았네. 놀랍게도 그것은 중요한 문서가 아니라, 옛날부터 머스그레브 가의 의식이라고 불리는 독특한 행사에 사용하는 문답의 사본에 지나지 않았네. 그것은 우리 가문의 남자가 성인이 되었을 때 거행하는 의식으로 벌써 몇 세기 전부터 계속되어 왔지. 그것은 우리 집의 문장과 마찬가지로 고고학자에게는 얼마쯤 중요하게 여겨질지도 모르나, 실용 가치는 전혀 없는 물건이지.'

'그 문서에 대해서는 나중에 다시 이야기하는 게 좋겠군.' 내가 말했네.

'정말로 자네가 그럴 필요가 있다고 생각한다면…' 그는 조금 망설이면서 대답했어.

'그럼 이야기를 계속하지. 나는 브런튼이 놓고 간 열쇠로 서랍을 잠그고 서재에서 나오려고 돌아섰지. 그런데 집사가 언제 돌아왔는지 내 앞에 서 있어서 깜짝 놀랐네.

'주인님.' 그는 흥분한 나머지 쉰 목소리로 외쳤네. '저는 파면 부분에 견딜 수 없습니다. 저는 지금까지 제 지위 이상의 것이라도 욕되게 하지 않을 정도의 긍지를 갖고 있었습니다. 파면이 되면, 죽음을 당하는 것과 똑같습니다. 정말로-만일 절망의 구렁텅이에 떨어뜨려지는 일이 있다고 한다면-나리에게 저의 목숨에 대한 원한이 걸리게 될 것입니다. 지금의 일로 인해 저를 파면하시는 거라면, 부디 부탁이니 한 달 뒤에 나가게 해주시기 바랍니다. 제 의사로 나간다는 것으로 하고 싶습니다. 주인님, 그렇게 해주신다면 저는 어느 정도 견딜 수 있지만, 저를 잘 알고 있는 사람들 눈앞에서 추방되는 것은 견딜 수 없습니다.'

'브런튼, 자네는 그런 동정을 받을 자격이 없는 사람이야.' 내가 대답했지. '자네가 한 일은 부끄러워해야 마땅해. 그러나 우리 집에서 오래 근무했기 때문에 자네 문제를 표면화시키지는 않겠네. 그러나 한 달은 너무 기네. 1주일이 지나거든 나가게. 그만두는 이유는 마음대로 붙여도 좋네.'

'겨우 1주일입니까?' 그는 절망적인 목소리로 말했지. '2주일, 적어도 2주일로 해 주십시오.'

'1주일이네.' 나는 되풀이했지. '이것도 아주 관대한 조치라고 생각하게.'

그는 모든 것이 끝이라도 난 듯 얼굴을 가슴에 떨어뜨리고 무거운 발걸음으로 나갔네. 나는 불을 끄고 방으로 돌아갔지.

그로부터 이틀 동안 브런튼은 부지런히 일을 했네. 나는 지난 일은 아무 말도 않고 그가 어떻게 해서 파면 문제를 숨길 것인지, 호기심을 갖고 보고 있었지. 그런데 3일째 아침, 아침 식사가 끝났는데도 그가 지시를 받기 위해 나타나지 않았네. 식당을 나가다가 메이드 레이첼 하웰즈와 마주쳤지. 앞서도 말했지만 그녀는 최근 병이 나은 참이라서 불쌍할 정도로 얼굴빛이 나빠서, 아직 일을 하면 안 된다고 주의를 주었지.

'누워 있지 않으면 안 돼. 더 건강해지면 일을 하도록 해.'

그녀가 아주 기묘한 표정으로 나를 보았기 때문에 난 머리가 어떻게 된 것이 아닐까 하고 생각했지.

'주인님, 이제 괜찮아요.'

'의사 선생님의 말을 들어. 아직 일은 무리야. 아래층에 내려가거든 브런튼을 불러 줘.'

'집사는 갔습니다.'

'가다니! 어디에 갔지?'

'갔습니다. 아무도 본 사람이 없습니다. 방에도 없어요. 그래요, 갔어요. 갔습니다!' 메이드가 벽에 기대어 날카로운 소리로 웃으며 말했기 때문에, 나는 이 갑작스러운 히스테리 발작에 놀라서 벨을 울려 눌러 도움을 청했지. 계속 울부짖는 그녀를 방으로 데려가서 나는 브런튼에 대해 물었네. 집사가 자취를 감춘 것은 틀림없었어. 그의 침대에는 잠을 잔 흔적이 없었고, 전날 밤 자기 방에 들어간 이후 그의 모습을 본 사람은 아무도 없었네. 그러나 어떻게 저택을 빠져나갔는지는 모르겠네. 아침에 모든 창과 문이 닫힌 채였으니까. 그의 옷, 시계는 물론, 돈까지 그대로 방에 남아 있었지. 하지만 언제나 입고 있던 검은 옷은 보이지 않았어. 슬리퍼는 없었지만 구두는 남아 있더군. 그렇다면 집사 브런튼은 밤중에 어디로 갔을까? 지금쯤은 어떻게 되었을까?

물론 지하실부터 지붕 밑 다락방까지 찾아보았지만, 그의 흔적은 없었네. 전에도 말했듯이 우리 집은 미로처럼 된 낡은 저택이네. 그래서 더 샅샅이 뒤졌지만 행방불명된 남자는 발견되지 않았네. 가진 물건을 모두 두고 가다니, 나는 도저히 믿어지지 않았네. 도대체 그는 어디에 있을까? 경찰을 불렀지만 소용이 없었지. 전날 밤에 비가 내렸기 때문에, 집 둘레의 잔디밭과 길에 흔적이 남아 있을까 조사했지만 아무런 발자국도 찾을 수 없었네. 그런데 또 새로운 사건이 발생해 나는 이 수수께끼로부터 관심이 멀어지게 되었다네.

레이첼 하웰즈는 이틀 동안 병이 도져서 때로는 의식이 몽롱해지고, 때로는 히스테리를 일으켜, 간호사를 고용해 밤새워 간병시킬 정도였네. 브런튼이 없어지고 사흘째 되던 날 밤, 환자가 얌전히 잠들어서 간호사도 안락의자에 앉아서 꾸벅꾸벅 졸기 시작했지. 새벽녘에 문득 눈을 떠보니 침대는 비어 있고 창문이 열린 채, 병자는 없었네. 나는 곧 이 소식을 듣고 일어나 시종 두 명과 함께 없어진 여자를 찾으러 나섰지. 어느 쪽으로 갔는지는 곧 알 수 있었어. 창 밑에서 그녀의 발자국을 쉽게 찾앉지. 잔디밭을 지나 연못까지 이어져, 저택 밖으로 나가는 길 가까운 연못 가장자리에서 끝나 있었네. 깊이가 8피트나 되는 연못 앞에서 정신 나간 가여운 여자의 발자국이 끊어진 것을 보고 우리들 기분이 어땠는지는 상상할 수도 없을 거네.

물론, 곧바로 그물을 가져와 사체 인양에 착수했지만 사체는 발견되지 않았네. 그 대신 의외의 것을 건져냈지. 린네르 자루로, 안에는 녹슬어 변색된 오래된 금속 덩어리 하나와 둔탁한 빛의 돌멩이와 유리 파편 같은 것이 몇 개 들어 있었지. 이 기묘한 물건 이외에는 연못에서 아무것도 건지지 못했네. 어제는 가능한 모든 수색을 했지만 레이첼 하웰즈와 리처드 브런튼의 운명에 대해서 도무지 알 수 없었네. 경찰도 손을 들어서 마지막 희망으로 자네를 찾아온 거야.'

왓슨, 내가 얼마나 열심히 이 일련의 괴사건에 귀를 기울였는지, 그리고 그것을 연결시켜 전체에 공통되는 실마리를 찾으려고 노력했는지 상상이 될 걸세.

집사도 행방불명, 메이드도 행방불명. 메이드는 집사를 사랑했는데 나중에 당연한 이유로 증오하게 되었다. 여자는 웨일즈 사람의 피가 흘러 화를 잘 내고 다혈질이다. 집사가 실종한 직후 몹시 흥분했다. 여자는 이상한 물건이 든 자루를 연못에 던져 넣었다. 이것들은 모두 고려해야 할 요소인데, 사건의 핵심에 접근할 만한 것은 아무것도 없어. 이 일련의 사건의 출발점은 무엇일까? 거기에 이 뒤얽힌 실의 실마리가 있는 걸세.

'머스그레브, 그 종이를 봐야겠어.'하고 내가 말했지. '집사가 해고될

위험을 무릅쓰면서까지 조사할 가치가 있다고 생각했으니까.'

'우리 집의 의식은 정말 바보 같다네. 하지만 오래되었다는 전통은 있지. 여기에 그 문답의 사본이 있으니 한번 보게.'

그는 지금 내가 여기에 갖고 있는 종이를 건네주었지. 이것은 기묘한 문답으로 머스그레브 가의 남자가 성인이 되었을 때 받게 되어 있는 거야. 원문 그대로 읽어 보겠네.

그건 누구의 것인가?
떠나간 사람의 것입니다.
누구의 것이 될 것인가?
올 사람의 것입니다.
몇 월이냐?
처음부터 여섯 번째입니다.
태양은 어디에 있느냐?
떡갈나무 위.
그림자는 어디에 있느냐?
느릅나무 아래.
몇 걸음이냐?
북으로 열 걸음, 또 열 걸음, 동으로 다섯 걸음, 또 다섯 걸음, 남으로 두 걸음, 또 두 걸음, 서로 한 걸음, 한 걸음, 그리하여 아래로.
우린 무엇을 바쳐야 하나?
우리들의 모든 것을.
무엇 때문에 바치느냐?
신의를 위해서.

(≪스트랜드≫에「머스그레브 가의 의식」이 발표되었을 때에는 두 행이 빠져서, 7개의 문답이었다. 그러나 1894년「머스그레브 가의 의식」을 수록한 책이 <셜록 홈

즈의 회상>으로 뉴운즈사에서 출판되었을 때, 이 부분이 추가되었다. 빠진 부분이 이 의식의 지시에 따라 보물이 어디 있는지 찾으려는 사람에게 중요한 의미를 가진 것은 분명하다. 그 후 영국판은 모두 추가되어 있으나 미국판은 그렇지 않다— 역주)

'원문에는 날짜가 없지만 17세기 중엽의 철자로 씌어져 있네.' 머스그레브가 설명했지. '하지만 이것은 수수께끼의 해결에 그다지 도움이 되지 않아.'

'아니, 적어도—' 내가 말했어. '이것으로 수수께끼가 또 하나 늘어났어. 처음 수수께끼보다도 이쪽이 더 흥미롭군. 한쪽의 수수께끼를 풀면 또 한쪽의 수수께끼도 풀릴지 모르네. 이런 말을 하는 것은 뭣하지만 머스그레브, 자네의 집사는 정말 머리가 좋은 남자야. 10대에 걸친 머스그레브 가의 주인보다도 날카로운 통찰력을 갖고 있군.'

'자네 말을 이해할 수 없군. 이런 종이에 실용 가치가 있다고는 생각되지 않는데.'

'그러나 나에게는 훌륭한 실용 가치가 있다고 생각되는군. 브런튼도 같은 생각을 했을 걸세. 그는 자네에게 들키기 전에도 이것을 본 일이 있을 거야.'

'아마 그랬을 거야. 집에서는 특별히 숨겨 두려고 하지 않았으니까.'

'생각하건대, 마지막 순간에는 또 한 번 기억을 확인하려고 했을 거야. 그가 무언가 지도 같은 것을 갖고 있고, 이 문서와 대조하다가 자네가 나타나자 당황해서 주머니에 넣었다고 했지?'

'그래. 하지만 그 남자가 우리 집안의 오랜 습관 따위와 무슨 관계가

있지? 그리고 이 우스꽝스러운 문답은 무엇을 의미하나?'

'그 대답을 알아내는 것은 그다지 어려운 일이 아니라고 생각하네. 자네만 좋다면 다음 기차로 서섹스에 가서, 현장에서 사건을 좀더 깊이 조사하고 싶네.'

그날 오후, 우리 두 사람은 헐스튼에 도착했네. 자네도 유명한 옛 저택의 그림이나 설명을 본 일이 있을 테니 나는 건물이 L자형이라는 것만 말해 두지. 긴 쪽이 새로 증축한 부분이고, 짧은 쪽이 원래 존재하던 부분이지. 옛 건물 중앙의 문 위에는 1607년이라고 새겨져 있지만, 전문가들은 들보나 석조 부분은 그보다 훨씬 오래되었다고 진단하고 있지. 이 옛 건물의 벽은 유별나게 두껍고 창문이 작기 때문에 19세기에 일가는 새로운 건물을 증축했다네. 옛 건물은 지금 기껏해야 창고나 저장소 정도로 사용하고 있지. 저택 주위는 노목(老木)이 무성한 훌륭한 정원이 있었고, 내 의뢰인의 이야기에서 등장한 연못은 저택에서 200야드 정도 떨어진 가로수 길 옆에 있었네.

나는 그때 이미 확신하고 있었지. 세 개의 다른 수수께끼가 있는 것이 아니라, 머스그레브 가의 의식을 올바로 해독만 한다면 집사 브런튼과 메이드 하웰즈 두 사람의 진상을 알 수 있다고 말이네. 그래서 나는 모든 정력을 거기에 집중했지. 집사는 왜 이런 옛 문답을 알고 싶어 했을까? 지금까지 몇 세대에 걸친 지주들이 알지 못했던 무언가를 그가 발견하고, 이것으로 자신이 얼마의 이익을 얻을 수 있다고 생각한 게 틀림없을 거라고 생각했네. 그러면 그것은 무엇일까? 그것과 그의 운명이 어떤 관계에 있을까?

문답을 읽었을 때 나는 확실히 알았지만, 그 몇 걸음이라는 것은 고문서의 다른 부분에서 말하고 있는 지점을 나타내는 게 틀림없어. 때문에 그 지점을 발견만 한다면, 옛날 머스그레브 가의 조상이 이런 기묘한 방법으로 보존해온 것의 비밀이 무엇인지를 아는 데 크게 공헌할 거라고 생각했네. 먼저 두 가지 실마리가 있는데, 떡갈나무와 느릅나무일세. 떡갈나무에 관해서는 문제가 없었네. 저택 정면, 마차가 지나는 길 왼쪽에 지금까지 보지 못했던 오래된 나무가 솟아 있었기 때문이네.

'이 나무는 자네 가문에서 처음 의식을 지낼 때부터 여기에 있었겠군.' 마차가 그 옆을 지나칠 때 내가 물었네.

'노르만 정복(1066년, 노르망디공 윌리엄이 영국을 정복하여 노르만 왕조를 세움—역주) 때부터 있었던 모양이야. 나무 둘레가 23피트나 되니까.' 그가 대답했지.

이것으로 나의 기준 측량의 하나가 확인되었네.

'이 집에는 느릅나무 노목이 있나?'

'저쪽에 아주 오랜 된 것이 있었는데, 10년 전에 벼락을 맞아 베어 버렸지.'

'어디에 있었는지 알 수 있겠지?'

'물론.'

'다른 느릅나무는 없나?'

'노목은 없어. 너도밤나무라면 많이 있지만.'

'느릅나무가 있었던 곳을 보고 싶네.'

우리들은 독 카트(이륜마차)를 타고 현관까지 갔었는데, 나의 의뢰인은 집안으로 들어가지 않고 곧바로 잔디밭의 느릅나무가 서 있었던 그루터기가 있는 데로 나를 안내했지. 그곳은 떡갈나무와 저택의 중간쯤이었지. 나의 조사는 그럭저럭 순조롭게 진행되는 것 같았어.

'느릅나무의 높이가 어느 정도였는지 알고 있나?' 내가 물었네.

'그것은 금방 알 수 있지. 64피트네.'

'어떻게 알고 있지?' 내가 놀라서 물었지.

'옛날 가정교사가 삼각 연습 문제를 잘 냈거든. 언제나 높이를 재는 문제였어. 내가 소년이었을 때, 저택 안의 나무와 건물의 높이를 모두 재어 보았지.'

이것은 뜻밖에 행운이었네. 예상하고 있던 것 이상으로 빨리 데이터가 모였지.

'자네의 집사가 비슷한 질문을 한 적이 있었나?'

레지날드 머스그레브는 깜짝 놀라 나의 얼굴을 보더군.

'그러고 보니 생각나는군. 확실히 브런튼은 몇 달 전에 그 나무의 높이에 대해 질문을 했어. 마부하고 조금 의견이 달랐던 모양이야.'

이것은 멋진 뉴스였지. 나의 짐작이 틀림없다는 것을 알았기 때문이라네. 태양을 올려다보니 상당히 낮아서, 한 시간 안에 떡갈나무 노목의 꼭대기에 올 거라고 계산했지. 이것으로 의식문답의 하나의 조건이 채워지는 셈이었네. 느릅나무 그림자란 그림자의 끝을 의미하는 게 틀림없어. 그렇지 않다면 줄기를 목표로 선정했을 테니까 말일세. 때문에 태양이 떡갈나무의 바로 위에 이르렀을 때 그림자의 끝이 어디에 떨어지는가 보면 되었지."

 "하지만 홈즈, 그것은 어려웠겠지. 느릅나무는 이미 그곳에 없었으니까." 내가 말했다.
 "그래, 하지만 적어도 브런튼이 할 수 있는 일이라면 나도 할 수 있다고 자신했네. 그리고 그렇게 어려운 것도 아니었어. 머스그레브와 함께 서재로 가서 내가 나무를 깎아 긴 실을 매고 1야드마다 실에 매듭을 만

들었지. 그리고 두 개를 연결하면 6피트가 되는 낚싯대를 갖고 머스그레브와 함께 느릅나무가 있었던 곳으로 갔네. 태양은 마침 떡갈나무 바로 위에 걸려 있었지. 나는 그 낚싯대를 곧장 세우고 그림자의 방향과 길이를 기록했지. 길이는 9피트였어. 물론 이것으로 계산은 간단히 끝났지. 6피트 낚싯대가 9피트 그림자를 만든다면, 64피트의 나무는 96피트의 그림자를 만들고, 물론 그림자의 방향은 두 개가 같을 테지. 나는 느릅나무가 서 있던 곳에서부터 거리를 재어 보았는데 그 거리가 집 외벽의 가까운 곳까지 오더군. 그래서 나는 여기에 나무 꼬챙이를 박았지. 그 나무 꼬챙이의 2인치 정도 되는 지점에서 원추형의 조그맣게 파인 곳을 발견했을 때, 나의 기쁨이 어떠했는지 자네는 쉽게 상상할 수 있을 걸세. 그것은 브런튼이 측량했을 때 남긴 표식으로서 내가 그와 같은 행동을 하고 있다는 것을 알았지.

이곳을 출발점으로 해서 나는 우선 포켓 컴퍼스로 방향을 확인한 다음 걸음으로 재기 시작했네. 저택의 벽을 따라 열 걸음을 두 번 반복하고, 그곳에 나무 꼬챙이로 표시를 했네. 그리고 조심스럽게 동쪽으로 다섯 걸음을 두 번, 남쪽으로 두 걸음을 두 번 재었네. 그러자 정말로 낡은 건물의 현관 입구에 이르게 됐어. 그리고 거기에서 서쪽으로 두 걸음 간다는 것은 돌을 깐 복도를 두 걸음 걷는다는 것을 의미했지. 거기가 바로 의식서에서 지시한 지점이라네.

왓슨, 그때처럼 실망으로 온 몸이 얼어붙은 적은 없었어. 순간 내 계산이 어디에서 근본적으로 틀린 것이 아닌가 하고 생각했네. 왜냐하면 지는 태양이 복도 바닥을 붉게 비추고 있었기 때문이라네. 사람들의 발

길에 닮은 오래된 바다의 회색 돌은 오랜 세월 동안 움직이지 않았음을 알 수 있었지. 브런튼이 그곳에는 아무런 흔적도 남겨 놓지 않았네. 나는 바다의 돌을 두드려 보았지만 어디에서나 같은 소리가 났고, 갈라진 틈이나 깨어진 흔적은 전혀 없었지. 그런데 다행히도 머스그레브가 내 행동의 의미를 이해하기 시작했는지 나와 마찬가지로 흥분해서 의식서를 꺼내어 나의 생각을 중단시켰네.

'그리고 아래로!' 그가 외쳤네. '자네는 '그리고 아래로'를 잊었군.'

나는 아래로 파라는 의미라고 생각했는데, 이것으로 내 생각이 틀렸다는 것을 금방 알 수 있었지. '그럼, 이 아래에 지하실이 있군.'

'그래. 이 건물이 세워졌을 때부터 있었지. 이 문으로 내려가면 된다네.'

우리들은 돌 나선계단을 내려갔네. 머스그레브가 성냥을 켜고 구석의 통 위에 놓여 있던 랜턴에 불을 붙였지. 곧이어 우리들은 마침내 찾고 있던 장소에 닿았는데, 우리들 이외에 최근 여기에 온 사람이 있다는 것을 알았지.

거기는 장작 창고로 사용되고 있었는데 바닥에 흩어져 있어야 할 장작이 벽 쪽에 쌓여 있고 중앙이 비어 있더군. 그 장소에 크고 묵직한 네모난 돌이 있고 중앙에 녹슨 쇠고리가 달려 있었는데 거기에 두꺼운 바둑판무늬의 머플러가 매어져 있었어.

'아니! 이것은 브런튼의 머플러야. 그가 두르고 있는 것을 본 일이 있지. 맹세해도 좋아. 그는 대체 여기서 뭘 했을까?'

나의 제안으로 경관을 두 명 불러 입회시키기로 했네. 그리고서 나는

머플러를 잡아 당겨 돌을 들어올리려고 했네. 돌이 아주 조금만 움직였기 때문에 나는 경관 한 명의 도움을 받아 겨우 돌을 한쪽으로 옮겼네.

그 밑에는 검은 구멍이 입을 벌리고 있었지. 머스그레브는 무릎을 꿇고 랜턴을 밑으로 넣었네. 깊이 7피트, 사방 4피트의 작은 지하실이 보였네. 한쪽 구석에 놋쇠판으로 보강된 튼튼한 나무 상자가 있고, 뚜껑이 위로 열려 있었는데 이상야릇한 구식 열쇠가 열쇠 구멍에 꽂힌 채로 있었지. 상자 바깥은 먼지가 두껍게 쌓여 있고, 습기와 벌레로 판자는 부식되었고, 안쪽에는 버섯이 나 있었지. 금속 원판, 아마 코인 같았는데 지금 내가 갖고 있는 거라네. 그 상자 밑에 흩어져 있었는데, 다른 것은 아무 것도 없었어.

그러나 그때는 낡은 상자 따위를 생각할 겨를이 없었네. 그 옆에 웅크리고 있는 것이 눈에 띄었기 때문일세. 그것은 검은 옷을 입은 사람이었는데 두 팔로 상자를 안 듯이 한 채, 이마를 상자의 가장자리에 붙이고 있었네. 그러한 자세였기 때문에 피가 쏠려 일그러져 있는 얼굴은 거의 간장 색에 가까웠지. 처음에는 누군지 알 수 없었지만 사체를 끌어올려 키, 옷차림, 두발 등을 보고 머스그레브는 그것이 행방불명된 집사라고 했네. 죽고 나서 며칠이 되었지만, 상처도 타박상도 없었기 때문에, 어떻게 해서 이렇게 무서운 최후를 맞이했는지 아무런 추측을 할 수가 없었지. 수사의 초기와 거의 마찬가지로 수수께끼는 풀리지 않은 채였지.

왓슨, 솔직히 말해 이 때까지 나는 실망하고 있었네. 의식에서 지시하고 있는 장소를 발견하면, 모든 사건을 해결할 수 있다고 생각했는데 결과는 그렇지 않았기 때문이라네. 지금까지 머스그레브 가의 조상이 이렇게까지 신중하게 숨겨 온 것이 무엇인지 도무지 알 수가 없었어. 브런튼의 운명에 대해서 광명을 던져 준 것은 확실하지만, 어떻게 해서 이 운명이 되었는지, 행방불명된 메이드가 이 사건에서 어떤 역할을 했는지, 그 점을 확인해야만 했네. 나는 구석에 있는 궤짝에 앉아 사건의 전체적인 윤곽에 대해 다시 한 번 생각했지.

왓슨, 이러한 경우 내 방법을 잘 알고 있을 테지. 나는 집사의 입장에서 보았네. 우선 그의 두뇌의 정도를 추측하고, 내가 그러한 경우였다면 어떻게 행동했을지 상상해 보았지. 이 경우에는 브런튼의 머리가 아주 좋았기 때문에 간단했네. 천문학자가 말하는 개인 오차를 계산에 넣을 필요는 없지. 그는 무언가 값비싼 것이 숨겨져 있음을 알고 있었네. 그 장소를 찾아냈지. 그런데 뚜껑으로 닫혀져 있는 돌이 너무 무거워 혼자서는 움직일 수 없다는 걸 알았네. 그렇다면 다음에는 어떻게 했을까? 외부에 도움을

청하려고 하면 비록 신용할 수 있는 사람이 있다고 해도 현관의 문을 열거나, 남에게서 의심받을 위험성이 다분히 있네. 저택 안에 있는 사람의 도움을 얻을 수 있으면 그쪽이 훨씬 좋지. 그러나 누구에게 부탁하면 좋을까? 여자가 나에게 푹 빠져 있네. 남자라는 동물은 자신이 여자를 아무리 심하게 대했어도 자기를 사랑하는 여자는 끝내 그 마음을 저버리지 않았다고 믿는 족속일세. 하웰즈에게 조금 달콤한 말로 속삭이며 화해하려고 애를 써서 공범으로 만들었겠지. 둘이서 밤에 지하실로 가서 두 사람의 힘을 합치면 돌을 들어올릴 수 있었을 거고 말이야. 여기까지 나는 현장을 보았던 것처럼 두 사람의 행동의 뒤를 쫓을 수 있네.

하지만 돌을 들어올리는 데는 두 사람이 해도, 한쪽이 여자라서 돌을 들어올리는 일이 쉽지는 않았을 걸세. 건장한 서섹스의 경관과 내가 해보아도 결코 쉽지 않았거든. 그러면 두 사람은 어떤 도움을 빌릴 수 있었을까? 아마 내가 그랬다면…, 역시 빌릴 수 있는 도움이 있지. 나는 일어나서 바닥에 흩어져 있는 온갖 장작을 주의 깊게 조사했네. 그리고 바로 그때 내가 찾고 있던 것을 발견할 수 있었지. 길이 3피트 정도로 한쪽 끝에 확실히 눌린 흔적이 있는 장작이 하나 있었네. 상당한 무게로 찍어 누른 것처럼 측면이 평평하게 된 장작도 몇 개 있었지. 분명히 그들은 돌을 끌어올리면서 틈새에 차례로 장작을 끼워 넣어 마침내 사람이 기어 들어갈 만큼 열리면, 직각으로 장작 하나로 돌을 받쳐 두었을 거네. 돌의 모든 중량이 그 하나에 걸리기 때문에 다른 돌 끝에 닿은 장작에 무게가 모두 실리니까 그런 자국이 생기는 것도 당연했을 테지. 여기까지는 나의 추측이 틀리지 않을 거라고 생각했네.

그런데 지금부터 심야의 참극을 어떻게 재현하면 좋을까? 물론 구멍에는 한 사람밖에 들어갈 수 없어. 그 한 사람이 브런튼이야. 여자는 위에서 기다려야만 해. 다음에 브런튼은 상자에 열쇠를 넣고 뚜껑을 열어 아마도 안의 것을 위로 전달했을 거야. '아마도'라고 하는 것은 지금 내용물이 발견되지 않았기 때문이야. 그리고, 그리고서 무슨 일이 생겼을까?

자기의 마음을 짓밟은—우리들이 생각하는 이상으로 짓밟았는지도 몰라—남자가 지금 자기의 손아귀에 있는 것을 알았을 때, 이 흥분하기 쉬운 겔트(celt, 켈트와 같음—역주) 여자의 마음속에서 잠자고 있던 복수의 불이 갑자기 불타올랐네. 나무가 떨어지고, 브런튼이 산 채로 무덤에 갇힌 것은 우연이었을까? 레이첼의 죄는 그의 운명에 대해 아무것도 말하지 않은 것뿐일까? 아니면 그녀의 팔이 갑자기 그 버팀목을 밀어 돌이 덜컥 떨어진 것일까? 어느 쪽이라도 나로서는 그 여자의 모습이 보이는 듯 했네. 보물을 움켜쥔 채 미친 듯이 나선계단을 뛰어올라 가는 그녀의 뒤에서는 아마도 희미한 비명과 자신의 목숨을 짓누르고 있는 돌판을 필사적으로 두드려대는 소리가 엄습했을 것이네.

다음 날 레이첼이 창백한 얼굴로 히스테릭한 웃음소리를 내게 된 비밀은 바로 그 때문이었을 거네. 그러나 상자 속에는 무엇이 있었을까? 그녀는 그것을 어떻게 했을까? 물론 나의 의뢰인이 연못에서 끌어올린 옛 금속과 작은 돌이 그것임에는 틀림없지. 그녀는 범죄의 최후의 흔적을 지우려고 기회가 있을 때마다 연못에 던졌을 거야.

20분가량 나는 꼼짝도 않고 문제를 생각했지. 아직 창백한 얼굴을 한 머스그레브는 선 채로 랜턴을 흔들면서 밑의 구멍을 들여다보고 있었네.

'이것은 찰스 1세(1600~49년. 크롬웰 혁명파에 의해 처형됨-역주)의 초상이 있는 코인이야.' 그는 상자에 남아 있던 몇 개를 꺼내면서 말했네. '의식의 연대 추정이 정확한 것을 이것으로 알았지.'

'찰스 1세에 대해서는 아직 무언가 발견될지도 모르네.' 내가 소리쳤지. 의식의 첫 두 질문의 의미가 어쩌면, 하고 내 머리에 갑자기 떠올랐지.

'연못에서 끌어올린 자루 속의 물건을 볼까?'

우리는 계단을 올라가 그의 서재에 들어갔네. 그가 자루에서 잡동사니를 꺼내 내 앞에 늘어놓았지. 내가 보고 있는 동안, 그가 중요하지 않다는 눈초리로 그것을 보는 것도 당연하다고 생각했지. 어쨌든 금속은 거의 새까맣고, 작은 돌은 아무런 광택도 없었네. 그런데 내가 그 중의 하나를 소매로 문지르니 내 손바닥의 어두운 움푹함 속에서 번쩍 빛을 내더군. 금속 덩이는 이중의 고리 모양을 하고 있었는데 우그러져 원형을 잃고 있었던 거야.

'자네도 기억하고 있겠지만—' 내가 말했네. '왕당파는 찰스 1세가 죽고 나서도 잉글랜드에서 최후까지 저항하고, 나중에 망명할 때도 더 중요한 소유물을 어딘가에 묻었지. 아마도 평화로운 시대가 되면 꺼내려고 생각했을 거야.'

'나의 조상 랄프 머스그레브 경은 왕당파의 중심인물로, 망명 시대의

찰스 2세의 오른팔이었지.'

'그래! 이것으로 빠져 있던 마지막 고리가 손에 들어 온 것 같군. 머스그레브, 축하하네. 약간 비극적인 상황이지만 말이야. 자네는 그 자체로도 고가지만, 역사적 골동품으로는 그 이상의 가치가 있는 유물을 손에 넣었네.'

'그렇다면 이것은 무엇이지?' 그는 놀란 나머지 헐떡이며 물었네.

'다름 아닌 영국 왕의 옛 왕관이네.'

'왕관이라고!'

'그래 틀림없어. 의식서를 생각해 보게. 뭐라고 써 있었지?『그건 누구의 것인가?』『떠나간 사람의 것입니다.』이것은 찰스 1세 처형 후였네. 그리고『누구의 것이 될 것인가?』『올 사람의 것입니다.』라고 되어 있지. 이건 찰스 2세를 가리키는 것으로, 왕위 복귀를 이미 예상하고 있었지. 이 원형이 찌그러져 볼품사납게 된 왕관이 옛날에는 스튜어트 왕조 역대 왕의 머리를 장식했다는 것은 의심할 여지가 없겠지.'

'그것이 어째서 연못 속에 있었을까?'

'그 질문에 대답하는 건 조금 시간이 걸릴 것 같군.' 그렇게 말하고 나는 머릿속에서 조립한 추리와 증거의 일련의 긴 연쇄를 설명했네. 내 이야기가 끝나기 전에 저녁 어스름이 밀려와서 하늘에는 달이 밝게 떠올라 있었지.

'그렇다면 어째서 찰스 2세는 귀국했을 때 왕관을 손에 넣지 않았을까?' 머스그레브는 유품을 자루에 넣으면서 물었네.

'자네의 의문은 영구히 해결할 수 없는 수수께끼일 거네. 비밀을 알고 있었던 머스그레브 경이 그 전에 죽었고, 어떤 차질로 인해서 의식서에 비밀에 대한 해결의 열쇠를 제시해 놓은 뒤 그만 설명해 주지 않은 거야. 그리고 의식서는 그 날부터 오늘까지 아버지에게서 아들로 전해져 왔으며, 마침내 어떤 남자가 그것을 손에 넣고 비밀을 알아냈지. 그것을 행동으로 옮기고는 목숨을 잃었지만 말이야.'

왓슨, 이것이 머스그레브 가의 의식에 관한 이야기네. 헐스튼 저택에는 지금도 왕관이 있어. 하기야 법률적인 문제가 있어 상당한 돈을 지불하고 겨우 소유를 허락 받았지. 내 이름을 말하면 아마도 기꺼이 보여줄 걸세. 메이드의 소식은 그 뒤로 전혀 들을 수 없었네. 아마도 자신이 저지른 죄에 대한 기억을 안고서 영국을 탈출해 바다 멀리 어딘가로 떠났겠지."

역주: 《스트랜드》 매거진 1927년 3월 호에서 아서 코난 도일 경은 셜록 홈즈의 단편-이 시점에서 아직 〈사건〉으로 모아지지 않은 단편을 제외하고-가운데 마음에 드는 작품을 선정했다. 12편을 선정했는데 「머스그레브 가의 의식」은 11위를 차지했다.

라이게이트의 대지주

The Adventure of the Reigate Squire: 1887년 4월 14일(목)~26일(화)

❖

 1887년 봄, 내 친구 셜록 홈즈는 지나치게 일을 많이 한 탓에 극도의 신경과로로 쓰러져, 회복될 때까지는 충분한 시간이 필요했다. 네덜란드의 수마트라 회사 사건과 모펠튜이 남작의 대음모 사건의 전모는 너무나도 사람들의 기억에 생생하고 정치 및 경제와 밀착한 것이기 때문에 탐정 이야기의 소재로서는 부적당하다. 그러나 그것은 간접적으로 홈즈를 기묘하고 복잡한 사건으로 이끌었고, 그가 전 생애에 걸쳐 범죄와의 전쟁에서 사용한 새로운 무기의 가치를 세상에 선보인 기회를 만들었다.

 사건 노트를 꺼내어 보니, 홈즈가 호텔 듀롱의 방에 앓아누워 있다는 전보를 받은 것은 4월 14일이었다고 적혀 있다. 나는 전보를 받은 지 24시간이 지나기 전에 그의 병실로 달려갔는데, 다행이 상태가 염려할 정도로 심각하지 않다는 것을 알고 안심했다. 그러나 그의 무쇠같이 튼튼한 몸도 두 달 이상이나 계속되는 조사 때문에 많이 쇠약해져 있었다. 그 조사 기간 중 홈즈는 매일 15시간 이상 일하고, 계속해서 닷새 동안이나 수사에 임한 일도 한두 번이 아니었다고 한다. 그 노고의 결과는 대승리였지만, 심한 과로의 후유증에서 그를 구할 수는 없었다. 유럽에서는 그의 명성이 울려 퍼지고 방은 축전으로 문자 그대로 복사뼈까지 파묻힐 지경이었지만, 홈즈 본인은 침울한 상태에 빠져 있었다. 세 나라의 경찰이 실패한 사건을 해결하고, 유럽 제일의 사기꾼을 모든 면에서 앞질러 콧대를 납작하게 만들었는데도 그의 신경 쇠약을 고칠 수는 없었다.

3일 뒤 우리들은 베이커가로 돌아왔지만, 홈즈에게 요양이 필요하다는 것은 명백했고 나도 시골에서 봄날의 1주일을 보내고 싶었다. 옛날 아프가니스탄 전쟁터에서 나에게 치료를 받았던 옛 친구 헤이터 대령이 서리 주의 라이게이트 가까이에 저택을 가지고 있어 한번 놀러오라는 말은 몇 번이나 했었다. 그리고 최근에 보낸 편지에서는 홈즈가 함께 온다면 기꺼이 환대하겠다고 써 있었다. 홈즈를 승낙시키는 데는 약간의 줄다리기가 필요했지만, 상대가 독신 생활을 하고 있다고 말하자 홈즈는 나의 계획에 찬성했고, 우리는 헤이터의 손님으로 머물기로 했다. 헤이터는 비록 많이 늙었지만 예전에는 훌륭한 군인이었고, 세상일에도 능통해서 내 예상대로 홈즈와 이야기가 잘 통했다.

도착하던 날 밤, 우리들은 저녁 식사 후 대령의 총기실에 앉아 있었다. 홈즈는 소파 위에 누워 있고 헤이터와 나는 조촐한 총기류의 수집품을 보고 있었다.

"그런데—" 헤이터가 갑자기 말을 시작했다.

"여차할 때를 대비해 이 피스톨 중에서 한 자루를 2층으로 가져갈까?"

"여차할 때라니?" 내가 물었다.

"아, 요즘 이 근처에 소동이 있어서 말이야. 액튼 노인이라는 이 주의 세력가 중 한 사람의 집에 지난 월요일에 도둑이 들었네. 피해는 대수롭지 않지만 범인은 아직 체포되지 않았지."

"단서는 없었습니까?" 홈즈는 치뜬 눈으로 대령을 보면서 말했다.

"지금까지 아무것도 없습니다. 그러나 이것은 조그마한 시골의 너무도 하찮은 범죄라서, 국제적인 큰 사건을 다루는 홈즈 씨에게는 흥미가 없겠죠."

홈즈는 손을 저어 부정했지만, 대령의 인사치레가 아주 싫지만은 않은 듯 미소를 지었다.

"뭔가 재미있는 특징이라도 있습니까?"

"없을 겁니다. 도둑들은 서재를 뒤집어 놓았지만, 수확이 거의 없었지요. 서랍을 열고 책꽂이를 뒤지고 온 방 안을 엉망으로 만들어 놓았는데도 없어진 것이라곤 고작해야 포프가 번역한 짝도 맞지 않는 <호메로스> 한 권, 도금한 촛대 둘, 상아 문진 하나, 떡갈나무로 만든 작은 청우계 하나, 그리고 베실(麻絲) 타래 하나, 그것뿐입니다."

"정말 이상한 것들만 훔쳐 갔군!" 내가 외쳤다.

"그야 뭐, 닥치는 대로 휩쓸어 간 모양이군." 홈즈가 소파에서 중얼거렸다.

"주 경찰은 그 점을 가볍게 보면 안 돼. 확실한 것은—"

나는 손가락을 들어 홈즈에게 주의를 주었다.

"자네는 이곳에 요양을 하러 온 거야, 홈즈. 부탁이니 신경이 약해 있는 동안만은 새로운 사건에 신경을 쓰지 말게."

홈즈가 어깨를 움츠리고 장난기 어린 체념의 시선을 흘끗 대령 쪽으로 보냈기 때문에 이야기는 좀더 안전한 사항으로 옮겨졌다.

그런데 의사인 내가 홈즈에게 준 주의는 곧 헛일이 될 운명이었다. 왜냐하면 다음 날 아침이 되자, 우리를 잠자코 보고만 있을 수 없었던지 사건이 비집고 들어왔으며 시골에서의 요양은 뜻하지 않은 방향으로 전환되었기 때문이다. 아침 식사를 들고 있으려니까 대령의 집사가 예의범절이고 뭐고 없이 무작정 뛰어들어 왔다.

"들으셨습니까? 커닝엄 씨 댁에서 사건이 일어났습니다!" 그가 헐레벌떡거리며 말했다.

"도둑인가?" 대령은 커피 잔을 허공에 든 채 외쳤다.

"살인입니다!"

대령은 목에서 헛김 새는 소리를 냈다.

"뭐라고! 그래, 누가 살해되었지? 치안 판사인가, 아들인가?"

"아니오, 둘 다 아닙니다. 마부 윌리엄입니다. 심장이 관통되어 말도 못하고 죽었습니다."

"누가 쏘았지?"

"강도입니다. 총알처럼 재빨리 달아나고 말았습니다. 식기실의 창문으로 들어오는 것을 윌리엄이 보고 주인의 재산을 지키려다 목숨을 잃은 모양입니다."

"언제 그랬지?"

"어젯밤입니다. 열두 시에 그랬다는군요."

"아, 그렇다면 어서 가 보세."

대령은 이렇게 말하고 나서 차분하게 아침 식사 자리에 고쳐 앉았다.

"일이 번거롭게 되었는걸." 집사가 나가자 대령이 말했다.

"커닝엄 노인은 이 근방에서 손꼽히는 대지주로 꽤 좋은 사람이지요. 이 사건으로 어지간히 마음 아파하고 있을 겁니다. 마부는 오랫동안 일한 사람이었고, 아주 충직했으니까요. 액튼 집에 침입한 악당들의 짓인 듯싶군요."

"기묘한 물건만 훔친 놈 말입니까?" 홈즈는 신중히 물었다.

"그렇습니다."

"음! 아주 간단한 사건일지도 모르지만, 언뜻 보기에는 좀 재미있을 것 같지 않습니까. 시골을 터는 강도 일당이라면 도둑질의 장소를 자주 바꿀 텐데, 같은 지방에서 그것도 2, 3일도 지나지 않아 두 집을 습격했다는 게 이상하군요. 어젯밤 경계한다고 말씀하셨을 때 잉글랜드에서도 이 근방은 도둑이 한 사람이든 몇 인조든 습격 따위는 엄두도 못 낼 지역이라고 생각했었습니다만, 그러고 보니 저는 아직도 공부가 모자란 모양이군요."

"지방을 노리는 상습범일 테죠. 그렇다고 하면 물론 액튼의 집이나 커닝엄의 집은 도둑질하기에는 좋은 곳이지요. 이 부근에서는 두드러지게 큰집이니까 말입니다." 대령이 말했다.

"동시에 부자이기도 하단 말씀이죠?"

"말하자면 그렇습니다만, 지난 몇 년간 소송을 하고 있어서 양쪽 모두 주머니 사정이 상당히 궁색해졌을 겁니다. 액튼 노인은 커닝엄 땅의 절반에 대해 소유권이 있다고 주장하고 있고, 변호사가 전적으로 맡아서 다투고 있으니까요."

"이곳 사람이라면 쉽게 붙잡힐 테죠." 홈즈는 하품을 하면서 말했다. "염려 말게, 왓슨, 나는 참견하지 않을 테니까."

"포레스터 경감이 오셨습니다." 집사가 문을 열며 알리자 기민하고 날카롭게 생긴 젊은 경감이 들어왔다.

"안녕하십니까. 방해가 되리라고 생각합니다만, 베이커가의 홈즈 씨가 와 계시다고 들었기 때문에…"

대령이 홈즈를 가리키자 경감은 인사를 했다.

"좀 수고를 해주십사 하고 찾아왔습니다, 홈즈 씨."

"운명은 자네 편이 아니군, 왓슨." 홈즈는 웃으면서 말했다.

"지금도 그 사건에 대해 이야기하고 있었지요. 좀더 자세히 이야기를 해주시지 않겠습니까?"

홈즈가 예의 그 태도로 의자에서 몸을 젖혔기 때문에 나는 이제 틀렸다고 생각했다.

"액튼 사건에는 단서가 없었지만 이번에는 많이 있습니다. 범인은 같은 사람이 틀림없습니다. 모습을 본 사람이 있어요."

"호!"

"그렇습니다. 그렇지만 윌리엄 카원을 죽이고 나서 사슴처럼 재빨리 달아나고 말았습니다. 커닝엄 씨가 침실 창문에서 범인의 모습을 보았고, 알렉 커닝엄 씨도 뒷문에서 보았다는 겁니다. 사건이 일어난 것은 열두 시 이십오 분 전으로 커닝엄 씨는 막 잠자리에 들었을 때고, 알렉은 가운으로 갈아입고 화장실에서 담배를 피웠습니다. 둘 다 마부 윌리엄이 구원을 청하는 소리를 들었는데, 알렉은 무슨 일인지 알아보기 위해 아래층으로 뛰어 내려갔다고 합니다. 계단을 다 내려가자 뒷문이 열려 있었고 밖에서 두 남자가 격투를 하는 게 보였습니다. 한쪽이 총을 쏘자 다른 한쪽은 쓰러졌고, 죽인 남자는 뜰을 가로질러서 생울타리를 뛰어넘어 달아나고 말았습니다. 창문에서 보고 있던 커닝엄 씨는 남자가 큰길로 뛰어가는 걸 목격했습니다만, 그 뒤부터는 모습을 놓치고 말았답니다. 알렉 씨는 멈추어 서서 빈사 상태인 마부가 살지 어떨지 확인하고 있었고, 그러는 사이 범인은 종적을 감추고 말았던 거지요. 범인은 중간 몸집에 키도 중간쯤이었고, 검은 옷을 입고 있었다는 것 외엔 인상

착의에 대한 단서가 없습니다. 하지만 현재 온 힘을 다해 조사 중입니다. 이곳 놈이 아니라면 곧 발견할 수 있겠지요."

"윌리엄은 거기서 무엇을 하고 있었습니까? 죽기 전에 뭐라고 말했습니까?"

"한마디도 하지 않았답니다. 그는 파수막에서 어머니와 함께 살고 있었는데 매우 충실한 사람인만큼 집에 이상이 있나 없나 확인하고 있었을 거라고 생각됩니다. 물론 저 액튼 사건이 있은 뒤부터 모두들 몹시 조심하고 있지요. 아마도 강도가 문을 비틀어 열었을 때-자물쇠가 망가져 있으므로-마침 윌리엄이 왔던 게 틀림없습니다."

"윌리엄은 밖에 나가기 전에, 어머니한테 뭐라고 말했습니까?"

"그의 어머니는 이미 나이가 많은데다가 귀가 어두워서 아무것도 알아 낼 수 없었습니다. 게다가 충격으로 반쯤 얼이 빠져 있고 원래 머리가 좋지 못한 모양입니다. 하지만 아주 중요한 단서가 하나 있습니다. 이것을 보십시오!"

경감은 찢어진 노트의 한 부분을 꺼내어 무릎 위에 펼쳤다.

"이것은 죽은 마부가 엄지손가락과 집게손가락으로 집고 있었던 것입니다. 큰 종이를 잡아 찢었던 모양입니다. 짐작하셨을 거라고 믿습니다만 종이에 쓰여 있는 시간은 마부가 살해된 시간과 딱 들어맞고 있습니다. 범인이 종이의 나머지 부분을 찢었던 것인지, 윌리엄이 범인으로부터 이 쪽지를 찢어 내었던지 둘 중에 하나겠지요. 대체로 만나자는 약속 같습니다만."

홈즈는 찢어진 쪽지를 집어 들었다. 그 복사를 여기에 게시해 두겠다.

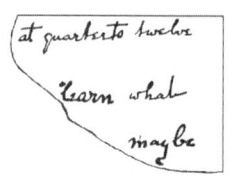

"그것이 만날 약속이었다고 하면 윌리엄 카원은 정직한 사람이라는 평판과 달리 강도와 무슨 음모를 꾸몄다고도 생각할 수 있습니다. 그는 거기서 범인과 만나 문을 여는 일까지 도왔지만, 그 뒤 두 사람 사이에 의견 충돌이 생겼을지도 모릅니다."

"이것은 유별나게 재미있는 필적이로군." 열심히 종이를 조사하던 홈즈가 말했다.

"이 사건은 생각보다 어려운데."

홈즈는 두 손으로 머리를 감싸 안았다. 경감은 자신이 갖고 온 증거가 런던의 유명한 탐정에게 끼친 영향을 보고는 미소를 지었다.

"당신이 지금 말한, 즉 강도와 마부의 관계에 있어 이 종이쪽지는 강도가 마부에게 준 약속의 편지가 아닐까 하는 것은 훌륭한 추리이며, 있을 법한 일입니다. 그러나 이 편지의 시작은…."

홈즈는 또다시 두 손으로 머리를 싸안고 잠시 깊은 생각에 잠겼다. 얼굴을 들었을 때 그의 볼이 붉게 물들고 건강할 때의 빛나던 그 눈빛을 보였을 때 나는 놀랐다. 홈즈는 예전과 다름없는 모습으로 성큼 일어섰다.

"이 사건을 더 조사하고 싶군. 이 사건에는 내 마음을 끄는 강한 무언가가 있어. 대령, 실례합니다만 왓슨과 당신을 여기에 남겨 두고, 저는 경감과 함께 지금까지 생각해 본 일을 확인하기 위해 나갔다 오겠습니다. 30분이면 돌아올 겁니다."

1시간 반이나 지나고 나서 경감이 혼자 돌아왔다.

"홈즈 씨는 저편 들판을 여기저기 거닐고 있습니다. 우리 네 사람이 함께 저택으로 가길 바라고 계십니다."

"커닝엄 씨의 저택으로?"

"네."

"무슨 일인데요?"

경감은 어깨를 움츠렸다.

"잘 모르겠습니다. 우리끼리 이야기입니다만, 홈즈 씨는 아직 병이 완쾌되시지 않은 것 같군요. 아주 이상한 행동을 하면서 몹시 흥분하고 계십니다."

"걱정할 것은 없습니다. 광기 속에서도 이치에 닿는 일을 저는 늘 보았으니까요." 내가 말했다.

"이치에 닿는 짓을 하는 사이 정신이 이상해지는 사람도 있겠지요." 경감이 중얼거렸다.

"하지만 아주 열심히 움직이고 계시니까. 여러분, 준비가 되었다면 가시는 게 좋겠습니다."

홈즈는 들판을 여기저기 걷고 있었다. 턱을 가슴에 파묻고 두 손을 바지 주머니에 찌른 채였다.

"사건이 점점 더 재미있게 되어 가네, 왓슨. 시골 여행은 큰 성공이었어. 오늘 아침은 기분이 아주 좋아."

"범행 현장에 가 보셨습니까?" 대령이 물었다.

"갔다 왔습니다. 경감과 수사를 조금 해보았습니다."

"결과는?"

"뭐, 흥미로운 점을 몇 가지 발견했습니다. 걸으면서 수사 내용을 이야기해 드리지요. 우선 저 불행한 마부의 사체를 보았습니다. 보고대로 확실히 피스톨로 살해되었더군요."

"그렇다면 그걸 의심하고 계셨습니까?"

"무슨 일이라도 확인해 두는 편이 좋으니까요. 수사는 헛일이 아니었습니다. 그리고 커닝엄 부자를 만나 보았는데, 범인이 달아날 때 뜰의 생울타리를 뛰어넘은 장소를 똑똑히 가르쳐 주었습니다. 그것은 굉장히 흥미 있는 일이었지요."

"물론 그렇겠지요."

"그리고 피해자의 어머니를 만났습니다만 아무것도 알아 낼 수 없었습니다. 나이를 먹고 쇠약해 있었으니까요."

"그래, 수사의 결론을 어떻게 내렸습니까?"

"이 범죄는 어딘지 색다르다는 확신이 생겼습니다. 아마 이제부터 좀 더 뚜렷해질 테지만 말입니다. 경감, 죽은 사람이 손에 가지고 있던 살해된 시각이 씌어 있는 종이는 아주 중요합니다."

"당연히 중요한 단서가 되겠지요, 홈즈 씨."

"확실히 단서가 됩니다. 그 편지를 쓴 사람이 누구이든, 그 남자가 윌리엄 카원을 그 시간에 잠자리에서 꾀어냈던 겁니다. 하지만 그 종이의 나머지는 어디에 있을까요?"

"그것을 찾으려고 저는 꼼꼼히 땅바닥을 살펴보았습니다만…" 경감이 말했다.

"그것은 죽은 사람의 손에서 잡아 찢겨졌던 거예요. 어째서 그 종이를 그렇게 빼앗고 싶었을까요? 유력한 증거가 되기 때문이겠죠. 그럼, 그것을 어떻게 처리했을까? 범인은 쪽지가 사체의 손에 남아 있다는 걸 조금도 눈치 채지 못하고 나머지 종이를 주머니 속에 넣었던 겁니다. 그 종이의 나머지가 발견되면, 명백히 수수께끼의 해결에 크게 한 걸음 다가서게 될 겁니다."

"그건 그렇고 범인을 잡지 않고 어떻게 범인의 주머니를 탐색할 수 있겠습니까?"

"하긴, 그것은 생각해 볼 가치가 있군요. 그러나 명백한 점이 또 하나 있습니다. 편지는 윌리엄에게 건네진 것이지만, 편지를 쓴 남자가 그것을 갖다 준 것은 아닙니다. 갖다 줄 정도라면 용건을 입으로 전했겠지요. 그럼, 누가 편지를 가져다주었을까? 아니면 우편으로 보냈을까?"

"그것은 이미 조사했습니다." 경감이 말했다.

"윌리엄은 어제 오후에 편지를 한 통 받았다고 합니다. 봉투는 윌리엄이 찢어버렸다더군요."

"잘했습니다!" 경감의 등을 토닥거리면서 홈즈가 소리를 높였다.

"벌써 우편집배원을 만났습니까? 점점 당신이 마음에 드는군요. 자, 도착했습니다. 이것이 윌리엄의 집입니다. 대령, 이리로 오시면 범행 현장을 안내해 드리지요."

우리들은 살해된 남자가 살고 있던 아담한 파수막 앞을 지나 떡갈나무 가로수 길을 걸어서 문의 중방 돌에 마르프라케(프랑스 북부의 지명. 1709년 영국군이 프랑스군을 격파-역주) 전승 기념일이 새겨져 있는 고풍스럽고 훌륭한 앤 여왕 시대 양식의 저택 앞에 섰다. 홈즈와 경감은 앞장서서 저택의 모퉁이를 돌아 옆문이 있는 곳으로 안내해 주었다. 옆과 큰 길을 따라 심어져 있는 생울타리를 사이에 두고 넓은 정원이 있다. 부엌 문에는 경관이 한 명 서 있었다.

"여보게, 문을 열어 주게." 홈즈가 말했다.

"커닝엄의 아드님은 저기 저 층계에서 목격했습니다. 우리가 지금 서 있는 이곳에서 두 남자가 격투를 벌이고 있는 걸 말이죠. 아버지 커닝엄 씨는 왼쪽에서부터 두 번째 창문에 서 있었는데, 범인이 관목 숲 바로 왼쪽으로 달아나는 걸 보았습니다. 그러고 나서 알렉은 밖으로 뛰어나가 부상당한 윌리엄의 곁에 무릎을 꿇었습니다. 보십시오, 이렇게 땅바닥이 단단해서 발자국은 남아 있지 않습니다만."

그가 이야기하고 있는데, 두 남자가 저택에서 모습을 나타내더니 뜰의 샛길을 걸어서 우리 쪽으로 왔다. 한 명은 노인이었지만 튼튼한데다 주름살의 골이 깊고 졸린 듯한 눈을 가졌으며, 또 한 명은 씩씩한 젊은이로 밝은 웃음이 가득 찬 표정은 칙칙한 복장과 기묘한 대조를 이루고 있었다. 커닝엄 부자가 틀림없었다.

"아직 조사 중입니까? 선생들 같은 런던 사람들은 결코 헛다리짚지 않을 거라고 생각했는데, 별로 시원치 못하신 것 같군요." 그가 홈즈에게 말했다.

"네, 조금은 더 시간을 주셔야지요." 홈즈는 기분 좋게 말했다.

"시간이 걸리실 테죠. 단서라고는 도무지 없으니까요."

"하나는 있습니다." 경감이 대답했다.

"우리들도 생각하고 있었습니다만, 그것만 발견되면, 아니! 홈즈 씨, 왜 그러십니까?"

홈즈의 얼굴은 갑자기 무서운 표정이 되어 있었다. 눈을 치뜨고 얼굴이 고통으로 일그러지더니 억누른 듯한 신음 소리를 내며 땅바닥에 엎어졌다. 갑작스럽고 심한 발작에 놀라 홈즈를 부엌으로 옮겼는데, 그는 큼직한 의자에 축 늘어져 한참 동안 깊은 숨을 몰아쉬었다. 이윽고 홈즈는 발작을 일으킨 것을 사과하듯 미안해하며 다시 일어났다.

"왓슨에게 물어보시면 아시겠지만, 저는 병에서 가까스로 일어난 참이라…." 그가 설명했다.

"느닷없이 이 같은 신경발작이 일어나곤 한답니다."

"저의 이륜마차로 모셔다 드릴까요?" 커닝엄이 말했다.

"뭐, 어차피 여기까지 왔으니까 한 가지 확인해 두고 싶은 일이 있습니다. 곧 파악할 수 있을 겁니다."

"그것이 뭡니까?"

"가엾은 윌리엄이 댁에 도착한 것은 강도가 집에 들어가기 전이 아니고 들어간 뒤라고 생각됩니다. 문이 비틀어진 채 열려 있는데도 강도가 안으로 들어가지 않은 것으로 생각하시나 보군요."

"그것은 분명하지 않습니까? 아들 알렉도 아직 잠자리에 들어가지

않았으니까, 누군가가 돌아다니고 있었으면 틀림없이 소리를 들었을 테지요." 커닝엄은 엄숙하게 말했다.

"아드님은 어디에 계셨습니까?"

"저는 화장실에서 담배를 피우고 있었어요."

"창문은 어느 쪽입니까?"

"왼쪽 끝, 아버지의 방 옆입니다."

"물론 램프는 두 분 다 켜 두셨을 테죠."

"그렇습니다."

"이 사건에는 아주 이상한 점이 있습니다." 홈즈는 미소를 지으며 말했다.

"강도가, 그것도 풋내기가 아닌 강도가 불빛으로 미루어 집안사람이 아직 둘이나 깨어있다는 걸 알면서도 들어간다는 건 보통이 아닙니다."

"침착한 놈이었겠죠."

"물론 이 사건이 극히 평범한 것이었다면 굳이 당신에게 부탁할 필요도 없었겠지요. 범인이 윌리엄과 격투하기 전에 집안에 들어왔다는 생각은 매우 우스꽝스럽군요. 집안을 뒤적거린 데라도 있습니까? 무언가 도둑맞은 거라도 있습니까?" 알렉이 물었다.

"도둑맞은 물건도 물건 나름이겠죠." 홈즈가 말했다.

"어쨌든 상대는 아주 색다르고 독특한 방식을 가진 강도라는 것을 잊어선 안 됩니다. 이를테면 액튼의 집에서 훔친 이상한 물건을 보십시오. 실타래와 문진, 그리고 무엇이었죠, 다른 잡동사니는?"

"자, 당신에게 고스란히 맡긴 사건이니까 당신이나 경감이 하시는 말은 무엇이든 기꺼이 돕도록 하겠습니다." 커닝엄이 말했다.

"그럼, 우선 첫째로 당신 손으로 현상금을 걸어 주셨으면 하는데요, 왜냐하면 경찰에 부탁하면 금액을 정하는 데 시간이 좀 걸리니까요. 게다가 이런 일은 빠를수록 좋겠죠. 여기 서식을 써 두었으니까 서명을 해 주십시오. 50파운드면 충분하리라 생각합니다." 홈즈가 말했다.

"500파운드라도 기꺼이 내놓겠소." 커닝엄 노인은 홈즈가 내민 서식과 펜을 받으며 말했다.

"하지만 이것은 정확한 내용이 아니군요." 그는 서류에 눈길을 보내며 덧붙였다.

"서둘러 쓴 것이라서…"

"이렇게 씌어 있군요.『그러나 화요일 오전 1시 25분 전에 이르러 범인은…』하지만 실제는 열두 시 이십오 분 전이었습니다."

나는 그 잘못을 보고 가슴이 아팠다. 왜냐하면 홈즈가 이러한 잘못에 얼마나 신경을 쓰는지 잘 알고 있었기 때문이었다. 사실을 정확히 기억하고 있는 게 그의 특색이었지만 최근의 병으로 완전히 약해 버렸을 게 틀림없다. 이 한 가지를 갖고 보더라도 그가 아직 본래의 건강을 되찾지 않았음을 알 수 있었다. 그는 한순간 부끄러워하는 눈치였으며, 경감은 눈썹을 꿈틀거렸고 알렉 커닝엄은 웃음을 터뜨렸다. 그러나 커닝엄 노인은 잘못을 정정하여 홈즈에게 서류를 돌려주며 말했다.

"되도록 빨리 신문에 내주십시오. 멋진 아이디어니까요."

홈즈는 그 종이를 소중히 지갑 속에 넣으며 말했다.

"그럼 지금부터 모두들 이 집안을 조사하여, 저 괴짜 강도가 결국 아무것도 훔치지 않았다는 것을 확인하는 편이 좋겠군요."

집안에 들어가기 전에 홈즈는 비틀어져 열려 있는 문을 조사했다. 끝이나 튼튼한 나이프를 찔러 넣고 자물쇠를 비틀어서 연 흔적이 뚜렷했다. 나무 부분에는 찌른 자국이 있었다.

"빗장은 사용하지 않는군요?" 홈즈가 물었다.

"빗장을 지를 필요가 없었기 때문이죠."

"개도 기르지 않는군요."

"아니, 기르고 있습니다. 정문 쪽에 사슬로 매어 놓았습니다."

"고용인들은 몇 시에 잡니까?"

"열 시쯤입니다."

"윌리엄도 그 시각에는 자겠군요."

"그렇습니다."

"그런데 어젯밤에만 일어나 있었다니 이상하군요. 자, 집안을 안내해 주시면 고맙겠습니다, 커닝엄 씨."

안에 들어가자 납작한 돌을 깐 통로가 있고, 옆으로 들어간 곳에 부엌이 있었다. 나무 계단을 곧장 올라가면 2층으로 가는 통로가 나왔다. 이 통로를 지나면 정면 현관에서부터 통하는 장식이 훌륭한 또 다른 계단과 마주보는 층계가 나왔다. 거기서부터 응접실이며 몇 개의 침실로 갈 수가 있었다. 그 중에는 커닝엄 씨와 아들의 침실도 있었다. 홈즈는 날카롭게 집안의 구조를 조사하면서 천천히 걸었다. 표정으로 수사에 열중하고 있다는 건 알았지만, 그의 추리가 어느 방향으로 향하고 있는가는 조금도 상상할 수가 없었다.

"홈즈 씨." 커닝엄은 조금 짜증스럽게 말했다.

"그런 행동은 전혀 불필요하잖소? 계단 끝에 있는 것은 내 방이고 맞은편이 아들 방입니다. 도둑이 우리에게 들키지 않고 여기까지 올라올 수 있을지 어떨지 그것은 당신의 판단에 맡기지만 말입니다."

"열심히 돌아다니며 새로운 냄새라도 맡으셔야 할 테지요." 아들은 심술궂은 미소를 지으며 말했다.

"그래도 조금만 더 참아야겠습니다. 이를테면 침실 창문에서 바깥이 얼마나 내다보이는지 알고 싶습니다. 이곳은 아드님의 방이군요." 홈즈는 침실 문을 밀며 말했다.

"그리고 저곳이 비명이 들렸을 때 담배를 피우고 계시던 화장실이군요. 그 창문으로는 어디가 보일까요?"

홈즈는 침실을 지나 문을 밀고 또 하나의 방을 둘러보았다.

"이제 만족하셨을 테죠." 알렉이 성급히 말했다.

"고맙습니다. 이걸로 보고 싶은 곳을 모두 본 것 같습니다."

"그리고 꼭 필요하다면 내 방으로 가실까요?" 커닝엄 노인이 말했다.

"별로 지장이 없다면."

커닝엄 노인은 어깨를 옴츠리며 자기 방으로 안내했다. 장식품이 검소하고 평범한 방이었다. 창문 쪽으로 걸어가는 사이 홈즈는 뒤떨어져서 그와 내가 후미가 되고 말았다. 침대 옆에 네모난 작은 테이블이 있고 오렌지를 담은 접시와 물 주전자가 얹혀져 있었다. 그 곁을 지날 때 홈즈가 내 앞에서 넘어질 뻔하면서 일부러 테이블을 쓰러뜨릴 때 나는 어안이 벙벙했다. 유리는 박살이 나다시피 깨지고 과일이 온 방 안에 뒹굴었다.

"실수를 했군, 왓슨. 카펫이 엉망이 되었어." 홈즈가 뻔뻔스럽게 말했다.

무슨 이유가 있어 홈즈가 나에게 죄를 뒤집어씌우고 있다는 걸 알아챘기 때문에, 나는 당황하면서도 몸을 굽혀 과일을 주워 올리기 시작했다. 다른 사람들도 거들어 주었고 테이블은 전과 같이 세워 놓았다.

"아니! 어디로 갔을까?" 경감이 외쳤다.

홈즈가 사라진 것이다.

"여기서 잠시 기다리세요." 알렉 커닝엄이 말했다.

"그 사람은 아무래도 머리가 이상한 것 같아요. 아버지, 저하고 같이 어디로 갔는지 찾아봐요!"

두 사람은 방에서 뛰어나갔다. 경감과 대령과 나는 서로 얼굴만 마주 볼 뿐이었다.

"분명히 말하지만, 저도 알렉 씨와 같은 의견입니다." 경감이 말했다.

"아무래도 병 때문인 듯싶지만, 제가 보기에는—"

경감의 말은 그때 갑자기 '사람 살려! 살인자!'라는 비명 소리로 중단됐다. 그것이 홈즈의 목소리라는 걸 알고서 나는 가슴이 덜컹했다. 나는 방에서 뛰어나가 미친 듯이 층계참으로 갔다. 외침 소리는 처음에 들어간 방에서 들렸는데 차츰 쉬어 빠지고 혀 꼬부라지는 비명으로 바뀌어 갔다. 나는 방으로 뛰어 들어가 안쪽의 드레싱룸으로 달려갔다. 커닝엄 부자가 바닥에 쓰러진 셜록 홈즈를 누르고 있었다. 아들은 두 손으로 홈즈의 목을 조르고 아버지는 한쪽 손목을 비틀고 있었다. 곧 나와 경감은 부자를 홈즈에게서 떼어 놓았다. 그러자 홈즈는 새파랗게 질린 얼굴로 비틀거리며 일어섰지만, 몹시 지쳐 있는 것 같았다.

"이 두 사람을 체포하시오, 경감!" 홈즈는 헐떡이며 말했다.

"무슨 혐의로?"

"마부 윌리엄 카원을 살해한 혐의요!"

경감은 놀라 당황하듯이 주위를 둘러보다가 말했다.

"홈즈 씨. 설마 정말로 그러는 것은 아니실 테죠…"

"두 사람의 얼굴을 보시오!" 홈즈는 딱 잘라 외쳤다.

나는 그때처럼 정확히 사람의 얼굴에 죄의 고백이 나타난 것을 본 일이 없었다. 커닝엄 노인은 그 특징 있는 얼굴에 무겁고 음산한 표정을 띠고서 망연자실 해 있는 것만 같았다. 한편 아들은 아까의 쾌활함이나 위세를 완전히 잃어버린 채였다. 검은 눈에는 무서운 맹수의 표독함이 번쩍이고, 잘생긴 얼굴도 일그러져 있었다. 경감은 아무 말도 않고 문으로 걸어가 호루라기를 불었다. 그것에 응답하여 두 명의 부하 경관이 달려왔다.

"어쩔 수 없습니다, 커닝엄 씨. 하지만 곧 진상이 밝혀질 것이라 생각됩니다. 아시다시피, 앗! 무슨 짓이야? 당장 버려!"

경감이 손으로 '탁' 치자 알렉이 방아쇠를 당기려 하던 리볼버가 소리를 내며 바닥에 굴러 떨어졌다.

"이것을 보관해 두십시오." 홈즈가 재빨리 발로 밟으면서 말했다.

"재판할 때 도움이 될 겁니다. 그런데 정말로 필요했던 것은 이것이었지."

그는 구겨진 작은 종이쪽지를 눈앞에 들어 보였다.

"쪽지의 나머지 부분입니까?" 경감이 외쳤다.

"그렇소."

"어디에 있었습니까?"

"틀림없이 있다고 믿고 있던 장소에. 나중에 모든 걸 다 이야기하지요. 대령, 당신은 왓슨과 함께 돌아가세요. 나는 늦어도 한 시간 후에는 돌아가겠습니다. 경감과 나는 범인들과 몇 마디 나눌 말이 있습니다. 하지만 점심 식사에는 반드시 돌아가겠습니다."

셜록 홈즈는 약속을 어기지 않았다. 1시쯤, 대령의 흡연실로 돌아왔기 때문이다. 홈즈는 몸집이 작은 한 중년 신사를 동반하고 왔는데, 소개를 받고 그 사람이 강도에게 처음으로 습격을 받은 액튼 씨라는 것을 알았다.

"이 작은 사건의 전모를 밝히는 자리에 액튼 씨도 와 주길 바랐기 때문입니다. 이분이 사건의 내용에 흥미를 가지시는 것은 당연하지요. 대령님, 저처럼 일만 일으키는 남자를 집에 초대해 귀중한 시간을 빼앗긴 것을 후회하고 계시지는 않습니까?"

"아니오, 아니오, 그렇기는커녕 당신의 수사 방법을 연구할 수 있게 된 것을 더할 나위 없는 영광으로 삼고 싶습니다. 고백하지만 당신의 수사 방법은 제가 상상한 것 이상입니다. 당신의 결론이 어떻게 나왔는지 매우 궁금하군요. 저는 아직 단서 같은 것의 냄새조차 파악하지 못했습니다." 대령은 열심히 대답했다.

"설명하면 낙담할지도 모릅니다만, 친구 왓슨에게 또는 지적 흥미를 가진 누구에게나 제 방식을 숨기지 않고 이야기하는 것이 저의 습관이지요. 그러나 아까 드레싱룸에서 형편없는 꼴을 당한 덕분으로 아직까지 정신이 몽롱하군요. 우선 브랜디를 한 잔 마시고 싶군요, 대령. 요즘 아무래도 체력이 약해져서…."

"그 후, 그런 신경의 발작은 일어나지 않았겠지요."

셜록 홈즈는 유쾌하게 웃었다.

"그 점에 대해서는 나중에 말하겠습니다. 제가 결론에 도달한 여러 가지 점을 제시하면서 차례대로 사건의 설명을 해 나가기로 하지요. 저의 추리에 분명치 않은 데가 있으면 이야기 도중이라도 질문하세요. 탐정술에서 가장 중요한 것은 수많은 사실 중에서 어느 것이 우연의 산물이며, 어느 것이 필연인지를 꿰뚫어보는 것입니다. 아니면 정력과 주의력이 낭비될 뿐, 집결되는 일이 없기 마련이지요.

이 사건에서는 처음부터 해결의 열쇠가 사체의 손에 있었던 이 쪽지에 있었습니다. 이것에는 한 치의 의문도 없었습니다. 이 쪽지의 문제를 생각하기 전에 다음의 사실에 주의를 해주셨으면 합니다. 알렉 커닝엄의 이야기대로, 범인이 윌리엄 카원을 사살하자 곧 도주했다면 사체의 손에서 종이를 잡아 찢은 것은 총을 쏜 남자가 아님이 명백합니다. 따라서 총을 쏜 남자가 쪽지를 찢어내지 않았다면 범인은 알렉 커닝엄이 틀림없습니다. 왜냐하면 노인이 2층에서 내려왔을 때에는 이미 몇 사람의 하인들이 현장에 와 있었기 때문입니다. 이것은 아주 간단한 점이지만, 경감이 그것을 놓친 까닭은 처음부터 지역의 유력인사가 이 사건에 관계되어 있을 리 없다고 추정하고서 사건에 착수했기 때문입니다. 그런

데 저의 경우는 절대로 편견을 갖지 않고 사실이 나타내는 바를 충실히 따라가는 것을 습관으로 삼고 있습니다. 그래서 조사를 시작한 첫 단계부터 알렉 커닝엄이 연출한 역할에 수상한 느낌을 품고 있었던 것이지요. 그래서 경감이 가져온 종이를 꼼꼼히 조사해 보았습니다. 그것이 매우 진기한 편지라는 것을 금방 알았습니다. 보십시오, 무언가 곡절이 있어 보이지 않습니까?"

"글씨체가 불규칙하군요." 대령이 말했다.

"대령, 이것은 두 사람이 번갈아 한 단어씩 썼다고 봐도 절대로 틀리지 않습니다. 'at'와 'to'에 나타난 힘찬 필적의 't'를 주의해 보시고,

'quarter'나 'twelve'와 같은 단어에 나타난 약한 필적의 't'를 비교해 보시면 곧 알 수 있지요. 이 네 단어를 대충 살펴보기만 하여도 'learn'과 'maybe'는 힘찬 필적의 사람의 것이고, 'what'은 약한 필적의 사람이 썼다는 것을 알 수 있겠지요."

"정말 그렇군. 분명합니다!" 대령이 외쳤다.

"대체 무엇 때문에 둘씩이나 덤벼들어 이 따위 흉내를 내며 편지를 썼을까요?"

"그것은 이 일이 그다지 좋은 일이 아니었다는 것과, 서로를 신용하지 못해서 나쁜 짓을 하는 데 상대가 관련을 갖지 않는 게 현명하다고 생각했기 때문입니다. 그리고 두 사람 중 'at'와 'to'를 쓴 쪽이 주모자입니다."

"어떻게 그걸 알 수 있지요?"

"양쪽의 필적을 비교해 보기만 해도 알 수 있지요. 하지만 그것보다 뚜렷한 근거가 있습니다. 이 종이를 주의해서 조사해 보면 강한 필적을 가진 사람이 먼저 쓴 뒤, 다른 한 사람이 쓸 곳을 한 단어씩 비워 두었다는 결론에 도달합니다. 그런데 비워 놓은 칸이 그다지 충분치 않았는지, 나중에 쓴 남자는 'at'와 'to'의 사이에 'quarter'를 집어넣는 것이 몹시 곤란했던 걸로 보아 나중에 써넣었다는 게 명백해집니다. 그러므로 먼저 글씨를 쓴 남자가 의심할 데 없이 이 사건을 계획한 것이 되지요."

"놀랍군요!" 액튼이 외쳤다.

"그러나 이것은 아직 표면적인 것일 뿐입니다." 홈즈가 말했다.

"이제부터 본격적인 내용으로 들어갑니다. 아직 잘 모르실 테지만, 필적으로 나이를 추정하는 일이 전문가들 사이에서 상당히 정확하게 행해지고 있습니다. 정상인 경우, 그 사람이 어느 정도의 나이인지 상당한 자신을 갖고서 알아 맞출 수 있습니다. 정상인 경우란 병이라든가 체력이 쇠약할 때는 젊은이라도 노인의 징후를 나타내기 때문입니다. 이 사건의 경우에는 한쪽의 대담하고 힘찬 필적과 다른 한쪽의 그럭저럭 알아볼 수 있을 정도로 등허리가 부서진 듯한 약한 필적을 비교해 보면, 한쪽이 젊은이이고 다른 한쪽이 꼬부랑 늙은이는 아니더라도 상당히 나이 든 사람이라는 것을 알 수 있습니다."

"정말 대단하군!" 액튼이 또다시 외쳤다.

"그러나 좀더 흥미로운 점이 있습니다. 두 필적에는 공통된 점이 있습니다. 그것은 바로 혈연관계가 있는 사람의 필적이라는 것입니다. 그리스어 풍인 'e'자에 그것이 뚜렷하게 나타나 있습니다만, 좀더 자질구레한 데에서 비슷한 점들이 많이 보이고 있습니다. 이 두 필적 견본 속에 어떤 가문의 버릇이 규명될 수 있다는 건 의심할 여지가 없습니다. 물론 저는 종이의 조사에 대한 주된 결과만을 말하고 있을 뿐입니다. 나는 당신들보다는 전문가들에게 더욱 흥미로운 스물세 가지의 추리를 시험해 보았습니다. 그것들은 모두 이 편지를 쓴 것이 커닝엄 부자라는 인상을 강화시켜 주었지요.

여기까지 이르자, 다음 단계는 범행 수법을 자세히 조사하고 그것이 얼마만큼 도움이 되는가를 확인하는 일이었습니다. 그래서 경감과 함께 그 집에 가서 볼 수 있는 건 모두 보았습니다. 사체의 상처는 충분한 자신을 갖고서 말할 수 있습니다만, 4야드 이상의 거리에서 리볼버로 쏜 것이었습니다. 옷에는 화약으로 그을린 데가 없습니다. 따라서 분명히 두 남자가 격투를 하고 있었을 때 총이 발사되었다는 알렉 커닝엄의 증언은 거짓입니다. 그리고 범인이 길로 달아났다는 장소에 관해 부자의 말이 일치하고 있는데, 거기에는 바닥이 축축하고 폭넓은 도랑이 있습니다. 그러나 그 도랑에는 구두 자국 같은 것이 하나도 발견되지 않았기 때문에 커닝엄 부자가 이 점에서도 거짓말을 하고 있을 뿐 아니라 현장에는 낯선 사람이 아무도 없었다는 것에 확신을 갖게 되었습니다.

다음에, 이 괴상야릇한 범죄의 동기를 생각하지 않을 수 없었습니다. 그러기 위해선 앞서 액튼 씨의 집에서 일어난 강도 사건에 대해 알아야 했습니다. 대령의 이야기로부터 저는 액튼 씨와 커닝엄 두 집 사이에서 소송이 벌어지고 있음을 알았습니다. 그래서 서재에 침입한 것은 다름 아닌 커닝엄 부자라는 결론을 내리게 되었지요. 소송에서 중요한 역할을 하게 될 서류를 손에 넣을 속셈으로 그랬던 거지요."

"그렇습니다." 액튼이 말했다.

"그들의 의도에 관해서는 의심할 여지가 없습니다. 나는 그들의 토지의 절반에 대한 분명한 소유권이 있다고 주장하고 있지만, 만일 한 장뿐인 서류가─다행히도 변호사 집 금고에 보관돼 있습니다만─그들의 손에 들어간다면 소송은 그걸로 끝장이 나고 말았겠지요."

"이제 아셨겠지요." 홈즈는 빙그레 웃으며 말했다.

"위험하고 저돌적인 시도였습니다만, 그것은 아마도 아들 알렉이 앞장을 섰던 것 같습니다. 아무것도 없었으니 보통 흔해 빠진 강도로 가장해 의혹의 눈길을 피하고자 닥치는 대로 아무거나 가져갔던 것입니다. 거기까지는 뚜렷했으나 아직도 애매한 점이 여러 가지 있었습니다. 그

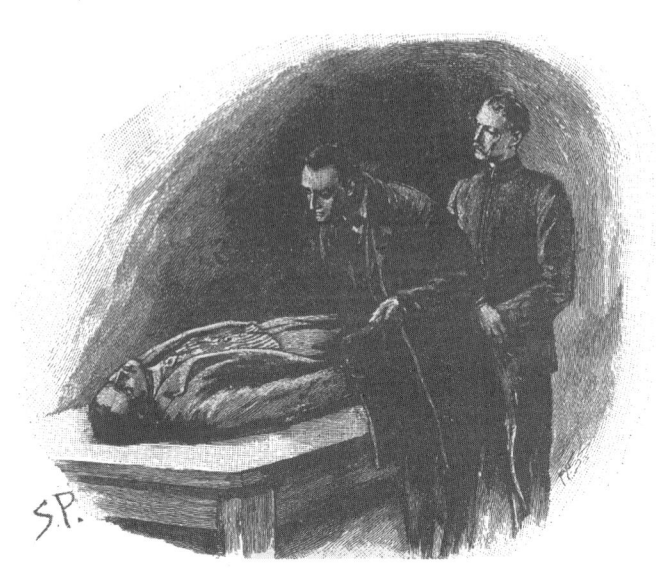

중에서도 제가 바랐던 저 편지의 없어진 부분을 손에 넣는 일이었습니다. 사체의 손에서 잡아 찢은 것은 알렉의 짓이 확실하다고 생각되었고, 또 그는 그것을 틀림없이 가운 주머니에 넣고 있을 거라고 생각했습니다. 거기 말고 어디에 숨길 데가 있겠습니까? 다만 문제는 그것이 아직 거기에 있느냐 하는 것이었습니다. 찾아볼 가치가 있었기 때문에 일부러 저택에 가 보았던 겁니다.

기억하고 계실 테지만, 부엌문 앞에서 커닝엄 부자를 만났습니다. 물론 그들에게 편지에 관해서 생각나도록 하지 않는 게 가장 중요한 일이었습니다. 눈치를 채면 곧 없애 버릴 것이 뻔했으니까요. 경감이 편지의 중요함을 말하려고 했을 때, 다행스럽게도 제가 발작을 일으켜서 뒹구는 바람에 아슬아슬하게 화제를 바꿀 수 있었던 셈입니다."

"과연!" 대령은 웃으면서 외쳤다.

"우리들의 걱정은 헛일이었군요. 발작은 꾀병이었다고 말씀하시는 거죠?"

"의사의 입장에서 말하더라도 멋들어진 것이었네."

끊임없이 무언가 새로운 면을 보여서 나를 어리둥절케 만드는 홈즈의 얼굴을 나는 기가 막힌다는 듯 보고 있었다.

"이것은 곧잘 도움이 되는 기술이지요. 발작이 가라앉자 계략을 써서─이 방법도 꽤나 교묘했다고 생각합니다만─커닝엄 노인에게 'twelve'라는 단어를 쓰게 하고 편지의 'twelve'와 비교해 볼 수 있도록 했던 겁니다."

"아, 나는 정말 멍청하기 짝이 없었군!" 내가 외쳤다.

"내가 실수를 했으니 자네가 동정하는 것은 당연하네. 그보다 자네에게 그런 걱정을 끼치게 해서 미안하네. 후에 우리들은 2층으로 올라갔고, 저는 방에 들어가 문 뒤에 가운이 걸려 있는 것을 발견했습니다. 그래서 일부러 테이블을 뒤엎어 모두의 관심을 그리로 몰아 놓고, 살며시 빠져 나와 주머니를 뒤져보았습니다. 그러나─예상하고 있었던 일이긴 하지만─주머니에 들어 있던 편지를 손에 넣었다 싶은 순간 커닝엄 부자가 덤벼들었던 거지요. 당신들이 곧 구해주지 않았다면 그 자리에서 살해될 뻔했습니다. 덕분에 죽지는 않았지만 아직도 나의 목을 죄고 있는 듯한 느낌이 들만큼 그 젊은이는 저의 목을 옥죄었고, 아버지는 편지를 다시 빼앗으려고 손목을 힘껏 비틀었습니다. 그들은 제가 비밀을 알고 있다는 것을 눈치 채고는 절망의 구렁텅이에 떨어지는 기분이 되어 필사적으로 덤볐던 것입니다. 나중에 범죄의 동기에 대해서 저는 커닝엄 씨와 잠깐 이야기를 해보았습니다. 그는 아주 점잖았습니다만, 아들은 아주 악질이더군요. 리볼버가 손에 잡히기만 하면 자기의 머리든 남의 머리든 쏘고 말겠다는 태도였습니다. 커닝엄 씨는 상황이 불리하다는 것을 알아차리고서 완전히 기가 죽어 모든 걸 자백했습니다.

두 사람이 액튼 씨의 집을 습격하던 날 밤, 윌리엄은 그들의 뒤를 몰래 밟아 비밀을 손에 쥐었습니다. 그리고 커닝엄 부자에게 폭로한다고 협박을 했습니다. 하지만 알렉은 그런 거래 상대로서는 정말 위험한 남자였습니다. 이 지방의 강도 소동을 이용하면 무서운 상대를 그럴 듯하게 해치울 수 있다고 생각한 것은 그야말로 천재적인 발상이었지요. 윌리엄은 알렉이 던진 미끼를 물었고, 그래서 죽음을 맞이한 것입니다. 만일 그 부자가 편지를 전부 손에 넣고, 좀더 자질구레한 점에 신경을 썼더라면 전혀 혐의를 받지 않았을 테죠."

"그래, 편지는?" 내가 물었다.

홈즈는 우리들 앞에 이어 맞춘 편지를 내놓았다.

> If you will only come round at quarters to twelve to the east gate you will learn what will very much surprise you and maybe be of the greatest service to you and also to Annie Morrison. But say nothing to anyone upon the matter

(12시 15분 전에 이스트 게이트로 오면 깜짝 놀랄 일을 가르쳐 주지. 당신에게도 애니 모리슨에게도 좋은 일이다. 하지만 이 일은 다른 사람에게 말해서는 안 된다)

"대강 내가 예상했던 문장입니다." 홈즈가 말했다.

"물론 알렉 커닝엄과 윌리엄 카원과 애니 모리슨 사이에 어떤 관계가 있었는지는 아직 모릅니다. 결과로 봐서 사냥감은 보기 좋게 덫에 걸렸던 셈입니다. 'p'와 'g'의 글자를 빼치고 쓴데서 유전의 자취가 보입니다. 여러분에게도 흥미로울 거라고 생각됩니다. 노인의 'i'에 점이 없는 것도 커다란 특징이라고 하겠지요. 왓슨, 시골에서의 휴양은 대성공이었네. 내일이면 기운을 되찾아서 베이커가로 돌아갈 수 있을 것 같네."

역주: 「라이게이트의 대지주」는 코난 도일 자선 베스트 12중 12위에 선정된 작품이다. 처음 ≪스트랜드 매거진≫에 소개되었을 때는 '라이게이트의 지주'였는데 <회상>에서는 '라이게이트의 지주들'로 보다 적절한 제목이 되었다. 그러나 1893년 6월 아메리카에서 처음 발표되었을 때, '라이게이트의 수수께끼'로 소개되었다. 이것은 ≪하퍼즈 위클리≫의 편집자가 지주(squires)라는 단어가 당시 아메리카의 건전한 민주주의에 대한 모욕일지도 모른다고 생각했기 때문에 붙인 제목이다. 본 작품의 원고 일부는 애드리언 코난 도일이 소장하고 있다.